Harper
Collins

Zum Buch:

Ich erinnere mich an den Mond, der in einer ansonsten schwarzen Nacht weiß glühend durch das Fenster schien. Ich erinnere mich, dass auf jenen Schrei eine Stille folgte, eine so große Stille, dass ich mir nicht mehr sicher war, ob es vielleicht nur ein Traum gewesen war. Ich lag im Bett und starrte jenen Mond an, beschwor mein Herz, langsamer zu schlagen, und meinen Atem, zurückzukehren, wohin er auch immer verschwunden war, als ich jenen Schrei vernahm.

Und dann hörte ich es: das Klimpern eines metallenen Schlüssels im Schloss, das hektische Drehen des Türknaufs.

»Das geht unter die Haut!«

The Sun

»Dieses Buch gibt allen Schlaflosen endlich einen guten Grund, die ganze Nacht wach zu bleiben.«

Kirkus Reviews

Zur Autorin:

New-York-Times-Bestsellerautorin Mary Kubica hat einen Bachelor of Arts von der Miami University in Oxford, Ohio, in Geschichte und Amerikanische Literatur. Sie lebt außerhalb von Chicago mit ihrem Mann und zwei Kindern und liebt es zu fotografieren, im Garten zu arbeiten und sich um die Tiere im örtlichen Tierheim zu kümmern.

Lieferbare Titel:

Don't you cry – Falsche Tränen

Mary Kubica

Pretty Baby –
Das unbekannte Mädchen

Thriller

Aus dem Amerikanischen von
Nele Junghanns

Harper
Collins

HarperCollins®
Band 100092

1. Auflage: Februar 2018

Deutsche Taschenbuchausgabe

Titel der amerikanischen Originalausgabe:
Pretty Baby

erschienen bei: Harlequin Enterprises, Toronto

Published by arrangement with
Harlequin Enterprises II B.V./S. à r. l.

Umschlaggestaltung: ZERO Media, München
Umschlagabbildung: Aleksandar Georgiev/E+/Getty Images
Redaktion: Maya Gause
Satz: GGP Media GmbH, Pößneck
Printed in Germany
Dieses Buch wurde auf FSC®-zertifiziertem Papier gedruckt.
ISBN 978-3-95967-130-9

www.harpercollins.de

Für die, die ich verloren habe

HEIDI

Als ich sie das erste Mal sehe, steht sie auf dem Bahnsteig an der Fullerton Station und hält in ihren Armen fest umklammert einen Säugling. Sie schützt sich und das Baby, als der Schnellzug der Violetten Linie vorbeibraust, hinaus zur Linden Station. Es ist der 8. April, wir haben neun Grad und Regen. Wohin man sieht, stürzt der Regen, gepeitscht vom wütenden Wind, vom Himmel hernieder. Ungünstiger Tag für die Frisur.

Das Mädchen trägt eine Jeans, die am Knie zerrissen ist, und eine dünne Jacke aus Nylon, NATO-oliv. Sie hat weder eine Kapuze noch einen Schirm, vergräbt das Kinn in der Jacke und blickt starr geradeaus, während der Regen sie durchtränkt. Die Umstehenden ziehen unter ihren Schirmen die Köpfe ein. Niemand bietet ihr an, seinen Schirm mit ihr zu teilen. Das Baby, wie ein kleines Känguru im Beutel in die Jacke der Mutter gestopft, ist ruhig. Aus der Jacke schauen die Zipfel einer versifften rosafarbenen Fleecedecke hervor. Das Baby ist, wenn ich richtig sehe, ein Mädchen. Völlig durchgefroren schläft es tief und fest, mitten in dieser Umgebung, die mir wie das absolute Chaos erscheint, dazu das Dröhnen der vorbeirasenden »L«, wie die Hoch- und U-Bahn *Chicago Elevated* kurz genannt wird.

Neben den Füßen des Mädchens, die in vollkommen durchweichten Schnürstiefeln stecken, steht ein altmodischer Lederkoffer, braun und abgewetzt.

Sie kann nicht älter als sechzehn sein.

Sie ist dünn. Unterernährt, sage ich mir, aber vielleicht einfach nur dünn. Ihre Kleider hängen an ihr herunter, die Jeans schlabberig, die Jacke zu groß.

Auf der Anzeige der regionalen Verkehrsgesellschaft, der Chicago Transit Authority, wird ein Zug angekündigt, und die

Braune Linie fährt ein. Eine Traube aus morgendlichen Berufspendlern drängt ins Warme und Trockene des Zugs, das Mädchen jedoch rührt sich nicht vom Fleck. Ich zögere kurz – habe das Gefühl, *irgendetwas* tun zu müssen –, steige aber dann doch in den Zug wie all die anderen Untätigen, stehle mich auf einen freien Platz und sehe aus dem Fenster, während sich die Türen schließen und wir davongleiten und das Mädchen mit dem Baby im Regen stehen lassen.

Aber sie lässt mich den ganzen Tag nicht los.

Ich fahre in den Loop, den Hochbahnring, der den Kern der Innenstadt Chicagos umschließt, bis zur Adams/Wabash Station, schiebe mich hinaus, die Treppe hinunter und auf die nasse Straße, wo an jeder Ecke der säuerliche Geruch von Abwasser in der Luft liegt und Tauben ihre schwindelerregenden Kreise ziehen, zwischen Mülltonnen, Obdachlosen und Millionen von Großstadtbewohnern hindurch, die im Regen von A nach B hasten.

Zwischen Meetings über Erwachsenenalphabetisierungsraten, der Vorbereitung von Abiturprüfungen für Kandidaten aus dem zweiten Bildungsweg und dem Englischunterricht für einen Mann aus Mumbai denke ich viel über das Mädchen und das Kind nach, stelle mir vor, wie sie einen Großteil des Tages damit totschlagen, auf dem Bahnsteig zu stehen und zuzusehen, wie die »L« ein- und ausfährt. Im Geiste erfinde ich Geschichten. Es ist ein Kolik-Baby und schläft nur, wenn man es in Bewegung hält. Die Vibration des einfahrenden Zuges ist der Schlüssel dazu, dass das Baby ruhig schläft. Der Regenschirm des Mädchens – ich stelle mir vor, dass er hellrot und mit auffälligen goldenen Gänseblümchen bedruckt war – wurde von einem heftigen Windstoß gepackt und nach außen gestülpt, wie es an solchen Tagen gerne passiert. Dabei ist er kaputtgegangen. Der Schirm, das Baby, der Koffer: Das war mehr, als sie mit ihren zwei Armen tragen konnte. Natürlich konnte sie schlecht das Baby zurücklassen. Und den Koffer? Was war in diesem Koffer, das wichtiger war als ein Regenschirm an einem solchen Tag? Vielleicht stand sie den ganzen Tag da und wartete. Vielleicht wartete sie gar nicht auf eine Abfahrt, sondern auf eine Ankunft. Oder vielleicht war sie ja auch nur Sekunden, nachdem die Braune Linie außer Sichtweite war, in die Rote Linie eingestiegen.

Als ich am Abend zurückkomme, ist sie weg. Chris erzähle ich nichts davon, denn ich weiß, was er sagen würde: *Na und?*

Ich sitze mit Zoe am Küchentisch und helfe ihr bei ihren Mathehausaufgaben. Zoe sagt, sie hasst Mathe. Was mich nicht sehr überrascht. Momentan hasst Zoe so ziemlich alles. Sie ist zwölf. Ich bin mir nicht sicher, aber ich glaube mich zu erinnern, dass meine »Ich hasse alles«-Phase wesentlich später eintrat, mit sechzehn oder siebzehn. Aber heutzutage fängt ja alles früher an. Ich ging in den Kindergarten, um zu spielen und das ABC zu lernen. Zoe ging in den Kindergarten, um lesen zu lernen und technisch versierter zu werden als ich. Jungen und Mädchen kommen früher in die Pubertät, in manchen Fällen bis zu zwei Jahre früher als in meiner Generation. Zehnjährige besitzen Handys, sieben- und achtjährigen Mädchen wachsen Brüste.

Chris isst zu Abend und verschwindet dann, wie immer, in seinem Büro, um so lange über sterbenslangweiligen Tabellen zu brüten, bis Zoe und ich zu Bett gegangen sind.

Am nächsten Tag ist das Mädchen wieder da. Und wieder regnet es. Wir haben erst die zweite Aprilwoche, und schon sagen die Meteorologen Rekordregenfälle für den Monat voraus. Der nasseste April seit Beginn der Wetteraufzeichnungen, heißt es. Gestern meldete der Flughafen O'Hare fünfzehn Millimeter Niederschlag an einem einzigen Tag. Allmählich beginnt das Wasser in die Keller zu tröpfeln und sich in den Senken der tief gelegenen Straßen in der Stadt zu sammeln. Flüge wurden abgesagt und verschoben. *Im April Regen bringt dem Mai Segen,* rufe ich mir ins Gedächtnis. Für den Weg zur Arbeit hülle ich mich in einen cremefarbenen, wasserdichten Anorak und steige in ein paar Gummistiefel.

Sie trägt dieselben zerrissenen Jeans, dieselbe NATO-grüne Jacke, dieselben Schnürstiefel. Der altmodische Koffer ruht zu ihren Füßen. Sie fröstelt im rauen Wind, das Baby windet sich unruhig. Sie wippt das Kind auf und ab, auf und ab, und auf ihren Lippen lese ich ein *Schsch*. Neben mir höre ich Frauen, die unter übergroßen Golfschirmen ihren brühheißen Kaffee schlürfen: *Die sollte nicht mit dem Baby draußen sein. An einem Tag wie heute,* lästern sie. *Was stimmt mit diesem Mädchen nicht? Hat das Baby denn kein Mützchen?*

Der Schnellzug der Violetten Linie rauscht vorbei. Die Braune Linie rollt ein, und die Untätigen bewegen sich in einer Reihe hinein wie Waren auf einem Fließband.

Wieder verharre ich, will *irgendetwas tun*, aber ohne aufdringlich oder beleidigend zu wirken. Die Grenze zwischen hilfsbereit und respektlos ist hauchdünn, und ich will sie auf keinen Fall überschreiten. Es könnte eine Million Gründe geben, weshalb sie mit dem Koffer und dem Baby auf dem Arm da im Regen steht, eine Million andere Gründe als der eine nagende Gedanke, der in meinem Hinterkopf umhergeistert: dass sie obdachlos ist.

Ich arbeite mit Leuten, die häufig von Armut geplagt sind, hauptsächlich Immigranten. Die Alphabetisierungsstatistiken in Chicago sind trostlos. Bei über einem Drittel der Erwachsenen ist die Lese- und Schreibfähigkeit auf niedrigstem Niveau, sprich: Sie können keine Bewerbungsformulare ausfüllen. Sie können keine Anweisungen lesen und wissen nicht, welche Haltestelle der »L« ihre ist. Sie können ihren Kindern nicht bei den Hausaufgaben helfen.

Die Gesichter der Armut sind hässlich: ältere Frauen, die zusammengerollt auf Parkbänken liegen, ihr Hab und Gut in einem Einkaufswagen herumschieben, den Müll nach Essen durchstöbern. Männer, die sich an den kältesten Januartagen gegen die Wände von Hochhäusern pressen, ein Pappschild an ihren reglosen Körper gelehnt: *Bitte helfen. Hunger. Gott Sie segnen.* Die Opfer der Armut leben in minderwertigen Behausungen, in gefährlichen Gegenden. Ihre Lebensmittelversorgung ist bestenfalls unzulänglich, oft hungern sie. Sie haben kaum oder gar keinen Zugang zu medizinischer Versorgung, notwendigen Impfungen. Ihre Kinder besuchen unterfinanzierte Schulen, entwickeln Verhaltensauffälligkeiten, werden Zeugen von Gewalt. Unter anderem besteht eine höhere Gefahr, dass sie sich in jungen Jahren auf sexuelle Aktivitäten einlassen – und so geht der Kreislauf von vorne los. Mädchen im Teenageralter bekommen Babys mit zu niedrigem Geburtsgewicht, werden medizinisch schlecht versorgt, haben oft keinen Impfschutz, die Kinder werden krank. Und sie hungern.

Zwar sind in Chicago vor allem Schwarze und Hispano-Amerikaner von Armut betroffen, aber das spricht nicht gegen die Tatsache, dass auch ein weißes Mädchen arm sein kann.

All das geht mir in dem Sekundenbruchteil durch den Kopf, in dem ich mich frage, was ich tun soll. Dem Mädchen helfen. In den Zug steigen. Dem Mädchen helfen. In den Zug steigen. Dem Mädchen helfen.

Aber zu meiner Überraschung steigt nun das Mädchen in den Zug. Sie schlüpft durch die Tür, Sekunden vor der automatischen Ansage – *ding, dong, die Türen schließen* –, und ich folge ihr, gespannt, wo wir wohl hinfahren, das Mädchen, ihr Baby und ich.

Das Abteil ist überfüllt. Ein Mann erhebt sich von seinem Platz, den er höflich dem Mädchen anbietet, ohne ein Wort, sie nimmt an und rutscht auf die Metallbank neben einen dubios wirkenden Geschäftsmann mit langem schwarzem Mantel, der auf das Baby blickt, als käme es vom Mars. Die Pendler vertreiben sich die Fahrtzeit mit ihren Handys, ihren Laptops und anderen technischen Spielereien, sie lesen Romane, die Zeitung, das morgendliche Briefing. Kaffeetrinkend starren sie aus dem Fenster auf die Skyline der Stadt und träumen sich in diesen tristen Tag hinein. Behutsam hebt das Mädchen das Baby aus seinem Kängurubeutel. Sie faltet die rosa Fleecedecke auseinander, und wie durch ein Wunder scheint das Baby darunter trocken zu sein. Der Zug ruckelt auf die Armitage Station zu, braust hinter Backsteingebäuden und Mehrfamilienhäusern hindurch, so dicht an den Wohnungen der Leute, dass ich mir vorstelle, wie Wände und Decken erzittern, wenn die »L« vorbeikommt, die Gläser in den Schränken klirren, der Fernseher vom Getöse des Zugs übertönt wird, alle paar Minuten, den lieben langen Tag über bis spät in die Nacht. Wir lassen Lincoln Park hinter uns, bewegen uns Richtung Old Town, und irgendwo unterwegs beruhigt sich das Baby, sein Heulen wird zu einem leisen Wimmern, und die Zuginsassen wirken eindeutig erleichtert.

Ich bin gezwungen, weiter von dem Mädchen entfernt zu stehen, als mir lieb ist. Ich wappne mich gegen die Unvorhersehbarkeit der Zugbewegungen und spähe an Körpern und Aktentaschen vorbei, um hin und wieder einen Blick zu erhaschen – ein Gesicht von makelloser Elfenbeinhaut, stellenweise gerötet vom Weinen, die hohlen Wangen der Mutter, ein weißer Strampler, das verzweifelte, gierige Saugen an einem Schnuller, ausdruckslose Augen. Eine Frau sagt im Vorbeigehen: »Was für ein süßes Baby.« Das Mädchen zwingt sich zu einem Lächeln.

Lächeln fällt dem Mädchen nicht leicht. Ich stelle mir sie neben Zoe vor und weiß, dass sie älter ist. Zum einen ist da diese Hoffnungslosigkeit in ihren Augen, zum anderen fehlt ihr Zoes rohe Verletzlichkeit. Und dann ist da natürlich noch das Baby (ich rede mir gern ein, dass Zoe immer noch an den Klapperstorch glaubt), obwohl das Mädchen neben dem Geschäftsmann zierlich wirkt wie ein Kind. Ihr Haar ist unsymmetrisch geschnitten: die eine Seite abgerundet, die andere schulterlang. Es ist farblos wie eine alte, mit der Zeit vergilbte Sepia-Fotografie. Dazwischen rote Strähnen, nicht ihre natürliche Haarfarbe. Sie trägt dunkles, starkes Augen-Make-up, das vom Regen verschmiert ist, versteckt hinter einem schützenden Vorhang aus langen Stirnfransen.

Langsam begibt sich der Zug in den Loop, schlingert um Kurven und Abzweigungen. Ich sehe zu, wie das Mädchen das Baby erneut in die rosa Fleecedecke wickelt und in ihre Nylonjacke stopft, und bereite mich auf ihren Ausstieg vor. Sie steigt vor mir aus, an der Station State/Van Buren, und ich blicke ihr durch das Fenster hinterher und versuche sie in dem starken Verkehr, der sich zu dieser Tageszeit in den Straßen staut, nicht aus den Augen zu verlieren.

Aber natürlich passiert das doch, und plötzlich ist sie einfach verschwunden.

CHRIS

»Wie war dein Tag?«, fragt Heidi, als ich zur Wohnungstür hereinkomme und mich der fremdartige Duft von Kreuzkümmel und die Geräuschkulisse der Fernsehnachrichten aus dem Wohnzimmer und der Stereoanlage aus Zoes Zimmer begrüßen. Thema in den Nachrichten: Rekordregenfälle, die den Mittleren Westen heimsuchen. Neben der Wohnungstür findet sich eine Ansammlung *nasser Sachen* – Jacken, Regenschirme und Schuhe. Ich trage meinen Teil dazu bei und schüttele meine Haare aus wie ein nasser Hund. Ich gehe in die Küche und drücke Heidi einen Kuss auf die Wange, was eher die Macht der Gewohnheit ist als eine Zärtlichkeit.

Heidi hat schon ihren Pyjama an: roter Flanell mit Karomuster, ihr Haar mit den natürlichen kastanienbraunen Wellen ist platt vom Regen. Kontaktlinsen draußen, Brille auf der Nase. »Zoe!«, brüllt sie, »Essen ist fertig«, obwohl unsere Tochter es durch den Flur, ihre geschlossene Zimmertür und das ohrenbetäubende Gedudel einer Boygroup unmöglich gehört haben kann.

»Was gibt's denn?«, frage ich.

»Chili. *Zoe!*«

Ich liebe Chili, aber bei Heidis Chili handelt es sich neuerdings um vegetarisches Chili, das nicht nur vor schwarzen Bohnen, Kidneybohnen, Kichererbsen (und offensichtlich Kreuzkümmel) strotzt, sondern auch vor sogenannten *vegetarischen Fleischstückchen*, die den Eindruck von Fleisch vermitteln sollen, nur eben ohne die Kuh. Sie holt Schalen aus dem Küchenschrank und beginnt, Chili hineinzuschöpfen. Heidi ist keine Vegetarierin. Aber als Zoe vor zwei Wochen angefangen hat, über das Fett im Fleisch zu meckern, hat Heidi beschlossen, dass unsere Familie für eine Weile fleischlos lebt. Seitdem gab es vegetarischen Hackbraten, Spaghetti mit vegetarischen Fleischbällchen und vegetarische Sloppy Joes. Alles ohne Fleisch.

»Ich hole sie«, sage ich und gehe durch den schmalen Flur unserer Eigentumswohnung. Ich klopfe an die pulsierende Tür, stecke mit Zoes Segen den Kopf ins Zimmer, um ihr zu sagen, dass es Essen gibt, und sie sagt Okay. Sie liegt auf ihrem Himmelbett, auf dem Schoß ein gelbes Notizbuch – dessen Deckel mit all den Teenie-Promis beklebt ist, die sie aus Zeitschriften ausgeschnitten hat. In dem Moment, als ich hereinkomme, klappt sie es zu und greift nach den Sozialkunde-Lernkärtchen, die unbeachtet neben ihr gelegen haben.

Die Fleischstückchen erwähne ich nicht. Auf dem Weg in Heidis und mein Schlafzimmer stolpere ich über die Katze und lockere nebenbei meine Krawatte.

Kurz darauf sitzen wir am Küchentisch, und wieder fragt Heidi mich nach meinem Tag.

»Gut«, sage ich. »Und bei dir?«

»Ich hasse Bohnen«, verkündet Zoe, während sie einen Löffel Chili aufschaufelt und es dann zurück in die Schale kleckern lässt. Der Fernseher im Wohnzimmer ist stumm geschaltet, trotzdem wandern unsere Blicke immer wieder dorthin, und lippenlesend versuchen wir, den Abendnachrichten, so gut es geht, zu folgen. Zoe lümmelt auf ihrem Stuhl und weigert sich zu essen. Sie ist eine geklonte Version von Heidi. Alles an ihnen ist gleich, von ihrer runden Gesichtsform über das wellige Haar und die braunen Augen bis hin zum Amorbogen ihrer Oberlippen und einer Handvoll Sommersprossen, die sich über ihre Stupsnasen verteilen.

»Was hast du gemacht?«, fragt Heidi, und innerlich ziehe ich eine Grimasse, weil ich keine Lust habe, meinen Tag noch einmal zu durchleben, und Heidis Geschichten – asylsuchende sudanesische Flüchtlinge und erwachsene Männer, die nicht lesen und schreiben können – sind deprimierend. Ich will einfach nur schweigend die Abendnachrichten von den Lippen des Sprechers lesen.

Aber ich erzähle ihr trotzdem von dem Telefonat mit einem Kunden wegen einer Due-Diligence-Prüfung, dem Aufsetzen eines Kaufvertrags und einer Telefonkonferenz mit einem Klienten in Hongkong zu einer lächerlichen Uhrzeit: um drei Uhr morgens. Ich schlich mich aus Heidis und meinem gemeinsamen Schlafzimmer und verzog mich für das Telefonat ins Arbeitszimmer, und als es beendet war, ging ich duschen und dann zur Arbeit, lange bevor Heidi und Zoe auch nur daran dachten, sich zu rühren.

»Morgen früh fliege ich nach San Francisco«, erinnere ich sie.

Sie nickt. »Ich weiß. Für wie lange?«

»Für eine Nacht.«

Und dann frage ich sie nach ihrem Tag, und Heidi erzählt mir von einem jungen Mann, der vor sechs Monaten aus Indien in die Staaten eingewandert ist. Er lebte in den Slums von Mumbai – *in Dharavi, um genau zu sein, einem der größten Slums der Welt*, wie Heidi mich aufklärt, *und verdiente in seinem Heimatland weniger als zwei amerikanische Dollar am Tag.* Sie erzählt mir von den Toiletten dort, wie dünn gesät sie sind. Stattdessen begnügen sich die Bewohner mit dem Fluss. Sie hilft diesem Mann, sie nennt ihn Aakar, mit der Grammatik. Was nicht so einfach ist. Sie erinnert mich daran: »Englisch ist eine sehr schwere Sprache.«

Ich sage, das weiß ich.

Meine Frau ist ein sehr mitfühlender Mensch. Was absolut anbetungswürdig war, als ich ihr einen Heiratsantrag machte, aber nach vierzehn Jahren Ehe treffen die Worte *Immigrant* und *Flüchtling* bei mir einen empfindlichen Nerv, vor allem, weil ich sicher bin, dass deren Wohlergehen ihr mehr am Herzen liegt als meins.

»Und wie war dein Tag, Zoe?«, fragt Heidi.

»Für'n Arsch«, grummelt Zoe, die zusammengesackt auf ihrem Stuhl sitzt und auf das Chili starrt, als wäre es Hundekacke. Ich muss innerlich lachen. Wenigstens eine von uns ist ehrlich. Können wir vielleicht noch mal von vorn anfangen? Mein Tag war auch für'n Arsch.

»Inwiefern für'n Arsch?«, fragt Heidi. Ich liebe es, wenn Heidi das Wort *Arsch* benutzt. So etwas kommt ihr so gut wie nie über die Lippen. Es ist so unnatürlich, dass es schon fast komisch wirkt. »Was ist denn mit deinem Chili?«, schiebt sie nach. »Zu scharf?«

»Hab ich doch gesagt. Ich hasse Bohnen.«

Vor fünf Jahren hätte Heidi sie an die hungernden Kinder in Indien, Sierra Leone oder Burundi erinnert. Aber heute ist es schon eine Leistung, Zoe dazu zu bringen, *überhaupt* irgendwas zu sich zu nehmen. Entweder hasst sie alles, oder es strotzt, wie Fleisch, vor Fett. Also essen wir stattdessen diese vegetarischen Stückchen.

In den Tiefen meiner Aktentasche, die neben der Wohnungstür auf dem Boden steht, klingelt mein Handy, und Heidi und Zoe sehen mich gespannt an, ob ich mich mitten beim Essen mit dem Telefon in mein Arbeitszimmer verdrücke, das zweite Kinderzimmer, das wir umgewandelt haben, als klar war, dass Heidi und ich keine weiteren Kinder bekommen würden. Ab und zu kriege ich immer noch mit, wie ihr Blick bei mir im Arbeitszimmer über espressofarbene Büromöbel schweift – ein Schreibtisch, Bücherregale, mein Lieblingsledersessel – und sie sich etwas völlig anderes vorstellt, Kinderbettchen und Wickeltisch, verspielte Safaritiere, die fröhlich über die Wände springen.

Heidi hatte sich immer eine große Familie gewünscht. Aber es kam anders.

Es ist selten, dass wir ein Abendessen ohne das nervige Klingeln meines Handys hinter uns bringen. Je nach Abend, meiner Laune – oder, noch wichtiger, Heidis Laune – oder was für ein Notfall am jeweiligen Tag bei der Arbeit eingetreten ist, gehe ich dran oder nicht. Heute Abend stopfe ich mir einen Löffel Chili in den Mund zum Zeichen, dass ich widerstehe, und Heidi schenkt mir ein süßes Lächeln, was ich als *Dankeschön* deute. Heidi hat das süßeste Lächeln überhaupt, wie mit Zuckerguss überzogen. Es ist nicht einfach nur auf jene Lippen mit dem Amorbogen aufgesetzt, sondern kommt von irgendwo tief in ihr. Wenn sie lächelt, habe ich unsere erste Begegnung vor Augen, auf einem Wohltätigkeitsball in der Stadt, ihr Körper in ein trägerloses, klassisches Tüllkleid gehüllt – rot wie ihr Lippenstift. Sie war ein Kunstwerk. Sie war noch Studentin am College und Praktikantin bei dem gemeinnützigen Unternehmen, das sie mittlerweile quasi leitet. Damals, als die Nacht durchmachen ein Kinderspiel war und vier Stunden Schlaf eine gute Nacht bedeuteten. Damals, als mir dreißig *alt* vorkam, so alt, dass ich nicht einmal ansatzweise darüber nachdachte, wie es mit neununddreißig wäre.

Heidi findet, dass ich zu viel arbeite. Siebzig-Stunden-Wochen sind für mich normal. In manchen Nächten komme ich nicht vor zwei Uhr nach Hause. In manchen Nächten bin ich zwar zu Hause, aber eingeschlossen in meinem Arbeitszimmer, bis die Sonne aufgeht. Mein Telefon klingelt zu jeder Tages- und Nachtzeit, als wäre ich Bereitschaftsarzt und nicht jemand, dessen Beruf Fusionen und Übernahmen sind. Aber Heidi arbeitet in einer gemeinnützigen Agentur. Nur einer von uns verdient also das Geld, um eine Eigentumswohnung in Lincoln Park und die Gebühren für Zoes teure Privatschule zu bezahlen und noch fürs College zu sparen.

Das Telefon hört auf zu klingeln, und Heidi wendet sich an Zoe. Sie will mehr über ihren Tag hören.

Wie sich herausstellt, war Mrs. Peters, die Erdkundelehrerin der siebten Klasse, nicht da, und die Vertretung war eine totale … – Zoe unterbricht sich und überlegt sich ein besseres Substantiv als das, was ihr unangepasste Vorpubertäre ins Gehirn gepflanzt haben – … eine totale *Nervensäge*.

»Wieso das?«, fragt Heidi.

Zoe vermeidet jeden Augenkontakt und starrt in ihr Chili. »Keine Ahnung. War eben so.«

Heidi trinkt einen Schluck Wasser und setzt ihren forschenden Blick mit den großen Augen auf. Denselben Blick, mit dem sie mich bedachte, als ich das Telefonat um drei Uhr morgens erwähnte. »War sie gemein?«

»Nicht direkt.«

»Zu streng?«

»Nein.«

»Zu … *hässlich?*«, werfe ich ein, um die Stimmung etwas aufzuhellen. Heidis Bedürfnis, alles genau zu wissen, ist manchmal sehr erdrückend. Sie ist überzeugt, dass ihre elterliche Anteilnahme an Zoes Leben (und damit meine ich *übertriebene* Anteilnahme) dafür sorgt, dass Zoe sich in ihren *wilden Teenagerjahren*, wie Heidi es nennt, geliebt fühlt. Dabei erinnere *ich* mich aus meinen wilden Teenagerjahren noch sehr gut an das Bedürfnis, vor meinen Eltern zu flüchten. Wenn sie mir folgten, rannte ich noch schneller. Aber Heidi hat sich Bücher aus der Bibliothek ausgeliehen, Psychologiebücher über die Entwicklung von Kindern, liebevolle Eltern, die Geheimnisse einer glücklichen Familie. Sie ist fest entschlossen, alles richtig zu machen.

Zoe kichert. Wenn sie das tut, ist sie wieder sechs Jahre alt. Diese seltenen Momente sind nicht mit Gold zu bezahlen. »Nein«, antwortet sie.

»Also … einfach nur eine Nervensäge? Eine dumme alte Nervensäge?«, schlage ich vor. Ich schiebe die schwarzen Bohnen beiseite und suche nach etwas anderem. Eine Tomate. Mais.

Die reinste Chili-Schnitzeljagd. Die vegetarischen Fleischstückchen hingegen meide ich.

»Ja. Schätze schon.«

»Und was noch?«, fragt Heidi.

»Hm?« Zoe trägt ein Batikshirt, auf dem in Pink die Worte *Peace* und *Love* stehen. Es ist mit Glitter überzogen. Ihr Haar hat sie zu einem seitlichen Pferdeschwanz zusammengenommen, mit dem sie etwas zu schick wirkt für die orangefarbene Zahnspange, die ihre wandernden Zähne ziert. Ihren linken Arm hat sie von oben bis unten bemalt: Peace-Zeichen, ihren eigenen Namen, ein Herz. Den Namen Austin.

Austin?

»Und was war noch für'n Arsch?«, fragt Heidi.

Wer zum Geier ist Austin?

»Taylor hat beim Mittagessen ihre Milch verschüttet. Voll auf mein Mathebuch.«

»Ist das Buch noch in Ordnung?«, will Heidi wissen. Taylor ist Zoes beste Freundin, ihre BFFIUE, *Beste Freundin für immer und ewig,* seit die Mädchen ungefähr vier waren. Sie tragen die gleichen BFFIUE-Halskettchen, ausgerechnet mit Totenköpfen. Das von Zoe ist lindgrün, und sie trägt es immer, Tag und Nacht. Taylors Mutter Jennifer ist Heidis beste Freundin. Wenn ich mich recht entsinne, sind sie sich im Stadtpark begegnet, zwei kleine Mädchen, die im Sandkasten spielten, während ihre Mütter auf derselben Parkbank verschnauften. Heidi nennt es eine zufällige Fügung. Obwohl ich glaube, in Wirklichkeit hat Zoe Taylor Sand in die Augen geworfen, und jene ersten Momente waren alles andere als Glück verheißend.

Wäre Heidi nicht gewesen mit ihrer Reserve-Wasserflasche, um den Sand auszuwaschen, und hätte Jennifer sich nicht gerade mitten in einer Scheidung befunden und dringend jemanden gebraucht, bei dem sie ihren Kummer abladen konnte, wäre die ganze Geschichte vielleicht ganz anders ausgegangen.

Zoe erwidert: »Keine Ahnung. Schätze schon.«

»Müssen wir es ersetzen?«

Kein Kommentar.

»Sonst noch was passiert? Irgendwas *Gutes?*«

Kopfschütteln.

Und das ist Zoes Tag für'n Arsch in Kurzfassung.

Zoe wird vom Tisch entlassen, ohne ihr Chili gegessen zu haben. Heidi überredet sie, wenigstens ein paarmal von einem Maisbrot-Muffin abzubeißen und ein Glas Milch zu leeren, und schickt sie dann in ihr Zimmer, damit sie ihre Hausaufgaben zu Ende macht. Heidi und ich bleiben allein zurück. Wieder klingelt mein Handy. Heidi springt auf, um das Geschirr abzuräumen, und ich zögere und frage mich, ob ich nun entschuldigt bin oder nicht. Aber stattdessen schnappe ich mir etwas Geschirr vom Tisch und bringe es Heidi, die gerade dabei ist, Zoes Chili in den Müllhäcksler zu schütten.

»Das Chili war gut«, lüge ich. Das Chili war alles andere als gut. Ich stapele das Geschirr auf der Küchenarbeitsplatte, damit Heidi es abspülen kann, bleibe hinter ihr stehen und presse meine Hand auf rot karierten Flanell.

»Wer kommt alles mit nach San Francisco?«, fragt Heidi. Sie stellt das Wasser ab und dreht sich zu mir um. Ich lehne mich an sie, und es erinnert mich an das Gefühl, wenn ich mit ihr zusammen bin, eine Vertrautheit, die tief in uns beiden verwurzelt ist, eine Gewohnheit, die uns in Fleisch und Blut übergegangen ist. Fast mein halbes Leben bin ich nun schon mit Heidi zusammen. Ich weiß, was sie sagen will, bevor sie es sagt. Ich kenne ihre Körpersprache und weiß, was sie bedeutet. Ich kenne den einladenden Blick in ihren Augen, wenn Zoe woanders übernachtet oder lange nachdem sie im Bett ist. Ich weiß, als sie ihre Arme jetzt um mich schlingt und mich an sich zieht, ihre Hände hinter meinem Rücken verschränkt, dass das kein Akt der Zuneigung, sondern des Besitzanspruchs ist.

Du gehörst mir.

»Nur ein paar Leute aus dem Büro«, sage ich zu ihr.

Wieder dieser forschende Blick. Sie will, dass ich genauer werde. »Tom«, sage ich, »und Henry Tomlin.« Und dann zögere ich, und dieses Zögern ist es wahrscheinlich, was mir zum Verhängnis wird. »Cassidy Knudsen«, gestehe ich kleinlaut, füge den Nachnamen an, als wüsste sie nicht, wer Cassidy ist. Cassidy Knudsen mit dem stummen K.

Und da nimmt sie ihre Hände weg und dreht sich wieder zur Spüle um.

»Es ist eine Dienstreise«, erinnere ich sie. »Streng geschäftlich«, sage ich, während ich mein Gesicht in ihrem Haar vergrabe. Es riecht nach Erdbeeren, süßen und saftigen Erdbeeren, vermischt mit einem Sammelsurium an Stadtgerüchen: der Dreck der Straße, fremde Menschen im Zug, der muffige Geruch von Regen.

»Weiß *sie* das auch?«, fragt Heidi.

»Glaub mir, ich werde sie daran erinnern«, entgegne ich. Und als das Gespräch verebbt, es im Raum still wird, bis auf das wenig zartfühlende Befördern des Geschirrs in die Spülmaschine, ergreife ich die Gelegenheit, um zu entfliehen und zum Packen ins Schlafzimmer zu gehen.

Es ist nicht meine Schuld, dass ich eine Kollegin habe, die nett anzusehen ist.

Als ich morgens aufwache, ist Chris schon weg. Neben mir auf dem pseudo-antiken Nachttisch steht eine große Tasse Kaffee, lauwarm und wahrscheinlich randvoll mit Haselnuss-Kaffeeweißer, aber trotzdem Kaffee. Ich setze mich im Bett auf, greife nach der Tasse und der Fernbedienung, und kaum habe ich dem Fernseher Leben eingehaucht, stolpere ich auch schon über die Vorhersage für den Tag: Regen.

Als ich endlich durch den Flur in die Küche wanke, vorbei an Zoes Porträtfotos vom Kindergarten bis zur siebten Klasse, treffe ich Zoe in der Küche an, wie sie sich gerade im Stehen Milch und Cornflakes in eine Schale schüttet.

»Guten Morgen«, sage ich, und sie fährt zusammen. »Gut geschlafen?«, frage ich und küsse sie vorsichtig auf die Stirn. Sie versteift sich, sentimentaler Kram ist ihr in letzter Zeit unangenehm. Trotzdem verspüre ich als ihre Mutter die Notwendigkeit, ihr meine Zuneigung zu zeigen. Ein High Five – oder ein heimlicher Händedruck, wie Chris und Zoe ihn manchmal austauschen – reicht einfach nicht, deshalb küsse ich sie. Ich merke zwar, wie sie sich entzieht, weiß aber, dass ich ihr für heute meine Liebe eingepflanzt habe. Zoe hat schon ihre Schuluniform an, den karierten Falten-Trägerrock und die dunkelblaue Strickjacke, die Spangenschuhe aus Wildleder, die sie hasst.

»Ja«, sagt sie und geht mit ihrer Schale zum Küchentisch, um zu essen.

»Wie wär's mit einem Saft?«

»Hab keinen Durst.« Trotzdem sehe ich, wie sie nach der Kaffeemaschine schielt, eine Tür, die sie schon mal geöffnet und die ich entschieden wieder zugestoßen hatte. Keine Zwölfjährige braucht ein Aufputschmittel, um morgens in die Gänge zu kommen. Ich dagegen fülle meine Tasse, kippe Kaffeeweißer dazu, setze mich mit einer Schüssel Frühstücksflocken mit Rosinen neben Zoe und versuche, einen Small Talk über den bevorstehenden Tag anzukurbeln. Ihre Antworten bestehen nur aus *ja*, *nein* und *keine Ahnung*, und dann huscht sie davon, um sich die Zähne zu putzen, und ich sehe mich der Stille der Küche überlassen, dem stetigen Trommeln der Regentropfen an das Erkerfenster.

Beim Aufbruch in einen durchnässten Tag begegnen wir im Hausflur einem Nachbarn. Graham. Er drückt auf den Knöpfen einer schicken Armbanduhr herum, und das Spielzeug gibt die verschiedensten Pieptöne von sich. Eindeutig zufrieden schmunzelt er in sich hinein.

»Na, die Damen, auch hier?«, trällert er mit dem dekadentesten Lächeln, das ich je gesehen habe. Sein längeres blondes Haar klebt an seiner glänzenden Stirn, Strähnen, die dank einer großzügigen Portion Haargel schon bald wieder wie eine Eins stehen werden. Er ist nass, obwohl ich nicht sicher bin, ob vom Regen oder vom Schweiß.

Graham kommt gerade von einem morgendlichen Lauf am Seeufer nach Hause, von Kopf bis Fuß in ein Nike-Outfit gekleidet, mit einer überteuerten Armbanduhr, die seine gelaufenen Kilometer und Schritte zählt. Seine ganze Kleidung passt etwas zu gut zusammen, ein lindgrüner Streifen auf seiner Jacke wiederholt sich an seinen Schuhen.

Er ist das, was man metrosexuell nennen würde, obwohl Chris überzeugt ist, dass es mehr als das ist.

»Morgen, Graham«, sage ich. »Wie war dein Lauf?«

An die weizenfarbene Wand mit der weißen Vertäfelung gelehnt, spritzt er sich einen kräftigen Wasserstrahl in den Mund und sagt: »Der Wahnsinn.« Sein Gesicht hat einen euphorischen Ausdruck, der Zoe erröten lässt. Sie blickt auf ihre Schuhe hinab und streift mit der einen Fußspitze unsichtbaren Dreck vom anderen Schuh.

Graham ist Waise, um die dreißig und wohnt in diesem Gebäude, seit ihm die Wohnung nebenan im letzten Willen seiner Mutter überlassen wurde. Als sie vor vielen Jahren starb, sahnte Graham richtig ab, denn er erhielt nicht nur das Erbe seiner Mutter, sondern außerdem Hunderttausende Dollar Entschädigung vom Krankenhaus, und dieses Geld verschleudert er nach und nach für hochmoderne Uhren, teure Weine und eine verschwenderische Wohnungseinrichtung.

Eigentlich hatte Graham nach dem Tod seiner Mutter vor, die Wohnung zu verkaufen, aber stattdessen zog er ein. Umzugswagen tauschten ihre außergewöhnliche Zusammenstellung an Möbeln und Habseligkeiten gegen die moderne Einrichtung von Graham, so schnittig und stylish, dass sie wirkte wie aus dem *Design-Within-Reach*-Katalog entsprungen: klare Linien, scharfe Winkel und neutrale Farben. Er war Minimalist, kaum etwas in der Wohnung, außer seitenweise Computerpapier, das den Fußboden bedeckte.

»Schwul«, versicherte Chris mir, nachdem wir zum ersten Mal einen Fuß in Grahams neue Eigentumswohnung gesetzt hatten. »Der ist schwul.« Es war nicht nur die Wohnungseinrichtung, die Chris davon überzeugte, sondern es waren auch die vollen Kleiderschränke – mehr Klamotten, als selbst ich besaß –, die er absichtlich offen gelassen hatte, damit wir sie bewundern konnten. »Denk an meine Worte. Du wirst es schon noch sehen.«

Und doch kam regelmäßig Damenbesuch, atemberaubende Frauen, bei denen es sogar mir die Sprache verschlug. Frauen mit wasserstoffblonden Haaren und unnatürlich blauen Augen, mit Körpern wie Barbiepuppen.

Graham war in Erscheinung getreten, als Zoe noch ein Kleinkind war. Er zog sie an wie eine Schale braune Bananen die Fruchtfliegen. Als freiberuflicher Schriftsteller war Graham oft zu Hause, starrte mit leerem Blick auf einen Computerbildschirm und führte sich eine Überdosis Koffein und Selbstzweifel zu. Des Öfteren kam er uns zur Hilfe, wenn Zoe krank war und weder Chris noch ich bei der Arbeit fehlen durften. Graham hieß sie auf seinem Steppsofa willkommen, wo sie sich gemeinsam Zeichentrickfilme ansahen. Auf ihn ist immer Verlass, wenn man ein Stück Butter braucht, ein Trocknertuch oder jemanden, der die Tür aufhält. Außerdem ist er unschlagbar, was expositorisches Schreiben angeht, und hilft Zoe bei den Englischhausaufgaben, wenn weder Chris noch ich weiterwissen. Er ist Experte im Zubereiten von Truthähnen, ganz im Gegensatz zu mir, wie ich mitten in den Vorbereitungen eines Thanksgiving-Essens für die angeheiratete Verwandtschaft feststellen musste.

Kurz: Graham ist ein guter Freund.

»Ihr beiden solltet irgendwann mal mitkommen«, sagt Graham und meint den Lauf. Ich betrachte die Vielzahl der an seine Taille geschnallten Wasserflaschen und denke: Besser nicht.

»Du würdest es bereuen«, sage ich und sehe zu, wie Graham Zoe durchs Haar wuschelt und sie wieder rot wird, dieses Mal mit dem Rosastich, der nichts mit seinen sexuellen Anspielungen zu tun hat.

»Und was ist mit dir?«, fragt er Zoe, und sie zuckt mit den Achseln. Zwölf zu sein, hat durchaus Vorteile, ein Achselzucken und ein Lächeln, und man ist aus dem Schneider. »Denk drüber nach«, sagt er und lässt wieder jenes dekadente Lächeln aufblitzen. Seine makellos weißen Zähne sitzen in Reih und Glied wie gut erzogene Schulkinder. Die Andeutung eines Barts ziert sein noch unrasiertes Gesicht. Seine leicht nach außen abfallenden Augen meidet Zoe wie der Teufel das Weihwasser. Nicht, weil sie ihn nicht leiden kann. Sondern ganz im Gegenteil.

Wir verabschieden uns und gehen in den Regen hinaus.

Ich begleite Zoe zur Schule und gehe dann weiter zur Arbeit. Zoe besucht die katholische Schule bei uns um die Ecke, gleich neben einer klobigen byzantinischen Kirche mit grauer Steinfassade, schweren Holztüren und einer traumhaften Kuppel, die hoch in den Himmel ragt. Die Kirche ist reich verziert, von den goldenen Wandgemälden, die von einer Wand zur anderen reichen, bis zu den Buntglasfenstern und dem marmornen Altar. Die Schule liegt versteckt hinter der Kirche, ein ganz normales Schulgebäude aus Backstein mit Spielplatz und einer Menge Kinder, alle in der gleichen Karo-Uniform, die sich unter bunten Regenmänteln verbirgt, und mit viel zu fetten Rucksäcken für ihre zierlichen Körper.

Zoe macht sich davon, ohne sich richtig zu verabschieden, und ich sehe vom Bordstein aus zu, wie sie sich zu anderen Siebtklässlern gesellt und von der überschwemmten Straße auf das trockene Gebäude zueilt. Dabei achtet sie darauf, sich von den Kleinen fernzuhalten – die sich an die Beine ihrer Eltern klammern und sie beknien, nicht gehen zu müssen –, als hätten sie eine ansteckende Krankheit.

Ich blicke ihr hinterher, bis sie im Gebäude verschwunden ist, und setze dann meinen Weg zur Fullerton Station fort. Unterwegs verwandelt sich der Regen mit all seiner Dringlichkeit in Hagel, und ich fange an, ziemlich unelegant die Straße entlangzurennen, wobei ich durch Pfützen trampele und schmutziges Regenwasser meine Beine hochspritzt.

Das Mädchen mit dem Baby kommt mir in den Sinn, und ich frage mich, ob sie jetzt auch irgendwo da draußen sind und der Regen auf sie niederprasselt.

An der Haltestelle angekommen, passiere ich mithilfe meines Fahrausweises das Drehkreuz und stürme dann die rutschigen Treppenstufen hinauf, gespannt, ob ich sie sehen werde, das Mädchen mit dem Baby, aber sie sind nicht da. Natürlich bin ich froh, dass die Kleine und ihre Mutter bei diesem

Sauwetter nicht auf dem Bahnsteig sind, aber schon beginnen meine Gedanken wieder zu wandern. *Wo sind sie*, und, noch wichtiger, *sind sie in Sicherheit? Im Trockenen? Im Warmen?* Mein Gefühl ist der Inbegriff von bittersüß. Ungeduldig warte ich auf den Zug, und als er eintrifft, steige ich ein, die Augen auf das Fenster geheftet, und erwarte fast, sie jeden Moment auftauchen zu sehen: die NATO-grüne Jacke und die Schnürstiefel, den altmodischen Lederkoffer und die durchnässte rosa Fleecedecke, den unbedeckten hellen Kopf des Babys mit dem zarten Flaum, sein zahnloses Lächeln.

Auf der Arbeit ist unser Zentrum für Lese- und Schreibunterricht das Ziel des Schulausflugs einer dritten Klasse. Ich und eine Handvoll Freiwilliger lesen den Schülern Gedichte vor, und dann versuchen sie sich selbst daran, welche zu verfassen und zu illustrieren, die die Mutigeren unter ihnen dann in der Gruppe vortragen. Die meisten Schüler kommen aus der Unterschicht in unser Zentrum, aus städtischen Gegenden, überwiegend Afroamerikaner und Latinos. Viele stammen aus Haushalten mit niedrigem Einkommen, und ein paar sprechen zu Hause eine andere Sprache als Englisch: Spanisch, Polnisch, Chinesisch.

Viele dieser Kinder kommen aus Familien, in denen beide Eltern arbeiten, sofern es noch beide gibt. Oft sind die Eltern alleinerziehend. Viele sind Schlüsselkinder, die ihre Nachmittage und Abende allein verbringen. Sie werden übersehen zugunsten dringenderer Angelegenheiten. Essen und Unterkunft zum Beispiel. An einem Morgen in unserer Einrichtung geht es nicht nur darum, Lesen und Schreiben zu lernen und eine Liebe zu Sonetten und Haikus zu entwickeln. Es geht um die Zweifel, die die Kinder überkommen, wenn sie durch unsere Tür treten (und leise über die bevorstehende Aufgabe murren), und die seelische Kraft, die sie nach ein paar Stunden harter Arbeit und der ungeteilten Aufmerksamkeit unserer Mitarbeiter gewonnen haben.

Aber sobald sie gegangen sind, kehren meine Gedanken an das Mädchen mit dem Baby zurück.

Als es Zeit für die Mittagspause ist, hat sich der Regen zu einem unnützen Nieseln verringert. Ich mache meinen Regenmantel zu und gehe los, mit schnellen Schritten die State Street entlang, während ich mich, statt eines Mittagessens, an einem gesunden Müsliriegel gütlich tue. Mein Ziel ist die Bibliothek, wo ich ein Buch abholen will, das ich über die Fernleihe bestellt habe. Ich liebe die Bibliothek mit ihrem sonnendurchfluteten Atrium (wenn auch nicht heute), den grotesken Gargylen aus Granit und Abermillionen von Büchern. Ich liebe die Ruhe der Bibliothek, des Tors zum Wissen, zur französischen Sprache und mittelalterlichen Geschichte, zu Hydrobautechnik und zu Märchen. Lernen in einer der primitivsten Formen: Bücher, die mehr und mehr von der modernen Technologie verdrängt werden.

Ich bleibe neben einer Obdachlosen stehen, die sich an das rote Backsteingebäude lehnt, und lege ihr Dollarnoten in die ausgestreckte Hand. Als sie mich anlächelt, sehe ich, dass ihr einige Zähne fehlen. Ein dünner schwarzer Hut auf ihrem Kopf soll sie warm halten. Sie murmelt ein kaum verständliches Dankeschön. Die wenigen Zähne, die sie noch hat, sind schwarz, was sie vermutlich der Einnahme von Metamphetamin zu verdanken hat.

Ich finde mein Buch im Bereitstellungsregal und fahre dann mit verschiedenen Aufzügen in den siebten Stock hinauf, gehe vorbei an Wachleuten und Grundschulausflüglern, Männern, die umherschlendern, Frauen, die sich mit anderen Frauen unterhalten, viel zu laut für eine Bibliothek. Die Bibliothek ist warm und ruhig und einladend, und auf der Suche nach einer unterhaltsamen Lektüre, dem neuesten Bestseller der *New York Times*, begebe ich mich in die Literaturgänge.

Und da sehe ich sie, das Mädchen mit ihrem Baby. Im

Schneidersitz hockt sie mitten in den Literaturgängen auf dem Boden, das Baby quer über ihren Schoß gelegt, den Kopf erhöht auf einem Knie. Der Koffer steht neben ihr auf dem Boden. Das Mädchen scheint dankbar zu sein, dass sie vorübergehend von seinem Gewicht befreit ist. Aus der Tasche der NATO-grünen Jacke holt sie ein Fläschchen und hält es dem Säugling an den gierigen Mund. Sie greift nach einem Buch vom unteren Regal, und während ich mich in den nächsten Gang schleiche und irgendeinen Science-Fiction-Thriller aus dem Regal reiße und auf Seite siebenundvierzig aufschlage, höre ich sie mit leiser Stimme aus *Anne auf Green Gables* vorlesen, während sie dem Baby über die Unterseite der Zehen streichelt.

Die Kleine ist vollkommen ruhig. Ich spähe durch das Metallregal hindurch, während sie das Fläschchen leer trinkt bis auf die letzten Bläschen am Boden. Dann werden ihre Augen allmählich zu schwer, um sie offen zu halten, und schließen sich ganz langsam. Ihr Körper sinkt in den Schlaf, ist völlig regungslos, mit Ausnahme eines gelegentlichen unwillkürlichen Zuckens. Ihre Mutter liest weiter, streichelt weiter mit Daumen und Zeigefinger die winzigen Zehen, und ich bin plötzlich zur heimlichen Beobachterin eines sehr vertraulichen Moments zwischen Mutter und Kind geworden.

Eine Bibliothekarin taucht auf. »Brauchen Sie Hilfe?«, fragt sie, und ich fahre zusammen und umklammere den Science-Fiction-Thriller mit meiner Hand. Ich fühle mich ertappt, bin verlegen, und mein Mantel tropft immer noch vom Regen. Die Bibliothekarin lächelt, ihre Gesichtszüge sind weich und freundlich.

»Nein«, sage ich schnell und leise. Ich will das Baby nicht wecken. Ich flüstere: »Nein. Ich habe es gerade gefunden.« Dann haste ich zu den Aufzügen und nach unten, um mein neues Buch auszuleihen.

Auf dem Weg von der Arbeit nach Hause mache ich halt in der Videothek und besorge einen Frauenfilm für Zoe und mich, dazu eine Packung fettfreies Mikrowellen-Popcorn. Chris war schon immer viel auf Achse. Als Zoe klein war, wirkte sich die Tatsache, dass ihr Vater in diesem Moment noch da und im nächsten schon wieder weg war, negativ auf sie aus. Wenn er unterwegs war, dachten wir uns lustige Sachen aus, die wir machten, wenn Daddy nicht dabei sein konnte: Filmabende und Pyjamapartys im Ehebett, Pfannkuchen zum Abendessen, oder wir erfanden Geschichten, in denen Chris ein Zeitreisender war, was wesentlich interessanter war als ein langweiliger reisender Investmentbanker.

Ich fahre mit dem Aufzug in den vierten Stock unseres Wohnhauses im klassischen Stil, und als ich die Wohnung betrete, herrschen dort unheimliche Stille und merkwürdige Dunkelheit. Für gewöhnlich werde ich vom dröhnenden Sound aus Zoes Stereoanlage begrüßt. Aber heute Abend ist es still. Ich knipse eine Lampe im Wohnzimmer an und rufe Zoes Namen. An ihrer Zimmertür klopfe ich an. Ich kann das Licht unter der Tür durchscheinen sehen, erhalte aber keine Antwort. Ich gehe hinein.

Zoe, die immer noch ihre Schuluniform trägt – was in letzter Zeit eine Seltenheit ist –, liegt ausgestreckt auf dem cremefarbenen Flokatiteppich, der die Parkettböden auskleidet. Normalerweise entledigt sie sich ihrer Uniform, sobald sie durch die Tür kommt, zugunsten von etwas Drastischerem, etwas mit Pailletten oder Strass Besetztem. Ich kann sehen, dass sie atmet – *sie schläft* –, also verzichte ich darauf, in Panik auszubrechen. Aber ich betrachte aufmerksam, wie sie jenes gelbe Notizbuch umarmt und richtungslos auf dem Fußboden liegt, als wäre ihr Körper plötzlich zu schwer geworden, um ihn aufrecht zu halten. Sie ist in eine Kuscheldecke gehüllt, ihr Kopf ruht auf einem Dekokissen, auf dem *Hugs & Kisses* steht. Ihr

Heizgerät, das Chris gekauft hat, weil Zoe darüber klagte, dass es in ihrem Zimmer zu kalt sei, steht auf sechsundzwanzig Grad. Der Raum ist ein Backofen, und Zoe, die nur gut einen halben Meter vom Heizgerät entfernt liegt, wird gebraten. Ihre Wangen sind knallrot, und es ist ein Wunder, dass die Decke noch kein Feuer gefangen hat. Ich drücke auf den Knopf, um das Ding auszuschalten, aber es wird Stunden dauern, bis sich der Raum wieder abkühlt.

Mein Blick schweift im Zimmer umher, wofür Zoe mich anmotzen würde, wenn sie nicht schliefe – das freiliegende Mauerwerk, das an allen möglichen Stellen in der Wohnung aus den Wänden schaut und nach Chris' Ansicht der Grund für die Kälte in Zoes Zimmer ist, das ungemachte Himmelbett mit dem Patchwork-Quilt, die Poster von Teenie-Stars und tropischen Paradiesen, die mit Spachtelmasse an den Wänden befestigt sind. Ihr Rucksack liegt auf dem Boden, der Inhalt quillt heraus, darunter, unberührt, der Müsliriegel, den ich ihr heute Morgen als Snack für nach der Schule in die Hand gedrückt habe. Zusammengeknüllte Zettel von Klassenkameraden sind auf dem Boden verteilt. Die Katzen liegen neben Zoe und nutzen genießerisch die glühende Hitze.

Ich fahre Zoe mit den Händen durch das lange Haar und rufe leise ihren Namen, einmal, dann noch einmal. Als sie zu sich kommt, setzt sie sich abrupt auf, die Augen aufgerissen, als hätte ich sie bei etwas Verbotenem ertappt. Etwas Bösem. Sie springt auf, die Katzen ebenfalls, und wirft die Decke auf ihr Bett.

»Ich war müde«, erklärt sie und lässt ihren Blick im Zimmer umherschnellen, um herauszufinden, welche Verfehlungen ich möglicherweise entdeckt habe. Keine. Es ist fast sieben Uhr, und draußen, irgendwo hinter den fetten dunklen Wolken, geht allmählich die Sonne unter. In San Francisco sitzt Chris wahrscheinlich gerade in irgendeinem extravaganten Restaurant bei einem Wahnsinnsessen und taxiert über den Tisch hinweg Cassidy Knudsen. Ich verbanne den Gedanken aus meinem Kopf.

»Dann bin ich ja froh, dass du dich ein bisschen hingelegt hast«, sage ich und betrachte die Knitter auf ihrer Wange, ihre erschöpften braunen Augen. »Wie war dein Tag?«

»Gut«, sagt sie und greift rasch nach dem gelben Notizbuch auf dem Boden. Sie klammert sich daran wie ein Lemurenbaby an das Fell seiner Mutter.

»War Mrs. Peters wieder da?«

»Nein.«

»Sie muss wirklich krank sein«, sage ich. Die Grippewelle scheint ihren Höhepunkt dieses Jahr ziemlich spät zu haben. »Dieselbe Vertretung? Die Nervensäge?«

Zoe nickt. Ja. Die Nervensäge.

»Dann werde ich mal Essen machen«, sage ich zu Zoe, aber zu meiner Überraschung entgegnet sie: »Ich hab schon gegessen.«

»Ach ja?«

»Ich hatte Hunger. Nach der Schule. Ich wusste nicht, wann du heimkommst.«

»Ist schon gut«, sage ich zu ihr. »Was hast du denn gegessen?«

»Käsetoast«, sagt sie, und dann sicherheitshalber noch: »… und einen Apfel.«

»Okay.«

Ich merke, dass ich immer noch meinen Regenmantel und meine Gummistiefel trage und meine Tasche umgehängt habe. Freudig erregt stecke ich die Hand in die Tasche und zaubere den Film und das Popcorn hervor.

»Lust auf einen Filmabend?«, erkundige ich mich. »Nur du und ich?«

Sie sieht mich schweigend und mit ausdruckslosem Gesicht

an, ganz im Gegensatz zu meinem eigenen lebhaften, dämlichen Lächeln. Ich spüre das *Nein,* lange bevor es erscheint.

»Es ist nur …«, fängt sie an. »Ich schreibe morgen eine Arbeit. Mittelwert, Zentralwert und Modalwert.«

Ich lasse den Film wieder in meine Tasche fallen. So viel zu dieser Idee. »Dann kann ich dir doch beim Lernen helfen«, schlage ich vor.

»Geht schon. Ich hab mir Lernkärtchen gemacht.« Und zum Beweis zeigt sie sie mir.

Ich versuche, nicht überempfindlich zu reagieren, denn ich weiß, es gab eine Zeit, als ich zwölf – oder sechzehn oder siebzehn – war und mich lieber einer Zahnbehandlung unterzogen hätte, als mit meiner Mom rumzuhängen.

Ich nicke. »Na gut«, sage ich und schlüpfe aus dem Zimmer. Und leise wie ein Mäuschen macht sie die Tür hinter mir zu und schließt ab.

CHRIS

Wir sitzen in einem Hotelzimmer, Henry, Tom, Cassidy und ich. Und zwar in *meinem* Hotelzimmer. Auf dem Fernseher liegt ein halb leer gegessener Karton Salami-Pizza (Fleisch!), und im Raum verteilt stehen offene Coladosen. Henry ist im Bad, und da er jetzt schon ziemlich lang da drin ist, nehme ich an, er hält eine Sitzung. Tom telefoniert in der Ecke und steckt sich einen Finger ins Ohr, um seinen Gesprächspartner besser verstehen zu können. Auf meinem Bett liegen Torten- und Balkendiagramme ausgebreitet und überall, auf dem Tisch, auf dem Fußboden, benutzte Pappteller. Cassidys Teller steht auf dem Beistelltisch, es ist der, auf dem die Salami abgepflückt und in einem ordentlichen Stapel neben ihre Dose Diätcola gelegt wurde. Ich schnappe mir eine Scheibe Salami und stecke sie mir in den Mund, und als sie mir einen Blick zuwirft, zucke ich mit den Achseln und frage: »Was ist? Heidi kocht neuerdings fleischlos. Ich komme langsam auf Proteinentzug.«

»Hat das New York Strip Steak deine Gelüste etwa nicht befriedigt?«, fragt sie und lächelt. Auf eine frivole Art. Cassidy Knudsen ist Mitte, Ende zwanzig, hat gerade ihren Management-Studiengang mit dem Master of Business Administration abgeschlossen und arbeitet seit etwa zehn Monaten bei uns. Sie ist ein verfluchtes Genie, aber nicht von der tollpatschigen, nerdigen Art, sondern von der Art, dass sie Wörter wie *treuhänderisch* und *Hedging* benutzen kann und sich dabei noch cool anhört. Sie ist gebaut wie ein Laternenpfahl, groß und dünn und oben eine leuchtende Kugel.

»Wenn ich meine Frau hierhaben wollte, hätte ich sie mitgebracht.«

Sie sitzt auf der Bettkante. Sie trägt so einen Bleistiftrock und dazu acht Zentimeter hohe Absätze. Eine Frau von Cassidys Statur braucht keine acht Zentimeter hohen Absätze, was das Ganze noch gewagter macht. Sie fährt sich mit den Händen durch ihr champagnerfarbenes Haar, das zu einem glatten Bob geschnitten ist, und erwidert: »Eins zu null für dich.«

Draußen vor dem Fenster wird die Nacht von der Skyline San Franciscos erhellt. Die schweren Hotelvorhänge sind geöffnet. Halb rechts können wir das höchste Gebäude San Franciscos, die Transamerica Pyramid, sehen, das Bank of America Center, das die Einheimischen fast nur mit seiner Hausnummer »555 California Street« bezeichnen, und die San Francisco Bay. Es ist nach neun. Im Zimmer nebenan läuft lautstark der Fernseher, und der Lärm eines Vorsaison-Baseballspiels dringt durch die Wände. Ich nehme mir noch eine Scheibe Salami von Cassidys Teller und lausche: Die Giants führen mit drei zu zwei.

Henry taucht wieder aus dem Badezimmer auf, und wir bemühen uns nach Kräften, den Gestank zu ignorieren, der ihm folgt. »Chris«, sagt er und hält mir in der ausgestreckten Hand sein Handy hin. Ich frage mich, ob er sich die Hände gewaschen hat. Ob er die ganze Zeit auf dem Klo telefoniert hat? Henry ist nicht unbedingt das, was man sich unter stilvoll vorstellt. Als er aus dem Bad kommt, sehe ich auch noch, dass sein Hosenlatz offen steht, und würde es ihm sagen, wenn er nicht gerade mein Zimmer vollgestänkert hätte. »Der Schwindler will mit dir sprechen.« Ich nehme ihm das Telefon aus der Hand, und als ich sehe, wie er nach einem weiteren Stück Pizza greift, vergeht mir augenblicklich der Appetit.

Es hat schon seinen Grund, dass wir dem potenziellen Kunden Aaron Swinder den Spitznamen »der Schwindler« gegeben haben. Klingt ja so ähnlich. Aber das sollte er besser nicht hören. Ich schlage also meine schönste Verkäuferstimme an und verziehe mich in meine eigene Ecke des beengten Hotelzimmers. »Mister Swinder«, sage ich, »wie steht's bei den Giants?« Ich beginne das Gespräch mit dieser Frage, obwohl ich weiß, dass sie, den Buhrufen aus dem Nebenzimmer nach zu urteilen, nicht mehr am Gewinnen sind.

Ich wollte nicht immer Investmentbanker werden. Als ich sechs Jahre alt war, hatte ich alle möglichen hochtrabenden Ziele: Astronaut, Basketballprofi, Frisör (damals kam mir das erhaben vor, wie eine Art Chirurg für die Haare). Als ich älter wurde, ging es weniger um die berufliche Laufbahn an sich, sondern darum, wie viel man damit verdiente. Ich stellte mir ein Penthouse im Stadtteil Gold Coast vor, einen schicken Sportwagen und dass die Leute zu mir aufsahen. Mir kam Rechtsanwalt, Arzt und Pilot in den Sinn, aber nichts davon interessierte mich. Als die Collegezeit nahte, hatte ich einen solchen Hang zum Geld, dass ich Finanzwesen als Hauptfach wählte, weil es sich einfach richtig anfühlte, mit anderen verzogenen Bälgern in einem Klassenzimmer zu sitzen und über *Geld* zu reden. *Money, money, money.*

Rückblickend war es vermutlich das, was mich an Heidi am meisten fasziniert hat, als wir uns kennenlernten. Heidi beschäftigte sich nicht so zwanghaft mit Geld wie alle anderen, die ich kannte. Sie beschäftigte sich zwanghaft mit dem Geldmangel, den Habenichtsen im Gegensatz zu den Vermögenden, während ich mich ausschließlich um die Vermögenden kümmerte. Wer hatte das meiste Geld, und wie konnte ich mir einen Teil davon unter den Nagel reißen?

Aaron Swinder lässt sich ohne Punkt und Komma über Derivate aus, als ich von der anderen Seite des Zimmers mein eigenes Telefon klingeln höre, das auf der gestreiften Steppdecke neben Cassidy und jetzt Henry liegt, der vierzig und vor allem Single ist und gerade alles andere als unauffällig auf die hauchdünnen Nylonstrümpfe an ihren Beinen glotzt. Ich warte auf einen wichtigen Anruf, den ich auf keinen Fall verpassen darf, also gebe ich ihr ein Zeichen, dranzugehen, und höre sie »Hallo, Heidi« in den Hörer flöten.

Ich falle in mich zusammen wie ein Heliumballon nach einer Party. Mist. Ich hebe einen Finger in Cassidys Richtung – *nicht auflegen* –, aber da Aaron Swinder ohne Unterlass weiter über seine beknackten Derivate spricht, bin ich gezwungen, mir eine zähe Unterhaltung zwischen Cassidy und meiner Frau über den Flug nach San Francisco, das Abendessen in einem teuren Steakhouse und das gottverdammte Wetter anzuhören.

Heidi ist Cassidy genau dreimal begegnet. Ich weiß das, weil sie mich nach jeder einzelnen dieser Begegnungen mit Schweigen strafte, als könnte ich etwas dafür, dass die Frau für unser Team eingestellt wurde, und, ganz nebenbei, auch für ihr gutes Aussehen. Das erste Mal sind sie sich letzten Sommer auf einem Firmenpicknick im botanischen Garten begegnet. Ich hätte Cassidy Heidi gegenüber nie erwähnt. Sie arbeitete erst seit sechs Wochen bei uns. Ich hatte nicht das Gefühl, dass es nötig beziehungsweise besonders klug gewesen wäre. Aber als wir uns bei zweiunddreißig Grad Hitze, verschwitzt und verklebt, ein schattiges Plätzchen unter einem Walnussbaum gesucht hatten, schlenderte Cassidy in einem langen, trägerlosen Sommerkleid vorbei. Ich sah Heidi unbeholfen an ihrem Jeansrock und ihrer Bluse herumzupfen, die sie eindeutig durchgeschwitzt hatte. Und ich konnte zusehen, wie ihr letztes bisschen Selbstbewusstsein dahinschmolz.

»Wer ist das?«, fragte Heidi später, nachdem sie sich eine Weile mit falschem Lächeln gegenseitig versichert hatten, wie »erfreut« sie seien, einander kennenzulernen, und Cassidy sich wieder auf die Suche nach der nächsten glücklichen Ehe gemacht hatte, die sie aufmischen konnte. »Deine Sekretärin?«

Ich sollte nie erfahren, was Heidi damit meinte und ob es schlimmer oder weniger schlimm gewesen wäre, wenn Cassidy Knudsen als meine Sekretärin gearbeitet hätte. Später, als wir zu Hause waren, ertappte ich Heidi dabei, wie sie sich mit einer Pinzette vernachlässigbare graue Haare vom Kopf zupfte. Bald darauf belagerten Schönheitsprodukte unseren Waschtisch, vollgepackt mit Wirkstoffen gegen Falten und mit Versprechungen, dem Alter zu trotzen.

Daran muss ich denken, als ich Henry sein Handy wieder hinhalte und dabei übertrieben laut sage: »Bitte schön, Henry«, damit Heidi zu Hause in Chicago weiß, dass Cassidy und ich nicht allein sind, und flüchte mit meinem eigenen Telefon in den Hotelflur. Heidi ist eine schöne Frau, verstehen Sie mich nicht falsch. Umwerfend. Man würde nie darauf kommen, dass zwischen Cassidy und meiner Frau ein ganzes Jahrzehnt liegt.

Und doch wusste Heidi es.

»Hi«, sage ich.

»Was sollte das jetzt?«, fragt sie. Ich stelle sie mir vor, zu Hause im Bett, im Pyjama, roter Flanell, oder vielleicht in dem getupften Nachthemd, das Zoe ihr zum Geburtstag ausgesucht hat. Auf dem Fernseher im Schlafzimmer laufen die Nachrichten, auf ihren Beinen ruht der Laptop. Heidis Haare sind unordentlich hochgesteckt – einfach irgendwie, damit sie ihr nicht in die Augen hängen –, während sie im Internet nach Informationen über die Slums von Dharavi sucht oder vielleicht auch nach den weltweiten Armutsstatistiken. Wer weiß, vielleicht sucht sie ja auch nach Pornos, wenn ich nicht zu Hause bin. Nein. Ich nehme das zurück. Nicht Heidi. Heidi hat einen viel zu guten Geschmack für Pornos. Vielleicht sucht sie nach irgendeiner praktischen Verwendung für vegetarische Fleischstückchen. Katzenfutter? Katzen*streu*?

»Was denn?«, frage ich und stelle mich dumm. Als hätte ich es nicht gemerkt. Die Tapete im Hotelflur ist fürchterlich, irgendein geometrisches rotes Muster, von dem ich Kopfweh kriege.

»Dass Cassidy an dein Telefon geht.«

»Ach so«, sage ich, »das.« Ich erzähle ihr von meinem Telefonat mit Aaron dem Schwindler und wechsele dann, so schnell ich kann, das Thema, indem ich mit dem Erstbesten herausplatze, das mir einfällt. »Regnet es zu Hause immer noch?«, frage ich. Was gibt es Stumpfsinnigeres, als übers Wetter zu reden?

Das tut es. Und zwar den ganzen Tag.

»Warum bist du denn so spät noch wach?«, frage ich. Zu Hause ist es schon nach elf.

»Ich konnte nicht schlafen«, sagt sie.

»Weil du mich vermisst«, tippe ich, obwohl wir natürlich wissen, dass das nicht der Fall ist. Die Wahrscheinlichkeit, dass ich nicht zu Hause bin, ist größer als die, dass ich es bin, und zwar schon, seit wir zusammen sind. Heidi ist daran gewöhnt, dass ich weg bin. Wie heißt es so schön? Die Liebe wächst mit der Entfernung. Das sagt sie jedenfalls immer, wenn ich sie frage, ob sie mich vermisst. Ich glaube, insgeheim genießt sie es, das Bett für sich zu haben. Sie ist eine Bauchschläferin – und eine Deckendiebin – und schläft mit Vorliebe diagonal. Für unsere Ehe funktioniert es einfach gut, wenn ich im Hotel übernachte.

»Ja, klar«, sagt sie. Und dann, wie erwartet: »Die Liebe wächst mit der Entfernung.«

»Wer hat das eigentlich gesagt?«, frage ich.

»Weiß nicht genau.« Ich kann ihre Finger über die Tastatur fliegen hören.

Klick, klick, klick. »Wie läuft es denn bei euch?«

»Gut«, sage ich und beschwöre sie im Geiste, es dabei zu belassen.

Aber das macht sie nicht. Nicht meine Heidi. »Gut? Das ist alles?«, bohrt sie nach, und ich bin gezwungen, ihr darüber Bericht zu erstatten, dass der Flug wegen Regenfällen verschoben wurde, gefolgt von Turbulenzen und einem verschütteten Glas Orangensaft, über ein Mittagessen mit einem Kunden in Fisherman's Wharf und die Gründe, weshalb ich Aaron Schwindler nicht leiden kann.

Aber als ich sie nach ihrem Tag frage, will sie über Zoe sprechen. »Sie hat sich merkwürdig verhalten«, sagt sie.

Ich muss schmunzeln. Ich rutsche an der Tapete mit dem roten geometrischen Muster hinab und nehme auf dem Fußboden Platz. »Sie ist zwölf, Heidi«, sage ich. »Es wird sozusagen von ihr erwartet, sich merkwürdig zu verhalten.«

»Sie hat ein Nickerchen gemacht.«

»Dann war sie eben müde«, sage ich.

»Sie ist zwölf, Chris. Zwölfjährige machen kein Nickerchen.«

»Vielleicht wird sie ja krank. Die Grippe geht um«, sage ich, »weißt du doch.«

»Vielleicht«, sagt sie, hakt jedoch gleich wieder ein: »Sie sah aber gar nicht krank aus.«

»Ich weiß es nicht, Heidi. Es ist lange her, dass ich zwölf war. Außerdem bin ich ein Kerl. Keine Ahnung. Wahrscheinlich ein Wachstumsschub oder irgendein Pubertätskram. Oder sie hat einfach nicht gut geschlafen.«

Ich kann beinahe hören, wie Heidis Kinnlade auf dem Boden aufschlägt. »Du glaubst, Zoe kommt in die *Pubertät?*«, fragt sie. Wenn es nach Heidi ginge, würde Zoe für den Rest ihres Lebens Windeln und Fleece-Schlafanzüge mit Fuß tragen. Sie wartet die Antwort gar nicht erst ab. »Nein«, beschließt sie für sich. »Noch nicht. Zoe hat noch nicht mal ihre Menstruation.«

Ich zucke zusammen. Ich hasse dieses Wort. *Menstruation. Menstruieren. Menstruationsblut.* Die Vorstellung, dass meine Tochter Tampons trägt – und ich das mitbekomme –, ist mir ein Graus.

»Frag doch Jennifer«, schlage ich vor. »Frag Jennifer, ob Taylor schon ihre …« – ich verziehe das Gesicht und zwinge mich, das Wort auszusprechen – »… *Menstruation* hat.«

Ich weiß, wie Frauen sind. Ein bisschen Kameradschaft wirkt Wunder. Wenn Taylor auch in die Pubertät kommt und Heidi und Jennifer sich per Telefon und SMS über auftauchende Schamhaare und wachsende Brüste austauschen können, ist alles gut.

»Das mache ich«, sagt sie entschlossen. »Gute Idee. Ich frage Jennifer.«

Heidis Stimme beruhigt sich, die sorgenvollen Gedanken, die ihr im Kopf herumgeistern, sind vorerst zum Schweigen gebracht. Ich stelle mir vor, wie sie den Laptop auf meine Seite des Betts schiebt – ein Kuschelgefährte für die Nacht. »Chris«, sagt sie.

»Was denn?«

Aber sie überlegt es sich anders. »Ach, schon gut.«

»Was ist denn?«, frage ich erneut. Ein Pärchen geht Hand in Hand den Flur entlang. Ich ziehe die Beine ein, um es vorbeizulassen. »Verzeihen Sie, Sir«, sagt die Frau in sehr großspurigem Tonfall, und ich antworte mit einem Nicken. Die beiden sind bestimmt fünfundsechzig und halten immer noch Händchen. Ich beobachte sie in ihrem Partnerlook aus Kakihosen und Frühlingsmänteln, und mir kommt in den Sinn, dass Heidi und ich uns selten an den Händen fassen. Wir sind wie die Reifen eines Autos: im Gleichlauf, aber unabhängig voneinander.

»Nichts.«

»Bist du sicher?«

»Ja«, sagt sie. »Wir reden darüber, wenn du wieder zu Hause bist.« Und endlich beschließt sie, dass sie müde ist. Ihre Stimme klingt müde. Ich sehe sie vor mir, wie sie immer weiter unter die Decke sinkt, ein schweres Daunenbett, unter dem ich selbst im tiefsten Winter schwitze. Ich male mir aus, dass das Licht und der Fernseher im Schlafzimmer aus sind und Heidis Brille auf dem Beistelltisch neben unserem Bett liegt, wie immer.

Ein Bild taucht vor meinem inneren Auge auf, unaufgefordert und unerwünscht, und ich schleudere es rasch von mir, wie eine Kugel aus einer Kanone. *Was trägt Cassidy Knudsen zum Schlafen?*

»Na gut«, sage ich. In meinem Zimmer klopft jemand an die Tür. Mein Typ wird verlangt. Ich stehe auf und sage Heidi, dass ich Schluss machen muss, und sie sagt Okay. Wir wünschen uns gute Nacht. Ich sage ihr, dass ich sie liebe. Sie sagt: »Ich dich auch«, wie sie es immer macht, obwohl wir beide wissen, dass das eigentlich verkehrt ist. Aber es ist eben so eine Sache unter uns.

Als ich ins Hotelzimmer zurückkehre und heimlich zu Cassidy spähe, die immer noch mit ihrem Bleistiftrock und ihren Acht-Zentimeter-Absätzen auf meinem Bett hockt, frage ich mich unwillkürlich: *Einen Satinslip? Ein Babydoll mit Rüschen?*

HEIDI

Ich wache mit einem Bild von Cassidy Knudsen im Kopf auf und frage mich, ob ich von ihr geträumt habe oder ob sie erst jetzt im Morgengrauen aufgetaucht ist, als Folge unseres peinlichen Gesprächs gestern Abend. Immer wieder höre ich ihre Stimme, wie sie an Chris' Handy geht, dieses lebhafte *»Hallo, Heidi«*, das für mich wie Fingernägel auf einer Schultafel klang, scharf und schrill, zum Aus-der-Haut-Fahren.

Auf dem Weg zur Arbeit gebe ich mir Mühe, nicht an das Mädchen mit dem Baby zu denken. Es fällt mir nicht leicht. Im Zug gebe ich mir Mühe, mich auf meinen Science-Fiction-Thriller zu konzentrieren und nicht erwartungsvoll durch die schmutzige Fensterscheibe zu starren und darauf zu lauern, dass die NATO-olivgrüne Jacke auftaucht. Meine Mittagspause verbringe ich mit einer Kollegin und nicht in der öffentlichen Bibliothek, obwohl ich nur zu gerne hingehen würde, um mich in den Literaturgängen herumzudrücken und nach dem Mädchen zu suchen. Ich mache mir Sorgen um sie und das Baby, frage mich, wo die beiden schlafen und was sie essen. Ich mache mir Gedanken, wie ich helfen kann, ob ich ihr Geld geben soll wie der Frau mit den schwarzen Zähnen, die sich vor der Bibliothek herumtreibt, oder sie an eine Unterkunft verweisen soll, an eins der Frauenhäuser der Stadt. Das, beschließe ich, sollte ich tun: das Mädchen finden und sie in das Frauenhaus auf der Kedzie Avenue bringen, wo sie und ihr Baby sicher wären. Dann kann ich aufhören, an sie zu denken.

Während der uninteressanten Mittagspause mit einer uninteressanten Kollegin bin ich drauf und dran, mich aus dem Staub zu machen, als mein Handy klingelt, ein Rückruf von meiner besten Freundin Jennifer. Ich entschuldige mich, ziehe mich aus dem Pausenraum in mein Büro zurück, um den Anruf entgegenzunehmen, und Mädchen und Kind sind vorübergehend vergessen.

»Du hast mich gerettet«, sage ich und lasse mich auf meinen Stuhl plumpsen, der hart und kalt und alles andere als ergonomisch ist.

»Wovor?«, fragt Jennifer.

»Taedium vitae.«

»Und für Nicht-Lateiner?«

»Langeweile«, sage ich.

Auf meinem Schreibtisch steht ein gerahmtes Foto von Jennifer und Taylor, Zoe und mir, einer von diesen Streifen aus dem Fotoautomaten von vor vier Jahren, als es den Mädchen mit ihren acht Jahren, den sonnigen, lächelnden Gesichtern und lebhaften Augen noch nicht peinlich war, in der Öffentlichkeit mit ihren Müttern gesehen zu werden. Die Mädchen sitzen auf unseren Schößen, Taylor mit ihren großen, traurigen Augen und dem Lächeln mit den heruntergezogenen Mundwinkeln neben Zoe, und Jennifer und ich stecken die Köpfe zusammen, damit wir alle ins Bild passen.

Jennifer hat sich vor Jahren scheiden lassen. Ihren Ex-Mann habe ich nie kennengelernt, aber wie sie ihn beschreibt, war er starrsinnig und mürrisch und unterlag heftigen Stimmungsschwankungen, die zu ständigen Streits und unzähligen Nächten auf der Wohnzimmercouch führten (für Jennifer, wohlgemerkt, ihr Ex war zu stur, um das Bett zu räumen).

»Taylor ist doch noch nicht in der Pubertät, oder?«, falle ich einfach mit der Tür ins Haus. Eine beste Freundin zu haben, ist etwas Wunderbares. Man braucht die Äußerungen, die einem in den Sinn kommen, nicht gegenlesen zu lassen, nicht ins Reine zu schreiben.

»Was meinst du? Ob sie ihre Periode hat?«

»Ja.«

»Noch nicht. Gott sei Dank«, sagt sie, und sofort verspüre ich große Erleichterung.

Aber dann bricht wieder einmal meine Neigung durch, alles zu Tode zu analysieren. Wenn ich einen wunden Punkt habe, dann den. »Meinst du, sie *sollten* ihre Menstruation schon haben?«, frage ich, denn bei diversen Internetrecherchen habe ich herausgefunden, dass sie schon mit acht oder auch erst mit dreizehn einsetzen kann. Aber die Webseiten, die ich durchforste, deuten an, dass Mädchen die erste Regel etwa zwei Jahre, nachdem der Busen angefangen hat zu wachsen, bekommen. Zoe ist mit ihren zwölf Jahren flach wie ein Pfannkuchen. »Sie hinken doch nicht im *Zeitplan* hinterher oder so?«

Jennifer hört die Sorge in meiner Stimme. Sie arbeitet als klinische Diätassistentin in einem örtlichen Krankenhaus. Sie ist meine Anlaufstelle für alles Medizinische, als verleihe ihr die Tätigkeit in einem Krankenhaus automatisch einen medizinischen Abschluss. »Jetzt mach mal halblang, Heidi. Die reifen alle in ihrem eigenen Tempo heran. Es gibt keinen *Zeitplan*«, versichert sie mir und sagt, dass ich Zoes Pubertät nicht werde beeinflussen können. »Obwohl ich weiß, dass du es versuchen wirst«, stichelt sie, »weil du gar nicht anders kannst.« Die Art schonungsloser Bemerkung, mit der nur eine beste Freundin davonkommt. Und ich lache, weil ich weiß, dass sie recht hat.

Und dann schweift das Gespräch ab zur Fußball-Frühjahrssaison und zu Fragen wie, was die Mädchen von ihren pinkfarbenen Trikots halten, ob *Lucky Charms* ein passender Mannschaftsname für eine Gruppe zwölfjähriger Mädchen ist oder nicht, und zu der Vernarrtheit der Mädchen in ihren Trainer, einen Collegestudenten Anfang zwanzig, der es nicht in die Mannschaft der Loyola University geschafft hat. Coach Sam, den die Mütter alle so süß finden. Und schon fangen Jennifer und ich an, von seinen buschigen braunen Haaren, seinen dunklen, geheimnisvollen Augen und seiner Fußballerstatur zu schwärmen. Von seiner Stärke und Beweglichkeit, Wadenmuskeln, wie wir sie nie zuvor gesehen haben … und sämtliche Gedanken an Zoes beginnende Pubertät und das Mädchen mit dem Baby sind vergessen. Irgendwann kommen wir auf Jungs, vorpubertäre Jungs wie Austin Bell, den die Mädchen alle anhimmeln. Einschließlich Zoe. Und Taylor. Jennifer gesteht, dass sie die Worte *Mrs. Taylor Bell* auf das Notizbuch ihrer Tochter gekritzelt gefunden hat, und ich sehe die blasse Haut an Zoes Arm vor mir, auf die in Rosa der Name *Austin* gemalt ist, mit einem Herzchen über dem *i*.

»Zu meiner Zeit war es Brian Bachmeier«, gebe ich zu und erinnere mich an die stachelartigen Locken, die den Kopf dieses Jungen zierten, die verschiedenfarbigen Augen, eins blau, das andere grün. Er hatte aus San Diego in Kalifornien an unsere Junior High gewechselt, schon das allein war respekteinflößend, aber der Kerl konnte noch dazu tanzen, den Carlton, den Jiggy und den Tootsee Roll. Die anderen Jungs beneideten ihn, die Mädchen vergötterten ihn.

Ich erinnere mich, dass ich ihn bei meiner ersten Party mit Jungs und Mädchen zum Tanzen aufforderte. Und dass er Nein sagte.

Ich denke an Zoe. Ich denke an Taylor. Vielleicht sind unsere Mädchen gar nicht so anders als wir damals.

Es klopft an meiner Tür. Ich sehe auf und erblicke Dana, die allgegenwärtige Dame vom Empfang, die mich zu einer Einzelstunde mit einer dreiundzwanzigjährigen Frau aus Bhutan bittet – einem kleinen asiatischen Land, das zwischen Indien und China liegt –, der kürzlich Asyl gewährt wurde. Sie hat den Großteil ihres Lebens in einem Flüchtlingslager im nahen Nepal verbracht, in einer Bambushütte mit Lehmboden, wo sie von Essensrationen lebte, bis ihr Vater Selbstmord beging und sie Zuflucht in den Vereinigten Staaten suchte. Sie spricht Nepalesisch.

Ich lege eine Hand auf den Hörer und flüstere Dana zu, dass ich gleich da sein werde. »Die Arbeit ruft«, sage ich zu Jennifer, und dann machen wir noch schnell Zoes heutige Übernachtung bei Taylor zu Hause fest. Zoe freut sich wie verrückt darauf, so sehr, dass sie heute Morgen sogar daran gedacht hat, sich zu verabschieden, bevor sie ins Schulgebäude gerannt ist.

Der Tag zieht sich unerträglich in die Länge. Der Regen draußen beruhigt sich, obwohl die Skyline der Stadt grau in grau bleibt und sich die Spitzen der Hochhäuser in den aschfahlen, korpulenten Wolken verlieren. Als fünf Uhr näher rückt, verabschiede ich mich und fahre mit dem Fahrstuhl ins Erdgeschoss hinunter. Es kommt selten vor, dass ich das Büro um fünf Uhr verlasse, aber an einem Abend wie diesem – Zoe über Nacht weg und Chris auf einem verspäteten Heimflug, der nicht vor 22 Uhr eintreffen wird – mache ich mir ein Vergnügen daraus, die Wohnung ganz für mich allein zu haben, eine schlichte Freude, in deren Genuss ich nicht allzu oft komme. Ich schwelge in der Vorstellung, mir ganz allein einen Frauenfilm anzusehen, mich in meinem warmen, kuscheligen Pyjama auf der Couch zu fläzen und eine ganze Tüte Mikrowellen-Popcorn allein in mich hineinzustopfen (und hinterher vielleicht noch eine Kugel Minzeis mit Schokosplittern!).

Über mir beginnen die Wolken sich allmählich aufzulösen, und die Sonne gibt ihr Bestes, um sich hinter den Rissen in den Wolken in einen hübschen Sonnenuntergang zu kleiden. Die Luft ist verstörende viereinhalb Grad kalt, und es geht ein Wind. Ich stecke meine Hände in ein Paar Lederhandschuhe, ziehe mir die Kapuze über den Kopf und haste zusammen mit all den anderen abendlichen Pendlern zur Haltestelle der »L«. Ich zwänge mich in den überfüllten Zug, wo wir aneinandergequetscht stehen wie die Sardinen in der Büchse und vom Wind geschüttelt die kurvige Strecke entlangtuckern.

Als ich an der Fullerton Station ausgestiegen bin, gehe ich vorsichtig die nassen Stufen hinunter. Neben mir zündet sich ein anderer Pendler eine Zigarette an, und der Tabakduft erfüllt die Luft. Er hat für mich eine nostalgische Note, erinnert mich an zu Hause. Als ich klein war, lebte ich mit meiner Familie in einem Haus im Kolonialstil aus den 70er-Jahren bei Cleveland. Die Wände waren mit Schwammtechnik bemalt, was meiner Mutter so gut gefiel. Und mein Vater rauchte rote Marlboros, ein halbes Päckchen am Tag. Er rauchte in der Garage, nie in unserem Haus. Nie im Auto, wenn mein Bruder und ich dabei waren. Meine Mutter erlaubte es schlicht nicht. Der Tabakduft strömte ihm aus den Poren. Er hing in seiner Kleidung, seinen Haaren, an seinen Händen. Die Garage war erfüllt von dem Geruch, meine Mutter beklagte sich, dass er durch die schwere Metalltür in die Küche drang, eine strahlend weiße Küche – weiße Schränke, weiße Arbeitsflächen, ein weißer Kühlschrank, ein massiver Landhaustisch. Morgens war mein Vater noch keine fünf Minuten aus dem Bett, als er sich auch schon mit seinem Kaffee und seinen Marlboro Reds in die Garage schlich. Er kam herein, wenn ich am Tisch saß und meine Schokopops aß, sah mich mit dem bezauberndsten Lächeln an (ich wusste, dass meine Mutter mit meinem Vater einen guten Griff gemacht hatte) und sagte mir, dass ich *niemals* anfangen sollte zu rauchen, ganz schlicht und einfach: »Fang niemals an zu rauchen, Heidi. Niemals.« Und dann wusch er sich die Hände und setzte sich zu mir an den Esstisch zu seiner eigenen Schale Schokopops.

Ich denke an meinen Vater, als ich die Treppe hinuntersteige, und meine Finger greifen instinktiv nach dem gelbgoldenen Ehering, der an einer Kette um meinen Hals hängt. Ich fahre die Rillen und Erhöhungen auf dem Ring nach, die Worte *Der Anfang von für immer*, die auf der Innenseite eingraviert sind.

Und plötzlich, für einen Sekundenbruchteil, bin ich fast sicher, dass ich ihn dort in der Menge erblicke, meinen Vater in seinem Carhartt-Overall. Eine Hand in die Gesäßtasche gesteckt, in der anderen eine Marlboro Red, sieht er mich direkt an und lächelt. Ein Hammer baumelt an der Schlaufe seiner Hose, eine Baseballmütze – Cleveland Indians steht darauf – sitzt auf einem Wirrwarr aus braunen Haaren, die meine Mutter ihn immer bekniet hat sich stutzen zu lassen.

»Daddy«, sage ich um ein Haar laut, aber dann verschwindet das Bild so schnell, wie es aufgetaucht ist, und ich schüttele den Kopf, als mir einfällt: Es kann nicht sein.

Oder doch?

Natürlich kann es nicht sein. Natürlich nicht.

Und dann atme ich diesen vertrauten, krebserregenden Duft ein – will ihn riechen und gleichzeitig auch wieder nicht –, als ich es höre: das Weinen eines Babys. Ich habe gerade den Bürgersteig erreicht, als mich das Geräusch am Hals packt, ich instinktiv herumwirbele und meine Augen nach dessen Quelle suchen.

Und da sehe ich sie unter den Bahnschienen sitzen und in der frischen Luft schlottern. Sie hat sich an eine Backsteinwand gelehnt, neben Zeitungsständen und stinkenden Mülltonnen, angeschwollenen Pfützen auf dem kalten, nassen Beton, und schaukelt den Säugling gegen ihre Brust. Das Baby schreit. Die Art, wie sie es schaukelt, hat etwas Rasendes an sich, eine Mutter mit einem nicht zu tröstenden Baby, kurz davor, durchzudrehen. Zoe war ein Schreibaby und brüllte manchmal stundenlang wie am Spieß. Den Frust und die überwältigende Müdigkeit in den Augen des Mädchens kann ich nachempfinden. Was ich dagegen nicht nachempfinden kann, ist, sich mit einem Baby auf der Straße mitten in der Stadt zu befinden, bei Dämmerung in einer kalten Frühlingsnacht. Ich kann nicht die Verzweiflung nachempfinden, mit der sie Passanten einen durchweichten Kaffeebecher hinhält (den sie vermutlich aus der Mülltonne neben sich gefischt hat), sie um Geld anbettelt, und wie die Leute sie kurz mustern und etwas Kleingeld in ihren Becher werfen – einen Vierteldollar hier, eine Handvoll Pennys dort, als könnte eine noch so große Menge Kleingeld das Mädchen vor ihrem Schicksal bewahren. Für einen Augenblick verschlägt es mir den Atem. Dieses Mädchen da ist noch ein Kind, und das Baby ist, nun ja, ein *Baby*. Kein Mensch verdient ein solches Schicksal, ohne Geld und heimatlos zu sein, aber ganz bestimmt kein Kind. Ich muss an die unverschämten Preise für Muttermilchersatz und Windeln denken und weiß, dass dieses Mädchen, wenn es das Baby mit Windeln versorgt, ganz bestimmt kein Kleingeld für sich selbst übrig hat. Für Essen und Unterkunft, für den Regenschirm mit den auffälligen goldenen Gänseblümchen.

Hinter mir drängt sich ein Pulk von Pendlern, die aus der »L« strömen. Ich springe zur Seite, weil ich mich nicht in der Lage sehe, mich der Clique der anderen Erwerbstätigen anzuschließen, die jetzt in ihre warmen, trockenen Häuser zu einem selbstgekochten Essen zurückkehren. Ich kann es einfach nicht. Meine Füße scheinen auf dem Pflaster festgefroren zu sein, mein Herz rast wie wild. Das Schreien des Babys – durchdringend, elend und absolut untröstlich – zerrt an meinen Nerven. Ich beobachte das Mädchen, beobachte ihr ekstatisches Schaukeln, höre die Worte müde aus ihrem erschöpften Mund schlüpfen, wenn sie den Leuten ihren Becher hinhält. »Bitte, helfen Sie mir.«

Sie bittet, sage ich mir. Sie bittet um Hilfe.

Und doch setzen die Untätigen ihren Nachhauseweg fort, rechtfertigen ihr mangelndes Interesse mit dem Kleingeld, das sie in ihren Becher werfen, das ansonsten die Waschmaschine geschluckt hätte oder das nutzlos in einem rosa Sparschwein auf irgendeiner Küchenarbeitsplatte oder in einem Bücherregal gelandet wäre.

Ich spüre, wie ich zittere, als ich auf das Mädchen zugehe. Sie hebt das Kinn, als ich näher komme, und für einen Sekundenbruchteil sieht sie mir in die Augen, ehe sie mir den Becher hinstreckt und wegsieht. Ihre Augen sehen mitgenommen aus, abgestumpft und pessimistisch. Ihre Augen bringen mich fast von meinem Vorhaben ab. Eisig und blau, ein Kornblumenblau mit viel zu viel Eyeliner, der auf ihre geschwollenen Augenlider geschmiert ist. Ich denke daran, zu flüchten. Ich überlege, einen Zwanzigdollarschein aus meiner Handtasche zu nehmen, ihn in ihren Becher zu legen und zu verduften. Von zwanzig Dollar hat sie wesentlich mehr als von einer Handvoll Kleingeld. Mit zwanzig Dollar kann sie sich Abendessen für die ganze Woche kaufen, wenn sie sie gut einteilt. Das sage ich mir in meinem Moment des Zögerns. Aber dann wird mir klar, dass sie es sehr wahrscheinlich für Säuglingsnahrung ausgeben, die Bedürfnisse des Babys über ihre eigenen stellen würde. Sie ist rappeldürr, dünner als Zoe, und die ist schon eine Bohnenstange.

»Ich möchte dich zum Essen einladen«, erkläre ich, und meine Stimme ist weit weniger dreist als die ausgesprochenen Worte. Meine Stimme ist leise, bebend, wird vom Lärm der Stadt beinahe übertönt: vorbeifahrende Taxis, die Fußgänger anhupen, die unachtsam die Fullerton Avenue überqueren. Die automatisierte Ansage *Achtung. In Kürze fährt ein Zug aus dem Loop stadtauswärts ein,* woraufhin auch schon die Braune Linie auf dem Bahnsteig über uns naht. Das Brüllen des Babys. Menschen laufen vorbei und plappern und lachen laut in ihre Handys. Ein verschleppter Donner grollt durch den dunkel werdenden Himmel.

»Nein, danke«, sagt sie. Eine Bitterkeit liegt in ihren Worten. Es wäre einfacher für sie, wenn ich meinen Zwanzigdollarschein in ihren Becher werfen und weitergehen würde. Vielleicht einfacher für den Moment, aber nicht, wenn der Hunger sie von innen zu zerfressen beginnt, wenn das unstillbare Schreien des Babys sie ausrasten lässt. Sie steht auf und greift nach dem Lederkoffer, und das Baby wird in ihren Armen geruckelt.

»Es hilft, sie ab und zu auf den Bauch zu legen«, sage ich rasch, weil ich weiß, dass sie dabei ist, die Flucht zu ergreifen. »So.« Ich zeige es ihr mit einer Handbewegung. »Es hilft gegen die Kolik.« Sie beobachtet, wie sich meine Hand von der Vertikalen in die Horizontale bewegt, und nickt – andeutungsweise –, und ich sage: »Ich bin auch Mutter«, und sie mustert mich von Kopf bis Fuß und fragt sich wohl, warum ich nicht einfach abhaue. Wie alle anderen, mein Kleingeld dalasse und gehe.

»Es gibt ein Obdachlosenheim für …«, fange ich an.

»Ich will in kein Obdachlosenheim«, unterbricht sie mich. Ich führe mir das Innere eines Obdachlosenheims vor Augen, Dutzende und Aberdutzende von Pritschen in einer Reihe.

Äußerlich wirkt sie unglaublich hart im Nehmen. Abgehärtet und rebellisch. Ich frage mich, ob sie sich innerlich auch so fühlt. Sie trägt wieder dieselbe zerrissene Jeans, dieselbe Jacke in NATO-Oliv, dieselben Schnürstiefel. Ihre Kleidung ist schmuddelig und nass. Ihr schief geschnittenes Haar wurde lange nicht gewaschen, es sieht strähnig und fettig aus. Ich frage mich, wann sie zum letzten Mal in den Genuss einer warmen Dusche kam oder eine Nacht durchschlafen konnte. Auch das Baby ist, soweit ich sehen kann, alles andere als sauber.

Ich sehe Zoe vor mir, auf sich allein gestellt, auf der Straße. Obdachlos. Bei der – rein hypothetischen – Vorstellung möchte ich am liebsten heulen. Zoe mit ihrem frechen Auftreten und ihrem empfindsamen, defensiven Innenleben, wie sie neben der »L« um Kleingeld bettelt. Eine vorpubertäre Zoe, die selbst ein Baby hat, in drei oder vier unbedeutenden Jahren.

»Bitte lass mich dich zum Essen einladen«, versuche ich es noch einmal. Aber das Mädchen dreht sich um und geht weg. Sie hat sich das Baby ungeschickt über die Schulter gelegt, und sein winziger Körper wird hin und her geworfen. Die Verzweiflung frisst mich schier auf, dieses Bedürfnis, *irgendetwas zu tun.* Aber das Mädchen entfernt sich von mir und droht vom Berufsverkehr auf der Fullerton verschluckt zu werden. »Warte«, höre ich meine Stimme sagen. »Bitte bleib stehen. Warte.« Aber sie bleibt nicht stehen.

Ich stelle meine Tasche auf dem feuchten Bürgersteig ab und mache das Einzige, was mir einfällt. Ich ziehe meinen Regenmantel aus – er ist komplett wasserdicht und gefüttert –, und an der Ecke Fullerton und Halstead, wo sie ungeduldig darauf wartet, dass die Ampel grün wird und sie die verstopfte Straße überqueren kann, lege ich ihn über das Baby. Sie wirft mir einen argwöhnischen Blick zu.

»Was soll …«, fängt sie in vorwurfsvollem Ton an, aber ich trete ein, zwei Schritte zurück, damit sie die einzige Tat, die mir eingefallen ist, nicht rückgängig machen kann. Die kalte Luft streift meine nackten Arme, als ich in einer kurzärmeligen Tunika und mit nutzlosen, leichten Leggings dastehe.

»Ich bin im Stella's«, sage ich, als die Ampel grün wird, »falls du es dir anders überlegst«, und ich sehe zu, wie sie sich der Völkerwanderung anschließt, die die Fullerton überquert. Mit seiner rein amerikanischen Küche und Pfannkuchen rund um die Uhr ist das Stella's absolut unaufdringlich und bescheiden. »Auf der Halstead«, rufe ich ihr hinterher, und sie hält mitten auf der Straße inne und späht über ihre Schulter zu mir. Ihr Gesicht verschwimmt im Lichtschein des entgegenkommenden Verkehrs. »Auf der Halstead«, sage ich noch mal, für den Fall, dass sie es nicht gehört hat.

Ich bleibe an der Ecke stehen und blicke ihr hinterher, bis ich ihre NATO-grüne Jacke vor lauter Menschen nicht mehr sehen und das Schreien des Babys nicht mehr hören kann. Eine Frau rempelt mich an, und wir sagen gleichzeitig »Entschuldigung«. Ich verschränke die Arme und fühle mich nackt in der eisigen Luft, die eher an Herbst gemahnt als an Frühling, drehe mich zur Halstead Street um und sehe zu, dass ich ins Stella's komme. Ich frage mich, ob das Mädchen auftauchen wird, ob sie weiß, wo das Stella's ist, ob sie mich überhaupt gehört hat.

Ich husche in das wohlvertraute Diner, und die Wirtin, die mich begrüßt, fragt: »Heute ohne Mantel? Sie holen sich noch den Tod«, und ihre rostbraunen Augen taxieren mich – die wirren Haare, die für dieses Wetter unzulängliche Bekleidung. Ich halte meine überteuerte gesteppte Handtasche in Pflaume mit Paisley-Muster umklammert, vielleicht zum Beweis, dass ich keine Stadtstreicherin bin. Ich habe ein Zuhause. Als wäre die Bürde, obdachlos zu sein, nicht schon hart genug – das Fehlen von Nahrung, eines Unterschlupfs, sauberer Kleidung –, haftet der Obdachlosigkeit auch noch jenes schreckliche Stigma an, die Erniedrigung, als faul und schmutzig, als ein Junkie angesehen zu werden.

»Ein Tisch für eine Person?«, fragt die Wirtin – eine eindrucksvolle Frau mit schneeweißer Haut und mandelförmigen Augen –, und ich sage: »Für zwei Personen«, weil ich die Hoffnung noch nicht aufgegeben habe. Sie geleitet mich zu einer runden Ecknische mit Blick hinaus auf die Halstead Street. Ich bestelle einen Kaffee mit Milch und Zucker und halte durch das Fenster Ausschau. Menschen ziehen vorbei, Großstädter auf ihrem Weg von der Arbeit nach Hause, Zwanzigjährige, die zu den Studentenkneipen auf der Lincoln Avenue unterwegs sind und deren Lachen durch die zugigen Fenster des Diners dringt. Ich sehe zu, wie das bunt durcheinandergewürfelte Leben am Fenster vorbeischlendert. Ich beobachte liebend gerne Leute. Aalglatte Männer mit dunkelgrauen Anzügen und Tausend-Dollar-Schuhen neben Möchtegern-Grunge-Band-Mitgliedern in Second-Hand-Klamotten neben Müttern mit noblen Jogging-Buggys neben alten Männern, die Taxis herbeirufen. Aber heute nehme ich kaum jemanden davon richtig wahr. Ich suche nur nach dem Mädchen. Immer wieder denke ich, dass ich sie sehe. Ich bin mir sicher, zwischen den Menschen ihr farbloses Haar hindurchblitzen zu sehen, das schmutzig und nass, wie es ist, dunkler wirkt, das Nylon ihrer untauglichen Jacke, einen losen Schnürsenkel. Aktentaschen halte ich versehentlich für ihren Lederkoffer, bilde mir ein, das Quietschen von Autoreifen auf dem nassen Asphalt sei das Schreien des Babys.

Ich erhalte eine SMS von Jennifer, dass sie von der Arbeit nach Hause gekommen ist und es den Mädchen bestens geht. Um Zeit totzuschlagen, checke ich meine E-Mails: Die meisten sind beruflich, einige Spam. Ich sehe nach dem Wetter. Wann hört es auf zu regnen? Kein Ende in Sicht. Die Bedienung, eine Frau in den Vierzigern mit einer roten Mähne und wächserner, winterblasser Haut, will meine Bestellung aufnehmen, aber ich sage: »Nein, danke. Ich warte noch auf meine Gesellschaft«, und sie lächelt freundlich und sagt: »Natürlich.« Trotzdem überfliege ich, weil ich nichts Besseres zu tun habe, die Speisekarte und entscheide mich für die Armen Ritter, beschließe aber auch, dass ich es, falls meine Gesellschaft nicht auftauchen sollte, bei dem Kaffee belassen werde. Wenn das Mädchen mit ihrem Baby bis – ich sehe auf meine Armbanduhr – sieben Uhr nicht erscheint, bezahle ich den Kaffee plus ein saftiges Trinkgeld für die Geduld der Bedienung und ziehe mich nach Hause zu Frauenfilm und Popcorn und in meine alles verschlingende Sorge um das Mädchen mit dem Baby zurück.

Ich beobachte Leute. Ich beobachte, wie Gäste kommen und gehen. Ich beobachte, wie sie essen und sich über großzügige Portionen deutsche Pfannkuchen und Hamburger mit Waffelpommes hermachen. Ich hasse es, allein in Diners zu gehen. Die Kellnerin kehrt zurück, füllt meinen Kaffee auf und fragt, ob ich immer noch warten will, und ich sage Ja.

Also warte ich. Ich sehe bestimmt alle zweieinhalb Minuten auf die Uhr. Sechs Uhr achtunddreißig. Sechs Uhr vierzig. Sechs Uhr dreiundvierzig.

Und dann taucht sie auf. Das Mädchen mit dem Baby.

»Heidi war seit Langem die Erste, die nett zu mir war.«

Das sage ich zu der Frau mit den langen – für ihr Alter zu langen – silbernen Haaren. Alte Damen sollten kurze Haare haben. Eine Omafrisur. Kurz und eng auf Lockenwickler gedreht, so wie Momma Mrs. Dahl die Haare gemacht hat, als ich klein war. Mit den pinkfarbenen Lockenwicklern, die sie erst aufwärmen musste, um dann über eine halbe Stunde damit zu verbringen, das dunkelgraue, spröde Haar mühevoll auf die Wickler zu drehen und es am Ende mit Haarspray einzusprühen. Wir warteten immer in unserem kleinen Badezimmer (mein Job war es, Momma die Haarnadeln anzureichen) und hörten Mrs. Dahl zu, die wie ein Wasserfall darüber redete, wie sie das Vieh auf ihrer Farm künstlich besamt hatten. Ich war acht Jahre alt und verstand nur Bahnhof, aber ich erkundigte mich genau, wie man die Wörter buchstabierte: *S-p-e-r-m-a* und *V-u-l-v-a*.

»Warum hast du es dann getan?«, fragt sie, die Lady mit dem langen, glatt gekämmten Silberhaar. Und großen Zähnen. Wie bei einem Pferd.

»Ich wollte ihr nicht wehtun«, sage ich. »Auch nicht ihrer Familie.«

Sie seufzt. Sie misstraut mir schon seit dem Moment, als sie diesen kalten Raum betreten hat. Sie blieb an der Tür stehen und beobachtete mich bloß mit ihren grauen Augen durch eine rechteckige Brille. Sie hat dünne Haut, wie Seidenpapier, benutztes Seidenpapier, das schon total zerknittert ist. Sie sagt, ihr Name sei Louise Flores. Und dann buchstabiert sie den Namen für mich: *F-l-o-r-e-s*, als wäre das etwas, was ich wissen muss.

»Fangen wir vorne an«, sagt sie und setzt sich auf den anderen Stuhl. Sie legt Sachen zwischen uns auf den Tisch, ein Aufnahmegerät, eine Stoppuhr, einen Schreibblock, einen Filzstift. Ich kann sie nicht ausstehen.

»Sie wollte mich zum Essen einladen«, sage ich. Mir wurde gesagt, wenn ich offen und ehrlich bin, komme ich weit bei der Frau mit den silbernen Haaren. Louise Flores. Das haben sie gesagt, die anderen, die hier waren, der Mann mit dem schmal rasierten Bart und die Killerlady, die von Kopf bis Fuß in Schwarz gekleidet ist.

»Mrs. Wood wollte dich zum Essen einladen?«

»Ja, Ma'am«, sage ich. »Heidi.«

»Na, das war doch nett von ihr«, sagt sie mit bitterem Unterton. Dann schreibt sie mit dem Filzstift etwas auf den Block. »Hast du schon mal die Redensart gehört: ›Beiß nicht in die Hand, die dich füttert‹?«

Als ich ins Leere blicke und sie ignoriere, bohrt sie nach. »Hm? Also? Hast du diese Redensart je gehört: ›Beiß nicht in die Hand, die dich füttert‹?« Und sie starrt mich mit ihren grauen Augen an, und in ihrer rechteckigen Brille spiegelt sich die eine Neonröhre im Raum.

»Nein«, lüge ich und lasse mir die Haare ins Gesicht fallen, damit ich sie nicht sehen kann. *Was du nicht sehen kannst, kann dir auch nichts tun.* Die Redensart kenne ich. »Noch nie.«

»Ich sehe schon, das fängt gut an mit uns«, sagt Louise Flores mit einem höhnischen Grinsen und drückt eine rote Taste an dem Aufnahmegerät. Dann sagt sie: »Ich will aber gar nicht über Mrs. Wood sprechen. Noch nicht. Ich will zurück zum Anfang gehen. Nach Omaha«, fügt sie hinzu, obwohl ich ganz genau weiß, dass Omaha nicht der Anfang ist.

»Was passiert jetzt mit ihr?«, frage ich stattdessen. Ich wollte ihr nicht wehtun, sage ich zu mir selbst, ich schwöre bei Gott, das wollte ich nicht.

»Mit wem?«, fragt sie, obwohl sie ganz genau weiß, wen ich meine.

»Mit Mrs. Wood«, sage ich tonlos.

Sie lässt sich nach hinten fallen, sodass sie schräg zum Winkel des Stuhls hängt. »Interessiert dich das wirklich, ganz ehrlich? Oder versuchst du nur, Zeit zu schinden?« Sie blickt mich mit Raubvogelaugen an, wie Joseph es immer getan hat. »Ich habe es nicht eilig, weißt du«, fügt sie hinzu und verschränkt die Arme vor dem Körper, über einer strahlend weißen Bluse. »Ich habe alle Zeit der Welt«, und doch liegt eine Schärfe in ihrer Stimme, die mir sagt, dass das nicht stimmt.

»Was wird mit ihr passieren?«, frage ich wieder. »Mit Heidi?«

Ich denke an die Wärme jener hübschen Wohnung, an jenes weiche Bett, auf dem das Baby und ich zusammen unter der braunen Decke lagen, die sich wie das flauschige Fell eines Häschens angefühlt hat. An der Wand hingen Bilder, dort in der Wohnung, Familienfotos, alle drei dicht zusammengedrängt und lächelnd. Glücklich. Es fühlte sich dort immer warm an, eine andere Art von Wärme, eine, die man von innen nach außen spürt und nicht von außen nach innen. So hatte ich mich schon lange nicht mehr gefühlt, nicht seit Momma. So nah wie Heidi bin ich Momma seit acht ganzen Jahren nicht gekommen. Sie war freundlich.

Das Grinsen der Lady wirkt arrogant, ihre grauen Augen sind leblos, obwohl sich ihre schmalen Lippen zu einem falschen Lächeln zusammenpressen.

»Wie heißt es so schön? ›Keine gute Tat bleibt ungestraft‹«, sagt sie, und ich stelle mir Mrs. Wood vor, in einem orangenen Overall, wie ich ihn trage, und ihr freundliches Lächeln ist aus ihrem Gesicht verschwunden.

Das Mädchen steht auf der Halstead Street vor der Tür des Diners und späht durch die Glasscheibe. Sie scheint nicht sicher, ob sie hereinkommen will. Jetzt ist sie extra hergekommen und ist doch immer noch unentschlossen. Durch die Scheibe sehe ich, dass das Baby weint, immer noch, wenn auch nicht untröstlich. Es ist eher ein Wimmern. Sie hat das Baby in meinen Regenmantel gewickelt, und es liegt horizontal auf dem Bauch, so gut sie es hinbekommt mit dem Lederkoffer in einer Hand. Braves Mädchen, denke ich. Sie hat auf mich gehört. Sie legt eine Hand an die Tür, und für einen Moment habe ich die Angst vergessen, dass sie nicht auftaucht, stattdessen bekomme ich plötzlich Angst, *weil* sie aufgetaucht ist. Mein Herz schlägt schneller, und eine ganz neue Frage kommt mir in den Sinn: Was sage ich zu ihr, jetzt, da sie hier ist?

Ein junger Mann, der es eilig hat, kommt von hinten angerauscht und rennt sie fast über den Haufen, um ins Stella's zu gelangen. Taumelnd tritt sie von der Tür zurück, und ich denke, dass sie es sich anders überlegt hat. Dieser junge Mann mit seinem Etepetete-Gesicht und zu viel Pomade im Haar hat sie von ihrem Vorhaben abgebracht. Der Mann tritt in die Wärme des Restaurants und hält dem zögernden Mädchen die Tür auf. Sie beäugt ihn und blickt sich dann auf der Halstead Street um, unschlüssig, was sie tun soll. Reingehen oder verschwinden. Reingehen oder verschwinden. Nach einer Weile fragt er schroff, was ich durch den Lärm eines vollen Restaurants, das Klappern von Geschirr und das Stimmengewirr hindurch nur undeutlich hören kann: »Kommen Sie jetzt oder nicht?« In seinem Gesichtsausdruck ist zu lesen, dass er drauf und dran ist, dem Mädchen und dem Baby die Tür vor der Nase zufallen zu lassen.

Ich schlucke mühsam und warte auf ihre Antwort. Bleiben oder gehen. Reingehen oder verschwinden.

Sie entscheidet sich für Reingehen.

Sie betritt das Diner, und die Wirtin mit den rostbraunen Augen mustert sie abschätzend. Die NATO-grüne Jacke und die zerrissene Jeans, der Mief, der Leuten anhaftet, die auf der Straße leben, das Baby, das plötzlich fasziniert ist von den Lampen an der Decke, der Wärme des Diners, dem Lärm, der mich stört, während er die Kleine irgendwie zu beruhigen scheint.

»Tisch für eine Person?«, fragt die Wirtin das Mädchen mit wenig Begeisterung, und ich stehe schnell aus meiner Ecknische auf und winke.

»Sie gehört zu mir«, forme ich mit den Lippen, und da zählt die Wirtin vielleicht eins und eins zusammen: meine nackten Arme, ein zweiter, warmer, heller Mantel, der um das Baby gehüllt ist. Die Wirtin zeigt in meine Richtung. Das Mädchen schlängelt sich zwischen laminierten Tischen und fettleibigen Körpern hindurch, die über Restaurantstühle quellen, an Kellnern und Kellnerinnen vorbei, die Tabletts mit Essen herumtragen.

»Du bist gekommen«, sage ich, als sie vor der Sitznische stehen bleibt. Das Baby dreht sich zu meiner Stimme um. Es ist das erste Mal, dass ich es aus dieser Nähe sehe, im Licht der in die abgehängte Decke eingelassenen Lichter. Das Baby schenkt mir ein zahnloses Lächeln und gibt ein Gurren von sich wie eine Taube.

»Ich habe das hier gefunden«, sagt das Mädchen und holt eine vertraute grüne Karte hervor, die ich augenblicklich als meinen Bibliotheksausweis erkenne. »In der Tasche. Von Ihrem Mantel.«

»Oh«, sage ich und versuche gar nicht erst, meine Überraschung zu verbergen. Wie blöd von mir, meinen Mantel wegzugeben, ohne in die Taschen zu sehen, und ich erinnere mich, dass ich ihn neulich auf dem Weg von der Bibliothek zur Arbeit, mit einem Science-Fiction-Thriller in der Hand, eingesteckt habe. Sie ist gekommen, um mir meinen Bibliotheksausweis zurückzubringen.

»Danke«, sage ich. Ich nehme ihn ihr aus der ausgestreckten Hand und verspüre ein überwältigendes Bedürfnis, das Baby zu berühren. Der Kleinen über die Pausbäckchen zu streicheln oder durch die wenigen zarten, schneeweißen Haare.

»Du isst doch mit mir«, sage ich. Ich drehe den Ausleihausweis in meinen Händen und stecke ihn dann in die gesteppte Handtasche.

Sie antwortet nicht. Sie steht vor der Nische, die Augen – misstrauisch und müde – gesenkt, ausweichend. »Was macht das für Sie für einen Unterschied?«, fragt sie, ohne mich anzusehen. Ihre Hände sind schmutzig.

»Ich will bloß helfen.«

Sie stellt den Koffer auf den Boden, zwischen ihre Füße, und rückt das zappelnde Baby zurecht. Wie es bei Babys oft ohne Vorwarnung vorkommt, wird es unruhig, hat vielleicht Hunger, interessiert sich nicht mehr für die versenkten Deckenlichter.

»Es geht nicht darum, was die Welt für dich bereithält, sondern darum, was du ihr gibst«, flüstert sie beinahe, und ich kann sie nur dämlich anglotzen, bis sie sagt: *»Anne auf Green Gables.«*

Anne auf Green Gables. Sie zitiert aus *Anne auf Green Gables.* Natürlich, denke ich und sehe sie und das Baby vor mir, auf dem Fußboden der Bibliothek diese Woche, wie sie laut aus dem Klassiker von Lucy Maud Montgomery vorliest. Und ich frage mich, was für Kinderbuchklassiker sie sonst noch gelesen hat. *Der Wind in den Weiden? Der geheime Garten?*

»Wie heißt du?«, frage ich. Sie sagt mir ihren Namen nicht. Zumindest nicht gleich. »Ich bin Heidi«, beschließe ich, den Anfang zu machen. Es scheint mir nur fair. Schließlich bin *ich* hier die Erwachsene, rufe ich mir ins Gedächtnis. »Heidi Wood. Ich habe eine Tochter. Zoe. Sie ist zwölf.«

Dass ich Zoe erwähne, scheint zu helfen. Nachdem sie das Baby, das sie an ihre Brust drückt, wieder zurechtgerückt hat, setzt sie sich hin. Ungelenk rutscht sie mit dem Baby in die Ecknische, holt ein schmutziges, mit Milchpulver verklebtes Fläschchen aus einer Jackentasche und füllt es mit dem eisgekühlten Wasser vom Tisch. Sie hält dem Säugling das Fläschchen an den Mund. Das Wasser ist zu kalt, und ihm fehlen die Nährstoffe von echter oder falscher Muttermilch. Die Kleine quengelt einen Moment, dann gibt sie sich zufrieden. Es ist nicht das erste Mal, dass sie mit nichts als Wasser auskommen muss. Alles ist ihr recht, um die Leere in ihrem winzigen Magen zu füllen.

»Willow.«

»So heißt du?«, frage ich, und sie zögert, bevor sie nickt. Willow. Wie die *Weide*.

Chris und ich hatten uns für Zoes Namen entschieden, weil er uns gefiel. Wir dachten, dass die Alternativen – Juliet, Sophia, Alexis – auch bald Verwendung finden würden. Für einen Jungen war Zach als Ergänzung zu Zoe im Gespräch, und natürlich warf Chris seinen eigenen Namen in den Hut. Wir sprachen oft davon, unsere Eigentumswohnung gegen ein Einfamilienhaus weiter im Norden, in Lakeview, oder im Westen, in Roscoe Village einzutauschen, wo die Hypothek etwas geringer wäre, wenn auch der Weg in die Schule und zur Arbeit wesentlich weiter. Ich ertappte mich dabei, dass ich mich nach weißen Etagenbetten mit Lattenrosten umsah, als wir Zoes Babybettchen aussuchten. Ich sah schon reihenweise Nostalgie-Bettdecken und Puppenhausregale und einen Haufen auf dem Boden verteilter Spielsachen vor mir. Ich dachte über Hausunterricht als Alternative zu der teuren Privatschule nach, die Zoe jetzt besucht, eine wesentlich praktischere Lösung als die vierzigtausend Dollar Schulgebühr, die wir im Jahr für all unsere imaginären Kinder ausgeben würden.

Der Arzt benutzte das Wort *Hysterektomie.* Ich lag nachts im Bett, als ich eigentlich schlafen sollte, und dachte über dieses Wort nach, darüber, was es bedeutete. Für den Arzt, und auch für Chris, war es ein Begriff, ein medizinischer Vorgang. Für mich war es schlicht und ergreifend ein Gemetzel. Das Auslöschen von Juliet und Zach, Sophia und Alexis. Das Ende jener Vision von Nostalgie-Bettdecken und Hausunterricht.

Aber da war Juliet natürlich schon längst weg, eine einfache Ausschabung, die alles andere als einfach war. Es gab keine Möglichkeit, festzustellen, ob sie ein Mädchen war oder nicht, das sagte der Arzt, und Chris wiederholte es immer wieder, dass man es *unmöglich wissen konnte* – und doch wusste ich es, ich wusste mit Sicherheit, dass es Juliet war, die als organischer Abfall entsorgt wurde, zusammen mit meiner Gebärmutter, meinem Gebärmutterhals und Teilen meiner Vagina.

Und ich fand mich wieder, wie ich weiterhin Babykleider anhäufte, die ich in Boutiquen in der Stadt fand – lavendelfarbene Spitzen-Spielanzüge und Bodys aus Bio-Baumwolle mit Tiermotiven. Ich versteckte sie in Boxen, die ich absichtlich mit *Heidi: Arbeit* beschriftete und im Schlafzimmerschrank verstaute, weil ich ganz genau wusste, dass Chris niemals erforschen würde, was er für trockene Alphabetisierungsstatistiken und Lehrbücher für Englisch als Fremdsprache hielt.

»Das ist ein schöner Name«, sage ich. »Und dein Baby?«

»Ruby«, sagt das Mädchen unentschlossen.

»Hübsch«, sage ich, und das finde ich wirklich. »Wie alt ist sie?«

Es entsteht eine Pause, und dann sagt sie, als sei sie sich nicht ganz sicher: »Vier Monate.«

»Hatten Sie schon Gelegenheit, in die Speisekarte zu schauen?«, fragt die rothaarige Kellnerin, die wie aus dem Nichts auftaucht. Das Mädchen, Willow, fährt zusammen und sieht mich erwartungsvoll an. Die Speisekarte liegt unberührt vor ihr.

»Ich glaube, wir brauchen noch einen Moment«, sage ich, schlage aber eine große Tasse heiße Schokolade für Willow vor, die mir gegenüber auf der Sitzbank aus Vinyl vor Kälte zittert. Ich lege meine Hände um meine eigene Tasse, die zwar schon etwas abgekühlt ist, aber immer noch etwas Wärme von dem Kaffee gespeichert hat, den die Bedienung jetzt zum dritten Mal nachfüllt.

»Mit Sahne?«, fragt die Frau, und Willow sieht mich an und wartet meine Zustimmung ab. Komisch, denke ich, wie sie in diesem Sekundenbruchteil, nur bei der bloßen Erwähnung von Schlagsahne, wieder zum Kind wird. Sie kommt mir vor wie eine optische Täuschung, wie die berühmte Rubinsche Vase, bei der je nach Betrachtungsweise eins von zwei Bildern erscheint: entweder zwei einander zugewandte Gesichter im Profil oder eine Vase. Beide Bilder springen vor den Augen hin und her. Profile, Vase. Profile, Vase. Starke, unabhängige junge Frau mit Baby, hilfloses kleines Mädchen mit einer Schwäche für heiße Schokolade und Schlagsahne.

»Natürlich«, erkläre ich, vielleicht etwas zu enthusiastisch. Kurz darauf kehrt die Kellnerin mit dem himmlischen Getränk zurück, ein warmer weißer Becher mit Untertasse und obendrauf ein Berg schaumiger Schnee, gesprenkelt mit Schokoraspeln. Willow greift nach einem Löffel, taucht die Spitze in die Sahne, leckt sie ab und lässt sich den Geschmack auf der

Zunge zergehen, als hätte sie seit Jahren keine heiße Schokolade gekostet.

Wie kommt es, dass jemand wie sie auf der Straße lebt? Allein, ohne Bezugsperson, ohne Vormund? Natürlich scheint es völlig unangebracht, sie das zu fragen, ein sicherer Weg, um sie in die Flucht zu schlagen. Ich sehe zu, wie sie die Schlagsahne inspiziert und sich dann urplötzlich darauf stürzt und sie sich löffelweise in den Mund schaufelt. Das Baby beobachtet sie mit gierigen Augen, nicht mehr entzückt von dem eiskalten Wasser, sondern von der schaumigen weißen Masse, die aus dem Mund seiner Mutter tropft.

Diese führt den Becher an ihre Lippen, trinkt zu schnell und zuckt zusammen, als sie sich die Zunge verbrennt. Mit meinem Löffel fische ich einen Eiswürfel aus einem Wasserglas und versenke ihn in der heißen Schokolade. »Hier«, sage ich. »Das wird die Sache etwas beschleunigen.« Sie zögert, dann probiert sie erneut, dieses Mal, ohne sich die Zunge zu verbrennen.

Über ihrem linken Auge verbirgt sich ein Bluterguss. Er weist einen Ockerton auf, als wäre er dabei, zu heilen. Als sie nach der Speisekarte greift und überlegt, was sie essen will, sehe ich, dass ihre Fingernägel lang und abgekaut sind und sich darunter haufenweise Dreck angesammelt hat. In jedem Ohr hat sie vier Löcher, wenn man den schwarzen Stecker im Knorpel oben am Ohr mitzählt. Entlang des Ohrläppchens finden sich ein Paar silberne Engelsflügel, ein Gothic-Kreuz und rubinrote Lippen, in dieser Reihenfolge. Die roten Lippen fehlen am linken Ohrläppchen. Ich stelle mir vor, wie sie auf dem schmutzigen Bürgersteig in der Stadt unterhalb der Fullerton Station liegen und von den Fußgängern platt getrampelt werden, oder mitten auf der Straße, wo die Taxis darüber hinwegfahren. Die Stirnfransen hängen ihr tief ins Gesicht. Wenn sie mich ansehen will, streift sie sie beiseite, lässt sie aber dann gleich wieder ihre Augen verdecken wie ein Brautschleier. Die

Haut an ihren Händen und in ihrem Gesicht ist rissig und rot, und die Dermis hat bereits Fissuren erlitten. An den Händen hat sie überall blutige Stellen. Ihre Lippen sind aufgesprungen. Auch das Baby, Ruby, weist Anzeichen von Ekzemen auf, verkrustete rote Flecken auf seiner ansonsten milchig weißen Haut. Ich greife in meine Handtasche und zaubere eine Lotion in Reisegröße hervor, und als ich sie über den Tisch schiebe, sage ich: »Meine Hände trocknen im Winter immer aus. Die kalte Luft. Das hier hilft.« Und als sie die Lotion mit der Hand berührt, füge ich hinzu: »Auch für Ruby. Ihre Wangen.« Sie streicht die Ponyfransen beiseite und nickt, und ohne zu zögern trägt sie die Lotion auf die Wangen des Babys auf. Die Kälte der Tinktur lässt Ruby zusammenzucken, und mit ihren schieferblauen Augen beobachtet sie ihre Mutter neugierig und feindselig zugleich.

»Wie alt bist du?«, frage ich und weiß schon, dass ihre unmittelbare, vorher überlegte Antwort gelogen ist.

»Achtzehn«, sagt sie, ohne mich anzusehen. Auf jede andere Frage, die ich ihr gestellt habe, hat sie zunächst mit Zögern reagiert. Es ist die Direktheit der Antwort, die mich davon überzeugt, dass es eine Lüge ist. Das und die Naivität ihrer Augen, als die optische Täuschung sich wieder umkehrt und sie wieder zum hilflosen Mädchen wird. Ein hilfloses Mädchen wie Zoe.

Mit achtzehn werden Kinder vom Gesetz her zu Erwachsenen. Zu unabhängigen Personen. Eltern verlieren ihre Rechte über ihre Kinder und auch die finanzielle Verantwortung. Es gibt vieles, was eine Achtzehnjährige tun kann und eine Siebzehnjährige nicht, zum Beispiel allein auf der Straße leben. Wenn Willow erst siebzehn ist – oder sogar erst fünfzehn oder sechzehn –, wirft das gewisse Fragen auf. Wo sind ihre Eltern, und warum lebt sie nicht bei ihnen? Ist sie ausgerissen? Wurde sie ausgesetzt? Meine Augen kehren zurück zu dem gelblichen Bluterguss, und ich frage mich, ob er eine Folge von Kindesmisshandlung ist. Wenn sie siebzehn wäre, könnte man sie zwingen, nach Hause zurückzukehren, wenn ein solches Zuhause existiert, oder sie in eine Pflegefamilie stecken.

Aber ich schiebe all diese Verdächtigungen beiseite und nehme das Wort des Mädchens für bare Münze. Sie ist achtzehn.

»Es gibt Obdachlosenheime speziell für Frauen und Kinder.«

»Ich will in kein Obdachlosenheim.«

»Ich arbeite mit jungen Frauen. Wie du. Frauen aus anderen Ländern. Flüchtlingen. Ich helfe ihnen manchmal, hier Fuß zu fassen.«

Die Bedienung kehrt zurück, um unsere Bestellung aufzunehmen. Ich bestelle Arme Ritter, und Willow schließt sich mir an. Da wird mir klar, dass sie auf jeden Fall dasselbe genommen hätte wie ich. Sie wollte nicht so unverschämt sein und sich einen großen Burger bestellen, wenn ich einen Salat nehme, oder Frühstück, wenn ich mir Abendessen bestelle. Die Kellnerin entfernt die Speisekarten von unserem Tisch und verschwindet hinter einer Schwingtür aus Aluminium.

»Es gibt ein paar sehr gute Unterkünfte mit ganzheitlichem Ansatz. Sie bieten Schutz, medizinische Versorgung, psychologische Betreuung, Unterricht. Es gibt Individualfürsorger, die dir helfen, wieder auf die Beine zu kommen, einen Lebenslauf zu erstellen, eine Betreuung für Ruby zu finden. Ich könnte ein paar Leute anrufen«, biete ich an, aber ich merke, dass ihre Augen auf einen älteren Mann geheftet sind, der allein in einer Nische sitzt und dabei ist, ein reich belegtes Sandwich fein säuberlich in zwei Hälften zu zerteilen.

»Ich brauche keine Hilfe«, sagt sie gekränkt und schweigt dann.

»Na gut«, lenke ich ein, weil ich weiß, wenn ich sie weiter in diese Richtung dränge, wird sie sich das Baby und den

Lederkoffer schnappen und gehen. »Na gut«, wiederhole ich, dieses Mal leiser. Wie ein Zugeständnis. Ich höre auf, mich einzumischen, und sie wird bleiben. Sie bleibt also und verschlingt nahezu schweigend ihr Abendessen, während ich zusehe, wie das Baby allmählich träge wird und auf dem Schoß des Mädchens einschlummert. Ich sehe zu, wie das Mädchen die Armen Ritter mit der Kante der Gabel zertrennt und jedes einzelne Stück in einen Klecks Walnusssirup tunkt, bevor sie es in ihren unersättlichen Mund steckt. Ich esse langsam und beobachte, wie ihr der Sirup das Kinn hinunterrinnt und sie ihn mit dem Ärmel der NATO-grünen Jacke wegwischt.

Wann hat sie das letzte Mal eine anständige Mahlzeit zu sich genommen?

Das ist nur eine von endlos vielen Fragen, die ich an sie hätte. Wie alt ist sie *wirklich*? Wo kommt sie her? Wie wurde sie obdachlos? Seit wann lebt sie auf der Straße? Wo ist Rubys Vater? Woher hat sie den ockerfarbenen Bluterguss? Geht sie öfter in die Bibliothek? Hält sie sich immer in den Literaturgängen auf oder variiert das, je nachdem, wonach ihr gerade ist? Um ein Haar erwähne ich die Bibliothekarin mit dem freundlichen Lächeln – eine an den Haaren herbeigezogene Bemerkung, um einen Small Talk in Gang zu bringen –, aber ich kann mich gerade noch bremsen. Natürlich hat das Mädchen keine Ahnung, dass ich sie in der Bibliothek gesehen habe, dass ich mich einen Gang weiter herumgedrückt und heimlich beobachtet und gelauscht habe, wie sie laut aus *Anne auf Green Gables* vorlas.

Also essen wir schweigend. Und statt Small Talk erklingen die Begleitgeräusche des Essens: Kauen und Schlucken, noch mehr Walnusssirup, der aus der Plastikflasche gequetscht wird, eine zu Boden fallende Gabel. Sie bückt sich, hebt sie auf und versenkt sie im Armen Ritter wie ein Folteropfer, dem tagelang jedes Essen verwehrt wurde. Wochenlang. Oder noch länger.

Als wir mit dem Essen fertig sind, legt sie die Hand auf den Koffer und erhebt sich aus der Sitznische. »Willst du schon gehen?«, frage ich, und ein plötzlicher Schmerz liegt in meiner Stimme. Ich kann es selbst hören. Sie kann es hören.

»Ja«, sagt sie. Durch die Bewegung erwacht Ruby kurz, um sogleich wieder ins Land der Träume zurückzusinken.

»Warte doch mal«, sage ich, und da ist wieder diese Verzweiflung, die ich schon vorhin auf der Straße verspürt habe: Sie droht mir zu entgleiten, und ich kann sie nicht aufhalten. Hektisch greife ich nach meiner Handtasche, aber alles, was ich finde, ist ein Zwanzigdollarschein. Das reicht nicht, um das Essen zu bezahlen. Ich werde auf die Bedienung mit der Rechnung warten und mit Kreditkarte bezahlen müssen. »Lass mich mit dir in die Drogerie gehen«, bitte ich sie. »Dann kaufen wir dir ein paar Sachen. Säuglingsnahrung«, sage ich. »Windeln.« Hydrokortison für die entzündeten Wangen. Müsliriegel für Willow. Salbe gegen Windelausschlag. Zahncreme. Eine Zahnbürste. Shampoo. Eine Haarbürste. Vitamine. Sauberes Wasser in Flaschen. Handschuhe. Einen Regenschirm. Doch dann klingt es selbst für mich idiotisch, denn wie soll sie all diese vermeintlich lebensnotwendigen Dinge auf der Straße mit sich herumschleppen?

Sie beäugt den Zwanziger in meiner offenen Geldbörse, und ohne nachzudenken ziehe ich ihn heraus und halte ihn ihr hin. »Geh du in die Drogerie«, sage ich. »Kauf dir, was du brauchst. Für dich und für das Baby.« Sie zögert einen kurzen Augenblick, bevor sie mir den Geldschein aus der Hand reißt. Sie nickt, was ich als eine Kombination aus Ja und Dankeschön interpretiere.

»Warte«, sage ich, ehe sie entwischen kann. Ohne zu überlegen, lege ich eine Hand auf ihre Nylonjacke und halte sie vom Gehen ab. Der Nylonstoff fühlt sich merkwürdig an, fremdartig. Als sie mich mit ihren eisig blauen Augen ansieht, ziehe ich die Hand hastig zurück und flehe: »Bitte. Warte. Nur eine Sekunde«, während ich aus meiner Tasche eine Visitenkarte zutage fördere. Eine schlichte schwarze Visitenkarte, auf der mein Name und meine Telefonnummern – mobil und geschäftlich – stehen, in einer weißen, gut lesbaren Schrift namens *Comic Sans*. Ich drücke sie ihr in die Hand. »Für den Fall …«, fange ich an, aber ein Kellner, der ein Tablett voller Essen auf seiner Hand über dem Kopf balanciert, stürmt eilig vorbei und trällert: »Entschuldigung, die Damen«, und das Mädchen weicht vor ihm zurück, weicht vor mir zurück und schwindet langsam dahin, zieht sich zurück wie welkende Rosen in einer Zylindervase, die in sich zusammenschrumpfen und allmählich darin versinken.

Und ich stehe da, allein mitten im Stella's, und denke: *Bitte. Warte.* Obwohl das Mädchen längst aus dem Diner verschwunden ist und die rothaarige Kellnerin, die meine Verzweiflung völlig kaltlässt, mir im Vorbeigehen die Rechnung überreicht.

Nach Hause nehme ich einen Umweg, bin taub für die Kälte und den feinen Nebel, der in der Luft liegt. Ich gehe am Antiquariat auf der Lincoln vorbei, um ein Exemplar von *Anne auf Green Gables* zu kaufen.

Ich bezahle zwei Dollar für das Buch, weil bereits Seiten herausfallen. Zwischen den alternden Seiten stecken wahllos vergessene Schätze, ein Lesezeichen mit Troddeln, ein altes Foto von einem kleinen Mädchen mit weißen Kniestrümpfen, daneben sein Großvater in blau karierten Hosen. Im Buch findet sich eine Widmung mit Jahresangabe: *Für Mom 1989.*

Im Hausflur treffe ich auf dem Weg nach oben meinen Nachbarn Graham, der gerade eine leere Weinflasche in den Müllschlucker werfen will. »Die ist recycelbar«, erinnere ich ihn und höre in meiner Stimme einen nervigen Unterton, der Chris immer auf die Palme bringt.

Aber Graham lacht bloß. Er hat seine Wohnungstür sperrangelweit offen gelassen, und auf dem Sofa sitzt eine blonde Schönheitskönigin mit einem vollen Glas Chablis. Wir wechseln einen Blick, und ich zwinge mich zu einem Lächeln, das sie nicht erwidert.

»Schon wieder von der Recycling-Polizei erwischt worden«, sagt er und zieht die Flasche wieder aus dem Abfallschlucker zurück. Die Recycling-Container stehen neben dem Lieferanteneingang unseres Gebäudes, ein weiter Weg für jemanden, der nicht viel an die Umwelt denkt. Im Gegensatz zu mir. Ich kann es mir gerade noch verkneifen, Graham daran zu erinnern, dass es eine Million Jahre dauert, bis eine Glasflasche sich zersetzt hat.

Ich habe ein überwältigendes Bedürfnis, *irgendjemandem* von meinem Abend im Stella's zu erzählen, und weiß, dass Chris nicht der Richtige dafür ist. Nicht einmal Jennifer ist die Richtige – sie denkt viel zu logisch, zu sehr mit der linken Gehirnhälfte für diese Art von Irrsinn. Ich brauche jemanden, der, wie ich, von Gefühlen und Emotionen gesteuert wird, von seiner Vorstellungskraft und seinen Überzeugungen, jemanden, der sich von der Fantasie inspirieren lässt.

Jemanden wie Graham.

Aber durch seine offene Wohnungstür höre ich die Klänge einer Akustikgitarre aus seiner Stereoanlage kommen und die Schönheitskönigin seinen Namen rufen. Er klemmt sich die leere Weinflasche unter den Arm und sagt, dass er gehen muss. »Natürlich«, sage ich und blicke ihm nach, wie er die Tür hinter sich schließt. Und ich stehe da, starre auf einen spießigen Buchsbaumkranz und höre seinen Damenbesuch schrill aufkreischen.

In meiner eigenen Wohnung angekommen, denke ich gar nicht mehr an meinen Film, sondern schlüpfe stattdessen mit *Anne auf Green Gables* ins Bett. Als Chris endlich von seiner

Geschäftsreise heimkehrt, verstecke ich das Buch schnell unter dem Bett, hinter einem Rüschenvolant, wo sich sonst nur Katzen und Staubmäuse aufhalten, und stelle mich schlafend.

Er kommt zu mir ins Bett gekrochen und küsst mich lang und zart, aber seine Lippen sind mit dem Bild von Cassidy Knudsen benetzt.

Meine Mutter war die schönste Frau der Welt. Lange schwarze Haare, ein schmales Gesicht mit hohen Wangenknochen, perfekt gebogene Augenbrauen und die blauesten Augen, die ich je gesehen habe. *Ich hab dich so lieb wie die Eichhörnchen Nüsse,* sagte sie immer zu mir oder *Ich hab dich so lieb wie die Mäuse den Käse.* Manchmal verbrachten wir den halben Tag damit, uns die blödesten Varianten auszudenken: *Ich hab dich so lieb wie ein dicker Junge Kuchen.* Und wir lachten uns tot. Es war eine Sache unter uns.

Wir lebten im ländlichen Nebraska, in einer winzigen kreisfreien Ortschaft in der Nähe von Ogallala. Momma, Daddy, Lily und ich. Ogallala war lange vor Omaha, genauso wie Momma und Daddy lange vor Joseph und Miriam waren. Um genau zu sein, war es eine ganz andere Welt, ein ganz anderes *Ich*.

Momma erzählte mir oft von dem Tag, als sie und Daddy geheiratet hatten. Sie sagte, dass sie zu dem Zeitpunkt, als sie »Ja« sagten, bereits mit mir schwanger war, was weder für sie noch für Daddy eine große Rolle spielte, aber ihrer eigenen Momma und ihrem Daddy gefiel das ganz und gar nicht. Wie sich herausstellte, mochten sie auch Daddy nicht besonders, und deshalb fuhren Momma und Daddy, als Momma neunzehn Jahre alt war, hinaus zu einer Kapelle in Des Moines und ließen sich trauen. Momma erzählte mir davon, von ihrer Hochzeit in einer schnuckeligen kleinen Kirche direkt an der Straße, als wir auf der Treppe vor unserem Fertighäuschen saßen und uns die Zehennägel mit dem Rot von Liebesäpfeln anmalten, während Lily den Nachmittag verschlief. Ich war acht Jahre alt. Momma erzählte mir von der Kapelle und davon, wie sie in einem altmodischen trägerlosen, wadenlangen Hochzeitskleid in Schneeweiß das Mittelschiff entlangging. Sie erzählte mir von dem Schleier, einen Vogelkäfigschleier nannte sie ihn, und ich stellte mir Kanarienvögel vor, die auf ihrem Kopf gefangen waren. Sie erzählte mir von dem Mann, der sie traute, ein gewisser Reverend Love, und selbst in meinem Alter, mit acht Jahren, fiel es mir schwer zu glauben, dass das sein richtiger Name war. Reverend Love. Ich weiß noch genau, wie Momma seinen Namen aussprach, damals, als wir auf der Treppe vor unserem Fertighaus saßen, in unsere olle Straße stierten und ein paar Jungs beobachteten, die auf ihrem Rasen Kickball spielten. Wie sie das Wort *Love* in die Länge zog, bis wir uns beide fast totlachten.

Aber sie sagte, Daddy habe wahnsinnig gut ausgesehen, mit Hemd und Krawatte und einem Sakko, das er sich von einem Freund geliehen hatte. Ich hatte Mühe, mir das vorzustellen, denn soweit ich mich erinnerte, hatte ich meinen Daddy in meinem ganzen Leben noch nicht mit Hemd und Krawatte gesehen. Es gab keine Fotos von ihrer Hochzeit, weil Momma und Daddy damals keinen Fotoapparat besaßen, aber sie hatten ein Stück Papier, auf dem stand, dass sie verheiratet waren, und das war ihnen viel wichtiger als irgendein Bild. Momma zeigte mir dieses Stück Papier. *Heiratsurkunde* stand darauf, und ganz unten die Worte *Reverend Love.*

Und dann, ungefähr sechs Monate später, wurde ich geboren. Momma erzählte mir von dem Tag, an dem ich kam. Sie erzählte mir, dass ich mir ganz schön Zeit ließ mit dem Rauskommen. Ich hatte es wohl nicht sehr eilig. Sie erzählte mir, dass Daddy mich ganz fest hielt, dort im Krankenhaus, als fürchtete er, ich könnte kaputtgehen. Meine Großeltern lernte ich nicht kennen, weder kurz nach meiner Geburt noch später. Mommas Momma und ihr Daddy wollten überhaupt nichts mit uns zu tun haben, und die von Daddy, nun ja, die waren tot. Wir besuchten sie ab und an drüben auf dem Friedhof an der Fifth Street und legten braun werdenden Löwenzahn neben die Grabsteine, auf denen *Ernest und Evelyn Dalloway* stand.

Meiner Momma wurde von ihrer Momma die Überzeugung eingepflanzt, dass sie Audrey Hepburn sei. Das war auch der Grund, weshalb sie *Holly* genannt wurde, wie Holly Golightly. Momma türmte ihr langes schwarzes Haar auf dem Kopf zu einem Beehive auf und tänzelte bei uns zu Hause mit einem Zigarettenhalter wie bei *Frühstück bei Tiffany* umher, obwohl sie gar nicht rauchte. An jedem x-beliebigen Tag lief sie im Haus mit alten getupften Etuikleidern herum und klaute Audrey Hepburn ihre Zitate, als wären es ihre eigenen, und ich saß auf der Couch und guckte zu.

Niemals hat es mich auch nur bisschen gewundert, dass Daddy sie heiraten wollte. Ich hatte noch nie jemanden so Schönes wie Momma gesehen.

Mehr als einmal bat ich sie, mir zu erzählen, wie sie meinen Daddy kennengelernt hatte. Und sie wurde nicht müde, diese Geschichte zu erzählen. Sie erzählte mir, wie sie Daddy in der Stadt begegnet war, in einem Lokal, in dem er hinter der Theke stand. Irgendein Tölpel wollte mit ihr Bekanntschaft schließen, und das gefiel Daddy überhaupt nicht. Ihm gefiel nicht, wie er mit ihr redete und ihre Hand auch dann nicht losließ, nachdem Momma ihn darum gebeten hatte. Ihr Ritter in strahlender Rüstung, sagte sie. Momma sagte immer, Daddy zu heiraten, sei die beste Entscheidung ihres Lebens gewesen, auch wenn diese Heirat ihre eigenen Eltern praktisch zum Verschwinden brachte. *Simsalabim,* sagte sie und hob die Hände wie ein Zauberer, als könnte sie wirklich *zaubern*.

Als LKW-Fahrer war Daddy mehr weg als zu Hause. Er war ein »Over the road«-Fahrer, was bedeutete, dass er sehr weite Strecken fuhr. Er verbrachte seine Tage damit, vom einen glitzernden Meer zum anderen zu fahren und irgendeine Fracht oder ein Gefahrgut durchs ganze Land zu kutschieren.

Wenn er weg war, vermissten wir ihn mehr als alles andere, vor allem Momma. Aber wenn er nach Hause kam, machte er es wieder gut, indem er Momma von oben bis unten abküsste und sie an Stellen anfasste, die sie rot werden ließen. Zu seiner Rückkehr zog sie sich etwas Besonderes an, drehte sich die Haare zu Locken und malte sich die Lippen beerenrot an. Lily und mir brachte er immer was mit, aus Vermont oder Georgia oder wo auch immer er gewesen war – einen Schlüsselanhänger, eine Postkarte oder eine Mini-Freiheitsstatue. Wenn Daddy zu Hause war, war es wie Weihnachten oder wie Sommerferien. Und auch Momma brachte er Sachen mit, aber die zeigte er ihr erst, wenn Lily und ich im Bett waren, aber ich konnte sie hören, nachts, wenn sie dachten, ich schlafe. Ich konnte sie in ihrem Schlafzimmer lachen hören.

Wir hatten nicht viel Geld, damals in unserem Fertighaus bei Ogallala, aber Momma ging unheimlich gerne shoppen. Natürlich hatten wir kein Geld für die Sachen, die sie kaufen wollte, also nahm sie Lily und mich stattdessen mit in die eleganten Geschäfte, nur damit sie Kleider anprobieren und sich im Spiegel begucken konnte. Solche Sachen machten wir, wenn Daddy weg war, obwohl Momma immer sagte: »Erzähl Daddy nichts davon«, weil sie nicht wollte, dass er sich schlecht fühlte.

Aber sehr oft sprach Momma von *eines Tages*. *Eines Tages* würde sie ihren eigenen Salon haben, statt in dem Badezimmer Haare zu schneiden, das das von Lily und mir war. *Eines Tages* würden wir ein größeres Haus kaufen, kein Fertighaus. *Eines Tages* würde sie mit uns an einen Ort fahren, der Magnificent Mile genannt wurde, in einer Stadt namens Chicago. Momma erzählte mir davon, von dieser Magnificent Mile. Sie redete darüber, als wäre es ein Märchen, und ich war mir nicht ganz sicher, ob es sie wirklich gab oder nicht. Aber Momma war sich sicher. Sie redete von Geschäften mit Namen wie Gucci und

Prada und darüber, was sie in jenen Geschäften kaufen würde, wenn sie könnte. *Eines Tages.* Sie hatte eine Liste mit all den Sachen, die sie sehen wollte, bevor sie starb. Den Eiffelturm, Audrey Hepburns Grab in irgendeiner kleinen Stadt in der Schweiz, die Magnificent Mile. Wir hatten nicht viel. Das wusste ich auch mit acht Jahren schon, ich wusste es, obwohl ich mir niemals mehr gewünscht habe. Ich war glücklich dort in dem Fertighaus in der Nähe von Ogallala, und auch wenn Momma die ganze Zeit von *eines Tages* redete, wollte ich nie, dass sich irgendwas änderte. Momma sagte immer: »Wir haben nicht viel, aber wenigstens haben wir uns.«

Und dann, eines Tages, hatten wir nicht mal mehr das.

Heidi will immer alles richtig machen. Sie recycelt überpenibel. Dosen und Flaschen, Zeitungen, Batterien, Reste von Alufolie. Sie bringt Kleiderbügel in die Reinigung zurück, staucht mich zusammen, wenn ich mit einer Plastiktüte vom Einkaufen zurückkomme, statt daran zu denken, eine wiederverwendbare von zu Hause mitzunehmen. Ihre Worte verfolgen mich in meinen Träumen, ihre roboterartige Stimme, mit der sie immer wieder abspult: *Das ist recycelbar*, und in den schwachen Momenten, wenn ich versuche, einen Umschlag oder einen Papierfetzen in den Restmüllbehälter zu werfen. Unsere Milch kaufen wir in Mehrwegflaschen, die irrsinnig teuer sind.

Spinnen, die unsere Wohnung widerrechtlich betreten, werden niemals getötet, sondern auf den Balkon umgesiedelt oder, falls das Wetter zu schlecht ist, in die Kellerräume, wo sie sich zwischen Kartons und unbenutzten Fahrrädern ungestört vermehren können. Sie mit einem Schuh zu zerquetschen oder die Toilette hinunterzuspülen, wäre schlicht unmenschlich.

Aus diesem Grund haben wir auch die beiden Katzen. Weil Heidi sie als Babys unter dem Müllcontainer hinter dem Haus gefunden hat. Das blutige Gewirr, das von ihrer Mutter übrig war, lag unweit davon und diente einem streunenden Hund als Futter. Eines Tages brachte Heidi sie in unsere Wohnung. Die beiden, jede davon nur ein, zwei Pfund schwer, starrten vor Dreck und Kot. Unter dem lückenhaften Fell schienen die Knochen durch. Und Heidi erklärte: »Wir behalten sie.« Und wie bei den meisten Sachen in unserer Ehe hat sie mich nicht gefragt. Sie hat es mir mitgeteilt. *Wir behalten sie.*

Ich nannte sie Eins und Zwei, weil die Namen, die Heidi vorschlug, Odette und Sabine (ja, beides Mädchen; ich bin tatsächlich der Hahn im Korb in diesem Haushalt), einfach dämlich klangen. Streunende Katzen verdienen keine menschlichen Namen, sagte ich zu ihr. Schon gar keine schicken französischen. Eins ist mehrfarbig, ein Glückskätzchen, wie Heidi es nennt. Zwei ist komplett schwarz mit längerem Fell und neongelben Augen. Eine Unglückskatze. Das Vieh ist böse. Es hasst mich.

Von daher bin ich nicht sehr überrascht, als ich mich am Samstagmorgen aus dem Bett wälze und sie dasteht, mitten in unserem Wohnzimmer, mit ihrem traurigsten »Verwaistes Kätzchen«-Blick. Sie hat gerade ein Telefongespräch beendet und redet ohne Punkt und Komma von dem armen Mädchen an der Fullerton Station. Es ist fast zehn Uhr, wenn auch die Dunkelheit vor dem Fenster vermuten lässt, es sei erst fünf, vielleicht sechs Uhr morgens. Was ich für den Tag nach einer anstrengenden Geschäftsreise nach San Francisco eigentlich im Sinn habe, ist, mich stundenlang im ledernen Fernsehsessel zu fläzen und Profibasketball zu schauen. Aber Heidi, die eindeutig in aller Herrgottsfrühe aufgestanden ist und bereits zu viel Koffein intus hat, macht mir einen Strich durch die Rechnung. Sie trägt ihren Bademantel und Hausschuhe, umklammert mit der Hand ihr Handy, und ich weiß, hinter der Geschichte steckt mehr, als sie sich anmerken lässt. Hier geht es nicht nur um ein obdachloses Mädchen, das sie gesehen hat. In Chicago gibt es bestimmt hunderttausend Obdachlose. Heidi nimmt sie wahr, verstehen Sie mich nicht falsch. Sie nimmt jeden einzelnen davon wahr. Aber sie bereiten ihr keine schlaflosen Nächte.

»Dafür hat der liebe Gott Obdachlosenheime erschaffen«, sage ich. Draußen regnet es. Schon wieder. Die Fernsehsender werden überflutet von Reportern auf Straßen und Autobahnen, die unter Wasser stehen. Gefährlich und unbefahrbar, sagen sie. Selbst die größeren Schnellstraßen – Teile des Eisenhower und des Kennedy Expressway – sind gesperrt. Offenbar ist in unserem Land der Notstand ausgebrochen. Die Nachrichtenkamera hält auf ein gelbes Straßenschild. *Turn Around, Don't Drown*, steht darauf. Umdrehen, nicht untergehen. Ein gutes Lebensmotto. Eine triefende Reporterin mit einem goldfarbenen Regenumhang steht im Loop, wo der Regen auf sie niederprasselt (als würde es deutlicher werden, wenn man den Regen im Fernsehen *sieht*, statt zuzuhören, wie er gegen die Fenster und auf die Dächer unserer Häuser trommelt), und warnt, dass ein Auto schon in zehn Zentimeter hohem, rasch fließendem Wasser davongetragen werden kann. »Wenn Sie heute Vormittag nicht unbedingt wegfahren müssen«, sagt sie mit einem besorgten Blick, als würde sie sich wirklich um unsere Sicherheit scheren, »dann bleiben Sie bitte zu Hause.«

»Sie *will* in kein Obdachlosenheim«, entgegnet Heidi in einem wissenden Ton, und da kapiere ich es. Heidi hat dieses Mädchen nicht bloß *gesehen*. Es fand ein Austausch statt. Eine Unterhaltung. Was sie mir bis jetzt erzählt hat oder ich ihr aus der Nase gezogen habe, ist, dass sie ein junges, obdachloses Mädchen gesehen hat, das neben der Fullerton Station um Kleingeld gebettelt hat. Ein junges Mädchen mit einem Baby. Ich war mit nur einem Gedanken aus dem Bett gestiegen und ins Wohnzimmer gekommen: Fernsehen. Ich kam dazu, als sie gerade ein Telefonat auf ihrem Handy beendete, und als ich mich erkundigte, wer es gewesen war, sagte sie: »Niemand.«

Aber ich sah deutlich, dass es keineswegs *niemand* war. Mir war klar, dass es *jemand* war, und zwar jemand, der Heidi etwas bedeutete. Aber sie wollte nicht, dass ich das weiß. So geht es Männern, die die ganze Zeit unterwegs sind, dachte ich. Ihre Frauen betrügen sie. Sie stehen frühmorgens auf, um ihre heimlichen Gespräche mit ihren Liebhabern fortzusetzen, während ihre Ehemänner ihren dringend benötigten

Schlaf nachholen. Ich sah meine Frau aufmerksam an. Ihr Blick war hektisch, und sie wirkte plötzlich nicht mehr so unschuldig, wie ich sie kenne, und ich fragte: »War es ein Kerl?«

Ich dachte daran, wie Heidi sich letzte Nacht im Bett von mir weggedreht hatte. War er hier gewesen? fragte ich mich. Bevor ich kam? Ich traf erst nach elf zu Hause ein, um festzustellen, dass Zoe außer Haus und Heidi schon im Bett war, und ich erinnerte mich, wie Heidi und Zoe, als sie noch klein war, für meine Heimkehr immer Banner gebastelt hatten, auf denen *Willkommen zu Hause* stand und die sie vollgekleistert hatten mit Aufklebern, Zeichnungen, Fotos und was sie sonst noch an Zierrat finden konnten. Und heute, fünf oder sechs Jahre später – nichts. Nur die Katzen erwarteten mich an der Wohnungstür, doch ihr nervtötendes Geschrei war weniger ein Willkommensgruß als vielmehr ein Ultimatum: Füttere uns, sonst ... Die Edelstahlnäpfchen, die Heidi sonst nie aufzufüllen vergisst, waren leer.

»Heidi«, frage ich noch einmal, mit zunehmend ungeduldigem Unterton. »War es ein *Kerl*?«

»Nein, nein«, antwortet sie sofort, ohne zu zögern. Sie lacht nervös, und ich kann nicht erkennen, ob sie lügt oder ob meine Vermutung ihr schmutziges kleines Geheimnis relativiert. Eine heimliche Affäre oder ...

»Wer war es dann?«, verlange ich zu erfahren. »Wer war das am Telefon?«, frage ich wieder.

Sie schweigt, zumindest zunächst. Ringt mit sich, ob sie es mir sagen soll oder nicht. Ich bin kurz davor, richtig sauer zu werden, als sie mir schließlich widerwillig von dem Mädchen erzählt. Dem Mädchen mit dem Baby.

»Du hast mit ihr geredet?«, frage ich und spüre, wie sich mein Herzschlag allmählich wieder verlangsamt und mein Blutdruck sinkt.

»Sie hat gerade angerufen«, antwortet Heidi. Ihre Wangen sind gerötet, entweder eine Folge der Überdosis Koffein oder von Verlegenheit.

Mir fällt die Kinnlade herunter. »Sie hat deine *Telefonnummer*?«

Vor schlechtem Gewissen und Unbehagen ist Heidi wie gelähmt. Sie antwortet nicht sofort. Und dann sagt sie kleinlaut: »Ich habe ihr meine Karte gegeben. Beim Essen. Gestern Abend.«

Das wird ja immer besser. Entsetzt starre ich die Person an, die vor mir steht – das vom Schlaf zerzauste braune Haar, den irren, vom Koffein gezeichneten Blick –, und frage mich, was sie mit meiner Frau gemacht hat. Heidi ist zwar eine Träumerin, eine Visionärin, eine Optimistin. Aber bisher spielte immer noch ein gewisser Sinn für die Realität mit hinein.

Doch diesmal scheint es anders zu sein.

»Beim Essen?«, setze ich an, schüttele aber dann den Kopf und fange erneut an, um die drängenderen Fragen zu klären: »Warum hat sie angerufen?«

Ich ertappe mich dabei, wie ich in Heidis wahnsinnige Augen blicke und mir wünsche, es wäre doch ein anderer Kerl.

Heidi marschiert zur Kaffeemaschine, als hätte sie allen Ernstes vor, noch mehr Koffein zu sich zu nehmen. Sie füllt eine persönlich gestaltete Kaffeetasse auf, die Zoe und ich ihr vor ein paar Jahren zum Muttertag geschenkt haben, ein schwarzer Henkelbecher aus Keramik, verziert mit Fotos von Zoe, die nach und nach von der Spülmaschine abgetragen werden. Sie schüttet Kaffeeweißer mit Haselnussgeschmack hinein, und ich denke: *Zucker auch noch. Na klasse! Genau, was Heidi gebrauchen kann.*

»Sie hat gesagt, Ruby hätte die ganze Nacht geschrien. Die ganze Nacht, ununterbrochen. Willow war völlig außer sich. Sie klang erschöpft. Es sind Koliken. Da bin ich mir sicher.

Weißt du noch, als Zoe ein Baby war und an Koliken litt? Das Gebrüll die ganze Nacht. Ich mache mir wirklich Sorgen um sie, Chris. Um alle beide. Das unaufhörliche Geschrei. Genau so etwas führt zu einer Wochenbettdepression. Oder zu einem Schütteltrauma.«

Und das Einzige, was mir dazu einfällt, ist: »Willow? So heißt sie? Und Ruby?«

Heidi bestätigt das.

»Menschen nennt man doch nicht Willow, Heidi. Bäume heißen Willow. Und Ruby ...« Ich lasse den Rest des Satzes unter den Tisch fallen, weil Heidi mich ansieht, als wäre ich der Leibhaftige, der mit nichts als karierten Boxershorts bekleidet mitten in unserem Wohnzimmer steht.

An Heidi vorbei schlüpfe ich in die Küche, um mir auch eine Tasse Kaffee zu holen. Vielleicht ergibt das Ganze dann ja mehr Sinn. Vielleicht macht eine Tasse Kaffee mir ja klar, dass das alles ein Missverständnis war, dessen Übersetzung irgendwo in meinem müden, trägen Gehirn verloren gegangen ist. Ich lasse mir Zeit, fülle den Becher und drücke mich vor der Arbeitsplatte aus Granit herum. Ich verabreiche mir den Kaffee und warte darauf, dass der Wachmacher anfängt, sich auf die Neuronen in meinem Gehirn auszuwirken.

Aber als ich aus der Küche zurückkehre, steht Heidi vor der Wohnungstür und zieht sich gerade einen langen orangefarbenen Anorak über ihren Bademantel.

»Wo willst du hin?«, frage ich, bestürzt über den Anorak, den Bademantel, die zerzausten Haare. Sie streift sich die Pantoffeln ab und lässt ihre Füße in einem Paar vor der Tür wartender Gummistiefel verschwinden.

»Ich habe ihr gesagt, dass ich komme. Um mich mit ihr zu treffen.«

»Treffen? Wo denn?«

»An der Fullerton Station.«

»Und warum?«

»Um zu sehen, ob es ihr gut geht.«

»Heidi«, sage ich im vernünftigsten, objektivsten Tonfall, den ich hinbekomme. »Du bist noch im Schlafanzug.« Und sie blickt auf den fliederfarbenen Fleece-Bademantel und die Baumwollhose mit einem farbenfrohen Blumenmuster hinab.

»Na schön«, sagt sie, läuft ins Schlafzimmer und ersetzt die Blümchenhose durch ein Paar Jeans. Sie hält sich aber nicht damit auf, den Bademantel auszuziehen.

Das ist doch total absurd, denke ich. Ich könnte es ihr sagen, eine Punkteliste oder vielleicht ein Balkendiagramm anfertigen, damit sie mit eigenen Augen sieht, wie absolut hirnrissig das ist. Auf einer Achse würde ich alle Anomalien der Situation auflisten: Heidis Fimmel für Obdachlose, die mangelnde Diskretion, die sie walten lässt, indem sie einfach ihre Visitenkarte herausgibt, die Scheußlichkeit des fliederfarbenen Bademantels und des orangenen Anoraks, der Regen. Die andere Achse würde die Werte dieser Anomalien verdeutlichen, wobei ihr Aufzug die Visitenkarte zum Beispiel bei Weitem übertreffen würde.

Aber mit alldem würde ich mich bloß in die Nesseln setzen.

Also sehe ich aus den Augenwinkeln vom Ledersessel aus zu, wie sie sich ihre Handtasche und einen Regenschirm aus dem Garderobenschrank schnappt und durch die Tür verschwindet, wobei sie mir noch ein »Bis später« zuträllert. Meine lethargische Antwort: »Tschüs.«

Die Katzen springen wie immer auf das Sims des Erkerfensters, um ihr nachzublicken, wenn sie durch den Haupteingang des Gebäudes hinaus- und die Straße entlanggeht.

Ich mache mir Rühreier und vergesse, den Eierkarton zu recyceln. Ich mache mir lappige Speckstreifen in der Mikrowelle warm (es kommt mir sehr ungezogen vor, in unserem pseudovegetarischen Haushalt in Heidis Abwesenheit Fleisch zuzubereiten) und esse vor dem Fernseher. Die Show vor den NBA-Spielen auf ESPN. Während der Werbepausen schalte ich zu CNBC um, weil ich nie lange ohne die News von der Wall Street auskomme. Jener Teil meines Gehirns schläft niemals. Der Teil, der sich mit Geld beschäftigt. Money, money, money.

Draußen blitzt und donnert es. Das ganze Gebäude erzittert. Ich denke an Heidi, die bei dem Wetter draußen auf der Straße ist, und hoffe, dass sie erledigt, was sie erledigen muss, und schnell wieder nach Hause kommt.

Und dann wieder ein Donnerschlag und ein Blitz, und ich bete, dass der Strom nicht ausfällt, ehe das Spiel zu Ende ist.

Etwa eine Stunde später wird Zoe von Taylor und deren Mutter heimgebracht. Ich habe mich immer noch nicht angezogen, als Zoe aufschließt. Die drei drängen sich mit offenen Mündern und triefend wie ein Haufen nasser Hunde im Türrahmen und starren mich in meinen Boxershorts samt den Spuren dunkler Haare auf meiner Brust an. Meine Haare auf dem Kopf sind fettig, stehen in alle Richtungen, und ein Altmännerduft klebt an mir.

»Zoe«, sage ich und springe aus dem Sessel auf, wobei ich fast meinen Kaffee verschütte.

»Dad.« Die Demütigung steht Zoe ins Gesicht geschrieben. Ihr Vater halb nackt im selben Zimmer mit ihrer besten Freundin. Ich wickele mich in eine Decke aus falschem Pelz und versuche, die Peinlichkeit mit einem Lachen zu überspielen.

»Ich wusste nicht, wann du heimkommst«, sage ich. Aber natürlich ist das eine dürftige Entschuldigung. Für Zoe sowieso.

Ich bin mir sicher, das hier ist erst das erste von vielen Malen, dass ich meiner Tochter peinlich sein werde. Ich sehe zu, wie Zoe Taylor an der Hand fasst und sie im Flur verschwinden. Ich höre, wie sich leise die Tür von Zoes Zimmer schließt, und stelle mir vor, was Zoe sagt: *Mein Dad ist so ein Loser.* »Ist Heidi zu Hause, Chris?«, fragt Jennifer, die überall hinsieht, nur nicht zu mir.

»Nö«, sage ich. Ich frage mich, ob Jennifer über das Mädchen Bescheid weiß. Das Mädchen mit dem Baby. Wahrscheinlich. Was Heidis Leben betrifft, weiß Jennifer fast alles. Ich ziehe die Decke enger um mich und frage mich, was Heidi Jennifer so über mich erzählt. Ich bin mir ziemlich sicher, wenn ich mich wie ein Arschloch benehme, ist Jennifer die Erste, die davon erfährt. Von meiner heißen Kollegin oder der Tatsache, dass ich mal wieder auf Geschäftsreise bin.

»Weißt du, wann sie nach Hause kommt?«

»Nein.«

Ich beobachte, wie Jennifer an den Riemen ihrer Handtasche herumspielt. Sie könnte eine hübsche Frau sein, wenn sie zur Abwechslung ihre Krankenhauskittel gegen richtige Kleidung tauschen würde. Sie arbeitet in einem Krankenhaus, und ich bin so gut wie sicher, dass die einzigen Klamotten, die in ihrem Schrank hängen, Krankenhauskittel in jeder Farbe des verdammten Regenbogens sind. Und dazu Clogs. Mediziner-Clogs. Zugegeben, sie sehen bequem aus, aber trotzdem: Wie wäre es mal mit einer Jeans? Einem Sweatshirt? Leggings?

»Kann ich dir irgendwie weiterhelfen?«, frage ich, ein höfliches, aber naives Angebot. Jennifer, eine verbitterte geschiedene Frau, hasst mich schon allein, weil ich ein Mann bin. Ein Trottel, der bei helllichtem Tag in Unterhose in seinem Haus herumhängt.

Sie schüttelt den Kopf. »Nur Mädchenkram«, sagt sie, und dann: »Trotzdem danke.«

Dann holt sie Taylor, und als sie gegangen sind, dreht Zoe sich zu mir um, und ihre vorpubertären Augen funkeln vor Missbilligung, als sie sagt: »Ernsthaft, Dad? *Boxershorts*? Es ist elf Uhr.« Dann zieht sie sich in ihr Zimmer zurück und knallt die Tür zu.

Na klasse, denke ich. *Hervorragend.* Heidi ist draußen auf der Jagd nach obdachlosen Mädchen, aber ich bin derjenige, der sie nicht alle hat.

Ich weiß nicht, ob sie Kaffee trinkt oder nicht, trotzdem bringe ich ihr einen Mokka mit Extrasahne mit, der beste Muntermacher für jeden, der einen schlechten Tag hat. Dazu bekomme ich einen Scone mit Zimtsplittern und nehme außerdem ein Stück vom »extrabeerigen« Kuchen, für den Fall, dass sie keinen Zimt oder keine Scones mag. Und dann husche ich durch die am Samstagmorgen ruhigen Straßen, die Ellbogen defensiv nach außen gereckt, bereit, jeden wegzuhauen, der mir in die Quere kommt.

Es regnet, der Aprilhimmel ist düster und missmutig. Auf den Straßen stehen die Pfützen, durch die vorbeifahrende Taxis gleiten und Regenwasserfontänen in die Luft sprühen. Die Autos fahren mit Licht, und obwohl es nach zehn Uhr ist, haben die automatischen Straßenlaternen noch nicht registriert, dass die Nacht in den Tag übergegangen ist. Mein Regenschirm ist aufgespannt und sorgt dafür, dass meine Haare trocken bleiben, während meine untere Körperhälfte allerdings vom Spritzwasser aus den Pfützen und von den Autoreifen durchtränkt wird. Der Regen stürzt in Kaskaden vom Himmel, und ich singe vor mich hin: *It's raining cats and dogs. It's raining pitchforks and hammer handles. When it rains it pours.*

Sie ist genau da, wo sie gesagt hat, geht an der Fullerton auf und ab und rüttelt in den Armen eine verzweifelte Ruby, die aus voller Kehle brüllt. Klatschnass. Außenstehende – eine Handvoll ehrgeiziger Jogger in wasserdichter Laufbekleidung – machen einen großen Bogen um die beiden. Lieber riskieren sie im Gegenverkehr der Fullerton ihr Leben, als Willow beizustehen, dem jungen Mädchen, das im Laufe einer einzigen Nacht um dreißig Jahre gealtert zu sein scheint und die Gesichtszüge einer Frau mittleren Alters trägt: tiefe Falten im Gesicht, Tränensäcke, das Weiß ihrer Augen gerötet, die Blutgefäße der Lederhaut geschwollen. Sie stolpert über einen Riss im Bürgersteig, wirft sich Ruby unsanft über die Schulter und tätschelt deren Rücken auf eine Art und Weise, die an lieblos grenzt. *Schsch … schsch,* macht sie, aber es klingt weder zärtlich noch friedlich. Was sie eigentlich sagen will, ist: *Halt die Klappe. Halt endlich die Klappe.*

Ärgerlich lässt sie sie auf und ab hüpfen, wie ich mich damals bemüht habe, es nicht zu tun, als Zoe ein Baby war, wenn ihr Gebrüll mich die ganze Nacht wach gehalten hat und ich kurz davor war, die Beherrschung zu verlieren. Ich weiß persönlich nicht viel über Wochenbettdepression, aber die Medien sind schnell dabei, Sensationsstorys über instabile, verhaltensgestörte Frauen zu spinnen, die von Zwangsgedanken getrieben werden, die ihnen ungebeten in den Sinn kommen: Gedanken, ihren Babys wehzutun, sie zu erstechen, zu ertränken oder eine Treppe hinabzustürzen. Gedanken, ihren Minivan, auf dessen Rücksitz ihre Kinder festgeschnallt sind, auf den Grund eines Teiches fahren zu lassen. Ich weiß, dass es Frauen gibt, die ihre Neugeborenen – aus Angst, sie könnten ihnen etwas antun – sich selbst überlassen, um physischen Schaden zu vermeiden. Es spricht für Willow, dass sie Ruby *nicht* auf den Stufen einer Kirche oder eines Obdachlosenheims zurücklässt, dass sie ihr *nicht* sagt, sie soll die Klappe halten, obwohl sie genau das gerne täte. Die Jogger betrachten sie stirnrunzelnd – *was macht das Mädchen da mit dem Baby?* –, aber was ich sehe, ist ein zähes Mädchen mit mehr Entschlossenheit, als sie die Hälfte der erwachsenen Frauen hat, die ich kenne. Ich weiß nicht, was ich ohne meine Mutter getan hätte, der ich am Telefon mein Leid klagen konnte, ohne Chris, der mir die hysterische Zoe aus den Armen nahm, wenn ich genug für einen Tag hatte. Ich weiß nicht, wie ich jenes erste Jahr als Mutter überlebt hätte (obwohl mir das Kleinkindalter jetzt, da ich die Ratlosigkeit bei einem zwölfjährigen Mädchen kenne, gar nicht mehr so schlimm vorkommt).

»Ich habe dir Kaffee mitgebracht«, sage ich von hinten kommend, wodurch ich das Mädchen erschrecke. Ich klinge, als wäre Kaffee das Allheilmittel, als würde er sie einem Leben auf der Straße entreißen, ihren abgemagerten Körper mit Nahrung versorgen. Sie ist völlig erschöpft, ihr Körper schwer wie Blei, ihre Beine kurz vor dem Kollabieren. Ohne dass sie es mir sagen muss, weiß ich, dass sie schon seit mitten in der Nacht die Fullerton auf und ab geht und alles tut, um Ruby zu beruhigen. Ihr Körper ist schläfrig, und doch funkeln ihre Augen wie bei einem tollwütigen Hund: aggressiv und bereit zum Angriff. Ich erkenne einen Verlust der Koordination, eine Reizbarkeit in der Grobheit, mit der sie mir den Becher aus der Hand reißt, sich auf den nassen Boden fallen lässt und in null Komma nichts sowohl den Zimtsplitter-Scone als auch den »extrabeerigen« Kuchen verschlingt.

»Sie hat die ganze Nacht geschrien«, sagt sie zwischen zwei Bissen, wobei Krümel aus ihren Mundwinkeln auf das Pflaster fallen, wo sie sie aufliest und sich wieder in den Mund steckt. Sie verkriecht sich mit Ruby in einem Hauseingang unter ein indigoblaues Vordach auf der Treppe eines kleinen Ladens, in dessen Schaufenster sich alles Mögliche von Windspielen bis zu Keramikvögeln findet. Das Geschäft ist geöffnet, durch das Fenster sind die Umrisse einer Frau zu sehen, die uns aus einer gewissen Entfernung beobachtet.

»Wann hat sie zum letzten Mal was gegessen?«, frage ich, doch Willow schüttelt den Kopf, voller Verzweiflung.

»Ich weiß es nicht. Sie isst nicht. Hat das Fläschchen immer wieder rausgestoßen. Und gebrüllt.«

»Sie nimmt das Fläschchen nicht?«, frage ich.

Sie schüttelt wieder den Kopf. Sie nimmt den Deckel vom Mokkabecher ab und beginnt, mit der Zunge die Schlagsahne abzulecken. Wie ein Hund, der Wasser aus einer Schüssel am Boden schlabbert.

»Willow«, sage ich. Sie sieht mich nicht an. Sie verströmt einen fauligen Gestank. Kleidung, die vom Regen durchtränkt wurde – nass und schmutzig –, der Körpergeruch von Tagen, vielleicht Wochen. Ein widerlicher Gestank schlägt mir aus Rubys Windel entgegen. Ich blicke mich in der Straße um und frage mich: Wohin geht Willow, wenn sie mal muss? Die Angestellten ansässiger Restaurants und Kneipen würden sie wie eine streunende Katze, eine *verwilderte Katze* davonjagen. In Schaufenstern habe ich Schilder gesehen: *Keine öffentliche Toilette*. Ich denke an den Park, der mehrere Blocks entfernt ist, und frage mich, ob es dort ein öffentliches WC gibt, ein Dixi-Klo, irgendwas, das sie benutzen kann.

»Willow«, setze ich erneut an und lasse mich diesmal neben sie auf das Pflaster fallen. Sie beobachtet mich genau, vorsichtig, und rutscht ein Stück weg, um ihren Meter Sicherheitsabstand zurückzugewinnen. Doch sie hält ihren Kaffee umklammert, die mikroskopisch kleinen Kuchenkrümel, die noch in der durchweichten Papiertüte verblieben sind, für den Fall, dass ich die Unverfrorenheit besitze, sie ihr wieder wegzunehmen.

»Willow«, sage ich wieder, und dann bringe ich endlich die Worte hervor: »Würdest du mich Ruby halten lassen?« Oh, wie gern ich dieses Baby in meinen Armen halten, das Gewicht der Kleinen spüren würde! Ich erinnere mich an jenen wunderbaren Babyduft aus Zoes Kindheit: ein Mischmasch aus Milch und Babypuder, säuerlich, fast unangenehm, und doch vollkommen köstlich, voller Schwermut und Nostalgie. Ich rechne mit einem entschiedenen *Nein* von Willow und bin daher perplex über die Gelassenheit, mit der sie mir das hysterische Kind überreicht. Nicht augenblicklich, nein, ganz und gar nicht. Sie inspiziert mich von Kopf bis Fuß: Wer ist diese Frau, und was will sie? Aber dann geht ihr vielleicht irgendein literarischer Vers durch den Kopf, irgendein Sprichwort über Glauben, Vertrauen und, wie J. M. Barrie sagen würde, Feenstaub. Sie legt das Kind in meine Hände, dankbar, die vielleicht dreizehn Pfund Körpergewicht los zu sein, die ihr die ganze Nacht wie ein Klotz am Bein waren, die drohen, sie zu erdrücken. Willows Körper entspannt sich, ihre Knochen sinken in den kalten Beton, ihre Muskeln sacken schlapp gegen die Glastür.

Und in meinen Armen beruhigt sich Ruby. Es hat nichts mit mir per se zu tun, sondern eher mit der Positionsveränderung, dass sie neue Augen erblickt, ein Lächeln. Ich schließe den Regenschirm und stehe vom Boden auf, vor den Elementen durch das indigoblaue Vordach teilweise geschützt, schwinge sie in einem sanften Rhythmus in den Armen hin und her und summe dabei. Meine Gedanken wandern zurück zu Zoes Babyzimmer, zu der zartlila Damastbettwäsche, dem Stillsessel, in dem ich stundenlang saß und die winzige Gestalt in meinen Armen schaukelte, noch lange, nachdem sie eingeschlafen war.

Allein Rubys Windel muss zehn Pfund wiegen. Sie ist vollkommen durchtränkt, Urin und Durchfall sickern durch einen Strampler auf meinen Mantel. Ihr Strampler, der einmal weiß war und auf dem in Pastellfarben die Worte *Little Sister* gestickt sind, ist verkrustet mit Erbrochenem und Spucke, zum Teil milchig weiß, zum Teil Technicolor-gelb. Sie fühlt sich warm an, ihre Stirn strahlt Hitze aus, ihre Wangen glühen. Sie hat Fieber.

»Ruby hat eine Schwester?«, forsche ich nach, während ich versuche, mit dem Handrücken die Temperatur des Babys festzustellen. Achtunddreißig fünf, neununddreißig? Ich will Willow nicht in Panik versetzen, also versuche ich, mich locker mit ihr zu unterhalten, damit sie nicht merkt, wie ich heimlich die Lippen auf die Stirn des Babys presse. Neununddreißig fünf?

»Hm?«, fragt Willow, die vor Verwirrung erblasst, und ich deute auf den Strampler, das lavendelfarbene *L*, das lachsfarbene *I*, ein Pärchen babyblauer *T*s und so weiter.

Auf der Straße kommt ein Radfahrer vorbei – die Reifen wirbeln durch die Pfützen auf der Fahrbahn –, und Willows Blick folgt ihm. Rotes Sweatshirt und schwarze Radlerhose, ein grauer Helm, ein Rucksack, Wadenmuskeln, gegen die meine ein Witz sind. Das Wasser, das unter den Reifen hervorspritzt. »Ich hab ihn aus dem Secondhandladen«, sagt sie, ohne mich anzusehen, und ich antworte: »Ja, natürlich.« Natürlich, denke ich, wo sollte die Schwester denn auch sein?

Mit einem Finger streiche ich Ruby über die Wange, spüre die zarte, engelsgleiche Haut und starre in die unschuldigen himmlischen Augen. Mit ihrem plumpen Fäustchen hält sie sich an meinem Zeigefinger fest. Die Knochen und Adern verbergen sich unter dicken Schichten Babyspeck, die einzige Phase im Leben, in der *Fett* bezaubernd und hinreißend ist. Sie steckt sich einen Finger in den Mund und saugt kräftig daran.

»Ich glaube, sie hat Hunger«, merke ich hoffnungsvoll an, aber Willow sagt: »Nein. Ich hab's versucht. Sie isst nichts.«

»Ich könnte es ja mal versuchen«, biete ich an, und darauf bedacht, ihre Mutterrolle nicht zu untergraben, füge ich hinzu: »Ich weiß, dass du müde bist.« Das Letzte, was ich will, ist, Willow zu nahe zu treten. Aber ich weiß, Babys können verwirrender sein als vorpubertäre Mädchen, rätselhafter als Außenpolitik und Algebra. Sie wollen ihr Fläschchen, sie wollen kein Fläschchen. Sie schreien ohne jeden Grund. An einem Tag verschlingt ein Baby seinen Erbsenbrei, am nächsten Tag rührt es ihn nicht an. »Was immer du für richtig hältst«, sage ich.

»Mir egal«, sagt sie achselzuckend, gleichgültig. Sie reicht mir das einzige Fläschchen, das sie besitzt, gefüllt mit etwa hundert Milliliter Muttermilchersatz, der frühmorgens gemischt wurde. Jetzt ist er geronnen, und obwohl ich weiß, dass Willow von mir erwartet, dass ich genau diese Flasche mit genau dieser Mixtur an Rubys geöffneten Mund halte, kann ich es nicht. Aufgrund meines Zögerns fängt das Baby erneut an zu quengeln.

»Willow«, versuche ich Rubys hysterischen Anfall zu übertönen. Das Mädchen nippt an dem Kaffee und zuckt angesichts der Hitze zusammen.

»Hm?«

»Könnte ich vielleicht das Fläschchen ausspülen? Und frische Babynahrung mischen?«

Muttermilchersatz ist furchtbar teuer. Ich kann mich noch gut erinnern. Ich hab jedes Mal die Krise gekriegt, wenn Zoe ihre Babyfläschchen nicht leer trank. Als Zoe auf die Welt kam, schwor ich darauf, selbst zu stillen. Die ersten sieben Monate ihres Lebens vertraute ich ausschließlich auf Muttermilch. Ich hatte vor, das ein Jahr lang zu tun. Aber dann änderte sich alles. Anfangs taten der Arzt und ich die Schmerzen als Folge der Geburt ab. Wir machten weiter, als wäre alles normal.

Aber alles war alles andere als normal.

Zu dem Zeitpunkt war ich schon wieder schwanger, mit Juliet, obwohl man natürlich noch unmöglich wissen konnte, ob sie ein Mädchen war.

Keine sechs Wochen nach Juliets Empfängnis begannen die Blutungen. Zu diesem Zeitpunkt in ihrem Leben hatte ihr Herz angefangen, Blut zu pumpen, und ihre Gesichtszüge nahmen Gestalt an. Arme und Beine waren dabei, als winzige Knospen aus ihrem winzigen Körper zum Vorschein zu kommen. Ich hatte keine Fehlgeburt. Nein, es wäre ja auch zu leicht gewesen, wenn sie einfach so *gestorben* wäre.

Stattdessen traf ich die Entscheidung, Juliets Leben zu beenden.

Willow wirft mir einen Blick zu, der schwer zu deuten ist. Misstrauisch und zweifelnd, aber gleichzeitig zu müde, um sich darum zu scheren. Eine Gruppe Mädchen kommt vorbei – im College-Alter, mit Sweatshirts und Flanellhosen –, Arm in Arm, die kapuzenbedeckten Köpfe unter Golfschirmen zusammengesteckt. Kichernd rufen sie sich gegenseitig schwammige, trunkene Erinnerungen an die vergangene Nacht ins Gedächtnis. Ich schnappe ein paar Wörter auf: *Jungle Juice, Rosa, Höschen, Pipetten.* Ich blicke auf meinen eigenen Aufzug hinunter, und der lila Bademantel fällt mir wieder ein.

»Mir egal«, sagt sie wieder und verfolgt die Studentinnen mit den Augen, bis sie um die Ecke gebogen sind, ihr Gelächter jedoch immer noch durch die verschlafene Stadt hallt.

Ich übergebe den zappelnden Säugling also wieder Willow, spanne den Schirm auf und eile zum nächsten Walgreens, wo ich eine Flasche Wasser und Paracetamol-Tropfen aus dem Regal nehme. Um das Fieber zu senken.

Zurück in unserer kleinen Nische, schütte ich die alte Babynahrung auf die Straße und sehe zu, wie sie in den nächsten Gully rinnt. Dann spüle ich die Flasche aus und fange von vorne an. Willow reicht mir das heiß begehrte Milchpulver, ich mische ein neues Fläschchen, und sie legt mir das Baby wieder in die Arme. Ich stecke Ruby das Fläschchen in den erwartungsvollen Mund – voller Hoffnung, dass *das* nun das hysterische Kind beruhigen wird –, doch sie stößt es mit einem entsetzten Blick heraus, als hätte ich ihr mit Arsen versetzte Babymilch gegeben.

Und dann beginnt sie zu brüllen.

»Schsch … schsch«, bettele ich, lasse sie auf und ab wippen und rufe mir, jetzt schon müde und frustriert, in Erinnerung, dass Willow das die ganze Nacht gemacht hat. Die ganze lange

Nacht hindurch. Allein. Frierend. Hungrig. Und vielleicht verängstigt?

In nicht allzu großer Entfernung zuckt ein Blitz vom Himmel, und im Geiste zähle ich: Eins. Zwei. Drei. Der Donner ertönt laut und wütend, voller Zorn. Willow gerät ins Schwanken und sucht den Himmel nach der Quelle des durchdringenden Lärms ab, und daran, wie sie die Augen aufreißt, sehe ich, dass sie Angst hat. Angst vor dem Gewitter, wie ein Kind. »Ist ja gut«, höre ich mich laut zu Willow sagen und fühle mich augenblicklich in Zoes Kinderzimmer zurückversetzt, wo ich sie in meinen Armen hielt, während sie ihren Kopf an meinem Körper verbarg. »Ist ja gut«, sage ich zu ihr, »es ist nur Donner. Dir wird nichts passieren. Überhaupt nichts«, und ich sehe, wie Willow mich anstarrt, doch es ist unmöglich, von ihren blauen Augen etwas abzulesen.

Ich bin völlig durchnässt, genau wie Willow und Ruby, und die Frau in dem Geschäft besitzt die Dreistigkeit, knapp an die Glastür zu klopfen und uns zu sagen, wir sollen verschwinden. *Herumlungern verboten,* sagen ihre Lippen.

»Und was nun?«, frage ich mich laut, und Willow antwortet mit gedämpfter Stimme, eher für sich als für meine Ohren. »Morgen fängt ein neuer Tag an«, sagt sie, »ganz frisch und frei von Fehlern.«

»Anne auf Green Gables?«, frage ich, und sie sagt: »Ja.«

»Dein Lieblingsbuch?«, frage ich, was sie bejaht.

Ich habe es nicht eilig damit, Willow und ihren Lederkoffer aus dem Schutz des indigoblauen Vordaches in den Regen zu ziehen. »Ich habe mir ein Exemplar von *Anne auf Green Gables* gekauft«, gestehe ich. »Gestern auf dem Nachhauseweg. Ich habe es noch nie gelesen. Ich wollte es immer lesen. Mit meiner Tochter, Zoe. Aber sie ist zu schnell groß geworden«, sage ich. Es war, als hätte ich nur einmal geblinzelt, und plötzlich war das kleine Mädchen, dem ich Bilderbücher vorgelesen hatte, zu alt, um mit mir, ihrer Mutter, zusammen ein Buch zu lesen, denn was sollten da ihre Schulfreundinnen denken? Es wäre peinlich, wenn sie das wüssten, das findet Zoe zumindest.

Mir kommt ein Gedanke, den ich oft in solchen Momenten habe: Wenn ich alles noch mal machen müsste, was würde ich anders machen? Wenn Zoe wieder klein wäre, inwiefern wäre ich anders? Inwiefern wäre Zoe anders? Wäre es mit Juliet anders gewesen?

Aber natürlich ist die Frage völlig null und nichtig angesichts der Tatsache, dass Chris und ich keine Kinder mehr bekommen werden.

»Hast du *Anne auf Green Gables* mit deiner Mutter gelesen?«, frage ich, gespannt, ob sie mich mit diesem Leckerbissen persönlicher Informationen beglücken wird.

Zögerlich antwortet sie: »Matthew.«

»Matthew?«, wiederhole ich und fürchte, dass ihr Geständnis damit auch schon wieder endet, mit diesem einen Namen.

Aber zu meiner Überraschung fährt sie fort, wobei die dunklen Stirnfransen ihre Augen verhüllen, die ein Rotkehlchen beobachten, das auf der Straße auf der Jagd nach Würmern ist. Das erste Anzeichen des Frühlings. An den Bäumen, die die Straßen der Stadt säumen, sind winzige Knospen zu sehen, Krokusse beginnen durch Löcher im durchweichten Boden zu sprießen.

»Matthew, mein …« Und ihr Zögern ist deutlich, ehe sie sagt: »mein Bruder.« Äußerlich nicke ich lediglich, aber innerlich macht mein Herz einen Luftsprung. Ein Puzzleteil. Willow hat einen Bruder namens Matthew. Willow hat überhaupt einen Bruder. Einen Bruder, der *Anne auf Green Gables* gelesen hat.

»Dein Bruder hat *Anne auf Green Gables* gelesen?«, frage ich und versuche zu ignorieren, wie eigentümlich es ist, dass Willow ein solches Buch mit ihrem Bruder gelesen hat, ein

Buch, das Mutter und Tochter miteinander lesen sollten. Ich will sie nach ihrer Mutter fragen. Warum sie das Buch nicht mit ihrer Mutter gelesen hat. Aber stattdessen sage ich nichts.

»Ja.«

Ich kann sehen, wie Wehmut sie packt, als sie ihren Bruder erwähnt. Matthew. Ein Anflug von Traurigkeit, ein schwermütiger Seufzer. Ich frage mich, was es mit diesem Matthew auf sich hat und wo er wohl sein mag.

Und dann erinnert mich Rubys markerschütternder Schrei an das Paracetamol. Ich taste mich sachte vor. »Ich glaube, Ruby hat Fieber«, sage ich. »Ich habe Tylenol in der Drogerie gekauft. Vielleicht hilft es.« Ich gebe Willow die Schachtel, damit sie sehen kann, dass es wirklich das Paracetamol-Präparat ist und ich nicht versuche, ihr Baby unter Drogen zu setzen.

Willow sieht mich mit sorgenvollem Blick an, und ihre Stimme verwandelt sich in die eines Kindes. »Ist sie krank?«, fragt sie, und dabei kommt ihre eigene Naivität zum Vorschein.

»Ich weiß nicht.« Aber ich kann sehen, dass das Baby eine ziemliche Rotznase hat. Willow gibt grünes Licht für das Tylenol, und ich lese die Dosierungsanweisung. Willow hält Ruby, während ich die Medizin mit Beerengeschmack in ihren Mund träufele, und wir sehen zu, wie Ruby still wird und dann einen Schmatzer von sich gibt. Es ist schon lecker, das Tylenol. Und dann warten wir darauf, dass die Medizin zu wirken anfängt und Ruby zu schreien aufhört. Wir warten und denken nach. Denken nach und warten.

Was mache ich, falls Ruby jemals aufhört zu schreien? Mich verabschieden und nach Hause gehen? Ruby und Willow hier im Regen zurücklassen?

Ruby in der von Durchfall durchtränkten Windel, mit einem roten, geschwollenen Windelausschlag, voller Geschwüre und Blasen an Genitalien und Po (wie er sich vermutlich unter der Windel verbirgt). Allein das würde mich zum Schreien bringen.

»Wann war sie das letzte Mal beim Arzt?«, frage ich.

»Weiß nicht«, sagt Willow.

»Du weißt es nicht?«, frage ich überrascht.

»Ich *erinnere* mich nicht«, korrigiert sie sich.

»Wir könnten mit ihr zum Arzt gehen.«

»Nein.«

»Ich kann bezahlen. Die Rechnung. Die Medikamente.«

»Nein.«

»Dann in ein Obdachlosenheim. Da seid ihr vor Wind und Wetter geschützt, könnt mal ordentlich schlafen.«

»Ich will in kein Obdachlosenheim«, sagt sie wieder, spielt den Satz von gestern Abend im Diner wieder ab, wobei ihr Tonfall die Botschaft unmissverständlich klarmacht. Ich. Will. In. Kein. Obdachlosenheim. Ich kann es ihr nicht verübeln. Ich würde es mir selbst schwer überlegen, mich in einem Obdachlosenheim anzumelden. Solche Unterkünfte können selbst gefährliche Orte sein, randvoll mit verzweifelten Männern und Frauen, die durch die Umstände zu gewalttätigen Raubtieren werden. Dort kursieren ansteckende Krankheiten: Tuberkulose, Hepatitis und HIV, und manchmal ist es den Obdachlosen nicht gestattet, ihre Habseligkeiten mitzubringen. Was bedeutet, dass Willow ihren altmodischen Koffer und alle Schätze, die er birgt, zurücklassen müsste. Es gibt dort Drogen, Drogenabhängige, Drogendealer, es gibt Läuse und Bettwanzen, Menschen, die einem im Schlaf die Schuhe von den Füßen klauen. In den kältesten Monaten stehen die Leute stundenlang Schlange, um ein Bett in einer Unterkunft zu ergattern. Und selbst dann kann man nicht sicher sein, ob es einen Platz gibt oder nicht.

»Willow«, sage ich. Es gibt so vieles, was ich sagen will. Die »L« rast auf den Schienen über uns hinweg und übertönt meine

Stimme. Ich zögere, warte, bis sie vorüber ist, und sage dann: »Du kannst nicht für immer hier draußen bleiben. Ruby hat Bedürfnisse. Du hast Bedürfnisse.«

Sie sieht mich mit ihren Kornblumenaugen an, ihre Haut ist fahl, und Reste von Augenmake-up heben ihre Tränensäcke zusätzlich hervor. »Glauben Sie etwa, ich *will* auf der Straße leben?«, fragt sie. Und dann sagt sie zu mir: »Ich kann nirgendwo anders hin.«

CHRIS

Die Wohnungstür geht auf, und da stehen sie wie zwei nasse Ratten. Heidi hat ein Baby im Arm, und das Mädchen verströmt einen Geruch, der weit schlimmer ist als Kreuzkümmel. Ich reibe mir die Augen, überzeugt, dass ich halluziniere, überzeugt, dass *meine* Heidi niemals ein obdachloses Mädchen in unsere Wohnung bringen würde, in unser Zuhause, in dem ihre eigene Tochter lebt. Das Mädchen ist ein Schmuddelkind von der Straße. Sie ist kaum älter als Zoe. Sie meidet den Augenkontakt mit mir, als Heidi mir sagt, dass sie Willow heißt, und ich ihr desinteressiert meinen Namen nenne. (Ich will keinen zu dämlichen Eindruck machen, wenn die Kameraleute auftauchen, um mich davon in Kenntnis zu setzen, dass ich in der nächsten Folge von *Versteckte Kamera* vorkomme.)

Heidi verkündet unbekümmert: »Sie wird heute Nacht bei uns bleiben.« Wie bei diesen verfluchten Kätzchen, und ich bin zu perplex, um Ja oder Nein zu sagen. Nicht, dass irgendjemand es für nötig hielte, mich nach meiner Meinung zu fragen. Heidi führt das Mädchen in unsere Wohnung und schlägt vor, dass sie die klatschnassen Stiefel auszieht, und als sie dem Folge leistet, schwappt aus ihnen ein Schwall Wasser auf den Fußboden. Die Füße, die zum Vorschein kommen, sind nackt. Keine Socken. Und ihre Füße sind aufgequollen und voller Blasen. Ich zucke zusammen, und Heidi und das Mädchen folgen meinem Blick hinab auf die nackten Füße. Ich weiß, dass Heidi darüber nachdenkt, was sie gegen die geschundenen Füße des Mädchens tun kann, aber ich hoffe lediglich, dass das, was auch immer sie hat, nicht ansteckend ist.

Zoe taucht aus ihrem Zimmer auf und versucht mit aufgerissenem Mund Worte zu formen, bringt aber nur ein »W-was …« hervor. In dem Glauben, dass unserer Tochter die Worte nicht geläufig sind, die für diese Situation angemessen wären, spreche ich sie um ein Haar an ihrer Stelle laut aus. *Was, verdammte Scheiße, hast du dir dabei gedacht, Heidi?* Aber Heidi ist bereits dabei, das Mädchen in unser Zuhause einzuweisen, sie unserer Tochter vorzustellen, die dieses Straßenkind sprachlos anstarrt und dann mich ansieht, in der Hoffnung auf eine Erklärung. Aber ich kann nur mit den Achseln zucken.

Die Augen des Mädchens schweifen zum Fernseher ab, zu irgendeinem Basketballspiel. Die Chicago Bulls gegen die Pistons, und da mir nichts Besseres einfällt, höre ich mich fragen: »Magst du Basketball?«, und sie antwortet tonlos: »Nein.« Trotzdem starrt sie den Fernseher an, als hätte sie noch nie in ihrem Leben ein elektrisches Gerät gesehen. Wenn sie redet, nehme ich einen Geruch nach Bakterien wahr, die in ihrem Mund gären: Halitose. Ich frage mich, wann sie sich das letzte Mal die Zähne geputzt hat. Die tragen vermutlich schon einen Pelz. Von ihr geht ein unmenschlicher Gestank aus, und als ich zum Fenster gehe und es kippe, schleudert Heidi mir einen bösen Blick zu, auf den ich entgegne: »Was denn? Es ist stickig hier drinnen«, und hoffe, der Regen hält sich lang genug zurück, um dem Gestank die Möglichkeit zu geben, sich hinauszulüften.

Das Mädchen ist nervös, wie ein eingesperrter Kater, ihre Augen blicken im Raum umher, als suchten sie nach einem Bett, unter dem sie sich verkriechen kann.

Ich kann mich nicht entscheiden, was das Schrägste an der ganzen Sache ist: dieses fremde Mädchen in unserer Wohnung oder die Art, wie Heidi dieses Baby im Arm hält, als wäre es ihres, wie sie seinen Kopf mit der Handfläche stützt und es intuitiv hin und her schaukelt.

Ihre Augen blicken fast schon gierig auf das Baby, und ein beinahe lautloses Summen ist zu hören, als im Fernsehen die Werbepause beginnt und der Raum für den Bruchteil einer Sekunde still ist.

»Ich gehe in mein Zimmer«, erklärt Zoe, verschwindet durch den Flur und knallt die Tür hinter sich zu.

»Mach dir ihretwegen keine Gedanken«, entschuldigt Heidi sich bei dem Mädchen. »Sie ist nur … sie ist zwölf.«

»Sie kann mich nicht leiden«, vermutet Willow, und ich glaube, da hat sie recht.

Aber Heidi sagt: »Nein. Sie …« Sie ringt vergebens um eine angemessene Antwort. »Sie hasst alles«, sagt sie stattdessen, als würde *alles* diesen ungewöhnlichen Familienzuwachs irgendwie nicht einschließen.

»Hier kannst du bleiben«, sagt Heidi, als sie das Mädchen durch den Flur in *mein* Arbeitszimmer führt, wo ein edles Ledersofa für Übernachtungsgäste steht. Nur, dass das hier kein Gast ist. Ich sehe von der Tür aus zu, wie Heidi dem Mädchen das Baby zurückgibt und dann einen Stapel Arbeitsunterlagen vom Sofa nimmt, um ihn krachend auf dem Schreibtisch abzuladen.

»Heidi«, sage ich, aber sie nimmt mich gar nicht wahr, weil sie viel zu sehr damit beschäftigt ist, die Deko-Kissen von der Couch zu entfernen und sie auf den Fußboden zu werfen.

»Du musst dich mal richtig ausschlafen«, sagt sie zu dem Mädchen, das im Zimmer steht, mit dem Säugling auf dem Arm kämpft, in der anderen Hand einen triefenden Koffer, und sich ebenso unbehaglich zu fühlen scheint wie ich mich. »Und du brauchst eine vernünftige Mahlzeit. Magst du Huhn?«, fragt sie, und das zögerliche Nicken des Mädchens ist kaum sichtbar, bis Heidi sagt: »Dann machen wir Huhn Tetrazzini. Oder noch besser, Hähnchenpastete. Nervennahrung. Magst du Hähnchenpastete?«

Und mir geht nur eins durch den Kopf: *Ich dachte, wir sind Vegetarier.* Wo hatte Heidi das Hühnchen die ganze Zeit versteckt?

In ihrer Hast fegt Heidi mindestens ein Dutzend Excel-

Tabellen und meinen Lieblingsfinanzrechner zu Boden. Ich verliere allmählich die Geduld und dränge mich ins Zimmer, um die Tabellenkalkulationen eine nach der anderen aufzusammeln. Das Mädchen greift nach dem Rechner, hebt ihn vom Boden auf und fährt mit den Fingern über die Zahlen und Knöpfe, bevor sie ihn mir nervös reicht. »Danke«, murmele ich, und dann sage ich wieder: »Heidi«, aber dieses Mal schiebt sie sich an mir vorbei – auf der Suche nach einem Satz Chambray-Laken aus dem Bettwäscheschrank – und lässt das Mädchen und mich für ganze zwanzig Sekunden allein im Zimmer zurück. Unter dem Blick des Mädchens schnappe ich mir meinen Laptop, ziehe den Stecker des Druckers heraus und schleppe beides umständlich aus dem Zimmer, wobei ich über das Druckerkabel stolpere. In der Tür begegne ich Heidi, und diesmal blaffe ich sie an: *»Heidi«,* und als ihre braunen Augen mich endlich eines Blickes würdigen, knurre ich: »Ich muss mit dir reden. *Jetzt*«, und sie legt die Laken auf das Ausziehbett und folgt mir aus dem Zimmer – gekränkt, als wäre ich es, der sich hier starrköpfig und unüberlegt verhält.

»Was in aller Welt hast du dir dabei gedacht?«, fauche ich sie an, als wir den schmalen Flur entlanggehen. »Dieses Mädchen mit zu uns nach Hause zu bringen.« Der Drucker ist schwer, ich verliere das Gleichgewicht und strauchele gegen die Wand. Heidi denkt gar nicht daran, mir ihre Hilfe anzubieten.

»Sie kann sonst nirgendwo hin, Chris«, beharrt sie. Sie steht in diesem abscheulichen fliederfarbenen Bademantel vor mir, die Haare platt vom Regen. Ihr Blick wirkt erregt und ähnelt auf bizarre Weise dem in jener Nacht vor etwa zwölf Jahren, als ich von der Arbeit heimkam und sie nackt im Esszimmer vorfand, im Schein unzähliger Kerzen. Vor ihr auf dem Tisch stand eine offene Flasche Wein, Château Saint-Pierre, und sie, mit ihrem makellosen Körper im Schneidersitz daneben, nippte an einem handgefertigten Weinglas. Die für zehn Dollar, die wir für besondere Anlässe aufhoben.

»Wie lang bleibt sie?«, frage ich.

Sie zuckt mit den Schultern. »Ich weiß nicht.«

»Einen Tag? Eine Woche? Was, Heidi?«, frage ich, und meine Stimme schraubt sich hoch. »Wie lange?«

»Das Baby hat Fieber.«

»Dann geh mit ihm zum Arzt«, beharre ich.

Aber Heidi schüttelt verneinend den Kopf. »Sie will nicht«, sagt sie. Ich stampfe durch den Flur und stelle mein neuerdings mobiles Büro auf dem Küchentisch ab. Verärgert werfe ich die Arme in die Luft. »Wen zum Geier interessiert, was sie will, Heidi? Sie ist ein kleines Mädchen. Wahrscheinlich eine Ausreißerin, die wir da beherbergen. Hast du eine Ahnung, was für einen Ärger wir uns einhandeln, wenn wir einer Ausreißerin Unterschlupf gewähren?«, frage ich, finde das Telefonbuch in der Küchenschublade und fange an, die dünnen Seiten nach der Nummer der Polizei zu durchblättern, die für Nicht-Notfälle gedacht ist. Oder ist das ein Notfall? Fremdes Mädchen in meiner Wohnung. Klingt für mich wie Hausfriedensbruch.

»Sie ist achtzehn«, behauptet Heidi.

»Woher willst du das wissen?«

»Weil sie es mir gesagt hat«, antwortet sie töricht.

»Sie ist keine achtzehn«, versichere ich meiner Frau. »Du musst sie den *Behörden* melden«, verlange ich.

»Das können wir nicht machen, Chris«, sagt sie, nimmt mir das schwere Buch aus der Hand und klappt es zu, wobei sie die Seiten zwischen den Buchdeckeln zerknittert. »Woher willst du wissen, ob sie nicht missbraucht wurde? Sexuell belästigt? Selbst wenn sie eine Ausreißerin sein sollte, muss sie einen guten Grund gehabt haben, ihr Zuhause zu verlassen.«

»Dann ruf das Jugendamt an. Sollen die das klären. Das ist nicht deine Angelegenheit.«

Aber das stimmt natürlich nicht. Jedes vernachlässigte, misshandelte, übersehene, ignorierte, verlassene, vergessene, abgemagerte, missbrauchte, obdachlose Wesen auf Gottes schöner Erde *ist* Heidis Angelegenheit.

Diesen Streit, das weiß ich mit Sicherheit, kann ich nicht gewinnen.

»Woher willst du wissen, dass sie uns nicht umbringt?«, frage ich stattdessen. Gute Frage, denke ich. Ich sehe uns schon in den Frühnachrichten: Familie in ihrer Wohnung in Lincoln Park abgeschlachtet.

Und da steht sie, *dieses Mädchen*, in der Tür meines Arbeitszimmers und beobachtet uns über den Flur hinweg. Ihre Augen sind von einem unberechenbaren Blau, wenn auch blutunterlaufen und müde. Ihre Haare hängen ihr vor dem Gesicht, ihr Mund verweigert nach wie vor jedes Lächeln. Auf ihrer Stirn prangt ein Bluterguss, wie zum Beweis, dass Heidi recht hat. »Dasselbe könnte ich mich bei Ihnen auch fragen«, murmelt sie, und ihre Augen wandern die eierschalenfarbene Wand hinauf zur Spritzputzdecke, ehe sie sagt: »Wenn ich mich fürchten muss, vertraue ich doch auf dich«, und jetzt bin ich hundertprozentig sicher, dass jeden Moment Peter Funt mit einem Kameramann im Schlepptau durch die Wohnungstür kommt, als ich wie ein Idiot frage: »Auf mich?«, und mir die Kinnlade schon auf halbem Weg zum Boden gesackt ist.

»Auf den *Herrn*«, sagt das Mädchen, und Heidi wirft mir einen Blick zu, als wäre ich irgendein gottloser Heide.

Heidi blickt mich finster an, macht dann auf dem Absatz kehrt und fragt, während sie den Flur entlanggeht: »Wie wäre es mit einem heißen Bad, Willow? Du kannst dich einweichen, und ich halte Ruby so lange. Es wird eine Wohltat sein, saubere Sachen anzuziehen. Trockene Sachen. Ich wette, du hast dieselbe Größe wie Zoe. Ich bin sicher, sie wird dir gern was von sich geben.«

Einen *Scheiß* wird sie, denke ich. Zoe will nicht mal die Luft, die sie atmet, mit diesem Mädchen teilen, ganz zu schweigen von ihren Klamotten. In ihrem Zimmer schaltet Zoe die Stereoanlage ein, und eine Boygroup schmettert durch unsere Wohnung.

Ich sehe zu, wie Heidi das Baby aus Willows Händen hebt und mit den beiden ins Bad geht.

Als sich die Tür schließt, fange ich an, die Schränke nach Desinfektionsspray zu durchwühlen.

Meine Erinnerungen an Momma sind inzwischen schwach bis gar nicht mehr vorhanden. Es gibt keine Fotos mehr, die mir helfen könnten, mich an ihre langen schwarzen Haare zu erinnern, ihre dunkle Haut, ihre hübschen blauen Augen. Dafür hat Joseph gesorgt. Er meinte, ich könne nicht länger in der Vergangenheit leben, als er da in dem Zimmer stand, meinem Zimmer, dem mit dem Patchwork-Quilt, den zugigen Fenstern, derentwegen es im Winter nie warm wurde – und im Sommer immer heiß war –, mit der Tapete mit dem goldenen Blumenmuster, die sich an jeder Kante, in jeder Zimmerecke abschälte. Aber es gibt flüchtige Eindrücke von ihr, von Momma, die ab und zu in meinem Kopf aufblitzen. Ihr Profil im Badezimmerspiegel, während sie Mrs. Dahl die Haare schneidet. Ihr Kichern über irgendwas im Fernsehen. Wie sie auf einem mitgenommenen Plastikliegestuhl auf dem ausgetrockneten Rasen in der Sonne liegt und ich neben ihr im Gras sitze und auf der Suche nach Regenwürmern mit dreckigen Fingern in der Erde buddele. Wie wir in der Küche etwas aus dem zerlesenen Julia-Child-Kochbuch backen, das wir aus der öffentlichen Bibliothek geliehen haben, und Momma, wie sie lachend dasteht, eine halbe Flasche Dijonsenf auf der Vorderseite ihrer weißen Hemdbluse verteilt.

Ich sah zu, wie Joseph direkt vor meinen Augen sämtliche Fotos entzweiriss, die ich von Momma hatte. Und dann in eine Million winziger Fetzen, die ich niemals mehr hätte richtig zusammensetzen können, selbst wenn ich es versucht hätte. Er ließ mich die Schnipsel vom Boden aufheben, sie die Treppe hinuntertragen und in den überquellenden Müll werfen, während die Jungs zusahen, und dann schickte er mich wieder in mein Zimmer. Als wäre ich für die Sauerei verantwortlich. »Ich will kein Wort mehr von dir hören. Verstanden?«, befahl Joseph mit seinen eins achtundneunzig, seinem kürbisfarbenen Vollbart und seinen strengen Raubvogelaugen und fügte hinzu: »Bitte Gott um Vergebung.«

Als wäre Momma lieb zu haben eine Sünde.

Ab da waren die Erinnerungen, die ich an Momma hatte, versprengt, sodass ich nie wusste, ob meine Visionen der Wahrheit entsprachen oder nicht, und ich begann, alles infrage zu stellen – den Klang ihres Lachens zum Beispiel, oder wie es sich anfühlte, wenn ihre Finger durch meine schleimfarbenen Haare fuhren. In meinem Bett unter dem Quilt zermarterte ich mir das Hirn und versuchte mir irgendeinen winzigen Krümel von Momma ins Gedächtnis zu rufen, um die Nacht durchzustehen. Die Form ihrer Nase, ob sie Sommersprossen hatte oder nicht, wie es klang, wenn sie meinen Namen sagte.

»Wie sind deine Eltern gestorben?«, fragt sie mich. Louise Flores. Sie streift eine dunkelblaue Kostümjacke von ihrem hageren Körper und faltet sie genau in der Mitte, wie eine Geburtstagskarte, und legt sie dann auf den Tisch neben das Aufnahmegerät und die Stoppuhr.

»Ich bin sicher, dass Sie das wissen, Ma'am«, sage ich. In der Ecke steht ein Beamter, ein Wachmann, der aufpasst, obwohl er sich große Mühe gibt, so zu tun, als wäre er gar nicht da.

Sie sagte, ich bräuchte ihre Fragen nicht zu beantworten, zumindest jetzt noch nicht. Ich könnte auf Ms. Amber Adler warten, hat sie gesagt, oder auf meinen Anwalt. Aber ich stellte mir Ms. Adlers enttäuschten Blick vor, wenn sie den Raum betreten würde, und wusste, dass es das Beste wäre, wenn ich bald alles beichtete, bevor sie kam.

»Wie wär's, wenn du es mir erzählst?«, sagt die silberhaarige Lady, obwohl ich weiß, dass irgendwo in diesem Notizblock alles steht. Über Mommas alten Datsun Bluebird. Über den Unfall, ein Überschlag-Unfall, wie jemand sagte, draußen auf der I-80, kurz vor Ogallala. Über die Augenzeugen, die angeblich gesehen haben, wie das Auto Zickzacklinien gefahren und ins Schlingern gekommen ist. Darüber, wie Daddy die Kontrolle über den Wagen verloren und dann wahrscheinlich überkorrigiert hat, sodass sich das Auto auf der Straße im Kreis drehte. Ich stelle es mir vor, wie Mommas alter Bluebird Purzelbäume die Interstate entlang schlägt, während Momma und Daddy um ihr Leben bangen.

Lily und ich waren zu dem Zeitpunkt zu Hause. Allein. Wir hatten nie einen Babysitter. Momma traute mir zu, dass ich auf Lily aufpassen konnte, selbst mit meinen acht Jahren. Ich wurde ziemlich gut darin, ihr die Windeln zu wechseln, sie ins Bett zu bringen. Ich schnitt ihr Äpfel und Karotten in winzige Stückchen, damit sie sich nicht verschluckte – wie Momma es mir gesagt hatte –, und achtete darauf, dass der Türriegel vorgeschoben war und ich nicht die Tür aufmachte, niemandem, nicht einmal Mrs. Grass von nebenan, die ständig versuchte, uns unsere Milch und unsere Eier abzuluchsen. Immer wenn Momma und Daddy weg waren, lagen Lily und ich vor dem Fernseher und sahen *Sesamstraße*, weil *Sesamstraße* Lilys allerliebste Lieblingssendung war. Am liebsten mochte sie Snuffleupagus, Snuffy, das riesengroße Mammut, das sie immer zum Lachen brachte. Sie lag neben mir im Wohnzimmer auf dem fransigen grünen Teppich, der mich ein bisschen an Snuffys Fell erinnerte, und zeigte lachend auf das Mammut im Fernsehen.

Nicht, dass Momma Lily und mich oft allein zu Hause ließ. Aber es gibt Momente, in denen *Erwachsene tun müssen, was Erwachsene tun müssen*. Das sagte sie jedenfalls an dem Morgen zu mir, als sie und Daddy in den Bluebird stiegen und sie den Kopf aus dem Fenster streckte, als sie die Kieseinfahrt hinunterfuhren. Der Wind verwehte ihre langen schwarzen Haare, sodass ich ihr Gesicht nicht sehen konnte, aber ihre Stimme konnte ich trotzdem hören: *Kümmere dich um Lily,* und irgendeine Version von *Ich hab dich lieb.* Ich hab dich so lieb wie Erdnussbutter die Marmelade. Ich hab dich so lieb wie ein Fisch das Wasser.

Momma sagte mir, ich solle mich um Lily kümmern. Das waren ihre letzten Worte an mich, und das letzte Bild, das ich von ihr habe, war, wie sie ihren Kopf aus dem Fenster des kaputten alten Datsun streckt und der Wind ihr die schwarze Mähne vor das Gesicht weht. *Kümmere dich um Lily.* Und das wollte ich machen.

Aber dann war Lily plötzlich auch weg.

Zuerst baden wir Ruby. Ich stelle das Wasser auf lauwarm, warm genug, aber nicht zu heiß für die zarte Babyhaut. Ich will gerade aus dem Raum gehen, um Willow etwas Privatsphäre zu gewähren, als sie sich zu mir umdreht – mit ihren erschöpften Augen, dem entkräfteten Körper, kurz davor, zusammenzubrechen – und mit vor Müdigkeit angespannter Stimme fragt: »Helfen Sie mir? *Bitte!*« Und ich sage: »Natürlich«, hocherfreut, das glitschige Kind halten zu dürfen, während Willow mit der Hand Wasser über seinen kleinen Körper schöpft. Das Baby in meinen Händen ruft wieder die Erinnerung an Juliet wach, und ich weiß, dass es sich bei dem Verlust von Juliet nicht nur um den Verlust eines Babys handelte. Es war der Verlust aller Babys. All der Babys, die ich hätte bekommen sollen. Es gab eine Zeit, in der ich manchmal stundenlang an die kleine Juliet dachte, von ihr träumte und mir ausmalte, wie sie aussehen würde, wenn ich sie ausgetragen hätte. Wären ihre Haare hell und fein gewesen wie die von Zoe, als sie aus meinem Bauch schlüpfte, oder so dunkel und dicht wie die von Chris, was laut seiner Mutter ihr monatelang Sodbrennen beschert hätte, genau wie es in den Ammenmärchen heißt?

Es war schon einige Zeit her, seit ich mir gestattet hatte, an die kleine Juliet zu denken, ihr Bild zuzulassen. Doch jetzt war sie wieder da, ließ sich vor meinem inneren Auge nieder und erinnerte mich an all die Babys, die ich nie bekommen würde. *Juliet,* hätte ich um ein Haar laut gesagt. *Juliet Wood.* Sie wäre jetzt elf Jahre alt, wenn das Leben planmäßig verlaufen wäre. Elf Jahre, und eine ganze Parade von jüngeren wäre ihr jeweils im Abstand von je zwei Jahren gefolgt, wie ein Uhrwerk. Sophia, Alexis und der kleine Zach.

Und dann quietscht Ruby, und ich kehre in die Gegenwart zurück, ins Hier und Jetzt. Ich sehe zu, wie das Badewasser die grünen Ärmel von Willows Jacke durchtränkt und NATO-Oliv in Schwarz verwandelt. Ich habe ihr angeboten, ihr die Jacke abzunehmen, bevor sie die Arme ins Wasser tauchte, aber sie lehnte ab. Ihre unerfahrenen Hände zittern, als sie die Vanille-Duschlotion daraufgibt und sanft Kopfhaut und Unterarme des Babys einseift, sein Hinterteil. Rubys Po ist mit einem puterroten Windelausschlag überzogen, wie ich mir schon gedacht hatte, und der Ausschlag beschränkt sich nicht nur auf den Genitalbereich, sondern ist auch unter ihren Armen zu finden und in den Hautfalten überall an ihrem winzigen Körper. Ihr Gesäß ist von einem Pilz befallen, einer weißen Kruste am Rand des roten Ausschlags. Im Geiste verfasse ich eine Einkaufsliste: Salbe gegen Windelausschlag, Clotrimazol-Creme und, da die Vanille-Duschlotion dem Baby in die Augenwinkel gerät und es einen Schrei ausstößt, Baby-Waschlotion mit Anti-Tränen-Formel. Willow hat keine Ersatzwindeln, also wickele ich Ruby nach dem Bad in ein marineblaues Handtuch aus Bio-Baumwolle und stecke es mit Sicherheitsnadeln zusammen. Und ergänze auf meiner Liste Windeln und Feuchttücher.

Ich will Ruby gerade aus dem Raum tragen, damit Willow ungestört baden kann, als diese mich aufhält. Ich kann sehen, dass sie nicht will, dass das Baby den Raum verlässt. Sie vertraut mir nicht. Noch nicht. Warum sollte sie auch? denke ich. Schließlich bin ich für sie eine Wildfremde. War ich es nicht, die die Säuglingsschwester davon abhielt, Zoe auf Anweisung des Arztes aus meinem Entbindungsraum zu entfernen, damit ich mich ausruhen könne?

Obwohl ich nichts lieber will, als Ruby ein frisches Fläschchen zu machen und mich mit ihr ins Wohnzimmer zu setzen, bis sie einschläft, lege ich ein zweites Handtuch auf den Fliesenboden und das Baby darauf, das wie verrückt an seinen eigenen, hinreißenden Zehen saugt. Kurz bleibe ich noch stehen und sehe zu, wie es die Zipfel des marineblauen Handtuchs herauszieht und sie sich, gelenkig wie ein Turner, in den Mund steckt.

Willow schließt hinter mir ab. Und ich stehe da im Flur, stütze mich mit einer Hand an der Wand ab, denn sämtliche Luft scheint aus meiner Lunge gewichen zu sein, und tief in mir macht sich ein Vakuum breit.

In der Küche sehe ich Chris am Tisch sitzen und wütend auf den Laptop einhämmern. Vom Drucker spannt sich ein hässliches schwarzes Kabel quer durch den Raum bis zur Steckdose an der Wand.

Eine Gefahrenquelle.

Aber ich wage nicht, etwas zu sagen. Sein Blick begegnet meinem und erinnert mich erneut daran, wie wenig er mit meiner Entscheidung einverstanden ist. Verärgert schüttelt er den Kopf und wendet sich dann wieder dem LCD-Monitor und den mikroskopisch kleinen Zahlen zu, die die Zeilen der unverständlichen Tabellen füllen. Zoes Popmusik durchflutet unsere Wohnung, lässt die Wände erzittern und die gerahmten Fotos an den Flurwänden tanzen. Ich starre auf die Bilder von Zoe, wie sie von einem Ohr zum anderen lächelt, und dann, Jahre später, mit roter Nase von einer Erkältung. Schiefe Zähne, die viel größer sind als der Platz, den die Natur für sie vorgesehen hat, worauf die Zahnspange folgte. Zoe liebte immer den Fototag in ihrer katholischen Schule, den einzigen Tag des Jahres, an dem keine Uniform getragen werden musste. Als sie jünger war, hatte ich noch etwas zu melden bei der Frage, was sie für die Fotos anzog, also setzten wir auf Satinkleider oder Wollpullis und Haarreife mit Blumen oder Tüllbäuschen. Aber als die Jahre vergingen und bei meinem Baby von einst allmählich die Adoleszenz einsetzte, veränderten sich jene Fotos plötzlich. Keine Rüschen und Schleifen mehr, sondern Tiermotive und Oberteile mit Bildern und Aufschriften, Kapuzen und dunkle Westen, und jedes einzelne Kleidungsstück so zurückgezogen und launisch wie das Individuum, das darin steckte.

Ich finde mich vor Zoes Tür wieder und klopfe.

»Was denn?«, murrt sie in ihrem Zimmer. Als ich eintrete, sitzt sie auf dem Bett, dicht neben sich ihr geliebtes gelbes Notizbuch. Das Heizgerät läuft, eingestellt auf dreiundzwanzig Grad, nachdem ich sie kürzlich darum gebeten habe, ihr Zimmer nicht in den Feuerofen der Hölle zu verwandeln. Trotzdem ist Zoe in eine Decke gehüllt und schmollt. An ihren Armen trägt sie Pulswärmer, noch eine der jüngsten Modeerscheinungen, über die ich baff bin. Zoes sind schwarz mit Pailletten – ein Geschenk von einer Freundin. *Frierst du an den Armen?* hatte ich in meiner Unwissenheit gefragt, als sie das erste Mal damit aus der Schule nach Hause kam. In ihren Augen sah ich, dass sich für sie bestätigte, was sie schon längst wusste: dass ihre Mutter überhaupt keine Ahnung hatte.

Ich kann die Feigheit in meiner Stimme selbst hören, die Angst vor Zurückweisung durch meine zwölfjährige Tochter. »Hast du für Willow etwas zum Anziehen? Wenn sie mit ihrem Bad fertig ist?«, frage ich und drücke mich im Türrahmen herum wie der letzte Waschlappen.

»Das soll ja wohl ein Witz sein«, erwidert Zoe, schnappt sich ihr Handy und fängt verstohlen mit geschickten Daumen an zu tippen. Ich kann mir die bissigen Worte, die sie Taylor über Mobilfunkmaste sendet, nur vorstellen.

»Nein«, sage ich und werfe mich über das Himmelbett, um nach dem Handy zu greifen. Ich reiße es meiner Tochter aus der Hand, sehe aber nur eine Reihe von Abkürzungen, die mir nichts sagen. *J2LYK.*

Zoe schreit auf. »Das ist meins«, und versucht, nach dem Telefon zu greifen und es mir wieder zu entreißen, aber ich erinnere sie: »Ist es nicht. Noch bezahlen dein Vater und ich die Rechnung.« Unerschütterlich stehe ich vor ihrem Bett und halte das Handy hinter meinen Rücken. Das war schließlich unsere Vereinbarung. Zoe durfte ein Handy haben, solange Chris und ich ihre Nachrichten auf etwaige Warnsignale überprüfen durften.

Aber ihr Gesichtsausdruck erinnert an ein Kind, das gerade eine Ohrfeige bekommen hat.

»Gib es mir zurück«, verlangt sie und starrt mich mit ihren großen braunen Manga-Augen an, diesen überproportionalen Augen, die immer traurig aussehen. Fordernd streckt sie die Hand aus. Ihr Unterarm ist mit blauer Tinte bekritzelt. Ach, wie gern ich ihr das Telefon geben würde, damit sie nicht sauer ist! Ich sehe die glühend heiße Entrüstung bei meinem Kind durchsickern und weiß, dass es vor Verachtung platzt. Vor Hass auf mich.

Da soll noch jemand behaupten, Mutter sein wäre einfach …

Ich sehne mich nach jener Zeit zurück, als Zoe und ich in dem längst vergessenen Stillsessel vor dem offenen Fenster schaukelten, dem niedrigen Sitz mit dem gesteppten Polster, aus dem ich mich immer herausrollen musste, und den antiken, verschnörkelten Armlehnen. Ich wiegte sie, bis sie einschlief, und dann hielt ich sie noch stundenlang, schwang vor und zurück, bis die Einschlafmusik verstummte und die weiß glühende Sonne unter den Horizont verschwand.

Durch Zoes Fenster starre ich auf die Silhouette der Stadt, die sich in den flauschigen Wolken verliert. Hier, aus dem vierten Stock unseres Wohnhauses, können wir über die kleineren Gebäude in der Umgebung hinweg nach Süden blicken bis zum Loop. Das war der Grund, warum Chris und ich uns sofort in die Wohnung verliebt und beschlossen hatten, sie zu kaufen. Der Ausblick. Den Blick auf den Loop aus unseren nach Süden zeigenden Fenstern und im Osten ein Stück vom Lake Michigan. Wir versuchten gar nicht zu verhandeln, sondern zahlten den verlangten Preis, weil wir viel zu viel Angst hatten, dass uns jemand die Wohnung vor der Nase wegschnappen könnte.

»Wir dürfen niemandem von Willow erzählen«, sage ich ruhig. »Zumindest noch nicht.«

»Soll ich etwa meine beste Freundin *anlügen?*«, fragt sie wütend, und ich denke: *Ja.*

Aber was ich sage, ist eine faule Ausrede, eine abgeschwächte Version meiner ersten Antwort. »Wir können es einfach niemandem erzählen, Zoe. Noch nicht.«

»Warum denn nicht? Ist sie im Zeugenschutzprogramm oder was?«, fragt sie, wie es nur eine Zwölfjährige kann.

Aber ich überhöre diese Frage und versuche es erneut. »Hast du etwas, das sie anziehen kann, wenn sie gebadet hat?« Melodramatisch steht Zoe von ihrem Bett auf und begibt sich widerwillig zum Kleiderschrank. Von hinten sehe ich, dass ihre Hose zu locker an ihr herunterhängt und sich ihr Hinterteil fast in dem Stoff verliert. »Sie wird nicht lange hier sein«, höre ich mich sagen und dann: »Wir sollten bald mal wieder neue Sachen für dich kaufen gehen.« Ein schwacher Versuch der Versöhnung.

Und voller Sarkasmus und Missmut sagt Zoe über Willow: »Ich weiß. Sie ist nur eine von deinen *Klienten.*«

»Nicht direkt«, sage ich, als ich merke, dass Zoe eine voreilige Verbindung zwischen Willow und meinen Klienten herstellt, den Geschichten, die ich von der Arbeit mit nach Hause bringe, von den Obdachlosen und Analphabeten, um die ich mich den ganzen Tag kümmere. »Sie braucht unsere Hilfe, Zoe.« Ich hoffe noch immer, dass ich wenigstens an ihre Bürgerpflicht appellieren kann, wenn das schon bei Chris nicht fruchtet. Als Zoe kleiner war, stapften wir durch den Schnee, um den Kindern in einem Frauenhaus Wintermäntel zu bringen, aus denen sie herausgewachsen war, sammelten Spielzeug und Bücher für die Patienten der Kinderklinik, die an Leukämie, Lymphomen und anderen Krebsformen litten, die ich unerträglich fand mir bei Kindern vorzustellen. Ich erinnerte Zoe daran, dass es Leute gab, die schlechter dran waren, und es unsere Pflicht war, ihnen zu helfen.

Zoe reißt eine pinkfarbene Sporthose aus dem Schrank und ein T-Shirt mit Streifen in Pflaume und Hellgrau. Als sie sie in meine ungeduldigen Hände wirft, murmelt sie: »Die kann ich eh nicht leiden«, und ich frage mich, ob sie die Bedürftigen vergessen hat oder ob das – Sarkasmus und Missmut – alles ist, was sie zu geben hat. »Die sind hässlich«, sagt sie.

»Es ist ja nur vorübergehend«, murmele ich, als ich mich aus ihrem Zimmer zurückziehe. Als ich im Flur bin, blickt Chris vom Laptop auf und schüttelt wieder den Kopf.

Ich lege die sauberen Kleider auf das Bettsofa und halte mich in meinem Schlafzimmer auf, bis Willow, eingehüllt in das marineblaue Handtuch, Ruby mit ihren nassen Händen umklammernd, aus dem dampfenden Badezimmer auftaucht. Auf Zehenspitzen schleicht sie ins Arbeitszimmer und schließt die Tür.

Klickend rastet das Türschloss ein.

Ich schlüpfe ins Bad und klaube einen Haufen Klamotten vom Boden auf, türme ihn in einen leeren Wäschekorb und obendrauf je eine Packung Waschmittel, Trocknertücher und Fleckenentferner. Aus einer Küchenschublade nehme ich eine Geldbörse mit Vierteldollarmünzen und sage Chris, dass ich gleich wieder da bin, bevor ich die Treppe sechs Stockwerke in den Gemeinschaftswaschraum im Keller hinabsteige. Bevor ich gehe, wirft Chris mir einen Blick zu und fragt: »Und was soll ich mit *ihr* machen?«

»Fünf Minuten«, sage ich, »höchstens« – eine unzulängliche

Antwort auf seine Frage, und bevor er Nein sagen kann, verlasse ich schnell den Raum.

Der Waschraum ist leer. Er ist klein mit einem altmodischen Parkettboden mit Intarsien, fünf Waschmaschinen und der gleichen Anzahl von Trocknern, und alle schlucken mehr Vierteldollarmünzen, als sie wert sind. Ich lege Rubys Strampler mit der Aufschrift »Little Sister« auf die Waschmaschine und tränke die Flecken mit Fleckenentferner, anschließend die rosa Fleecedecke, die nach Schweiß und Abwasserkanal stinkt. Ich greife in den Wäschekorb und ziehe Willows Kleidung aus dem Haufen, die NATO-grüne Jacke, deren Reißverschluss ich zuziehe, ehe ich die Knöpfe schließe, eine Jeans, von der ich befürchte, dass sie den weißen Strampler blau färbt. Also lege ich sie beiseite, um sie separat zu waschen. Und dann ziehe ich unter einem Pulli ein ehemals weißes Unterhemd hervor.

Und erstarre.

Ich sehe zweimal hin, beinahe sicher, dass es nur die schlechte Beleuchtung im Waschraum ist, die mich denken lässt, dass ich auf dem Unterhemd verteilte Blutspritzer sehe. Etwas Rotes, da bin ich mir sicher, aber ich versuche, mir einzureden, dass es sich bei den Flecken nur um Ketchup handelt. Barbecue-Soße. Der Saft einer Maraschino-Kirsche. Ich versuche, an dem Hemd Spuren von Tomatenmark, Worcestershire-Soße oder Essig zu erschnuppern, kann aber nichts feststellen als Körpergeruch. Körpergeruch und Blut. Ich suche ein zweites Mal die anderen Kleidungsstücke ab, die zerrissene Jeans, den ausgefransten Pulli, Rubys Strampler. Alles ist mit seinem eigenen Dreck überzogen, aber außer dem Unterhemd weist nichts das eindeutige Karmesinrot von getrocknetem Blut auf. Meine Finger suchen nach dem Fleckenentferner und fangen an, die Flasche auszuquetschen, aber plötzlich halten sie inne, denn ich weiß, dass man gegen getrocknetes Blut nicht viel machen kann. Ich knülle das Unterhemd zu einem unauffälligen Ball zusammen und werfe es auf dem Weg zurück nach oben in den Müllschlucker.

Ich stelle mir vor, wie das Unterhemd mit all den Geheimnissen, die es bergen mag, fünf Stockwerke hinunter und in den Müllcontainer fällt, der neben dem Lieferanteneingang steht.

Davon darf Chris nie etwas erfahren.

Momma sagte immer, sie hätte eine Schwester, Annabeth. Aber falls es diese Schwester wirklich gab, kam sie nie, um Anspruch auf Lily und mich zu erheben.

»Wie kam es, dass du bei Joseph und Miriam lebtest?«, fragt Louise Flores, die ASA – das bedeutet stellvertretende Staatsanwältin, sagte sie, als ich nachfragte. Die Uhr an der Wand zeigt 14.37 Uhr. Ich lege den Kopf auf den kalten Stahltisch des Befragungsraums und schließe die Augen. »Claire«, bohrt die nüchterne Frau nach und legt eine Hand auf meinen Arm, um mich wach zu rütteln. Ziemlich grob. Sie habe genug von meinen »Faxen«, sagt sie. Ich ziehe meinen Arm weg und verberge sie beide unter dem Tisch, wo sie nicht drankommt.

»Ich habe Hunger«, sage ich. Ich kann mich nicht richtig daran erinnern, wann ich das letzte Mal etwas gegessen habe, aber ich erinnere mich, dass ich, irgendwann kurz bevor die Cops mich geschnappt haben, einen Müllcontainer durchwühlt habe und einen halb aufgegessenen Hotdog fand, kalt und voll mit Gurken, Soße und Senf, dick und klebrig, auf dem Brötchen Lippenstiftspuren. Aber da hat mich die Polizei natürlich nicht gefunden. Sie fanden mich mitten auf der Michigan Avenue, wo ich durch das Schaufenster des Gucci-Geschäfts starrte.

»Wir essen, wenn wir fertig sind«, sagt sie. Sie hat die Hände einer alten Frau, schrumpelig und voller Adern. Ein enger goldener Ehering, der in ihr Fleisch einschneidet. Überflüssige Haut hängt von der Unterseite ihrer Arme, von ihrem Kinn herab.

Ich hebe meinen Kopf von der Tischplatte und sehe sie an, blicke in diese grauen Augen hinter den rechteckigen Gläsern, und sage wieder: »Ich habe Hunger.« Und dann lege ich meinen Kopf wieder auf den Tisch und schließe die Augen.

Sie zögert. Dann sagt sie zu dem Mann in der Ecke, er soll mir was zu essen holen. Sie lässt ein paar Münzen auf den Stahltisch fallen. Ich warte, bis der Mann weg ist, und sage dann: »Durst habe ich auch.«

Ich beschließe, meinen Kopf erst wieder zu heben, wenn das Essen kommt. Aber sie stellt mir schon wieder Fragen, die ich bereitwillig ignoriere. »Wie kamst du zu Joseph und Miriam?« und »Erzähl mir von Joseph. Er ist doch Dozent, oder?«

Joseph ist Dozent. Oder war es. Das war der Grund, warum meine Betreuerin es für einen Glücksfall hielt, als er und Miriam auftauchten und behaupteten, er sei der Großcousin zweiten Grades (oder so was in der Art) meines Daddys. Joseph und Miriam lebten mit ihren beiden Jungs, Matthew und Isaac, in einem Haus in Elkhorn, Nebraska, einen Steinwurf von Omaha entfernt, der größten Stadt in ganz Nebraska. Ihr Haus war hübsch, viel hübscher als unser Fertighaus in Ogallala, mit zwei Etagen, drei Schlafzimmern und riesigen Fenstern mit Blick auf die Hügel, die das Haus umgaben. Wir lebten in einer Gegend, in der es einen Park und einen Basketballplatz gab. Doch davon bekam ich nie etwas zu sehen, aber ich hörte davon, ich hörte es von den Nachbarkindern, denen ich durch die riesigen Fenster zusah, wie sie mit ihren Fahrrädern die Straße rauf und runter fuhren und sich mit Rufen gegenseitig aufforderten, ihre Schläger zu holen, weil sie Ball spielen wollten.

Aber Joseph verbot mir, mit diesen Kindern zu spielen. Ich durfte überhaupt nicht spielen.

Ich verbrachte meine Tage damit, Hausarbeiten zu verrichten, mich um Miriam zu kümmern und Momma und Daddy zu vermissen. Den Rest der Zeit starrte ich aus jenem Fenster auf die Kinder und ließ mir so viele Versionen von »Ich hab dich so lieb wie« einfallen, wie ich nur konnte.

Ich hab dich so lieb wie Zimt den Zucker.

Ich hab dich so lieb wie Kinder Spielsachen.

Aber als Joseph und Miriam auftauchten, war Lily bereits weg.

Lily blieb nur ungefähr drei Wochen in dem Heim. Nachdem Momma und Daddy gestorben waren, wurden wir in so eine Wohngruppe für verwaiste Kinder wie uns geschickt. *Waisen*. Dieses Wort hatte ich noch nie gehört. Acht von uns lebten in diesem Haus mit einem ganzen Haufen Erwachsener, die kamen und gingen. Ein Paar, eine Frau und ein Mann, wohnten immer bei uns, Tom und Anne, aber andere kamen hin und wieder vorbei: die Betreuer, die für jeden von uns zuständig waren und die alle unterschiedlich zu sein schienen. Ein Hauslehrer. Und so ein Mann, der mir immer den Kopf zurechtrücken wollte. *Sag mir, warum du dich aufregst, Claire. Sag mir, wie du dich gefühlt hast, als deine Mutter und dein Vater gestorben sind.*

Rückblickend war es dort gar nicht so übel. Später, als ich bei Joseph und Miriam lebte, kam mir das Gruppenheim wie ein Palast vor. Aber für ein achtjähriges Mädchen, das gerade zur Waise geworden war, war es das Schlimmste auf der Welt. Niemand war gerne dort, aber ich am allerwenigsten. Manche von den Kindern waren böse. Andere heulten bloß die ganze Zeit. Die anderen Kinder waren ihren Eltern weggenommen, von ihnen weggegeben oder schlichtweg abgelehnt worden. Die Tatsache, dass Momma und Daddy gestorben waren, war auf gewisse Art irgendwie gut, denn sie zeigte, dass uns tatsächlich jemand geliebt hatte und uns in seinem Leben haben wollte.

Lily wurde adoptiert, was das größte Ziel im Leben einer Waise war.

Waise. An einem Tag bin ich nichts weiter als ein kleines Mädchen aus Ogallala und am nächsten eine *Waise*. Und dieses kleine Wort ist aufgebläht mit allem Möglichen. Wie die Leute mich ansehen – mit mitleidigem Blick meine billigen, zu kleinen Klamotten anstarren, die irgendeine Wohltätigkeitsorganisation bei uns abgegeben hat, Spenden von Kindern, denen sie zu klein geworden waren, die aber auch mir ganz bestimmt nicht passten – und dann sagen: *Ach so*, als meinten sie damit: *Das erklärt alles.*

Es erklärt meinen traurigen Blick, meine Launenhaftigkeit, die Angewohnheit, in der Ecke zu schmollen und zu weinen.

Paul und Lily (jawohl, ganz genau, Lily) Zeeger waren es, die Lily adoptierten, meine Lily, Klein-Lily. Die süße kleine Lily mit ihren schwarzen Löckchen, schwarz wie die von Momma, der kleinen, plumpen Hand, die meinen Finger umklammerte, den Pausbäckchen und dem selbstlosen Lächeln. Die, um die ich mich kümmern sollte, bevor Momma starb. Ich belauschte ihr Gespräch, das von Paul und Lily, mit der Betreuerin, die Ironie mit dem Namen, *Lily*, und ob es Schicksal sei oder nicht. »Aber natürlich werden wir ihren Namen ändern müssen«, sagte die große Lily, eine schöne Blondine mit Türkisschmuck, als spreche sie von einem Hund. »Wir können ja schlecht beide Lily gerufen werden«, und die Betreuerin stimmte zu. »Natürlich.«

Da bekam ich einen Wutanfall. Schrie herum, dass Momma Lily diesen Namen gegeben hatte und sie kein Recht hatten, ihn zu ändern. Ich packte Lily und rannte los, durch das Haus und zum Hinterausgang hinaus, suchte verzweifelt nach einem Versteck. Ich rannte in den Wald, aber mit Lily im Arm schnappten sie mich mit Leichtigkeit. Die Frau, die das Haus leitete, Anne, nahm mir Lily aus den Armen und sagte: »Es muss nun mal sein.« Und Tom schalt mich: »Du willst doch nicht, dass sie sich aufregt, oder?«

Ich sah, dass Lily weinte und ihre pummeligen Ärmchen an Anne vorbei nach mir ausstreckte, aber die Frau ging weiter, fort, fort, fort mit ihr, und Tom hielt mich fest, obwohl ich wild um mich schlug und trat und es gut sein kann, dass ich ihn gebissen habe. Ich erinnere mich, wie er einen Schrei von sich gab und mich endlich losließ.

Ich stürmte ins Haus und suchte jeden Winkel nach meiner kleinen Schwester ab. »Lily! Lily!« Ich brüllte, heulte, rief ihren Namen so oft, dass er sich in meinem Kopf nicht mehr richtig anhörte. Ich drang in die Schlafzimmer der anderen Kinder ein, in Badezimmer, die besetzt waren.

Und dann sah ich durch das Fenster den silbernen Minivan, der die Einfahrt hinunterfuhr.

Es war das drittletzte Mal, dass ich meine Schwester sah. Sie nannten sie Rose.

Sie waren keine schlechten Menschen. Das wurde mir später klar. Aber wenn du acht Jahre alt bist und gerade deine Eltern verloren hast und dir jetzt auch noch deine Schwester weggenommen wird, hasst du einfach jeden. Und genau das tat ich. Ich hasste jeden. Ich hasste die Welt.

»Erzähl mir von Joseph«, sagt Louise Flores.

»Ich will nicht über Joseph sprechen«, sage ich. Ich drehe meinen Kopf auf dem Tisch zur Seite, sodass ich ihre Augen nicht sehen kann, und frage: »Wie haben Sie uns überhaupt gefunden?«, zupfe an der trockenen Haut meiner Hände und sehe zu, wie sie bluten.

»Wie wir *dich* gefunden haben?«, wiederholt die Frau, und aus dem Augenwinkel sehe ich, wie sich ihre Lippe leicht verzieht. Sie kann mich nicht leiden. Kein bisschen. »Das war Dummenglück«, sagt sie, und ich wette, die Dumme bin ich. »Aber wenn du wissen willst, wie wir das *Baby* gefunden haben, also, das war ein Tipp.«

»Ein Tipp?«, frage ich und hebe den Kopf, um sie sehen zu können, die Befriedigung in ihren Augen. *Du bist wirklich dumm, nicht wahr?* sagen diese Augen zu mir.

»Ja, Claire, ein Tipp. Ein Hinweis. Ein Anruf von einer Person …«, fängt sie an, und ich unterbreche sie: »Von wem?«

»… einer *Person*«, fährt sie fort, »die anonym bleiben möchte.«

»Aber warum?«, frage ich mich laut, obwohl ich eigentlich nicht besonders lang oder scharf nachdenken muss, bis mir die Antwort einfällt. Eigentlich kommt nur einer infrage. Er konnte mich sowieso nie leiden, so viel ist sicher. Ich habe sie gehört, wie sie sich meinetwegen gestritten haben, gleich nebenan, und dachten, ich könnte sie nicht hören.

»Erzähl mir von Joseph«, sagt sie wieder.

»Ich habe Ihnen doch schon gesagt, ich will nicht über Joseph reden.«

»Wie wäre es dann mit Miriam? Erzähl mir von Miriam.«

»Miriam ist ein Troll«, sage ich und lasse meine Chips-Tüte zu Boden tänzeln.

Die Frau verzieht keine Miene. »Was soll das heißen?«, fragt sie. »Ein *Troll?*«

»Ein Kobold«, sage ich. Das ist alles. Miriam in Kurzfassung. Ich mochte Miriam nicht, so viel steht fest. Aber irgendwie tat sie mir leid. Sie war klein, vielleicht gut eins zwanzig, mit mausgrauem Haar und einer Haut so knubbelig wie ein Streuselkuchen. Sie saß den ganzen Tag und die ganze Nacht in ihrem Schlafzimmer. Sie sprach kaum mehr als zwei Worte mit mir. Sie redete nur mit Joseph.

Aber so sah sie nicht aus, als sie und Joseph, Matthew und Isaac im Heim auftauchten, um mich zu holen. Nein, an dem Tag hatte Joseph ihr ein hübsches Gingham-Kleid angezogen, mit kurzen Ärmeln und V-Ausschnitt und einer großen Schleife, die sie umschlang wie eine Umarmung. Er hatte Matthew und Isaac sich schöne Hemden und gebügelte Hosen anziehen lassen. Selbst Joseph sah gut aus in einem gestreiften Hemd und Krawatte, und seine Augen strahlten eine Freundlichkeit aus, die ich nach diesem Tag nie wieder gesehen habe. Er sorgte dafür, dass Miriam ihre Pillen nahm, dass sie ihren Lippenstift auflegte und immer lächelte, wenn er sie leicht in die Seite stupste. Ich glaube zumindest, dass er das getan haben muss, denn ich kann mich nicht erinnern, Miriam auch nur einen Tag in ihrem Leben lächeln gesehen zu haben. Aber irgendwas hat die Betreuerin wohl beeindruckt, die überzeugt war, dass es eine wunderbare Sache für mich wäre, bei Joseph und Miriam zu leben. *Segensreich* und *Glücksfall* waren die Worte, die sie benutzte. Verflucht und verdammt hätte es eher getroffen. Meine Betreuerin beteuerte, dass Joseph und Miriam sich einer Untersuchung und einem Training für Pflegeeltern unterzogen hatten. Sie hatten selbst Kinder. Sie waren nun zugelassene Pflegeeltern und für mich, so behauptete sie, absolut *perfekt*.

Niemand fragte mich, ob ich bei Joseph und Miriam leben wollte. Inzwischen war ich neun Jahre alt. Niemand scherte sich darum, was ich wollte. Es wurde erwartet, dass ich glücklich darüber war, zu einer Pflegefamilie ziehen zu dürfen, nicht für immer in der Wohngruppe bleiben zu müssen. Joseph und Miriam gehörten im weitesten Sinn zu meiner Familie, was auch gut sein sollte. *Angeblich*. Obwohl meine Beziehung zu Joseph und Miriam so punktuell war, dass es mir schwerfiel, die Punkte zu verbinden. Aber es gab *Dokumente*, sagte die Betreuerin. Beweise. Und dann setzte sie mich hin und sah mir in die Augen und sagte: »Du musst das verstehen, Claire. Du wirst immer älter. Das ist vielleicht deine letzte und einzige Chance auf eine Familie.«

Aber ich hatte eine Familie: Momma und Daddy und Lily. Ich wollte keine andere.

Lily wurde vom Fleck weg adoptiert, weil sie erst zwei Jahre alt war. Unfruchtbare Paare wie Paul und Lily Zeeger suchten genau danach. Nach einem Baby, wenn möglich, oder einem

Kleinkind, wenn ein Baby schwer zu finden war. Die kleine Lily erinnerte sich kaum an Momma und Daddy. Bald schon würde sie sie ganz vergessen haben. Sie würde glauben, Paul und Lily wären ihre Eltern.

Aber niemand wollte eine Neunjährige und schon gar keine Zehn- oder Elfjährige. Die Uhr tickte, das sagte zumindest meine Betreuerin, Ms. Amber Adler.

Ich packte die wenigen Sachen ein, die ich mitnehmen durfte, ein paar Kleider und Bücher, die Fotos von Momma, die Joseph später in Fetzen reißen würde.

»Und Joseph. Ist er auch ein Troll?«

Ich sehe Joseph vor mir. Der riesige Mann mit den finsteren Raubvogelaugen und der Adlernase, dem militärisch kurz geschnittenen kürbisfarbenen Haar und dem borstigen Bart, der mir nachts den Schlaf raubte, wenn ich in meinem Bett lag und voller Angst auf unwillkommene Schritte auf dem knarrenden Holzfußboden vor meiner Tür lauschte.

Der borstige Bart, der über mein Gesicht kratzte, wenn er sich neben mich in mein Bett legte.

»Nein«, sage ich und sehe der silberhaarigen Lady direkt in die Augen. »Nein, Ma'am. Joseph ist der Teufel.«

Ich muss immerfort daran denken, an das Blut.

Als ich auf dem Weg vom Waschraum nach oben meinem Nachbarn Graham begegne, bin ich verunsichert und nehme kaum Notiz davon, wie er mit seinem stets jovialen und verlässlichen Tonfall sagt: »Du wirst einfach jedes Mal hübscher, wenn ich dich sehe«, und ich muss ihn bitten, es zu wiederholen.

»Wie bitte?«, frage ich, und er lacht.

Mir fallen wieder mein Bademantel und die verstrubbelten Haare ein, die Tatsache, dass ich noch duschen muss. Ich habe das Gefühl, der Flur dreht sich, und überlege, wann ich das letzte Mal etwas gegessen habe. Ich lege eine Hand an die Wand, um mich zu stützen, und mustere Graham, der ohne jede Rücksicht auf die persönliche Distanzzone auf mich zukommt. Wie immer ist er wie aus dem Ei gepellt, in einem Pullover mit halbem Reißverschluss, einer dunklen Washed Jeans und Lederslippern.

Aber komischerweise glaube ich Graham; obwohl ich weiß, dass ich wie eine Vogelscheuche aussehe, glaube ich ihm, als seine Augen sich an meine heften und er mir sagt, dass ich schön bin. Sein Blick wandert einmal über meinen ganzen Körper, wie zur Bestätigung, dass es wahr ist. Spielerisch fasst er meine Hand und bittet mich, heute Abend mit ihm auszugehen, ihn auf eine nervige Verlobungsparty im Café Spiaggia zu begleiten. Ich kann mir Graham nicht ohne Begleitung vorstellen, ohne irgendeine atemberaubende Blondine im kleinen Schwarzen und mit zehn Zentimeter hohen Absätzen.

Meine Hände zittern unkontrolliert, und als er das sieht, fragt Graham, ob ich mich nicht wohlfühle. Ich verspüre das plötzliche Bedürfnis, mich an Grahams Pulli zu schmiegen, mein Gesicht in dem Heidegrau zu vergraben und ihm von dem Mädchen zu erzählen. Dem Baby. Dem Blut.

Seine Augen spiegeln Besorgnis wider, zwischen seinen Augenbrauen bilden sich Runzeln, und in der Mitte verläuft senkrecht eine tiefe Falte. Er blickt mich unbeirrt an und bemüht sich sehr, dahinterzukommen, was ich ihm wohl verheimliche, bis ich mich gezwungen sehe, wegzuschauen.

Er sieht mir an, dass irgendetwas nicht stimmt, spürt, dass Heidi Wood, die sonst immer alles unter Kontrolle hat, dabei ist, die Kontrolle zu verlieren.

»Doch«, lüge ich. »Mir geht es gut.«

Rein physisch stimmt das, aber emotional ist es gelogen. Ich kriege das Blut nicht aus meinem Kopf, den Anblick der Pilzinfektion, die den Babypo zerfrisst, den Blick von Chris, der andeutet, dass das, was ich tue – diesem armen Mädchen zu helfen, das dringend Hilfe braucht –, falsch ist. Das Bild meines Babys Juliet, das nach all den Jahren des Exils zu mir zurückgekehrt ist.

Graham lässt nicht so schnell locker. Er geht nicht einfach weiter und nimmt meine Worte für bare Münze, wie andere es machen würden. Er starrt mich weiter an, bis ich, dieses Mal mit einem verbindlichen Lächeln, wiederhole, dass es mir gut geht. Und nach einer Weile gibt er auf.

»Dann komm mit«, sagt er, zieht an meiner Hand, und ich spüre, wie meine Füße sich über den Teppich im Flur bewegen. Ich lache. Graham bringt mich immer zum Lachen.

»Ich würde gerne«, sage ich. »Du weißt, dass ich gern mitkäme.«

»Dann komm mit. Bitte. Du weißt doch, wie sehr ich Small Talk hasse«, behauptet er, aber nichts könnte weiter von der Wahrheit entfernt sein.

»Ich bin im Bademantel, Graham.«

»Dann machen wir eben bei Tribeca Halt und besorgen dir etwas Luxuriöses zum Anziehen.«

»Etwas *Luxuriöses* habe ich schon seit Jahren nicht mehr getragen.«

»Dann eben etwas Hübsches und Praktisches«, räumt er ein, aber der Vorschlag mit etwas Luxuriösem gefällt mir irgendwie, die Vorstellung, verkleidet als Grahams Begleitung durch die Stadt zu ziehen. Ich frage mich oft, wie es sein kann, dass Graham immer noch Single ist, und ob er wirklich, wie Chris steif und fest behauptet, schwul ist. Sind all die umwerfenden Frauen nur eine Tarnung, eine Art Schutzschild?

»Du weißt, dass das nicht geht«, sage ich, und sein Blick wirkt niedergeschlagen, bevor er sich verabschiedet und allein durch den Flur davonschlendert.

Vor meiner eigenen Tür bleibe ich einen Moment stehen und gebe mich meinen Gedanken hin, lasse das Märchen nur noch für ein paar Sekunden weiterleben, bevor mir die Realität wieder dazwischenfunken kann. Graham und ein luxuriöses Outfit von Tribeca, Dinner im Café Spiaggia. Und ich, die an Grahams Arm als seine Begleitung posiert.

Wieder in der Wohnung, sitzt Willow mit dem Baby im Arm am Rand des Ausziehsofas. Sie trägt Zoes Sachen, das nasse Handtuch hat sie an einen Haken im Badezimmer gehängt. »Meine Kleider«, sagt sie voller Panik. »Was haben Sie mit meinen Kleidern gemacht? Die sind doch nicht …« Ihre Stimme zittert. Ihre Augen blicken unruhig umher. Die Art, wie sie das Baby wiegt, hat etwas Ruckartiges an sich, eher krampfhaft als beruhigend.

»Ich wasche sie«, unterbreche ich sie und sehe in ihren geschwollenen blauen Augen die Panik aufsteigen. »Da waren ein paar Flecken«, gestehe ich, rasch und leise, damit Chris in der Küche am anderen Ende des Flurs es nicht hört. Ich starre sie an in der Hoffnung auf eine Erklärung, damit ich sie nicht geradeheraus auf das Blut ansprechen muss. Ich will nicht, dass sie und ihr Baby gehen, aber wenn Willows Anwesenheit hier gefährlich ist für Zoe, für meine Familie, dann kann ich ihr nicht erlauben zu bleiben. Wenn es nach Chris ginge, wäre sie sowieso schon so gut wie zur Tür draußen.

Aber stattdessen fixiere ich sie mit besorgtem Blick, flehe sie stumm an, es mir zu erklären. Das Blut zu erklären. Eine unschuldige Erklärung, ich bete, dass es irgendetwas …

»Nasenbluten«, wirft sie dann ein und unterbricht meine Gedanken. »Ich habe manchmal Nasenbluten«, und sie blickt zu Boden, wie Menschen es tun, wenn sie nervös sind oder vielleicht lügen. »Ich hatte nichts, um es abzuwischen«, sagt sie, »nur das Unterhemd«, und ich überlege, dass die kalte Frühlingsluft durchaus die Nasenschleimhaut reizen und zum Bluten bringen kann.

»Nasenbluten?«, frage ich, und sie nickt zaghaft mit dem Kopf.

»Nasenbluten also«, sage ich, »das erklärt es.« Und damit verlasse ich das Zimmer.

Matthew hat mir mal erzählt, dass sein Vater, lange bevor er Miriam heiratete, vorhatte, das Priesterseminar zu besuchen, um katholischer Priester zu werden. Aber dann hat er Miriam dick gemacht, und jede Hoffnung auf die Priesterschaft löste sich von heute auf morgen in Luft auf.

»Dick gemacht?«, fragte ich Matthew. Ich war jung, vielleicht zehn oder elf Jahre alt. Ich wusste, was Sex ist. Das hatte Joseph mir beigebracht, wenn er auch nicht so weit ging, dem, was er mit mir machte, wenn er nachts in mein Zimmer kam, einen Namen zu geben. Allerdings wusste ich nicht, dass das, was Joseph tat, wenn er sich auf mich legte, mich aufs Bett presste und mir mit einer wulstigen feuchten Hand den Mund zuhielt, damit ich nicht schreien konnte, dasselbe war wie das, wovon man Babys bekam.

»Ja«, sagte er achselzuckend. Matthew war sechs Jahre älter als ich und wusste Sachen, die ich nicht wusste. Viele Sachen. »Du weißt schon. *Geschwängert.*«

»Ach so«, sagte ich, obwohl ich immer noch nicht genau wusste, was *Dickmachen* und *Schwängern* damit zu tun haben sollten, dass Joseph kein Priester geworden war.

Matthew verdrehte die Augen. »Dummerchen.«

Aber das war alles später, viel später.

Am Anfang hatte ich weder mit Matthew noch mit Isaac irgendwas zu tun. Joseph erlaubte es nicht. Er erlaubte ihnen nicht, mit mir zu sprechen. Er erlaubte ihnen nicht einmal, mich anzusehen. Isaac und Matthew durften genauso wenig wie ich. Es gab kein Fernsehen, kein Ballspielen oder Fahrradfahren mit den Nachbarkindern, kein Musikhören, keine Bücher – abgesehen von der Bibel natürlich –, und wenn Matthew und Isaac mit etwas anderem zum Lesen von der Schule nach Hause kamen, hielt Joseph es missbilligend hoch und nannte es blasphemisch.

Momma und Daddy waren gar nicht religiös gewesen. Bei den wenigen Malen, wenn sie von Gott sprachen, haben sie, wie ich später lernte, seinen Namen *missbraucht*. Wir gingen nicht in die Kirche. Es gab zwar ein Bild von Jesus in unserem alten Fertighaus, das laut Momma mal ihrer Mom und ihrem Dad gehört hatte. Es hing in der Küche, aber hauptsächlich diente es dazu, ein Loch in der Wand zu verdecken, gegen die ich einmal aus Versehen einen Ball geworfen hatte, als Daddy und ich im Haus gespielt hatten. Der Mann auf dem Bild hätte vermutlich ebenso gut der Präsident der Vereinigten Staaten sein können. Oder mein Großvater. Wir sprachen nie über das Bild. Es war eben einfach da.

»Du behauptest also, dass dein Pflegevater dich sexuell missbraucht hat«, sagt Ms. Flores, aber ihr Blick sagt, dass ich ihrer Ansicht nach nur Unsinn verzapfe. »Hast du je deiner Betreuerin davon erzählt?«

»Nein, Ma'am.«

»Und warum nicht? Sie hat doch regelmäßig nach dir gesehen, oder? Und dir Briefe von Paul und Lily Zeeger gebracht.«

Ich zucke mit den Achseln. »Ja, Ma'am.«

»Warum hast du es ihr dann nicht erzählt?« Ich blicke aus dem einzigen vergitterten Fenster, das zu weit oben in der Wand sitzt, als dass ich sehen könnte, was draußen ist. Ich kann nur einen blauen Himmel erahnen, ein paar weiße, flockige Wolken. Ich male mir aus, was sich auf der anderen Seite befindet: ein Parkplatz, Autos, Bäume.

Die Betreuerin war eigentlich in Ordnung. Ich hasste sie nicht. Sie fuhr eine alte Schrottkarre und trug in einer abgewetzten Nike-Tasche eine halbe Million Akten mit sich herum, wovon ihr Rücken schon im Alter von dreißig oder vielleicht vierzig Jahren so krumm war wie bei alten Damen mit Osteoporose. Sie arbeitete aus ihrem Auto und lagerte all ihre Akten auf dem Rücksitz. Sie fuhr von Wohngruppe zu Pflegefamilie und wieder zu Wohngruppe, um alle Kinder zu besuchen, die zu ihrer wachsenden Zahl von Fällen gehörten. Offenbar hatte sie zwar irgendwo ein Büro, aber ich glaube nicht, dass sie je dort war. Sie war ganz nett, steckte aber bis über beide Ohren in der Arbeit mit ihren Fällen (das ließ sie mehr als deutlich durchblicken), und bei der Hälfte ihrer Besuche dachte sie, ich hieße Clarissa, und ein- oder zweimal Clarice. Sie redete schnell und bewegte sich noch schneller. Sie wollte die Dinge *erledigt* wissen.

Der Tag, an dem ich zu Joseph und Miriam kam, um bei ihnen zu leben, war nur ein weiterer Punkt zum Abhaken auf ihrer Liste.

»Weißt du, Claire, ich habe deine Akten gesehen. Ich weiß, dass deine Betreuerin Besuche bei euch zu Hause, bei Joseph und Miriam, gemacht hat, und ich weiß, dass über diesen sogenannten sexuellen Missbrauch nie gesprochen wurde. Worüber bei diesen Besuchen gesprochen *wurde* …«, sie greift nach unten in die Aktentasche zu ihren Füßen, zieht einen fetten grünen Heftordner heraus und blättert auf eine Seite, die sie mit gelben Haftzetteln markiert hat, »… waren deine Stimmungsschwankungen, dein Jähzorn, deine Weigerung, dich an Regeln zu halten, Aufgaben zu erledigen, Vorschriften zu befolgen, dein Widerstand gegen jede Autorität, deine schlechten Schulnoten.« Sie sitzt mucksmäuschenstill da, und ihre Augen starren über den Tisch auf mich herab, und dann fügt sie hinzu: »Deine Träumereien.«

Ich war seit einem Monat in dem Haus in der Nähe von Omaha gewesen, bevor Joseph zum ersten Mal in mein Bett kam. Anfangs wollte er nur Körperteile von mir sehen, die ihn meiner Meinung nach nichts angingen, und dann wollte er mich an Stellen anfassen, wo ich nicht angefasst werden wollte. Als ich sagte, dass ich diese Sachen nicht machen wollte, sagte er mit einer Freundlichkeit, die mit jeder Sekunde, die es dauerte, mich auszuziehen, nachließ: »Jetzt komm schon, Claire. Ich bin jetzt dein Daddy. Es ist in Ordnung, deinen Daddy das sehen zu lassen«, und dann starrte er mich an, während ich mir mein Hemd über den Kopf zog.

Ich hatte so große Angst wie schon lange nicht mehr. Nicht, seit Ivy Doone mich in der ersten Klasse herausforderte, vor dem Spiegel in meinem Badezimmer den Geist Bloody Marys heraufzubeschwören. In jenem ersten Monat hatte ich Miriam kaum je ihr Zimmer verlassen sehen. Miriam trug den ganzen Tag und die ganze Nacht ihre Nachtbekleidung, dasselbe muffige und verkrustete Nachthemd, ohne zu baden, bis ihr Gestank das ganze Haus erfüllte. Sie sagte selten mehr als zwei Worte zu den Jungs oder mir, nur zu Joseph, wenn sie ihn für irgendwas, das sie gemacht hatte, um Vergebung anflehte. Dann fiel sie vor ihm auf die Knie, schluchzte und küsste ihm die Füße und bettelte: *Bitte, Joseph, verzeih mir*, und er trat nach ihr und ging weiter, sagte, sie sei armselig, nutzlos, ein Flittchen. Einmal sagte er in einem Wutanfall, dass Miriam aus dem Fenster geworfen werden und ihre Leiche liegen gelassen werden sollte, damit streunende Hunde sie auffressen.

»Hast du dazu irgendetwas zu sagen?«, fragt Louise Flores. Irgendeinen Kommentar zu meinen Verfehlungen?

Joseph sagte, niemand würde mir glauben. Sein Wort stehe gegen meins. Niemand würde mir glauben, wenn ich ihnen erzählte, was er getan hat. Und außerdem machte er ja nur, was ein guter Daddy tun sollte.

»Nein«, murmele ich.

Die Frau verdreht die Augen, schließt die Akte vor sich und sagt zu mir: »Dieser *angebliche* sexuelle Missbrauch. Erzähl mir davon.«

Später, beim Abschreiben aus der Bibel – Josephs Strafe für mich, wenn ich ungezogen war –, Wort für Wort, bis ich einen Krampf in der Hand bekam, die Muskeln anfingen zu brennen und ich den Bleistift kaum noch halten konnte, ohne zu zittern, erfuhr ich von der phönizischen Prinzessin Isebel, die aus einem Fenster geworfen wurde, weil sie den Propheten des Herrn umgebracht haben sollte, und ihr Blut spritzte an die Wand. Man zertrampelte sie und ließ sie liegen, um von Hunden gefressen zu werden, und als die Leute zurückkehrten, war von ihr nichts mehr übrig als Schädel, Füße und Hände.

Matthew und Isaac wurden in die Schule geschickt, während Miriam und ich zu Hause blieben. Wenn irgendjemand an die Tür kam, sollten wir nicht aufmachen. Wir sollten ganz leise sein, damit niemand merkte, dass wir im Haus sind. Joseph ermahnte mich, ich sollte niemals wagen, an die Tür zu gehen, denn es könnten böse Menschen davorstehen, böse Menschen, die mir was tun wollten. Also wagte ich nicht, die Tür zu öffnen. Das Haus war dunkel, die Vorhänge immer geschlossen. Außer in meinem Schlafzimmer, wo ich durch mein Fenster hinausspähte und Matthew und Isaac sah, wie sie durch die Nachbarschaft gingen, vorbei an den Kindern auf ihren Fahrrädern, mit ihren Baseballs und Footballs, und an den kleinen Mädchen mit Zöpfen, die mit Kreide Bilder auf den Bürgersteig malten. Am Ende des Blocks warteten sie auf den großen gelben Schulbus, der sie mitnahm und zur Schule brachte. Ich beobachtete, wie einige der Kinder Matthew und Isaac Schimpfnamen hinterherriefen. Die beiden galten in der Gegend als merkwürdig, weil sie nicht Fahrrad fuhren und beim besten Willen keinen Ball fangen konnten. Sie hatten keine Freunde, und wenn doch mal einer der Nachbarsjungen an unsere Tür kam, um zu fragen, ob sie zum Spielen rauskämen, mussten Matthew und Isaac, genauso wie ich, ganz leise sein und so tun, als wäre niemand zu Hause, und schon bald kam keins von den Kindern mehr vorbei. Stattdessen riefen sie ihnen an der Bushaltestelle Beschimpfungen zu, schubsten und stießen sie und warfen Matthew und Isaac Schneebälle an den Kopf.

Ich glaubte Joseph, wenn er Nacht für Nacht in mein Schlafzimmer kam, weil er gehört hatte, wie ich wegen Momma und Daddy weinte und weil ich mich so einsam und allein fühlte und Angst hatte. Ich glaubte ihm, wenn er dann sagte, dass er sich um mich kümmern würde, wie es ein guter Daddy tun sollte.

Er sagte mir, dass es der letzte Wunsch von Momma und Daddy gewesen sei, dass ich bei ihm und Miriam lebe. Dass sie es so gewollt hätten.

Und er sagte mir, wenn ich nicht machte, was er mir sagte, würde er es an meiner Lily auslassen. Oh ja, das sagte er jedes Mal, wenn ich zögerte, mich auszuziehen. *Du willst doch nicht, dass Lily was passiert, oder?*

Ich dachte die ganze Zeit an Lily. An Lily, die irgendwo da draußen war. Ich fragte mich, ob das auch Mommas und Daddys Wunsch gewesen war, dass Lily bei den Zeegers lebte, wenn sie selbst tot waren.

Aber ich glaubte nicht, dass das stimmte.

Da war Lily drei Jahre alt. Sie kannte nur Paul und Groß-Lily als Mommy und Daddy. Sie hatte keine Erinnerungen an die Leute, die auf dem Friedhof in Ogallala an der Fifth Street begraben waren, unter einem Walnussbaum, der auch schon fast so tot war wie sie, wo ihre Leichen in zueinander passenden Kisten aus Kiefernholz unter der Erde verrotteten.

Ich träumte von Momma und Daddy dort in diesen Kisten, die ich zusammen mit Ms. Amber Adler in der Erde versinken sah, bevor sie Lily und mich in ihrer Schrottkarre in die Wohngruppe fuhr.

Ich träumte, wie Momma und Daddy verzweifelt versuchten, ihre Skelettarme durch die Holzkisten zu strecken und die Hände des jeweils anderen zu berühren.

Ich sehe zu, wie Heidi in der Küche das Hühnchen, Karotten, Erbsen und Sellerie kurz in einer Pfanne anbrät. In einen Kochtopf gibt sie Butter, Zwiebeln und Hühnerbrühe aus der Dose. Ich danke dem Himmel für echtes Hühnchen anstelle von hühnchenartigen vegetarischen Fleischstückchen. Sie schüttet alles in einen Pastetenteig und stellt ihn in den Ofen. Sie vermeidet es, mich anzusehen. Als sich unsere Blicke doch begegnen, sagt sie: »Sie braucht unsere Hilfe«, ganz einfach. Ihr neuer Slogan, ihr Mantra.

Ich stelle meinen Laptop und den Drucker auf den Boden, damit wir am Küchentisch essen können. Das gestalte ich so theatralisch wie möglich, damit Heidi sieht, was für Unannehmlichkeiten daraus entstehen. Sie ignoriert das Gestöhne, das Aufknallen des Druckers auf dem Parkettboden, das »Ach, Mist«, als meine Beine sich im Kabel verheddern und ich um ein Haar stolpere. Heidi hat heute immer noch nicht geduscht, trägt immer noch den fliederfarbenen Bademantel und das Haar in einem widerspenstigen Knoten. Und sie trägt ihre Brille.

Ihre Hände zittern, als sie flache Speiseteller aus dem Küchenschrank holt. Zoe ist in ihrem Zimmer, hört immer noch ihre Boygroup und denkt sich zweifellos alle möglichen Szenarien aus, in denen ihre Eltern vom Erdboden verschwinden. Sie ahnt ja nicht, dass ihre beste Chance, Heidi und mich loszuwerden, jenseits der Schlafzimmerwand lauert, wo sie sich auf Heidis Vorschlag hin ausruht. Hin und wieder mache ich das Gebrabbel des Babys aus, das mit Tylenol gedopt ist, um sein Fieber in Schach zu halten.

»Du zitterst ja«, sage ich.

Sie blickt mich finster an und sagt: »Ich habe ja auch den ganzen Tag noch nichts gegessen.«

Aber ich habe das Gefühl, das ist nicht der einzige Grund.

Am Rand der Arbeitsplatte klingelt ihr Handy, das Nase an Nase mit dem eingezogenen von Zoe liegt, und sie nimmt es in die Hand. Ihre Augen schweifen über das Display, ehe sie es wieder hinlegt und den Anruf ignoriert.

»Wer war das?«, frage ich und biege nach der Last des Druckers meinen Rücken durch.

»Niemand«, sagt sie, »Telefonverkäufer«, aber als sie Zoe und das Mädchen zum Essen holen geht, schaue ich heimlich nach und sehe, dass Jennifer heute schon zum zweiten Mal angerufen hat. Zwei verpasste Anrufe, erinnert das Telefon sie, von Jennifer Marcue. Zwei wartende Mailbox-Nachrichten.

Wir sitzen am Tisch wie eine große glückliche Familie. Heidi hält das Baby. Das Mädchen – Willow, erinnert Heidi mich mit einem kräftigen Tritt gegen das Schienbein, als ich sie aus Versehen Wilma nenne – schlingt das Essen herunter, als hätte sie seit einer Woche nichts gegessen. Sie meidet jeden Augenkontakt mit mir. Zwar wandert ihr Blick hin und wieder zu Heidi, aber mir wird dieses Glück nicht zuteil. Sie hält Abstand zu mir, mindestens einen Meter, als hätte ich die Pest. Ich sage mir, dass es etwas mit Männern zu tun hat, aber vielleicht auch einfach mit mir. Sie zuckt zusammen, als ich mich etwas zu schnell bewege, meinen Stuhl vom Tisch zurückschiebe und aufstehe, um mir ein Glas Milch zu holen.

Heidi beobachtet das Baby, wie sich unter seinen durchscheinenden Lidern seine Augen im Schlaf hin und her bewegen. Ein Lächeln umspielt ihre Lippen, und ich frage mich, wie unser Leben ausgesehen hätte, wenn Heidi die große Familie bekommen hätte, von der sie immer redete. Heidi sehnte sich nach einer riesigen Familie, einem halben Dutzend Kinder, vielleicht noch mehr. Ich war mir nie so sicher, was ich davon halten sollte. Kinder, klar. Kinder wollte ich. Aber fünf oder sechs, wovon Heid sprach, ich weiß nicht. Natürlich spielte es keine Rolle, was ich davon hielt, denn es kam nie dazu. Noch bevor ich mir allzu große Sorgen über ein Haus voller Kinder machen konnte, erhielten wir die Diagnose vom Arzt, die unser Leben für immer verändern sollte.

Plötzlich ging es nicht mehr darum, wie viele Kinder wir kriegen wollten, sondern darum, ob meine Frau leben oder sterben würde.

Trotzdem frage ich mich, wie es gewesen wäre, wenn Zoe kein Einzelkind geblieben wäre. Würden die gemeinsamen Mahlzeiten so verlaufen – verkrampft und unnatürlich, die einzigen Laute unsere Kaugeräusche –, oder wäre das Abendessen wild und ausgelassen? Würden die Kinder sich gegenseitig an den Haaren ziehen und beschimpfen, Klopf-klopf-Witze und Sticheleien austauschen, anstatt sich in schweigende Abgeschiedenheit zurückzuziehen wie unser einzelnes Kind? Jene klischeehaften Mythen über Einzelkinder – dass sie einsam, selbstsüchtig und unangepasst seien – scheinen auf Zoe alle zuzutreffen. Ich beobachte, wie Zoe aus dem Augenwinkel nach dem Mädchen neben sich schielt, und frage mich: Was *ist* das für ein Ausdruck, der über ihr Gesicht huscht? Hass? Neid? Oder mehr als das? Etwas ganz anderes?

Zoe, die in eine graue Decke gewickelt am Tisch sitzt, weil ihr ständig kalt ist, kratzt mit einer Gabel den Inhalt aus ihrer Hühnchenpastete und fragt dann: »Was ist das überhaupt?«, während sie auf die Brühe starrt, die über ihren Teller rinnt wie Wasser aus einem Damm.

»Hühnchenpastete«, sagt Heidi und steckt sich eine Gabel voll davon in den Mund. »Probier doch mal. Es schmeckt dir bestimmt«, sagt sie. Ich sehe ihr zu, wie sie mit dem Baby hantiert und dabei isst, eine Frau, die die Kunst der Mutterschaft beherrscht. Es scheint noch gar nicht so lange her zu sein, dass sie am Küchentisch mit dem Baby Zoe jonglierte.

Zoe sagt, dass sie Erbsen hasst, und wir sehen alle zu, wie sie die Gabel durch die Soße zieht und Möhren und Erbsen, Hühnchen und Sellerie zu Häufchen sortiert. Sie stochert im Pastetenteig herum, legt sich einen winzigen Bissen davon auf die Zunge und lässt ihn sich auflösen.

»Was ist Willow eigentlich für ein Name?«, frage ich, als sich Schweigen im Raum breitmacht. Der Fernseher läuft, eine Zusammenfassung der Basketballspiele des Tages, aber wie immer beim Essen ist er stumm geschaltet. Ich sehe Ergebnisse vorbeirauschen, Wiederholungen von Bank Shots und Alley-Hoops.

»Chris«, blafft Heidi mich an, als hätte ich eine völlig unangebrachte Frage gestellt: nach ihrer BH-Größe oder politischen Zugehörigkeit. Schüchternheit gehört nicht gerade zu meinen Schwächen. Die Ironie besteht natürlich darin, dass Heidi mich regelmäßig nach meinem Tag ausfragt und dann aber dieser Fremden erlaubt, an unserem Küchentisch zu sitzen, ohne ihre Eckdaten zu kennen, einen Nachnamen, ob sie aus dem Knast ausgebrochen ist oder nicht.

»Es ist doch nur eine Frage. Ich bin einfach nur neugierig. Ich habe den Namen noch nie gehört. Jedenfalls nicht für ein Mädchen.«

Für einen Baum vielleicht.

»Es ist ein schöner Name. Wie eine Weide«, sagt Heidi, »anmutig und geschmeidig.«

»In meinem Erdkundekurs gibt es eine Willow«, bemerkt Zoe, deren Einstieg in die Unterhaltung uns alle erstaunt. Es kommt fast so unerwartet, als würde Willow selbst ihren Mund aufmachen, um etwas zu sagen. »Willow Toler.« Und dann fügt Zoe hinzu: »Die Jungs nennen sie Pussy«, und dann legt sich wieder eine peinliche Stille über den Raum. Über alles außer der verfluchten schwarzen Katze, die die freiliegende Backsteinwand attackiert, als lebten Kakerlaken darin.

»Hast du auch einen Nachnamen, Willow?«, frage ich, und wieder ermahnt mich Heidi: »Chris!«

»Ja, Sir«, sagt sie leise. Sie hat eine arkadische Schlichtheit an sich, die sich unter jener harten Schale verbirgt. Ich kann es nicht ganz fassen. Ein näselnder Klang in ihrer Stimme oder vielleicht die Tatsache, dass sie Sir gesagt hat. Ich sehe gebannt zu, wie sie sich gabelweise Hühnchenpastete in den Mund schaufelt, viel zu viel bei jedem Bissen. Es fehlt nicht viel, und sie leckt den Teller leer, und ohne zu fragen gibt Heidi ihr noch eine Scheibe. Sie isst den Inhalt der Pastete zuerst und hebt sich den Teig bis zum Schluss auf. Ihr Lieblingsteil. Der Teil, den Heidi aus einer Packung hat. Aus dem Supermarkt.

Sie ist keine achtzehn. So viel ist klar. Aber ich weiß nicht, wie alt sie ist. Ich rede mir ein, dass sie achtzehn ist, denn so kann ich Unwissen heucheln, wenn die Beamten bei uns vor der Tür stehen. *Aber, Sir, sie hat mir gesagt, sie wäre achtzehn.* Sie riecht besser als noch vor Stunden, gewaschen und in Zoes ausrangierten Klamotten. Aber sie sieht immer noch wie eine Stadtstreicherin aus, mit dem ungleichmäßigen Eyeliner, den sie nach ihrem Bad aufgetragen hat, ihrer falschen Haarfarbe, einem oder zwei Ohrlöchern, die entzündet aussehen, und abgekauten Fingernägeln. Ihre Augen wirken unruhig und sind darauf bedacht, meinem prüfenden Blick auszuweichen. Hinter dem Vorhang gefärbter Haare lugt der Bluterguss hervor.

»Und willst du ihn uns verraten?«

»Chris. Bitte.«

Leise murmelt das Mädchen etwas Unverständliches. Ich bilde mir Worte religiöser Natur ein, *Vertrauen* und *Gott*. Aber als ich sie bitte, es zu wiederholen, haucht sie: »Greer.«

»Wie bitte?«, frage ich. Draußen vor dem immer noch offenen Fenster beginnt die Alarmanlage eines Autos zu kreischen.

Sie wiederholt, diesmal lauter: »Ich heiße Willow Greer.« Später, als wir mit dem Essen fertig sind und das Geschirr abgeräumt ist, schreibe ich es mir auf die Rückseite einer Quittung aus meiner Brieftasche, damit ich es nicht vergesse.

* * *

Als ich morgens aufwache, scheint die Sonne. Nach tagelang bewölktem Himmel und Regen hat das etwas Verblüffendes. Es ist hell. Zu hell.

Mein ganzer Körper ist steif wie der eines alten Mannes. Ich kann kaum meine Hüfte spüren. Ich drehe mich auf den Rücken, und meine rechte Hand schlägt gegen den Metallrand des Bettrahmens. Alle möglichen Kraftausdrücke gehen mir durch den Kopf, während ich versuche, mich zu erinnern, warum ich überhaupt auf dem Fußboden liege und meine Hand, die jetzt wehtut, so nah am Bettrahmen. Ich finde mich auf dem keineswegs weichen Schlingenflor-Teppich in Heidis und meinem Schlafzimmer wieder, in Zoes magentafarbenen Schlafsack gehüllt.

Und dann fällt es mir wieder ein, dass ich selbst darauf bestanden habe, auf dem Boden zu schlafen, damit Zoe nachts nicht allein in ihrem Zimmer ist. Nicht, solange wir eine Außenseiterin zu Hause haben. Heidi meinte, ich wäre albern, und bot an, mit Zoe den Platz zu tauschen. Aber ich sagte Nein. Ich wollte meine Herde im Blick haben. Alle. Sogar die Katzen durften bleiben, sicher eingeschlossen im Schlafzimmer, durch den Flur von jenem Mädchen getrennt, plus einem zusätzlich unter die Türklinke geklemmten Stuhl für den Fall, dass sie mit Gewalt einzudringen versuchte.

Ich drehe mich auf die Seite und erhalte eine Perspektive des Bettes, aus der ich es noch nie gesehen habe, die Unterseite. Dort finden sich all die Dinge, die man unter einem Bett erwartet: eine verstaubte Socke, die schon vor einiger Zeit von ihrem Lebensgefährten getrennt wurde, einen Stoffhasen von Zoe, der sich unerlaubt von der Truppe entfernt hat, als Zoe elf war, den hinteren Teil eines Damenohrrings.

»Was ist denn?«, fragt Heidi, als ich aus dem Schlafzimmer schleiche und in die Küche komme. Das Haus ist vom Duft nach Pfannkuchen, Eiern und frisch gebrühtem Kaffee erfüllt. Heidi steht am Herd, das Baby auf einer Hüfte, und dreht mit der freien Hand Pfannkuchen um. Es wirkt schockierend natürlich, Heidi und dieses Baby. Als hätten wir eine Zeitmaschine betreten oder so und sie hielte wieder Zoe als Baby im Arm. Das Baby hat sich ihr Goldkettchen, ohne das Heidi niemals das Haus verlässt, um sein fettes Händchen gewickelt und zieht fest daran. Ich sehe den Ehering von Heidis Vater daran baumeln, das Einzige, was Heidi haben wollte, als er starb. Sie schloss einen Handel mit ihrer Mutter. Ihre Mutter konnte alles haben, was einen sentimentalen Wert besaß, aber der Ring ging an Heidi. Sie suchte sich dumm und dämlich nach einem Kettchen von genau derselben Farbe wie der Ring, einer vierundzwanzigkarätigen Goldkette, die fast tausend Dollar kostete. Und jetzt sehe ich dabei zu, wie das Baby daran reißt und die Schlaufe des Kettchens aus seinem Griff baumelt wie ein Gaumenzäpfchen in jemandes Kehle.

»Nichts«, lüge ich, während ich eine Tasse aus dem Schrank hole und sie mit Kaffee fülle. »Morgen, Willow«, sage ich zu dem Mädchen, das allein am Tisch sitzt und sich Pfannkuchen und Eier in den Mund stopft, während sich eine Sirupspur über den Mahagonitisch und Zoes gestreiftes Shirt hinaufzieht.

Ich mache einen kurzen Ausflug nach draußen, um am Stand an der Ecke die *Trib* zu kaufen, und dann nehme ich meine Pfannkuchen und esse draußen auf dem kaum nennenswerten abgeschrägten Balkon aus Holz. Ich ertrage es nicht, in einem Raum mit Heidi und diesem Mädchen zu sein, das Unbehagen, das ihn ausfüllt wie dicke Nebelsuppe. Draußen können es höchstens zehn Grad sein. Ich starre auf meine nackten Füße, die auf dem Balkongeländer ruhen, und fühle mich von der Sonne hinters Licht geführt. Als ich durch die Seiten blättere, finde ich die Höchsttemperaturen für heute: 13 Grad. Ich kann nichts dagegen tun, dass ich die Zeitung auch nach Bildern von vermissten Mädchen durchforste – weggelaufene Teenager, Artikel, in denen Kinder gesucht werden, um sie zum Mord an ihren Eltern zu befragen. Ich suche nach den Worten: *Totschlag, Blutbad, Folter* und frage mich, weshalb genau die Elternmörderin Lizzie Borden eine solche Wut auf ihre Familie gehabt hatte.

Gestern Abend schickte Heidi mich zum Einkaufen. Nach dem Abendessen ging ich in die Drogerie, wo ich mich im menschenleeren Gang einer Vielfalt von Babywindeln gegenübersah. Ich bin zu alt, um Windeln zu kaufen, dachte ich, als ich nach einer Schachtel griff und sie mir unter den Arm klemmte.

Zu Hause sah ich zu, wie Heidi das Baby auf den Parkettboden legte und das blaue Handtuch – das jetzt voll stinkender Scheiße war – von seinem Körper entfernte und beiseitelegte. Das Baby strampelte vor Freude, nackt zu sein, während Heidi ihm den Hintern mit diesen nach Puder duftenden feuchten Tüchern abwischte und die schmutzigen in das Handtuch warf, das später seinen Weg die Müllrutsche hinunter finden sollte.

Als sie die Kleine hochhob, blieb mir fast die Luft weg: Ein übler roter Ausschlag überzog ihr Hinterteil. Während Heidi eine Creme und dann eine zweite auf das Gesäß des Babys auftrug, stand das Mädchen mit großen Augen daneben, als hätte ihr noch nie jemand gesagt, dass man einem Baby die Windeln wechseln muss und dass es wohl kaum gut für die Haut sein könne, in all der Scheiße und dem Urin zu hocken. Ihre Augen wirkten traurig, als Heidi einen weißen Strampler und eine Hose mit Füßen aus ihrer Verpackung nahm, dem Baby überzog und dabei ein Muttermal von der Größe eines Sanddollars auf dem Bein des Babys verdeckte.

Als sie fertig war, gab Heidi das Baby Willow zurück, die es ungeschickt hielt, ohne Heidis offenkundige Erfahrung, ohne den natürlichen Mutterinstinkt, mit dem Mädchen angeblich gesegnet sind. Ich sah zu, wie sie mit dem Baby hantierte wie mit einem Sack Kartoffeln, und fragte mich, ob das Baby wirklich ihr eigenes war.

Aber das wagte ich Heidi gegenüber nicht zu erwähnen, denn ich wusste, was sie sagen würde. Sie würde mich daran erinnern, dass ich ein Zyniker sei, ein Skeptiker. *Natürlich ist es ihr Kind*, würde Heidi sagen, als hätte sie eine Art sechsten Sinn für so was, als *wüsste* sie es.

Wir saßen eine gefühlte Ewigkeit vor dem Fernseher, eine peinliche, qualvolle Ewigkeit, in der für eine Stunde oder länger keiner ein Wort sagte. Und dann, als ich es nicht mehr aushielt, machte ich den Fernseher aus und sagte, es sei Zeit, zu Bett zu gehen. Die Uhr an der Wand zeigte 20.46 Uhr.

Niemand beschwerte sich.

Ehe wir zu Bett gingen, zog ich Heidi beiseite und sagte: »Eine Nacht. Mehr nicht«, und Heidi zuckte mit den Schultern und sagte zu mir: »Mal sehen.«

Ich holte Zoes magentafarbenen Schlafsack aus dem Schrank in ihrem Zimmer und klemmte jenen zusätzlichen Stuhl unter die Türklinke und hörte mir an, wie Zoe sich darüber ausließ, wie sehr mein Beharren nervte, dass sie bei uns schlief. Darüber, wie unmöglich ich mich benahm. Und dass ihre Freunde hoffentlich niemals hiervon erfahren würden, von unserer kleinen Ménage-à-trois, wie sie es nannte.

Seit wann weiß meine zwölfjährige Tochter eigentlich, was eine Ménage-à-trois ist?

Joseph war Dozent für Religion am Community College. Er lehrte die Inhalte der Bibel, vor allem aber die des Alten Testaments. Er sprach über einen Gott, der die Welt mit einer Flut auslöschte, der Feuer und Schwefel über ganze Dörfer regnen ließ und alle dort umbrachte. Frauen und Kinder, Gute und Böse. Alle. Ich wusste zwar nicht, was Schwefel ist, aber Joseph zeigte mir Bilder in seinen College-Lehrbüchern, Bilder, wie das Feuer wütete, die Städte Sodom und Gomorrha verschlang und Lots Frau in eine Salzsäule verwandelte.

»Das«, sagte er mit seiner düsteren Stimme, mit seinem feierlichen, schwammartigen Gesicht, das niemals lächelte, dem rötlich-orangenen Bart, dicht und widerwärtig, »ist der Zorn Gottes. Du weißt doch, was Zorn ist, nicht wahr, Claire?«, und als ich das verneinte, schlugen wir es zusammen in einem großen, schweren Wörterbuch nach. *Heftiger Ärger* stand da.

»Das«, sagte Joseph und zeigte mir erneut die Bilder von Feuer und Schwefel, »macht Gott, wenn er verärgert ist.«

Joseph redete mir ein, dass ich schuld wäre, wenn es donnerte, dass ich irgendetwas getan hätte, um Gott zu erzürnen. Ich lebte voller Furcht vor Donner, Blitz und Regen. Wenn sich der Himmel verfinsterte – wie er es in Omaha oft mitten im Sommer tat – an einem jener schwülheißen Julitage, wenn die bedrohlich schwarzen Wolken angerast kamen, um den ruhigen blauen Himmel zu verschlingen, wusste ich, dass Gott es auf mich abgesehen hatte. Wenn der Wind begann, alles herumzuwirbeln, sich die Bäume neigten, bis sie ihre Zehen berühren konnten und manchmal entzweibarsten, wenn Müll aus dem Container an der Ecke durch die Luft flog, sank ich auf die Knie, wie Joseph es mir gezeigt hatte, und betete, immer und immer wieder, um Gottes Vergebung.

Was ich falsch gemacht hatte, wusste ich nie so genau. Die explosionsartigen Blitze und der ohrenbetäubende Donner ließen mich erstarren, und ein oder zwei Mal, wahrscheinlich noch öfter, machte ich mir in die Hose, als ich da kniete, in meinem Schlafzimmer, und zu Gott betete. Am Fenster hielt ich Ausschau nach dem vom Himmel stürzenden Feuer und Schwefel. Ich starrte so lange aus dem Fenster, wie es dauerte, bis sich der Sturm gelegt hatte und weiter nach Iowa und dann Illinois gezogen war, um einen anderen Sünder wie mich zu bestrafen.

Joseph erzählte mir von der Hölle. Dem Ort, wo die Sünder hinkommen. Einem Ort niemals endender Strafen und Qualen, mit Dämonen und Drachen und dem Teufel selbst. Die ewige Höllenstrafe. Feuerseen. Der Feuerofen. Unlöschbares Feuer. Feuer, Feuer, Feuer. Ich lebte in Furcht vor Feuer.

Ich versuchte, ein braves Mädchen zu sein. Wirklich. Ich putzte das Haus, wenn Joseph unterrichtete und Isaac und Matthew in der Schule waren. Ich machte das Abendessen für Joseph und die Jungen und brachte Miriam ein Tablett, obwohl es selten vorkam, dass sie von allein aß, ohne Josephs Überredungskünste.

Miriam verbrachte die meisten Tage entweder in einem schlafähnlichen Dämmerzustand, hellwach, aber vollkommen reglos wie eine Statue, oder sie war auf und voller Panik, warf sich zu Josephs Füßen und flehte ihn um Vergebung an. Es gab Tage, an denen sie aufgewühlt war und Joseph und die Jungs beschuldigte, ihre Gedanken zu lesen. Sie sagte ihnen, sie sollten damit aufhören: *Hört auf, meine Gedanken zu lesen.* Und dann: *Raus hier, raus hier, raus hier!,* und sie schlug sich mit der Handfläche gegen den Kopf, als wolle sie sie rausschubsen, als wolle sie Joseph, Isaac und Matthew aus ihrem Gehirn rausschubsen. An jenen Tagen sperrte Joseph sie mit einem Schloss und einem Schlüssel in ihrem Zimmer ein. Diesen

Schlüssel trug er immer bei sich, selbst wenn er nicht zu Hause war, und wenn nur Miriam und ich da waren, hörte ich sie den ganzen Tag aus ihrem Zimmer schreien, dass Joseph ihre Gedanken lese und ihr Gedanken in den Kopf pflanze.

Ich dachte, dass Miriam verrückt sei. Sie machte mir Angst. Nicht wie Joseph, sondern auf ihre eigene Art.

Ich erledigte meine häuslichen Pflichten, Waschen, Putzen und so was, und bereitete das Abendessen für Joseph und die Jungen zu, wenn sie nach Hause kamen. Und summte so laut, dass es Miriams Schreie übertönte. Aber ich summte nur, wenn Joseph nicht da war, denn egal, was ich summte, meistens Patsy Cline wie auf den Schallplatten, die meine Mutter früher abspielte, Joseph hätte geschworen, dass es Gott gegenüber nicht richtig war. Blasphemie, sagte er immer. Ein Sakrileg.

Aber mich schloss Joseph nie in meinem Zimmer ein, zumindest damals noch nicht. Joseph wusste, ich würde nicht weglaufen, denn er erzählte mir immer wieder von Lily. Was er ihr antun würde, wenn ich je unartig wäre. Also war ich nie unartig.

Aber wenn Miriam wie eine Statue war, ging ich in ihr Zimmer, und es war, als merke sie gar nicht, dass ich da war. Ihre Augen blickten mich nicht an, folgten mir nicht, wenn ich ihr aus dem Bett half. Sie blinzelten nicht. Von Zeit zu Zeit zog ich die schmutzigen Laken vom Bett ab und wusch sie. Und dann ging ich wieder hinein, um Miriam in die Badewanne zu helfen und ihren Körper mit meinen bloßen Händen abzuschrubben, weil Joseph sagte, dass das meine Aufgabe sei.

Ich tat fast immer, was Joseph mir sagte. Ein einziges Mal sagte ich Nein, als Joseph neben mir in mein Bett stieg. Nur ein einziges Mal gab ich zu, dass es wehtat, was er mit mir machte. Ich zog meine Beine so hoch ich konnte und schlang die Arme darum, sodass er vielleicht, ganz *vielleicht*, keinen Weg hineinfinden würde, und er stand vor mir, vor dem Bett, und sagte:

»›Ein Auge, das den Vater verspottet und verachtet der Mutter zu gehorchen, das müssen die Raben am Bach aushacken und die jungen Adler fressen.‹ Sprüche 30,17.«

Und ich stellte mir das vor. Von Raben und Adlern zerhackt zu werden. Wie mein Kadaver von ihren Schnäbeln und Klauen auseinandergerissen würde, weil Gott wütend auf mich war. Weil ich meinem Vater verweigerte zu tun, was seine Pflicht und Schuldigkeit war.

Also spreizte ich die Beine und ließ ihn auf mich steigen, und ich hielt ganz still, wie Momma es mir immer sagte, wenn wir zum Doktor gingen, weil ich eine Spritze bekommen sollte. »Halt still, dann tut es nicht so weh.« Und das machte ich, ich hielt ganz still. Aber es tat trotzdem weh.

Es tat in dem Moment weh und noch lange, nachdem er gegangen war, nachdem er mir gesagt hatte, was für ein braves Mädchen ich gewesen sei, wie zufrieden er mit mir sei.

Ich zerbrach mir lange den Kopf darüber, was es für mich bedeutete, ein braves Mädchen zu sein. Und ich fragte mich, was noch passieren musste, wie oft Joseph noch in mein Zimmer kommen musste, bis dieses brave Mädchen böse würde.

Ich frühstücke zu Ende und gehe hinein, um zu duschen, nicht ohne vorher jede mögliche Spur, die die abstoßenden Wunden an den Füßen des Mädchens in der Wanne hinterlassen haben könnten, wegzuspülen. Dreißig Minuten später steht Heidi vor mir, die Hände in die Hüften gestemmt, und fragt: »*Ernsthaft*?«, als ich mit meiner Aktentasche in der Hand vor ihr erscheine, und ich antworte: »Ja, *ernsthaft*«, verabschiede mich von Zoe und gehe zur Tür.

Aber ehe ich gehe, ziehe ich Heidi an der Hand in den Hausflur. Der Duft von Heidis Frühstück erfüllt das ganze Haus. Ein Nachbar kommt vorbei, wahrscheinlich auf dem Weg zum Zeitungsstand an der Ecke.

»Ich will, dass du mich anrufst«, sage ich, als der Fahrstuhl in der Ferne klingelt und unser Nachbar ins Erdgeschoss hinunterfährt. »Pünktlich zu jeder vollen Stunde. Wenn du dich auch nur eine Minute verspätest, rufe ich die Polizei.«

»Du benimmst dich absurd, Chris«, sagt sie zu mir.

»Jede volle Stunde, Heidi«, wiederhole ich. »Es ist ganz einfach«, sage ich und frage rein rhetorisch: »Wie viel kann man über einen anderen Menschen wirklich wissen?«

Dann küsse ich sie auf die Wange und gehe.

Im Zug belausche ich das Gespräch von ein paar Typen Anfang zwanzig über die Saufabenteuer der letzten Nacht, ihre immer noch anhaltenden Kopfschmerzen und darüber, ob sie gekotzt haben oder nicht, als sie nach Hause kamen.

Als ich später die stille Einsamkeit meines Büros genieße, ziehe ich die Quittung aus meiner Brieftasche und werfe einen Blick auf den Namen auf der Rückseite: Willow Greer. Ich strecke mich in einem Leder-Chefsessel im zweiundvierzigsten Stock eines Wolkenkratzers im North Loop aus, und in diesem Moment wird mir klar, dass mir gerade nichts ferner liegen könnte, als mich um den Zeichnungsprospekt zu kümmern, der mir im Nacken sitzt, dem Grund für die Fahrt zur Arbeit an diesem sonnigen Sonntagmorgen. Ich denke über die Broschüre nach, die ich zusammenstellen soll, in der die inneren Funktionsweisen irgendeiner Firma dargestellt werden, die wir verkaufen sollen – Bilanzen, Betriebsbeschreibung, Werkanlage –, und verdränge sie dann aus meinem Kopf.

Ich fahre den Computer hoch und tippe die Worte *Willow Greer.*

Enter-Taste.

Während der Computer seine Arbeit macht, fange ich an, auf einen leeren Fleck an der Wand zu starren, und denke, dass ich mir auf dem Weg hierher einen Kaffee hätte mitnehmen sollen. Mein Büro hat keine Fenster. Trotzdem muss ich wohl dankbar sein, dass ich überhaupt ein Büro habe statt einer grauen Box ohne Decke wie viele unserer Analysten. Ich durchforste die Schreibtischschubladen nach zwei glänzenden Vierteldollarmünzen und plane einen Ausflug zum Automaten, sobald ich das Geheimnis von Willow Greer gelüftet habe. Das Telefon klingelt, und ich nehme ab. Heidis sarkastische Stimme am anderen Ende verkündet: »Kontrollanruf elf Uhr.« Ich spähe nach den Zahlen in der Ecke meines Computerbildschirms: 10:59. Im Hintergrund heult das Baby.

»Warum weint sie?«, frage ich.

»Das Fieber ist wieder da«, sagt Heidi.

»Hast du ihr Medikamente gegeben?«

»Wir warten gerade, dass sie anfangen zu wirken.«

»Versuch's doch mal mit einem kalten Waschlappen«, schlage ich vor, »oder einem lauwarmen Bad«, als mir einfällt, dass das bei Zoe manchmal geholfen hat. Aber was ich eigentlich sagen will, ist: *Geschieht dir recht* oder *Ich hab's dir ja gesagt.*

»Wird schon gehen«, sagt Heidi, und wir legen auf, aber zuvor erinnere ich sie noch: »Eine Stunde. Wir sprechen uns in einer Stunde wieder.«

Und dann wende ich mich wieder dem Computer zu.

Als Erstes sehe ich mir die Bilder an, in der Erwartung, dass mir jeden Moment Willows Gesicht entgegenstarrt. Aber stattdessen finde ich irgendeinen rothaarigen Promi mit demselben Namen. Eine Brünette, die sich auf diversen Social-Media-Seiten wiederfindet, wo sie sich entschieden zu freizügig zeigt – Titten, die aus einem U-Ausschnitt quellen, eine Wampe, die über eine abgeschnittene Jeans hängt –, um unsere Willow zu sein. Eine Ortschaft namens Willow in Greer County, Oklahoma. Mehrere Häuser in Greer, South Carolina, die zu verkaufen sind. Laut dem Online-Telefonbuch leben in den Vereinigten Staaten sechs Personen mit dem Namen Willow Greer. Nicht zu verwechseln mit Stephen Greer, der auf dem Willow Ridge Drive in Cincinnati wohnt. Nur vier von den sechs Willow Greers sind mit vollem Eintrag verzeichnet. Ich reiße ein Blatt Schmierpapier aus dem Drucker und fange an, mir die Daten zu notieren. Willow Greer aus Old Saybrook, Connecticut, ist in der Altersstufe zwischen vierzig und vierundvierzig. Willow Greer aus Billingsley, Alabama, ist mit über fünfundsechzig sogar noch älter. Sie könnte ebenso gut neunzig sein. Ich schreibe es mir trotzdem auf, vielleicht ist Ms. Greer aus Billingsley, Alabama, ja die Oma von unserer Willow. Oder die Uroma. Bei den anderen ist kein Altersbereich angegeben.

Ich notiere mir die spärlichen Informationen, die ich finden kann, doch dann schießt mir durch den Kopf: Muss man nicht achtzehn sein, um im Telefonbuch aufgeführt zu werden? Oder, vielleicht noch wichtiger, Wohneigentümer sein?

Schnell tippe ich Zoe Wood in Chicago, Illinois, ein und gehe leer aus.

Mist.

Eine Weile drehe ich Däumchen und denke nach. Wo würde ich Zoe im Internet finden, wenn nicht im Telefonbuch? Rasch durchsuche ich die diversen mir bekannten Social-Media-Seiten, was nicht besonders viele sind. Facebook. Myspace. Ich würde wahrscheinlich wesentlich mehr erreichen, wenn ich mir von meiner zwölfjährigen Tochter helfen ließe, so wie sie auch immer mit meinem Handy für mich navigiert, wenn ich nicht weiterweiß. Ich denke darüber nach, sie anzurufen, heimlich auf ihrem Handy, aber dann kommt mir das konfiszierte Telefon zu Hause auf der Küchenplatte neben dem von Heidi in den Sinn.

Kacke.

Ich fange an, nach Varianten des Namens Willow Greer zu suchen. Ich versuche es mit Willow G., gefolgt von Willow Grier. Ich probiere Willow mit einem l aus. Ich mache mir einen Spaß daraus, das zweite w wegzulassen: Willo. Man weiß ja nie.

Und dann stoße ich auf den Twitter-Account einer W. Greer, Benutzername @LostWithoutU. Ich weiß nichts über Twitter, aber ich finde ihre Tweets düster und deprimierend, gespickt mit allen möglichen Selbstmord-Andeutungen und Behauptungen. *Ich mach's. Heute Nacht.* Aber das Profilbild dieses Mädchens, *dieser* W. Greer, zeigt nicht diejenige, die bei mir zu Hause wohnt. Dieses Mädchen ist älter, legitime achtzehn oder neunzehn Jahre alt. Sie zeigt Schnittwunden an ihrem Handgelenk, ein verstörendes Lächeln. Der letzte Tweet wurde vor zwei Wochen gepostet. Ich frage mich, ob sie es getan hat, ob sie die Entscheidung getroffen hat, ihr Leben zu beenden.

Und wie.

»Hallo, Fremder.«

Blitzschnell minimiere ich den Bildschirm und lehne mich

im Stuhl zurück, als wäre ich nicht gerade in flagranti bei etwas Verbotenem ertappt worden. Ist *Stalking* ein Verbrechen? *Ach was, Stalking*, denke ich. *Das ist nur Recherche.*

Und trotzdem bin ich mir sicher, dass mir das Schuldbekenntnis auf die Stirn geschrieben steht.

Cassidy Knudsen steht in der Tür. Sie hat den Bleistiftrock und die Acht-Zentimeter-Absätze gegen etwas weniger Förmliches – und in meinen Augen wesentlich Attraktiveres – getauscht: hautenge Jeans und einen weiten schwarzbraunen Pulli, der ihr von einer Schulter rutscht und einen roten, mit Spitze verzierten BH-Träger offenlegt. Sie zieht an dem Pulli, als versuche sie, dessen schiefen Sitz zu beheben, aber er fällt gleich wieder hinunter. Sie lässt ihn in Ruhe und kreuzt die Füße übereinander – ihre Converse All Stars sind irgendwie heißer als die Acht-Zentimeter-Absätze – und lehnt sich an den Türrahmen. »Ich dachte, du arbeitest dieses Wochenende von zu Hause aus.«

»Das dachte ich auch«, sage ich, während ich nach der Quittung greife, auf deren Rückseite der Name *Willow Greer* steht, und sie zu einer Kugel zusammenknülle.

»Zeichnungsprospekt«, füge ich hinzu, wobei ich das Papierknäuel zwischen meinen Handflächen hin und her wälze. Dann: »Zu Hause war es ein bisschen zu chaotisch.«

»Zoe?«, fragt sie. Ja, natürlich, wer würde nicht denken, dass die Zwölfjährige für das Chaos verantwortlich ist?

»Eigentlich Heidi«, gestehe ich, und Cassidy entschuldigt sich teilnahmsvoll, als hätte ich gerade auf Eheprobleme hingedeutet. Ein überbesorgter Blick huscht über ihr Gesicht. Das butterblonde Haar, die graublauen Augen, die helle Haut.

»Tut mir leid, das zu hören, Chris«, sagt sie, lädt sich selbst in mein Büro ein und nimmt auf einem der petrolfarbenen Stühle ohne Armlehnen Platz, die vor meinem Schreibtisch stehen. »Etwas, worüber du reden willst?«, fragt sie, während sie die Beine übereinanderschlägt und sich vorbeugt, wie es nur eine Frau kann. Männer wittern einen Hauch von Melancholie und nehmen sofort Reißaus. Frauen hingegen knien sich voll hinein. Das Bedürfnis, darüber zu reden, ist Futter für ihre Seelen.

»Es liegt eigentlich nur daran, dass Heidi nun mal so ist, wie sie ist«, sage ich, und es tut mir augenblicklich leid, dass ich irgendetwas ansatzweise Negatives über meine Ehe gesagt habe. »Was nicht schlimm ist«, füge ich beschämt hinzu, und Cassidy hilft mir: »Heidi ist eine gute Frau.«

»Die beste«, stimme ich ihr zu und versuche, Gedanken an Cassidy Knudsen in Satinslips und gekräuselten Babydolls aus meinem Kopf zu verbannen.

Ich habe Heidi geheiratet, als ich fünfundzwanzig war. Und Heidi dreiundzwanzig. Ich starre auf ein zehn mal fünfzehn Zentimeter großes Foto von unserem Hochzeitstag, das an einer Pinnwand an der Wand hängt. *Sehr stilvoll*, sagte sie das letzte Mal, als sie in meinem Büro war, und fuhr mit den Fingern über das Bild, und ich sagte achselzuckend: »Der Rahmen ist kaputtgegangen. Ich habe ihn in einem hektischen Moment vom Tisch gefegt«, und sie nickte wissend, mit vollstem Verständnis dafür, dass meine komplette Karriere von hektischen Momenten abhängt.

Aber das Foto sprach Bände, dachte ich. Unser schützender Glasrahmen war zersplittert, und jetzt waren wir von mikroskopischen Löchern durchstochen, aus denen eines Tages vielleicht Risse werden würden. All diese Löcher hatten Namen: Hypothek, vorpubertäres Kind, mangelnde Kommunikation, finanzielle Altersvorsorge, Krebs.

Ich beobachte, wie Cassidys manikürte Finger – die langen, unlackierten Nägel mit den weißen Spitzen – an einer Lampe auf meinem Schreibtisch herumspielen, eine von diesen antiken Banker-Lampen in klassischem Grün. Ich beobachte, wie sie über die Kette streichelt, sie sich um ihren schlanken Finger wickelt und zieht –, und denke: Fremdgehen?

Nein. Niemals. Nicht Heidi und ich.

Ein sanftes gelbliches Licht durchflutet den Raum. Ein hübscher Kontrast zu den blendend weißen Neonröhren an der Decke.

Wir waren erst ein paar Monate zusammen, als ich Heidi fragte, ob sie mich heiraten wolle. Ich wusste, dass ich mit Heidi zusammen sein musste, dass ich sie brauchte wie die Luft zum Atmen. Ich wusste, dass ich es wollte. Es stand in jenem Jahr ganz oben auf meinem Weihnachtswunschzettel. Ich war gewohnt, zu bekommen, was ich wollte. Meine prägenden Jahre vor dem Teenageralter verbrachte ich mit einem Gestänge im Mund und rund um den Kopf. Ich stöhnte und nörgelte immer über diese Zahnspange, darüber, wie sie den Gaumen durchstach und die Innenseite meiner Backen aufriss. *Eines Tages wirst du es mir danken*, sagte meine Mutter immer, die ihr Leben lang unter ihren vorstehenden Zähnen gelitten hatte, die sie hasste. Und das tat ich. Es ihr danken, meine ich. Nach jahrelanger Kieferorthopädie war ich mit einem Lächeln gesegnet, durch das mir die Herzen zuflogen. Es wirkte Wunder auf Verbindungspartys, bei Vorstellungsgesprächen, Kundenessen und natürlich bei den Damen. Heidi sagte mir damals, dass es jenes Lächeln war, was an dem Abend als Erstes ihre Aufmerksamkeit erregt hatte, als wir uns auf einem Wohltätigkeitsball kennenlernten. Es war Dezember, das weiß ich noch, und sie trug Rot. Ermutigt durch meine Firma hatte ich über zweihundert Dollar hingeblättert, um zu dieser verdammten Veranstaltung zu gehen. *Zurückgeben* lautete unser Motto in jenem Jahr. Es sollte sich gut machen, dass sich unsere Firma zwei Tische unter den Nagel gerissen hatte, sechzehn oder zwanzig Plätze zu zweihundert Mäusen das Stück, obwohl nicht einer von uns wusste, welche Sache wir überhaupt unterstützten.

Jedenfalls nicht, bis ich mich zu späterer Stunde mit Heidi auf der Tanzfläche wiederfand und mehr über den Analphabetismus in Chicago lernte, als ich je wissen wollte.

Ich war es gewohnt, zu bekommen, was ich wollte. Das heißt, bevor ich Heidi heiratete.

»Also, was, glaubst du, ist das Problem, Mister Wood?«, fragt Cassidy. Sie lehnt sich auf ihrem Stuhl zurück und fährt sich mit ihren ordentlich manikürten Nägeln durchs Haar. »Willst du drüber reden?«

Aber ich sage: »Nein. Lieber nicht«, und denke daran, dass es beim letzten Mal, als ich etwas wollte und Heidi nachgegeben hat, darum ging, dass sie sich eine Jeans überziehen sollte, bevor sie jenes obdachlose Mädchen ausfindig machte. Und beim vorletzten Mal ging es um Erdnussbutter mit Stückchen gegen die cremige Variante. Banalitäten.

Wenn es darauf ankam, zog ich den Kürzeren. Jedes Mal.

»C'est la vie?«, fragt Cassidy, und ich wiederhole: *»C'est la vie.«*

So ist das Leben.

Und dann betrachte ich ihre blaugrauen Augen und rufe mir in Erinnerung, wie ich mir einen Espresso vorne über mein Hemd mit Hahnentrittmuster schüttete, als sie das erste Mal unseren Konferenzraum betrat. Sie trug einen roten Hosenanzug mit einer engen knöchellangen Hose, wie sie nur Cassidy Knudsen tragen kann, schwarze Schuhe, natürlich mit acht oder zehn Zentimeter hohen Absätzen, und mein Chef – der plötzlich klein und impotent wirkte – stellte sie als *new gal in town* vor und glotzte ihr auf den Hintern, während sie auf einen freien Platz neben mir zusteuerte. Sie griff nach einem Stapel Papierservietten, die vom gestrigen Abendessen übrig waren, und begann, mein Hemd trocken zu tupfen, auf eine Art, wie es nur Cassidy Knudsen machen würde.

Sie ist wie eine Femme fatale, oder? hatte Heidi mich damals im Botanischen Garten gefragt, als sie und Cassidy sich letzten Sommer beim Firmenpicknick zum ersten Mal begegneten, und blickte der anderen Frau und ihren hin und her schwingenden Hüften hinterher, die irgendwie nicht zu ihrem restlichen Körper zu gehören schienen.

Was ist eine Femme fatale?, hatte Zoe gefragt, und Heidi deutete mit dem Kopf auf die Frau in dem trägerlosen kirschfarbenen Kleid und sagte einfach nur: *Die*.

Ich greife nach den Vierteldollarstücken auf meinem Schreibtisch und kündige an, dass ich zum Automaten gehe. »Willst du auch was?«, frage ich und hoffe, das Büro bei meiner Rückkehr leer vorzufinden. Sie sagt: »Nein danke«, und ich verschwinde im nahezu leeren Flur, unterwegs zum Automaten in unserer notdürftigen Büroküche. Ich drücke den Knopf für das stark koffeinhaltige Kaltgetränk, das ich jetzt brauche, und öffne die Dose auf dem Weg zurück zu meinem Schreibtisch.

Im Kopf plane ich die nächsten Schritte meines »Finde Willow Greer«-Abenteuers, als ich den metallicgoldenen Teppich betrete, der die Grenze meines Büros zu den Keramikfliesen des Flurs markiert. Ich finde Cassidy auf allen Vieren auf dem Teppich vor, wie sie gerade etwa ein Dutzend heruntergefallene Stifte aufsammelt. Der weite schwarzbraune Pulli schleift fast am Boden und entblößt den Rest des roten BHs, den ich zuvor nicht sehen konnte, das tiefe Dekolleté, die Chantilly-Spitze, die Körbchen mit den Bügeln, vorne ein zartes Schleifchen.

In der Hand hält sie mein Handy. Ich schiele auf die Uhr an der Wand, 12.02 Uhr, und mir rutscht das Herz in die Hose.

»Heidi«, sagt Cassidy und hält mir das Telefon hin. Sie lächelt. Aber das Lächeln ist alles andere als nett oder höflich. »Für dich. Ich hoffe, du hast nichts dagegen, dass ich drangegangen bin.«

»Was soll das? Wieso geht *diese* Frau an dein Handy?«, fauche ich ins Telefon, als Chris mich zögerlich begrüßt. Aus seiner Stimme – die zaghaft und doch merkwürdig wach klingt – spricht das schlechte Gewissen. Ich ziehe mich aus dem Wohnzimmer zurück, wo Willow auf der Sofakante sitzt, das Baby an einem Geschirrtuch über ihrer Schulter hält und ihm gleichmäßig auf den Rücken klopft, um es ein Bäuerchen machen zu lassen, wie ich es ihr gezeigt habe. Trotzdem sehe ich, dass das Baby dabei ungeschickt mit dem Gesicht in das Handtuch gepresst wird, und frage mich, ob es überhaupt richtig atmen kann. Der kleine Körper hängt in einem schrägen Winkel, der alles andere als sicher wirkt. Alles andere als bequem.

»Hallo, Heidi«, sagt Chris in einem unnatürlichen Versuch, Ruhe, Gelassenheit und Fassung zu bewahren. »Alles in Ordnung?«

Ich stelle mir vor, dass *diese Frau* in seinem faden, kastenartigen Büro sitzt und unserem Gespräch lauscht. Ich stelle mir vor, wie Chris auf seine Uhr sieht und mit der Hand irgendeine Bla-bla-bla-Geste macht, um Cassidy Knudsen anzudeuten, dass meine Schimpftirade – *Warum geht sie an dein Telefon? Und warum hast du mir nicht gesagt, dass du ins Büro gehst, um mit* ihr *zu arbeiten? Und wer ist heute noch da? Tom? Henry?* – schon viel zu lange andauert. Ich spüre, wie mir das Blut ins Gesicht steigt und meine Wangen rot färbt. Meine Ohren werden heiß. Kopfschmerzen kündigen sich an. Ich presse zwei Finger auf meine Nasennebenhöhlen. Kräftig.

Ich drücke den Knopf zum Auflegen, was nicht annähernd so befriedigend ist, wie einen Hörer auf die Gabel zu knallen. Einen Moment stehe ich heftig atmend in der Küche und rufe mir sämtliche Gründe ins Gedächtnis, warum ich Cassidy

Knudsen nicht leiden kann. Sie ist atemberaubend, schlau, raffiniert. Ihr Auftreten ist extravagant, als gehöre sie auf die Seiten einer Modezeitschrift, anstatt sich den lieben langen Tag Chris' langweilige Tabellenkalkulationen zu Gemüte zu führen.

Aber der Hauptgrund, warum ich sie nicht leiden kann, ist eigentlich ziemlich simpel: Mein Mann verbringt mehr Zeit mit ihr als mit mir. Sie fliegen zusammen in die belebtesten Metropolen im ganzen Land, verbringen die Nächte in teuren Nobelhotels, wovon Chris und ich nur träumen können, dinieren in kostspieligen Restaurants, in denen zu essen wir uns immer für besondere Anlässe wie Geburtstage und Jahrestage aufgehoben haben.

Ihre schrille Stimme hallt in meinem Kopf nach, das übereifrige »Hallo, Heidi«, als sie ans Telefon ging. »Chris ist nur kurz den Flur runter. Er ist gleich wieder da. Soll ich ihm sagen, dass er dich zurückrufen soll?«, hatte sie gefragt, aber ich sagte Nein, ich würde warten. Und genau das machte ich, fixierte die ganze Zeit die Uhr an der Mikrowelle und zählte die mehr als vier Minuten, die mein Mann brauchte, um zu seinem Telefon zurückzukehren. Und die ganze Zeit lauschte ich, wie Cassidy Knudsen mit den Gegenständen auf Chris' Schreibtisch klapperte, hörte einen Knall und stellte mir vor, wie sie seinen Stiftbehälter umwarf – den Zoe vor Jahren für ihn getöpfert und bemalt hatte – und seine Bleistifte und Kugelschreiber auf den Boden fielen.

»Ups.« Sie kicherte wie ein ungezogener Teenager.

Ich stelle mir vor, dass Cassidy Knudsen früher Cheerleader war, so eine Göre mit einem winzigen Polyester-Röckchen und bauchfreiem Shirt, die vor dem als pervers geltenden Naturkundelehrer ihren Stift zu Boden fallen ließ, sich auf ihrem Stuhl mit gespreizten Gliedern bückte, um ihn aufzuheben, und dem Lehrer dann später sexuelle Belästigung vorwarf.

Während ich mich sammele, um zu Willow und Ruby zurückzukehren, höre ich das Quietschen einer Zimmertür, und Zoe schlüpft aus ihrem Versteck ins Wohnzimmer. Zunächst herrscht Stille, dann ist Zoes Stimme zu vernehmen, etwas kratzig und hölzern.

»Hattest du jemals Angst?«, fragt sie. In der Küche spitze ich die Ohren, frage mich, was sie damit meint. *Hattest du jemals Angst?*

»Was?«, fragt Willow, und ich stelle mir das Mädchen vor, das immer noch Zoes Sachen vom vorherigen Nachmittag trägt, die jetzt vom Sirup verklebt und vom Schlafen zerknautscht sind. Sie hockt ganz vorn am Rand des Sofas, und als Ruby einen Rülpser loslässt wie ein Besoffener, kichern die Mädchen.

Es geht doch nichts über ein bisschen Gas, um das Eis zu brechen.

»Da draußen, meine ich.« Und ich stelle mir vor, wie Zoe mit dem Finger zum Erkerfenster hinaus deutet, auf das Stadtleben da draußen, die Taxis, die die Straße entlangrasen, Sirenen, Hupen, einen Obdachlosen, der an der Straßenecke Saxofon spielt.

»Doch. Ich glaub schon«, erwidert Willow und gibt kleinlaut zu: »Donner mag ich nicht«, und wieder einmal bin ich erschüttert über die schlichte Tatsache, dass dieses Mädchen, das mit einem Baby im Arm in meinem Wohnzimmer sitzt, nichts ist als ein Kind. Außen eine robuste Muschelschale, die alles Wertvolle und Verletzliche in ihrem Inneren schützt. Ein Kind, das Sahne und Pfannkuchen verschlingt und sich vor so etwas Harmlosem wie Donner ängstigt.

Profile, Vase. Profile, Vase.

Ich stelle mir die hektische Stadt vor, wenn sie nachts schließlich doch irgendwann zur Ruhe kommt. Wenn die Sonne irgendwo über der Vorstadt untergeht und der Lichterglanz des Loops erstrahlt. Es ist wirklich überwältigend. Aber hier in unserer Gegend, eine oder zwei Meilen nördlich der Innenstadt, bedeutet Nacht völlige Dunkelheit. Pechschwarze Dunkelheit, hier und da durchsetzt von Straßenlaternen, von denen manche funktionieren und manche nicht. Jene Tageszeit, wenn düstere Gestalten aus ihren Löchern kommen, in den Stadtparks herumlungern, in den dunklen Hauseingängen der geschlossenen Geschäfte an der Clark Street und der Fullerton Street. In einer exklusiveren Gegend zu wohnen, schützt uns nicht vor Verbrechen. In den Frühnachrichten ist oft von Wellen der Kriminalität in Lakeview und Lincoln Park die Rede, von nächtlichen Raubüberfällen und einer ansteigenden Zahl von Gewaltverbrechen. Ständig hört man von Frauen, die auf dem Weg vom Bus nach Hause angegriffen wurden oder als sie mit den Einkaufstüten in der Hand ihr Wohnhaus betraten. Diese Gegend bei Nacht – seltsam dunkel und voll ohrenbetäubender Stille – muss ein Furcht einflößender Ort sein. Schauderhaft.

Ich gehe ins Wohnzimmer und treffe auf die Mädchen, die einander verlegen beäugen. Zoe fährt zusammen, als ich hereinkomme, und fragt: »Was willst du?«, als hätte ich in meinem eigenen Zuhause nichts zu suchen. Es ist ihr peinlich, dass ich sie dabei ertappt habe, wie sie mit Willow redet, ohne dass eine Notwendigkeit dazu bestand, dass sie überhaupt irgendein Interesse an dem Mädchen gezeigt hat.

»Ich muss euch was zeigen«, sage ich, »euch beiden«, und verschwinde im Flur.

Es hat über eine Stunde gedauert, bis das Tylenol bei Ruby wirkte und das Fieber sank. Während dieser Zeit war sie quengelig und schlecht gelaunt, untröstlich, egal, ob in Willows oder meinem Arm. Wir versuchten es damit, sie zu füttern, zu schaukeln, ihr einen Schnuller in ihren weit geöffneten Mund zu stecken, aber all unsere Bemühungen waren vergebens.

Und dann steckten wir die Kleine, wie Chris vorgeschlagen hatte, in ein lauwarmes Bad, was sie ein bisschen zu beruhigen schien, und anschließend bekam sie eine Schicht lindernde Cremes auf den Po, eine neue Windel und frische Kleider.

Weil Chris nur eine einzige, eine blaue Hose zu dem weißen Strampler gekauft hat, schleppe ich den Behälter mit Babysachen aus Chris' und meinem Schlafzimmerschrank ins Wohnzimmer – den mit dem falschen Etikett *Heidi: Arbeit.* Und die Mädchen und ich wühlen uns durch Spielanzüge mit Rüschen, Bodys mit Tiermotiven, Einteiler mit Tutus, Fleece-Schlafanzüge aus Bio-Baumwolle und Ballettschühchen aus Satin, extra für plumpe Babyfüßchen.

»Psst«, sage ich zu Zoe, als ich den indigoblauen Deckel abnehme. »Erzähl deinem Vater nichts hiervon.« Aus dem Augenwinkel sehe ich, wie Willow nach dem Stoff greift, aber dann rasch die Hand wieder wegzieht, als fürchte sie, etwas kaputt oder schmutzig zu machen. Ich habe eine plötzliche Vision – ein hellseherisches Bild –, wie ein Erwachsener auf Willows Hand schlägt, die sie zaghaft nach etwas ausstreckt, was sie haben möchte. Sie zieht sich zurück, den Blick gesenkt, mit einem verletzten Gesichtsausdruck. »Es ist okay«, sage ich, ziehe das aufwendigste Stück heraus, das ich finden kann, lege es in ihre Hand und sehe zu, wie sie mit den Fingern über die vertikalen Rippen streicht, als hätte sie nie zuvor Cord gefühlt. Behutsam hebt sie eine braune Latzhose mit Blumen auf dem Latz an ihr Gesicht und reibt ihre Wange daran.

»Was *ist* denn das alles?«, fragt Zoe, während sie ein Samtkleidchen mit Taftrock – Größe 92 – aus der Box fischt und ihr der Mund offen stehen bleibt, als ihr Blick auf die unanständige Zahl auf dem Preisschild fällt. »Vierundneunzig Dollar?«, fragt sie und beäugt die neunzig Zentimeter Stoff, die niemals getragen wurden, den nachtblauen Stoff und die elefantöse

Schleife, zu denen es irgendwo in diesem Behälter die passenden teuren Strumpfhosen gibt.

»Und das war vor zehn Jahren«, sage ich und füge hinzu: »oder mehr«, und erinnere mich an die Zeit, als ich in meiner Mittagspause durch die Boutiquen im Loop schlenderte und hier einen Spielanzug und dort einen Strampler kaufte – heimlich. Und wenn Chris fragte, erzählte ich ihm, dass ich die horrenden Beträge auf unserer Kreditkartenabrechnung für eine Mitarbeiterin oder alte Collegefreundin ausgegeben hätte, die bald Mutter werden würde.

»Hat die ... *mir* gehört?«, fragt Zoe, als sie nach einer geblümten Pumphose greift, die zu einem Sommerkleidchen gehört. Sie hält sie vor sich in die Luft, und ich denke: *Wie soll ich ihr das bloß erklären?* Ich könnte einfach Ja sagen und es dabei belassen. Aber die Preisschilder beweisen natürlich, dass diese Sachen niemals benutzt wurden.

»Mein Hobby«, gestehe ich. »So wie andere Flaschendeckel oder Sportkarten sammeln«, und die Mädchen sehen mich an, als wäre ich gerade aus einem Raumschiff vom Mars gestiegen. »Man kann diesen Sachen schwer widerstehen«, sage ich, »sie sind einfach so niedlich«, und wie zum Beweis halte ich ein Paar Pelzstiefelchen hoch.

»Aber ...«, setzt Zoe an, die ihr rationales Denken von Chris hat, »ich habe sie nicht mal getragen«, sagt sie. »Für wen waren die dann?«, verlangt sie zu wissen. Ich betrachte Zoe und Willow, die mich fragend anstarren. Guter Bulle, böser Bulle, denke ich. Es ist mir unmöglich, in Zoes große braune Augen zu blicken – die mich zynisch und zugleich fordernd ansehen – und zuzugeben, dass die Sachen für Juliet waren, dass ich mich, selbst nachdem der Arzt mir sagte, dass ich keine Kinder mehr bekommen könnte, weiterhin nach Kindern sehnte, mir eine imaginäre Welt aufbaute, in der sowohl Zoe als auch Juliet existierten und zusammen auf dem Wohnzimmerfußboden mit *Tinkertoy*-Sets oder *Little People* spielten, während mein Bauch schon wieder dick und rund mit Nummer drei war. Ich will nicht eingestehen, dass die Vorstellung, ein Einzelkind zu haben, ein galliges, kaltes Gefühl in mir hinterlassen hat. Dass das Zuhause, in dem es in meiner Fantasie vor Kindern nur so gewimmelt hatte, einsam wirkte, auch wenn es Zoe gab. Und Chris. Meine Familie, die aus uns dreien bestand, schien mir plötzlich nicht zu reichen. Nicht gut genug zu sein. Da war ein Loch. Ein Loch, das ich mit Juliet stopfte, mit Wunschträumen und Hoffnungen und einer Kiste voller Kleider, die sie eines Tages tragen würde.

Tief in meinem Herzen redete ich mir ein, dass sie eines Tages eintreffen würde. Jener Tag war eben nur noch nicht gekommen.

Ich würge Zoes rationale Gedanken also ab und sage: »Wollen wir mal schauen, ob wir etwas für Ruby finden?«, und mit einem neuen Ziel beginnen wir drei an der Kiste zu ziehen, obwohl mich der Anblick und der Geruch der Kleider – eine unheimliche Mischung aus exklusiven Boutiquen und Optimismus – an das klaffende Loch in meinem Mutterleib erinnert.

Oder vielmehr da, wo einst mein Mutterleib war.

Wir entscheiden uns für den braunen Overall und – für darunter – einen weißen Body mit ausgebogter Spitze. Ich sehe zu, wie Willow das Baby auszieht und versucht, Rubys formbaren Kopf durch den Ausschnitt des Bodys zu zwängen. Ruby heult auf. Sie protestiert und strampelt auf dem Boden trotzig mit den Beinen. Willow geht zögerlich vor, mit scheuen Händen. Sie starrt auf den Body, auf den Halsausschnitt, der viel zu klein für Rubys runden Kopf zu sein scheint, und versucht ihn ihr dann mit Gewalt überzustreifen, wobei sie ganz vergisst, etwas Platz für die Nase zu lassen, damit sie ihn ihr zügig über den Mund ziehen und das Baby atmen kann.

»Lass mich das machen«, sage ich zu Willow, und die Worte klingen schroffer, als ich beabsichtigt hatte. Ich spüre Zoes Blick auf mir, weigere mich aber, ihn zu erwidern. Ich nehme Willows Position ein, dehne den elastischen Stoff des Bodys und ziehe ihn, ohne zu zögern, über Rubys Kopf. Ich schließe die Knöpfe im Schritt, setze die Kleine auf und schließe die am Rücken. »Das hätten wir«, sage ich, als Rubys Finger nach der Goldkette greifen, die von meinem Hals baumelt, und ihre Augen aufleuchten wie ein Weihnachtsbaum. »Gefällt dir das?«, frage ich und deute die strahlenden Augen und das riesige, sabbernde, zahnlose Lächeln als ein Ja. Ich lege ihr den goldenen Ehering meines Vaters in die Handfläche und sehe zu, wie ihre dicklichen kleinen Hände anfangen zu drücken. »Der gehörte meinem Daddy«, sage ich und konzentriere mich dann auf die anstehende Aufgabe, den braunen Overall über den Body und ein paar weiße Spitzensöckchen über ihre sich lebhaft bewegenden Füße zu ziehen. Ruby quietscht vor Vergnügen, und ich vergrabe mein Gesicht in ihr und mache »Dutzi dutzi du«, die Art unsinniges Kauderwelsch, die Babys lieben. Ich vergesse fast, dass Willow und Zoe auch noch im Zimmer sind und zusehen, wie ich Ruby auf die nackten Stellen pruste, die Innenseite ihrer Arme, ihren Nacken. Ich übersehe den entsetzten Blick meiner Tochter, als ich mich fließend in Babysprache unterhalte, eine Fähigkeit, die man nie verlernt, wie Fahrradfahren.

»Dutzi dutzi du«, sage ich wieder, und da springt Zoe unerwartet auf und ruft in der hochfrequenten Fistelstimme, die nur ein vorpubertäres Mädchen hinkriegt: »Gut! Genug jetzt von dem Babygeplapper«, und dann marschiert sie durch den Flur und knallt ihre Zimmertür hinter sich zu.

»Woran litt Miriam denn eigentlich? An Schizophrenie?«

Ich schüttele den Kopf. »Ich weiß nicht.«

Draußen vor dem einzelnen vergitterten Fenster, das zu hoch in der Betonziegelwand sitzt, verändert der Himmel seine Farben. Das Blau wird rasch von Rot und Orange verdrängt. Der Wachmann in der Ecke gähnt lange und ausgedehnt. Louise Flores wirft ihm einen scharfen Blick zu und fragt: »Langweilen wir Sie?«, worauf er plötzlich strammsteht, das Kinn erhoben, Brust raus, Schultern zurück, Bauch eingezogen.

»Nein, Ma'am«, erwidert er, und die kantige Frau sieht ihn so lange an, bis sogar ich rot werde.

Ich wusste nicht, was Miriam hatte, aber was es auch immer war, ich war mir ziemlich sicher, dass Joseph daran schuld war.

»Du hast gesagt, dass Miriam gelegentlich Medikamente einnahm?«, fragt Ms. Flores, und ich nicke. »Was für Medikamente?«

»Kleine weiße Tabletten«, sage ich. »Manchmal auch eine andere.« Ich erzähle ihr, dass Miriam von den Tabletten besser aussah, sich besser fühlte und eine Weile aus dem Bett aufstehen konnte, aber wenn sie zu viele davon nahm, sorgten sie nur dafür, dass sie zurück ins Bett musste.

Aber müde war Miriam immer. Ob sie die Tabletten nun nahm oder nicht.

»Ging Joseph je mit ihr zu einem Arzt?«

»Nein, Ma'am. Miriam verließ nie das Haus.«

»Sie verließ niemals das Haus?«

»Nein, Ma'am. Niemals.«

»Warum bekam Miriam die Medikamente nicht immer?«

»Joseph sagte, wenn Gott gewollt hätte, dass sie gesund ist, hätte er sie gesund gemacht.«

»Aber manchmal gab Joseph ihr trotzdem die Medikamente?«

»Ja, Ma'am. Wenn Ms. Amber Adler kam.«

»Deine Betreuerin?«

»Ja, Ma'am.«

»Wo hatte Joseph die Tabletten her, wenn er nie mit ihr zum Arzt ging?«

»Aus dem Medizinschrank. Im Badezimmer.«

»Ja, Claire, aber wie kamen die Tabletten da hin, wenn es keinen Arzt gab? Für solche Medikamente braucht man bestimmt ein Rezept. Eine Apotheke.«

Ich sage, dass ich es nicht weiß. Joseph ließ mich immer die kleinen Plastiktütchen holen – da unterbricht sie mich: *»Plastiktütchen?«*, fragt sie, und ich sage Ja, und sie schreibt etwas auf ihren Notizblock neben das Wort *Z-e-l-o-t-i-s-m-u-s*, das ich jetzt seit einer halben Stunde über Kopf lese und immer noch keine Ahnung habe, was es bedeutet. Er holte ein paar Tabletten heraus und zwang Miriam, sie zu nehmen. Manchmal musste er ihren Mund aufstemmen, während ich die Tabletten hineinwarf, und dann warteten wir so lange, bis sie sie runtergeschluckt hatte. Miriam mochte die Tabletten nicht.

Aber ein- oder zweimal im Jahr ließ Joseph sie für eine Weile die Tabletten nehmen. Dann kam sie aus ihrem Zimmer und badete. Wir öffneten alle Fenster, und es war mein Job, diesen abartigen Miriam-Gestank aus dem Haus zu bekommen, bevor Ms. Amber Adler mit ihrer Schrottkarre und ihrer übergroßen Nike-Tasche kam. Joseph holte seinen Werkzeugkasten hervor und fing an, alles Mögliche im Haus zu reparieren, Flecken zu übermalen, die hier und da im Haus entstanden waren. Nur wenn Amber Adler kam, wurden kaputte Glühbirnen gewechselt und quietschende Türen geölt.

Joseph hatte immer ein neues Kleid für mich, im Gegensatz zu den zu kleinen, muffigen Klamotten, die er sonst in einem weißen Müllbeutel in meinem Zimmer abstellte, als hätte er sie am Müllabfuhr-Tag bei irgendjemandem aus der Einfahrt geklaut. Einmal brachte er mir sogar ein Paar Lackschuhe mit, die viel zu groß waren, die ich aber trotzdem anziehen sollte, damit Ms. Adler sie sehen konnte.

Die Betreuerin brachte mir Briefe von Paul und Lily Zeeger mit. Sie sagte, sie könne den Zeegers meine neue Adresse geben, aber nachdem Joseph die Fotos von Momma in kleine Fetzen zerrissen hatte, sagte ich, nein danke, das sei schon in Ordnung, sie könne die Briefe einfach mitbringen, wenn sie komme. Lily Zeeger schrieb wunderschöne Briefe über mein kleines Schwesterchen Rose (Lily) und setzte den Namen Lily immer in Klammern dahinter, nur für den Fall, dass ich nicht wusste, von wem die Rede war. Sie schrieb, dass Rose (Lily) jeden Tag größer wurde und dass – nach den Fotos zu urteilen, die sie gesehen habe – Rose (Lily) unserer Momma immer ähnlicher werde, die eine umwerfende, beeindruckende, atemberaubende Frau gewesen sei (als könnten die vielen Komplimente die Tatsache aufheben, dass sie tot ist). Sie schrieb, dass Rose (Lily) brav das ABC lerne und bis zehn zählen und so schön singen könne wie der Gold-Waldsänger, den es laut der großen Lily in der Gegend in Colorado gab, wo ihr Haus stand. Es lagen Fotos von einem reizenden, A-förmigen Häuschen bei, das sich mitten in den Wald schmiegte, mit Bergen im Hintergrund und einem winzigen Hund, einem Cockerspaniel oder so was, der meiner Lily um die Beine herumlief. Und da war sie: meine kleine Lily mit den schwarzen Löckchen, schwarz wie die von Momma, die länger geworden und mit Spängchen mit Marienkäfern zurückgesteckt waren. Sie trug ein hellgelbes Sommerkleid mit Rüschen und einer Schleife, die so groß war wie ihr Kopf. Und lächelte. Paul Zeeger stand mit einem Hemd und einer gestreiften Krawatte auf dem Balkon und blickte auf Klein-Lily hinab, und ich stellte mir vor, dass Groß-Lily das Foto gemacht hatte, denn sie war nirgendwo zu sehen. Sogar der Hund sah glücklich aus. Im Brief stand, dass Rose (Lily) ins Ballett gehe, wie gern sie Paul und Lily ihre Pirouetten und Relevés vorführe und wie vernarrt sie in ihr kirschrotes Trikot und Tutu sei und dass Rose (Lily) im Herbst mit der Vorschule an der Montessori-Schule in der Stadt anfinge.

»Was ist eine Montessori-Schule?«, fragte ich Ms. Amber Adler, und sie sah mich lächelnd an und sagte: »Eine gute Sache«, während sie mir die Hand tätschelte.

Ich fragte sie, warum Paul und Lily Zeeger keine eigenen Kinder hätten. Warum bräuchten sie meine Lily? Und sie sagte, manchmal sei das eben so. Einer von ihnen könnte keine Kinder bekommen. Es hätte einfach nicht sein sollen. Und ich dachte daran, wie Joseph gesagt hatte, dass Gott, wenn er gewollt hätte, dass Miriam gesund ist, sie gesund gemacht hätte, und ich dachte, wenn Gott gewollt hätte, dass Paul und Lily Kinder bekommen, hätte er ihnen Kinder geschenkt. Eigene Kinder. Nicht meine Lily. Lily gehörte mir.

Ich dachte oft an jenes A-förmige Haus, in dem Lily jetzt lebte, an die hohen Bäume, die Berge und den Hund. Wie gerne würde ich zu dem Haus im Wald gehen und meine Lily wiedersehen. Ich fragte mich, ob ich das je können würde.

Groß-Lily sagte, dass ich Rose (Lily) einen Brief zurückschreiben könnte, wenn ich wollte, und sie ihn ihr vorlesen würde. Also machte ich das. Ich erzählte ihr von den Tulpen vor unserem Haus (die es nicht gab) und dass ich in der Schule lernte (die ich nicht besuchte). Das Einzige, was bei uns zu Hause gelesen wurde, war die Bibel. Das Einzige, was geschrieben wurde, war, wenn Joseph mich Wort für Wort aus dem *Deuteronomium* oder *Leviticus* abschreiben ließ. Die Schulzeugnisse, die Joseph meiner Betreuerin aushändigte – auf denen meine schlechten Schulnoten abzulesen waren –,

waren gefälscht, Fotokopien von Matthews oder Isaacs Zeugnissen, in die mein Name eingesetzt wurde. Sie wiesen mangelhafte Noten in Mathe und Naturwissenschaften auf sowie Lehrerkommentare, die auf meine Missachtung von Autoritätsfiguren und mein schlechtes Benehmen eingingen.

»Gehst du nicht gern in die Schule?«, fragte die Betreuerin immer.

»Doch, schon«, sagte ich.

»Was ist dein Lieblingsfach?«, wollte sie wissen. Ich wusste nicht viel über Fächer. Also sagte ich Mathe. »Aber Claire, hier steht, dass du in Mathe durchfällst«, und ich zuckte mit den Achseln und sagte, dass es schwer gewesen sei, und sie erinnerte mich, wie so oft, daran, was für ein Glück ich hätte, dass ich Joseph und Miriam in meinem Leben hätte. Dass andere Pflegefamilien nicht so flexibel und verständnisvoll wären. »Du musst dir mehr Mühe geben«, sagte sie zu mir und legte Joseph und Miriam ans Herz, mir Nachhilfestunden erteilen zu lassen.

In meinen Briefen erzählte ich Klein-Lily, wie es sei, in der großen Stadt – Omaha – zu leben, und beschrieb die Gebäude. Obwohl ich die Gebäude kein einziges Mal gesehen hatte, war ich mir ziemlich sicher, dass sie da waren. Dieses Omaha war ganz anders als Ogallala. Das erkannte ich an den Gerüchen, den Geräuschen, den Kindern auf der anderen Seite meines Fensters. Als wir klein waren, redete Momma von Omaha. Über die Menschen und Gebäude, Museen und Zoos. In meinen Briefen erzählte ich Lily von meinen Brüdern (die ich kaum kannte). Ich erzählte ihr von den Freunden (die ich nicht hatte), die ich in der Schule gefunden hätte, und wie wunderbar meine Lehrer seien (die es nicht gab).

In ihren Antworten erzählte Groß-Lily mir von Roses (Lilys) Geschenk zu deren viertem Geburtstag: einem neuen Fahrrad, mintgrün und pink, mit Stützrädern und Troddeln, einem weißen Weidenkorb und Bananensattel. Es waren Bilder dabei. Klein-Lily mit Helm auf dem Fahrrad und Paul Zeeger, der sie von hinten anschob. Der kleine Cockerspaniel rannte hinterher. Sie erzählte mir von einem bevorstehenden Urlaub in Kalifornien, wo sie den Strand sehen würden. Sie sagte, dass es für Rose (Lily) das erste Mal wäre, dass sie den Ozean sähe, und fragte, ob ich schon einmal dort gewesen sei. Für den Anlass hatten sie ihr einen neuen Badeanzug und eine Tunika ausgesucht. Als die Betreuerin das nächste Mal kam, waren Zeichnungen von Lily selbst dabei, vom Ozean, von den Fischen und Tupfern im Sand, die möglicherweise Muscheln darstellten. Und eine hellgelbe Sonne mit Strahlen, die die ganze Seite überzogen. Auf der Rückseite hatte Groß-Lily mit ihrer perfekten Handschrift geschrieben: Rose (Lily), 4 Jahre alt.

Sie waren keine schlechten Menschen.

Mit der Zeit verstand ich das.

Aber es in meinem Kopf zu wissen und in meinem Herzen, das waren zwei völlig verschiedene Sachen.

Widerwillig rückt Zoe am nächsten Morgen ein weiteres Outfit für Willow heraus. Diesmal handelt es sich um schwarze Leggings, die für Zoes Beine viel zu kurz – und für Willows noch viel kürzer – sind, und ein Sweatshirt mit Farbspritzern auf der Vorderseite, das sie vergangenes Schuljahr im Kunstunterricht als Kittel benutzt hat.

»Zoe, bitte«, sage ich, »das ist unmöglich.«

»Na schön«, mault sie und reißt eine Ersatz-Schulstrickjacke von einem Bügel und drückt sie Willow in die Hand. »Hier.«

Die Mädchen frühstücken – randvolle Schalen mit gezuckerten Cornflakes –, und dann verschwindet Zoe, um zu duschen und sich anzuziehen. Ruby schläft tief und fest auf meinem Schoß, endlich, nachdem sie seit den frühen Morgenstunden hellwach war, vor fünf Uhr vom Fieber aus dem Schlaf gerissen. Weil unglückliche Babys geschaukelt werden müssen, wenn sie aufgewühlt sind – und wir natürlich keinen Schaukelstuhl haben –, drückte ich sie mir an die Brust und bewegte mich vor und zurück, vor und zurück, wie eine Wippe, bis sie sich allmählich beruhigte und meine Nackenmuskulatur zu brennen begann. Aber das war mir egal. Es hatte etwas Beruhigendes, etwas so Befriedigendes, als Ruby endlich müde wurde und langsam die Augen schloss.

Dann erst ließ ich mich auf dem Ledersessel nieder, völlig verzückt davon, wie Rubys Augenlider im Schlaf zuckten, wie sich ihre winzigen Finger um meinen Daumen legten und sich weigerten, wieder loszulassen. Völlig verzückt von den winzigen Zehen ihres linken Fußes, von dem sie das Spitzensöckchen abgestrampelt hatte, das auf den Parkettboden gefallen war. Völlig verzückt von dem Haarflaum auf ihrem Kopf und der Zartheit und Blässe ihrer Kopfhaut.

So verzückt, dass ich jedes Zeitgefühl verlor und ganz vergaß, dass ich mit Zoe zur Schule und selbst zur Arbeit musste.

Ehe ich mich's versehe, steht Zoe an der Wohnungstür, den Rucksack über eine Schulter geworfen. Sie hat ihre Jacke an, den Reißverschluss halb zugezogen, und an ihrem Handgelenk baumelt ein Regenschirm an seiner Kordel. »Bist du so weit?«, fragt sie, und ich blicke an mir herunter auf meinen Aufzug. Bademantel und ein Paar Schaffellpantoffeln, die immer noch meine Füße wärmen.

»Mom«, blafft Zoe mich an, als sie merkt, dass ich noch im Schlafanzug bin. Ich mache keinerlei Anstalten, mich zu rühren, weil ich befürchte, dass Ruby sonst aus ihrem Nickerchen aufwacht. Ich spüre, wie sich mein Mund öffnet, und ein *schsch* entfährt mir, damit Zoes Stimme nicht das Baby aufweckt.

Beleidigt verzieht Zoe das Gesicht, blickt zwischen einer Uhr an der Wand und mir hin und her und zappelt ungeduldig. Ihr Körper sackt zusammen, ihre Schultern fallen nach vorne, ihr Rücken krümmt sich. Ihr Rucksack rutscht von ihrer Schulter in ihre Armbeuge, ehe sie ihn seufzend wieder hochschiebt.

Ich flüstere: »Ich gehe nicht zur Arbeit«, als wäre das nichts Besonderes. »Du musst heute mal allein zur Schule gehen«, sage ich und erwarte, dass sie vor Freude Luftsprünge macht, weil sie mir schon seit Jahren in den Ohren liegt, dass sie genau das will. Allein zur Schule gehen, wie es ihre beste Freundin Taylor schon lange darf.

Aber statt sich zu freuen, bleibt ihr der Mund offen stehen, und sie sagt voller Verachtung: »Was soll das heißen, du gehst nicht zur Arbeit? Du gehst doch *immer* zur Arbeit«, was absolut der Wahrheit entspricht, denn es kam bisher äußerst selten vor, dass ich mich bei der Arbeit krankgemeldet habe – selbst wenn Zoe früher, als sie klein war, mit Grippe im Bett lag. Meistens bat ich Chris, zu Hause zu bleiben, oder, wenn das nicht ging, seine Eltern, die dann aus ihrem Haus in der westlichen Vorstadt kamen, oder, wenn es gar nicht anders ging, Graham.

Aber das Gewicht der tief schlafenden Ruby auf meinem Schoß erinnert mich daran, dass ich unmöglich wegkann.

Mein Finger, der sich in den wabbeligen Griff ihrer Hand schmiegt, versichert mir, dass ich nicht gehen kann.

»Ich habe ziemlich viel Urlaub angesammelt«, sage ich im Flüsterton, und dann erinnere ich Zoe an das Lunchpaket, das in Form einer Papiertüte auf der Küchenplatte auf sie wartet. Es sind »Ameisen am Baum« darin, eine Selleriestange mit Erdnussbutter bestrichen und mit Rosinen garniert – ihr neuester Tick, seit sie auf ihr Gewicht achtet. Ich frage mich, ob ich mit zwölf schon auf mein Gewicht geachtet habe, und bezweifle es. Ich glaube, auch das kam später, vielleicht mit sechzehn oder siebzehn. Sie greift nach der Tüte, und das Papier knistert laut in ihrer Hand. Auf meinem Schoß rührt sich Ruby und öffnet ganz leicht die Augen, ehe sie die Arme hoch über den Kopf streckt und wieder einschläft.

»Einen schönen Tag«, flüstere ich Zoe zu, bevor sie geht, und sie antwortet mit einem unverbindlichen »Jaja«, bevor sie im Hausflur verschwindet und die Tür sperrangelweit offen lässt, sodass ich Willow bitten muss, sie zu schließen.

Ich hoffe, dass Zoe daran denkt, das mit Willow geheim zu halten, und nicht vergisst, dass sie unseren Gast ihren Klassenkameraden in der Schule und den Lehrern gegenüber nicht erwähnen darf. Einen Ausreißer länger als achtundvierzig Stunden zu beherbergen, gilt als Verbrechen, ein Vergehen der Klasse A, das mit bis zu einem Jahr Gefängnis, mehreren Jahren auf Bewährung oder einem saftigen Bußgeld geahndet werden kann.

Aber das zu wissen und es zu glauben, sind zwei Paar Schuhe. Ich kann mir schwer vorstellen, dass ich je erwischt werden könnte oder dass die Polizei eine solche Strafe verhängen würde, wo ich doch nichts weiter tue, als diesem Mädchen zu helfen. Ich frage mich, wo die Polizei war, als jemand Willow so heftig geschlagen hat, dass sich der ockerfarbene Bluterguss an ihrem Kopf gebildet hat, oder als sich irgendein geiler Bock auf sie gelegt hat. War sie allein, als Ruby auf die Welt kam, nachts, in irgendeiner dunklen Gasse versteckt, unter rostigen Feuerleitern und tropfenden Klimaanlagen, neben rattenverseuchten Müllcontainern, an irgendeine mit Graffiti besprühte Backsteinmauer gelehnt, ihre Schreie vom Lärm der Stadt übertönt?

In meinem Kopf formt sich ein Bild, jenes Bild von Willow, wie sie in einer dunklen Gasse ein Baby auf die Welt bringt. Während ich auf dem Ledersessel sitze, Ruby schlafend auf meinem Schoß – und Willow schweigend am Fenster hockt und zusieht, wie Fußgänger kommen und gehen –, zähle ich im Kopf vier Monate zurück. März, Februar, Januar, Dezember. Ruby wäre also irgendwann im Dezember auf die Welt gekommen. Und ich ergänze mein Bild durch verdreckten, matschigen Schnee, die beißende Kälte, die das Blut gefrieren ließ, sobald es aus dem Geburtskanal floss.

In meinem Bild ersetze ich Willow durch Zoe: eine Tochter, jemandes Tochter.

Wo ist ihre Mutter?

Warum war ihre Mutter nicht da, um sie vor diesem grauenhaften Schicksal zu bewahren?

Ich ertappe mich dabei, wie ich Willow anstarre, die Haare, die ihr ins Gesicht hängen und die Augen verdecken, die allmählich von der Müdigkeit übermannt werden, die Haut, die sich nach und nach von der kalten Frühlingsluft erholt und weicher wird. Sie ist an sich nicht sehr groß, etwa fünfzehn Zentimeter kleiner als ich, sodass ich ihr auf den Kopf blicken kann, wo ein gelblicher Ansatz aus ihrer Kopfhaut wächst, der unberührt ist von der falschen roten Farbe.

Ich strecke die Hand aus, und ohne nachzudenken, lege ich kurz meine Finger auf ihre entzündeten Ohrlöcher, wo die Haut rot und verkrustet ist und das Ohrläppchen anzuschwellen beginnt. Rasch entzieht sie sich meiner Berührung und wird so blass, als hätte ich sie mit dem Handrücken geschlagen.

»Tut mir leid«, stoße ich hervor und ziehe meine Hand weg. »Tut mir leid. Ich wollte nicht ...« Meine Stimme verebbt. Ich nehme mich zusammen und versuche es noch mal mit »Wir sollten mal einen Blick darauf werfen. Ein bisschen Neosporin könnte helfen«, und ich weiß, dass wir, nicht nur deswegen, sondern auch wegen Rubys allgegenwärtigem Fieber, früher oder später einen Arzt aufsuchen müssen.

Nach einiger Zeit fragt Willow ängstlich, ob sie sich mein Exemplar von *Anne auf Green Gables* ausleihen dürfe, und ich sage natürlich Ja und sehe zu, wie sie sich zum Lesen in Chris' Büro zurückzieht. Ich beobachte, wie sie sich das abgenutzte Buch fest ans Herz drückt, und frage mich, welche Bedeutung der Roman für sie hat, dessen Inhalt in ihrem Gedächtnis haftet wie ein Bibeltext. Ich könnte sie fragen, ich könnte Willow nach dem Buch fragen, aber ich male mir aus, wie sie sich auf meine Fragen hin zusammenrollt wie ein Gürteltier – oder eine Assel – und sich in ihrem Panzer versteckt.

Ich rutsche aus dem Ledersessel und lasse mich mit meinem Laptop und einer Tasse Kaffee am Küchentisch nieder, Ruby in eine Decke gewickelt auf meinem Schoß. Ich öffne eine Suchmaschine und tippe ins Feld ein: *Kindesmissbrauch*.

Ich erfahre, dass in unserem Land jedes Jahr über tausend Kinder an den Folgen von Missbrauch oder Vernachlässigung durch ihre Bezugspersonen sterben. Über drei Millionen Anzeigen wegen Kindesmissbrauchs werden jedes Jahr erstattet, durch Lehrer, Kommunalbehörden, Freunde der Familie, Nachbarn oder anonyme Anrufe, die Jugendämter immerfort erhalten. Kindesmissbrauch kann zu körperlichen Verletzungen führen: Blutergüssen und Knochenbrüchen, Wunden, die genäht werden müssen, Beschädigungen von Rückenmark, Gehirn, Hals, Verbrennungen zweiten und dritten Grades und so weiter und so fort. Auch emotionale Schäden kann der Missbrauch hervorrufen, was schon bei den jüngsten Opfern zu Depressionen führen kann, außerdem zu Rückzug, asozialem Verhalten, Essstörungen, Selbstmordversuchen und unerlaubten sexuellen Aktivitäten. Und – während meine Augen über das Wort wandern, formt sich in meinem Kopf ein Bild von Willow, schwanger mit einer Embryo-Ruby, die in ihrem Bauch wächst – *Teenagerschwangerschaft*. Bei Missbrauchsopfern ist die Wahrscheinlichkeit höher, zu Alkohol und Drogen zu greifen, sich an kriminellen Handlungen zu beteiligen und schlechter in der Schule abzuschneiden als ein vergleichbares Kind, das nicht missbraucht wurde.

Wer ist der Vater dieses Kindes? frage ich mich, während ich mir eine zweite Tasse Kaffee hole und dabei Kaffeeweißer auf der Arbeitsplatte verschütte.

Ein Liebhaber? Ihr Freund? Ein sadistischer Lehrer in der Schule, der seine Machtposition ausnutzte, um eine Schülerin zu verführen, oder sie vielleicht mit einem nonchalanten Lächeln und seiner zugänglichen Art rumgekriegt hat? Oder vielleicht ihr eigener Vater? Ein Nachbar? Ein Bruder?

Und dann fällt es mir wieder ein: Matthew. Ihr Bruder Matthew, der *Anne auf Green Gables* liest.

Ist Matthew der Vater des Kindes?

Als ich Willows Fußtritte höre, haste ich durch den Raum, um den Laptop zuzuklappen, damit sie nicht die willkürlich auf dem Bildschirm verstreuten Worte sieht: *Tätlicher Übergriff, sexuelle Belästigung* und *Missbrauch*. Schwer atmend stehe ich da, die Hände in einer übertriebenen Pose der Entspanntheit in die Hüften gestemmt, als sie mich um Erlaubnis bittet, den Fernseher einzuschalten, und ich sage: Ja, natürlich, solange sie die Lautstärke drosselt. Ich sehe zu, wie sie sich auf dem Ledersessel niederlässt und die *Sesamstraße* einschaltet, die Art von Kindersendung, wie Zoe sie nicht mehr gesehen hat, seit sie vier oder fünf war. Ich finde es merkwürdig, sehr merkwürdig, und weiß nicht genau, was ich daraus schließen soll.

Aber dann verebbt meine Sorge um Willow irgendwie allmählich, und meine Aufmerksamkeit konzentriert sich stattdessen auf Ruby. Die Online-Recherche über Kindesmissbrauch verwandelt sich in eine Einkaufstour nach Schaukelstühlen. Ich denke weniger über jenen ockerfarbenen Bluterguss an Willows Kopf nach als vielmehr über das Bedürfnis eines Babys, geschaukelt zu werden, darüber, es mir mit Ruby in meinen Armen vor dem großen Erkerfenster gemütlich zu machen und stundenlang zuzusehen, wie die Regentropfen vom Himmel fallen.

Aus einer Nacht werden zwei.

Und aus zwei werden drei.

Ich weiß nicht genau, wie es dazu kommt. Ich kehre von der Arbeit nach Hause zurück, fest entschlossen, Heidi zu sagen, dass es an der Zeit ist, dass das Mädchen geht. Im Geiste schmiede ich einen Plan, dass ich ihr fünfzig Dollar – nein, *hundert Mäuse* – gebe, genug, um eine Weile über die Runden zu kommen.

Auf einer Karte werde ich ihr die Obdachlosenheime innerhalb der Stadtgrenzen einzeichnen, damit Heidi sehen kann, dass ich mich um sie bemühe.

Ich werde sie persönlich hinbringen. Mit dem Taxi. Sorge dafür, dass sie in die Unterkunft geht. Vergewissere mich, dass sie Babys aufnehmen.

Ich gehe die Worte, die ich zu Heidi sagen will, im Kopf durch. Auf dem Weg von der Arbeit nach Hause mache ich mir eine durchnummerierte Liste. Durch das Ruckeln des Zugs ist meine Schrift ein einziges Gekrakel. Als ich von der Fullerton Station aus den Rest laufe, feile ich im Kopf an meinen Worten. Wir wollen *großzügig* sein, werde ich sagen. Ihr *reichlich* Geld geben. Sorgen dafür, dass sie alles hat, was sie *braucht*.

Ich werde in Heidis betörende braune Augen blicken und ihr begreiflich machen, dass es nun mal sein muss. Ich werde taktvoll und feinfühlig sein und Zoe als Rechtfertigung benutzen.

Zoe könnte denken, dir liegen Willows Belange mehr am Herzen als ihre.

Dann wird sie es einsehen. Wenn ich Zoe gegen Willow ausspiele, wird Heidi es einsehen. Aber wie heißt es so schön: Wer sich viel vornimmt, dem kann auch viel misslingen.

Ich bin keinen Block mehr von zu Hause entfernt, als an einem ansonsten ruhigen Abend ein Donner zu hören ist und es anfängt zu regnen – kalter, dichter Regen. Ein Wolkenband zieht am Himmel auf wie eine Betonziegelwand. Ich verfalle in einen Laufschritt und spüre, dass auch die Temperatur zu sinken beginnt und ein Tag um die zehn Grad dabei ist, sich in eine Nacht um den Gefrierpunkt zu verwandeln.

Was wäre ich für ein Monster, wenn ich dieses Mädchen in einen Monsun hinausschicken würde? Das würde Heidi sagen, denke ich, als ich die Treppe zu unserer Wohnung hinaufsteige und das Regenwasser von meinem Mantel und meinen Haaren abschüttele.

Als ich reinkomme, finde ich das Mädchen auf der Couch sitzend vor, auf ihrem Schoß die böse schwarze Katze. Heidi und Zoe sitzen am Küchentisch und diskutieren über Wahrscheinlichkeit. Die Wahrscheinlichkeit einfacher Ereignisse. Die Wahrscheinlichkeit überlappender Ereignisse.

Wie hoch ist die Wahrscheinlichkeit einer weiteren regnerischen Nacht im Verlauf des nassesten Aprils seit Beginn der Wetteraufzeichnungen?

Heidi ist jetzt zwei Tage hintereinander nicht zur Arbeit gegangen. Zwei Tage. Ich war es, der ihr vor Tagen verboten hat, das Mädchen allein in unserer Wohnung zu lassen, während mein Blick von persönlichen Unterlagen zu Schmuckkästchen und diversen Elektrogeräten wanderte, auf all die Dinge, die sie mit Sicherheit klauen würde. Heidi hatte den an der Wand befestigten Vierzig-Zoll-Fernseher betrachtet und sich vorgestellt, wie das Mädchen damit die Fullerton entlanglief, und gefragt: »Ist das dein *Ernst*, Chris?«, und damit hervorgehoben, was für ein Pessimist ich sein kann.

Und ich hatte gesagt: »Sei nicht so naiv.«

Aber sie hat es zu ihrem Vorteil verwendet, als Ausrede, nicht zur Arbeit zu gehen, anstatt das Mädchen vor die Tür zu setzen, wie ich gehofft hatte. Sie meinte, sie könne Willow nicht allein lassen, weil sie befürchte, sie würde etwas klauen, den Vierzig-Zoll-Fernseher oder den Ehering ihres Vaters.

Das Baby schläft auf dem Fußboden. Im Fernsehen reden Wetteransager über die Sturmserie, die während der Nacht durch die Stadt fegen wird, die Art von Sturmsystem, sagen sie, die Tornados entstehen lassen und umfassende Schäden anrichten kann. *Falls Sie in Dixon oder Eldena wohnen, sollten Sie jetzt Schutz suchen.* Die Stürme kommen aus Central Illinois und Iowa auf uns zu, rote und orangene Markierungen auf dem Wetterradar, die die Wetterfrösche auf dem Fernsehbildschirm aufblitzen lassen.

Heidi fragt: »Regnet es schon wieder?«, als ich meinen durchnässten Mantel an einen Haken neben der Tür hänge und meine Schuhe abstreife. Sie muss ihre Stimme über das trommelnde Geräusch des Regens erheben. Ich bejahe die Frage.

»Hat gerade wieder angefangen«, sage ich. »Und kälter wird es auch«, als ein Donnerschlag durch den Himmel rumpelt und das Gebäude und alle darin erschüttert.

»Das wird ein Prachtexemplar«, sagt Heidi und meint den Sturm. Ihre Augen sind auf Willow gerichtet, die die Katze streichelt und mit leerem Blick durch die Fenster starrt, die sich verdüstert haben. Ein Blitz erhellt den Himmel, und sie zuckt zusammen und rutscht tiefer in die Sofakissen, als versuche sie, sich darin zu verkriechen.

Ich küsse Heidi und Zoe auf die Wange und nehme den Teller mit dem für mich übrig gelassenen Abendessen, versteckt unter einem Küchenpapier, von der Arbeitsplatte und bringe ihn zum Aufwärmen zur Mikrowelle. Ich spähe unter das Papiertuch und sehe Schweinekoteletts.

Vielleicht ist es doch nicht so übel, das Mädchen hierzuhaben.

Durch die Ritzen der zugigen Fenster breitet sich die kalte Luft in unserer Wohnung aus. Draußen heult der Wind, und die Bäume biegen sich. Heidi steht von ihrem Stuhl auf, durchquert den Raum und stellt den Gaskamin an, um die Wohnung aufzuheizen.

Und da sehe ich aus dem Augenwinkel, wie Willow mit einem entsetzten Gesicht aufspringt und die schwarze Katze zu Boden stürzt. Ihr Blick ist starr auf den Kamin gerichtet. Das Feuer leuchtet orange zwischen den künstlichen glühenden Kohlen. Die Flammen, die hinter dem Kaminschirm toben, betören die Katzen, locken sie beide in die Wärme des Feuers. Sie strecken sich davor aus, völlig ungerührt von Willows Not.

»Feuer«, sagt sie mit zitternder und gedämpfter Stimme. Sie zeigt auf den schwarzen Kamin mit seinen schwarzen Lüftungsgittern an der weißen Wand, umgeben von eingebauten Nischen und Winkeln, die Heidis Nippes beherbergen, ihre Schneekugeln und Vasen, eine Sammlung antiker Krüge. »Feuer«, sagt sie wieder und erinnert mich an Höhlenmenschen, die zum allerersten Mal das Feuer entdecken. Ihre Augen sind glasig wie Murmeln. Ihr Gesicht ist blass geworden.

Aus einem Reflex heraus stellt Heidi den Kamin ab. Die Flammen verschwinden. Die Gasscheite kehren in ihren handbemalten, geschwärzten Zustand zurück.

»Willow«, sagt sie, und ihre Stimme bebt genauso wie die von Willow, als sie *Feuer* sagte. Doch in Heidis Stimme liegt auch eine Ruhe, die das Mädchen nicht besitzt. Eine Andeutung von Vernunft. Wir anderen im Raum schweigen. Die Katzen starren auf den erkaltenden Kamin.

»Es ist in Ordnung, Willow«, erklärt Heidi, »es ist nur ein Kamin. Es kann nichts passieren. Ganz bestimmt nicht«, und ihre Augen wandern zu meinen in der Hoffnung, dass ich eine Ahnung habe, was in aller Welt gerade los war. Ich ziehe meine Schultern hoch und lasse sie wieder fallen, während Willow sich wieder auf die Couch setzt und das Bild des Feuers abschüttelt.

Ich esse mein Abendessen und entschuldige mich ins Schlafzimmer, um zu telefonieren. Geschäftlich, sage ich, damit ich nicht gestört werde.

Aber es ist keineswegs geschäftlich.

Ich habe meine Recherche über Willow Greer fortgesetzt und bin von einer Sackgasse in die nächste geraten. Ich habe meine Suche über Google hinaus ausgeweitet. In jeder freien Sekunde sitze ich vor meinem Laptop und suche nach dem Mädchen.

Ich bin auf die Seite des Nationalen Zentrums für vermisste und ausgebeutete Kinder gegangen und habe dort die aktiven *AMBER Alerts* – Meldungen über vermisste Kinder – durchsucht. Ich habe mich sogar registriert, um *AMBER Alerts* per E-Mail zu erhalten, und werde nun jedes Mal benachrichtigt, wenn irgendein aufgebrachter Ehepartner versucht, mit dem eigenen Kind zu türmen. Aber bisher nichts. Nada.

Seit ich den Twitter-Account *@LostWithoutU* entdeckt habe, der mit einer W. Greer verlinkt ist, verbringe ich mehr Zeit, als ich jemals zugeben würde, damit, die düsteren Tweets des Mädchens zu lesen, die Drohungen der Selbstzerstörung, starre auf die Fotos, die sie gepostet hat, ihre angeblich von der scharfen Kante einer Rasierklinge zerfetzten Arme. Sie ritzt sich. Es gibt Antworten von allen möglichen anderen Halbstarken, die sich mit ihren Fotos selbst zugeführter Wunden gegenseitig übertrumpfen wollen. Zerklüftet und rot sind Wörter in die Haut eingemeißelt: *fett* und *Schmerz* und *Hure.* Es gibt Aufforderungen in Reaktion auf die Selbstmorddrohungen von *@LostWithoutU*: *Mach's doch* und *Traust dich ja doch nicht.*

Es gibt auch Fotos von ihren diversen Tattoos, allerlei okkulte Symbole auf der Schulter und dem Bein, eine Art Schmetterling mit schwarz-gelben Flügeln, der sich auf ihrer Handfläche ausbreitet. Eine Nahaufnahme von ihrem Gesicht und da, versteckt hinter strähnigem rotem Haar, ein Paar Ohrringe mit Kreuzen, ganz ähnlich denen, die unsere Willow trägt. Ein Paar Engelsflügel.

Kann das Zufall sein? Ich starre lange auf jene Ohrringe und denke: wahrscheinlich nicht.

Kann unsere Willow Greer dasselbe Mädchen sein, mit einem Profilbild, das nicht ihr eigenes ist? Vielleicht. Ich suche nach anderen Profilbildern: ein Hund, eine Katze, Marilyn Monroe. Es gibt kein Gesetz, das besagt, dass dein Foto auch wirklich *dein* Foto sein muss. Spontan lege ich meinen eigenen Twitter-Account an. @MoneyMan3. Ich lade ein Foto hoch, das ich online gefunden habe, irgendein männliches Model mit blauen Augen und blonden Wuschelhaaren, freiem Oberkörper und zur Schau gestelltem Sixpack.

Man darf ja wohl noch träumen.

Ich schicke *@LostWithoutU* einen Tweet.

Tut das weh? frage ich in Bezug auf die parallelen roten Linien, die ihre Haut durchschneiden.

Und dann erledige ich meinen Anruf.

Ich habe einen alten Collegefreund, der hier in der Stadt gelegentlich als Privatdetektiv arbeitet, hauptsächlich auf dem Gebiet untreue Ehepartner. Martin Miller. Er hat immer die besten Storys auf Lager, von Luxusweibern, die in schäbigen Absteigen landen. Seine Webseite wirbt damit, dass er nach der verlorenen Collegeliebe sucht oder ausgerissenen Teenagern. Vielleicht kann er helfen.

Als Martin abnimmt, schildere ich ihm unsere Situation. Er schwört, absolut diskret vorzugehen.

Das Letzte, was ich gebrauchen kann, ist, dass Heidi erfährt, dass ich einen Privatdetektiv angeheuert habe. Oder dass diese Informationen in die falschen Hände geraten. Wenn er sie an die Behörden weitergibt … Nein, denke ich. Ich sehe mir die Webseite noch mal an. *Absolute Diskretion* steht da. Außerdem kenne ich den Kerl ja.

Aber woher weiß ich dann das mit den Luxusfrauen und den schäbigen Absteigen? Nein, denke ich und verdränge den Gedanken. Ich höre ihn darüber lachen in irgendeiner Spelunke am Logan Square. Es ist etwa fünf Jahre her, mindestens. Wir waren betrunken.

Ich kenne den Kerl doch.

Als ich später in dem magentafarbenen Schlafsack auf dem Fußboden liege, denke ich an das Mädchen, ihren Blick, als sie das Feuer sah. Wie kommt es, dass ein Mädchen im Teenageralter Angst vor Gewitter hat? Vor Feuer?

Zoe hat vor so etwas keine Angst mehr, seit sie acht war. Fast tut Willow mir leid. Fast.

Aber andererseits ist es nicht mein Ding, besorgt zu sein. Sondern Heidis.

Willow lebt sich langsam bei uns zu Hause ein, wie ein Fels, der mit der Zeit von der Witterung abgenutzt wird und in immer kleinere Stücke zerfällt. Kieselsteine. Sie gibt wenig von sich preis, eigentlich so gut wie gar nichts, aber selbst das wird zur Gewohnheit. Ich höre auf, ihr Fragen zu stellen, versuche nicht mehr, ihr Informationen über sich, ihre Familie, ihre Vergangenheit aus der Nase zu ziehen, weil ich weiß, die Antworten würden spärlich und unvollständig sein.

Es gibt einen Bruder. Einen Bruder namens Matthew. So viel weiß ich.

In der kurzen Zeit, seit sie bei uns ist, begegnet ihr jeder von uns auf seine Weise. Chris auf eine synthetische Art, mit einem künstlichen und bemühten Mitgefühl. Er toleriert sie, obwohl ich tagtäglich von ihm mit Fragen bombardiert werde, wie viele Tage sie noch bleiben wird.

»Eine Nacht?«, fragt er. »Zwei?«, obwohl ich ihm sage, dass ich es nicht weiß.

Er sieht mich kopfschüttelnd an und sagt: »Heidi. Das läuft langsam wirklich aus dem Ruder«, und ich mache ihm klar, dass sie uns in der ganzen Zeit, seit sie bei uns ist, nicht den geringsten Schaden zugefügt hat. Wir sind noch am Leben, und bisher wurden auch keine Elektrogeräte entwendet, während wir schliefen.

Sie ist harmlos, sage ich ihm. Aber er ist da nicht so sicher.

Und doch kehren meine Gedanken von Zeit zu Zeit zu dem Blut auf dem Unterhemd zurück, das seinen Weg die Müllrutsche hinunter gefunden hat und jetzt sein Dasein auf irgendeiner Deponie in Dolton fristet. Ich frage mich, ob es wirklich aus Willows Nase stammte, wie sie behauptete, als Folge der kalten Frühlingsluft, oder ob vielleicht … Aber ich bremse mich, weigere mich, andere Optionen in Betracht zu ziehen.

Jene Blutspritzer sehe ich bei den merkwürdigsten Gelegenheiten vor mir – wenn ich unter der Dusche stehe, wenn ich das Abendessen zubereite. Ruhige Momente, wenn meine Gedanken wegdriften von mir, vom Alltagsgeschehen, hin zum Blut.

Wenn ich gerade nicht an das Blut denke, ertappe ich mich dabei, dass ich immerfort an das Baby, an Ruby, denke. Wenn ich Ruby halte und ihrem Weinen lausche, erinnert mich das an all die imaginären Kinder, die ich mir einst gewünscht hatte. Die ich hätte bekommen sollen. Ich stelle fest, dass ich Nacht für Nacht von Babys träume: lebenden Babys, toten Babys, engelsgleichen Babys, Engelchen mit Engelsflügeln. Ich träume von Juliet. Ich träume von Embryos und Föten, Babyfläschchen und Babyschühchen. Ich träume die ganze Nacht davon, Babys auf die Welt zu bringen, und ich träume von Blut, Blut auf dem Unterhemd, But, das zwischen meinen Beinen hervorquillt, rot und zähflüssig, und in meinem Slip gerinnt. Ein Slip, der einst strahlend weiß war, wie das Unterhemd.

Ich wache auf, voller Panik, schwitzend, während Chris und Zoe sich nicht rühren.

Zoe begegnet Willow wie fast allem im Leben, mit Feindseligkeit. Es gibt Tage, an denen sie das Mädchen vom anderen Ende des Raums beäugt, mit so etwas wie Verachtung in ihren Augen. Sie murrt darüber, ihre Kleider mit dem Mädchen teilen zu müssen oder dass sie irgendeine Schmonzette im Fernsehen nicht sehen darf. Sie weigert sich, Ruby auch nur für den Bruchteil einer Sekunde zu halten, wenn Willow auf der Toilette ist und ich anderweitig beschäftigt bin. Sie weigert sich, dem Baby das Fläschchen zu geben, und wenn es schreit, was es oft tut – herzzerreißendes, unablässiges Gebrüll –, verdreht Zoe die Augen und verlässt das Zimmer.

Ich gehe dazu über, dreigängige Menüs zu kochen, dankbar, dass jemand da ist, der am liebsten den Teller ablecken würde.

Ich mache Salate und Suppen, Lasagne und Huhn Tetrazzini und sehe zu, wie Willow die Gänge einen nach dem anderen verschlingt, immer dankbar für einen Nachschlag, während Zoe desinteressiert auf das Essen starrt und Fragen stellt wie »Was soll das überhaupt sein?« und »Ich dachte, wir wären Vegetarier«, auf die Art, wie es nur eine Zwölfjährige kann, mit nörgelnder, schriller Falsettstimme. Ich beobachte, wie Zoe wie ein Karnickel an ihrem Salat herumzupft, und bin dankbar, dass Willow am anderen Ende des Tischs total gefräßig ist und gutes Essen nicht verkommen lässt.

Am Nachmittag, als Zoe noch in der Schule ist und ich wieder nicht arbeiten gegangen bin, ertappe ich mich dabei, wie ich Willow anstiere. Und Ruby. Wie Willow mit Ruby umgeht, plump und unbeholfen, bis ich ihr das Baby aus dem Arm nehme und sage: »Komm, lass mich mal«, füge aber rasch hinzu, um ihr nicht zu nahe zu treten: »Du kannst eine Pause gebrauchen.« Ich weiß nicht, wie sie es empfindet, dass ich ihr das Baby wegnehme, bin aber auch nicht sicher, ob es mich interessiert. Ich presse meine Lippen auf die Stirn des Babys und flüstere: »Na, du kleine Süße«, lasse sie ganz sacht auf und ab hüpfen und bemühe mich, ihr ein Lächeln zu entlocken.

Ich mache es mir in dem neuen Schaukelstuhl bequem, den ich online gekauft habe und der heute Morgen mit FedEx geliefert wurde, wovon Chris noch nichts weiß. Für die Expresslieferung habe ich extra bezahlt, fast hundert Dollar. Dieses Detail werde ich vor Chris allerdings nicht erwähnen. Ich presse den Rücken gegen die Lendenstütze, und das Baby und ich fangen an zu schaukeln. Leise summe ich Schlaflieder von Patsy Cline. Die Lieder, die meine Mutter mir einst vorgesummt hat, scheinen Willows Aufmerksamkeit zu erregen, obwohl sie sich Mühe gibt, Gleichgültigkeit zu heucheln.

Ich beobachte das Mädchen aus dem Augenwinkel und frage mich bange, ob beziehungsweise wann sie das Baby wieder in ihre Obhut nehmen will, wann sie genug davon haben wird, den Muppets auf dem Bildschirm zuzusehen, und sich mit *Anne auf Green Gables* und dem Baby ins Arbeitszimmer zurückziehen wollen wird. Automatisch legen sich meine Arme enger um das Baby, wie ein Sicherheitsgurt bei einem Aufprall mit dem Auto.

Willow ist jetzt seit über achtundvierzig Stunden hier, und alles, was ich weiß, ist ihr Name, wenn es, wie Chris angemerkt hat, überhaupt ihr richtiger Name ist.

Und dass sie einen Bruder hat. Matthew.

Sie rückt mit überhaupt nichts über sich heraus, und ich frage nicht nach, weil ich sicher bin, dass jedes Ausfragen sie verscheuchen würde. Sie würde gehen und das Baby mitnehmen. Mein Gehirn füllt die Informationslücken und erfindet alle möglichen Geschichten, die sie und ihr Baby in unser Leben gebracht haben. Geschichten von Frühjahrstornados, die durch den Mittleren Westen gefegt sind und sie aus ihrem Zuhause zu uns getragen haben, Geschichten, dass sie weggelaufen ist, um dem Jäger zu entkommen, der mit ihrem Herzen ins Schloss zurückkehren soll. Von Zeit zu Zeit setzt sie an, etwas zu sagen, immer nur ein einziges Wort oder manchmal auch nur eine oder zwei Silben, die ihr herausrutschen, ehe sie sich abrupt unterbricht und so tut, als hätte sie vergessen, was sie sagen wollte.

Sie ist ernst, lächelt nicht. Sie könnte ebenso gut eine ältere Dame sein bei all der Last, von der ihre Augen erzählen, und mit ihrem unterwürfigen Verhalten. Sie ist ruhig, ja, mucksmäuschenstill, wenn sie da auf der Couch sitzt und sich ihr leerer Blick im Fernseher verliert. Sie sieht sich hauptsächlich Zeichentrickfilme an, fast immer *Sesamstraße*, und starrt sehnsuchtsvoll in die Glotze, bis Chris, Zoe oder ich ihren Tagtraum unterbrechen.

Sie isst schnell und voller Leidenschaft, als wäre ihr den Großteil ihres Lebens eine hausgemachte Mahlzeit verwehrt geblieben. Und abends, wenn ich mich noch im Flur aufhalte, nachdem wir uns gute Nacht gesagt haben, und sie in ihrem Zimmer verschwunden ist, warte ich darauf, dass sie die Tür abschließt, was sie jede Nacht macht, um eine Sicherheit zu haben, dass sich niemand in ihr Zimmer schleicht und in der Dunkelheit lauert, während sie schläft.

Manchmal höre ich sie mitten in der Nacht. Ich höre ihr unterbewusstes Gemurmel, einen einzigen Satz, während sie schläft: *Komm mit mir.* Immer wieder: *Komm mit mir*, und ihre Stimme steigert sich mitunter, bis die Worte an Verzweiflung grenzen, ein verbissener Überredungsversuch.

Komm mit mir. Komm mit mir.

Aber mit wem spricht sie? frage ich mich, und wohin soll derjenige mitkommen?

Sie räumt ihr Geschirr ab, bringt es zur Spüle, wo sie es mit der Hand spült und abtrocknet, obwohl ich sie bitte, das zu lassen. »Bitte«, sage ich. »Lass es einfach stehen. Ich stelle gleich alles in die Spülmaschine«, aber sie macht es trotzdem, als hätte sie das Gefühl, es zu müssen. Manchmal überprüft sie zwei- oder dreimal, ob auch keine Essensreste mehr am Teller kleben oder zwischen den Gabelzinken hängen, als würde solch ein nichtiges Versäumnis eine Strafe nach sich ziehen, und ich stelle sie mir vor, stelle mir Willow vor, wie sie über einen Küchenstuhl gebeugt die Anzahl von Hieben erhält, die auf das Zurücklassen von Essensresten auf einem Teller steht, und schließlich noch einen Schlag auf den Kopf, der den ockerfarbenen Bluterguss verursacht hat.

Das Baby und ich schwingen im Schaukelstuhl vor und zurück, Willow sitzt schweigend auf der Couch. Ruby zappelt in meinen Armen. Mit dem Schnuller im Mund kann sie nicht brüllen, obwohl sie nichts lieber tun würde, als einen markerschütternden Schrei von sich zu geben. Ich sehe die Erregung in ihren Augen, die aufgrund eines neuerlichen Fiebers wie mit Lack überzogen sind.

Ich befeuchte einen Waschlappen, drücke ihn ihr auf den Kopf und summe weiter Schlaflieder, in der Hoffnung, dass es sie beruhigt.

Und da wendet sich Willow an mich – ihre Stimme in dieser weitgehenden Stille erschrickt mich – und will in ihrem wie üblich schüchternen und unterwürfigen Tonfall wissen: »Wie kommt es, dass Sie nicht mehr Babys bekommen haben, wenn Sie sie so sehr mögen?«, und ich kann spüren, wie die Luft im Raum zu dünn zum Atmen wird.

Ich könnte lügen. Ich könnte der Frage einfach ausweichen. Niemand hat mir je eine solche Frage gestellt. Nicht einmal Zoe. Ich denke etwa elf Jahre zurück. Der Anfang vom Ende, so schien es mir zumindest damals. Zoe war noch kein Jahr alt, ein knuddeliges kleines Ding, wenn sie nicht gerade mitten in einem ihrer Schreikrämpfe steckte, bei denen üblicherweise die Nachbarn an unsere Tür kamen, um sich zu erkundigen, was sie denn tun könnten, um das Kind zum Schweigen zu bringen, damit sie schlafen konnten. Sie war erst fünf, vielleicht sechs Monate alt, als ich feststellte, dass ich wieder schwanger war, mit Juliet. Wir hatten nicht versucht, noch ein Kind zu zeugen, Chris und ich, wir hatten aber auch keine Vorkehrungen dagegen getroffen. Ich war hocherfreut, als ich es feststellte, und überzeugt, dass das erst der Anfang der riesigen Familie war, die ich mir wünschte.

Wie Chris darüber dachte, wusste ich nicht genau. *So schnell schon wieder?*, fragte er an dem Tag, als ich mit dem positiven Schwangerschaftstest in der Hand vor der Badezimmertür stand. *Wir haben doch schon ein Baby.*

Aber dann lächelte er. Und wir umarmten uns. Und die folgenden, wenigen, flüchtigen Wochen über unterhielten wir uns darüber, wie wir das Baby nennen würden und ob es sich mit Zoe wohl ein Zimmer teilen konnte.

Als Erstes bemerkte ich das Blut, einen blassroten Ausfluss, der mit der Zeit karmesinrot wurde. Und dann kamen die Schmerzen. Ich war mir sicher, dass ich eine Fehlgeburt hatte, als ich das Blut in meinem Slip entdeckte, aber der Arzt versicherte mir, dass mit dem Baby alles in Ordnung sei.

Eine Biopsie bestätigte Gebärmutterhalskrebs im Stadium 1B.

Der Arzt empfahl eine radikale Hysterektomie, was bedeutete, dass Juliet zunächst aus meiner Gebärmutter entfernt werden musste. »Das ist eine einfache Prozedur«, versicherte der Arzt Chris und mir, und im Internet las ich nach, wie sie meinen Muttermund weiten und dann den Inhalt meiner Gebärmutter herauskratzen würden, und ich stellte mir Juliet als das Fruchtfleisch eines Kürbisses vor, der mit einem Löffel ausgehöhlt wurde.

Nein, sagte ich, *auf gar keinen Fall*, aber irgendwie überredete Chris mich, dass wir um eine Abtreibung nicht herumkämen. *Wenn es später in der Schwangerschaft wäre*, plapperte er die Worte des Arztes nach, *wenn der Krebs nicht schon so fortgeschritten wäre.* Und dann sagte er: *Ich kann Zoe nicht allein aufziehen, wenn dir etwas passiert.* Und ich sah Chris und Zoe vor mir, ganz allein, während ich tot in einem Grab lag. Wäre der Krebs nicht schon so fortgeschritten gewesen, hätten wir die Behandlung auf nach der Geburt verschieben können. Aber es war nun mal, wie es war. Ich musste mich zwischen dem Baby und mir entscheiden und wählte mich, eine Entscheidung, die mich den Rest meines Lebens verfolgen würde.

Der Arzt und Chris korrigierten mich jedes Mal, wenn ich *Baby* sagte. Sie nannten sie einen *Fötus*. *Es lässt sich unmöglich feststellen*, sagte der Arzt, ehe meine Juliet als organischer Abfall entsorgt wurde, *ob es ein Mädchen ist oder nicht. Die Fortpflanzungsorgane entwickeln sich erst im dritten Schwangerschaftsmonat.*

Trotzdem wusste ich es.

Ich starrte auf die Broschüren, die der Arzt mir in seinem Büro in die Hand gedrückt hatte. Ich war wütend, dass ich so mit meiner Arbeit und mit Zoe beschäftigt gewesen war, dass ich mit den regelmäßigen Abstrichen in den Rückstand geraten war und meinen eigenen Nachsorgetermin sechs Wochen nach der Geburt versäumt hatte, weil es mir gerade nicht passte. »Gebärmutterhalskrebs«, stand in der Broschüre, »kann durch routinemäßige Abstriche früh erkannt werden« – die ich vernachlässigt hatte. Ich war sauer, weil keiner der Risikofaktoren auf mich zutraf. Ich rauchte nicht, ich war nicht immunsupprimiert, und soweit ich wusste, war ich nicht mit HPV in Kontakt gekommen.

Ich war die Ausnahme. Die Rarität. Einzigartig unter Millionen.

Das hätte mir nicht widerfahren sollen.

Der Arzt nahm mir die Gebärmutter heraus. Und wo er schon dabei war, dachte er sich, was soll's, und entfernte auch gleich meine Eileiter und Eierstöcke. Außerdem den Gebärmutterhals, einen Teil der Vagina und die Lymphdrüsen.

Ich brauchte sechs Wochen, um mich davon zu erholen. Körperlich. Emotional sollte ich mich niemals erholen.

Womit ich nicht gerechnet hatte, waren die Hitzewallungen, die mich aus heiterem Himmel überkamen. Plötzliche heftige Hitzewellen, die meinen Körper durchfluteten. Die Rosazea, die meine Haut überzog. Mein Herz, das unkontrolliert zu schlagen begann, das Bedürfnis, mich auf einen Stuhl fallen zu lassen und nach Luft zu ringen, wie ich es bei älteren Frauen – *älteren* Frauen – oft beobachtete. Die nächtlichen Schweißausbrüche, die mich wach hielten, wenn es nicht mein Kind tat.

Die Schlaflosigkeit, abgelöst durch meine Launenhaftigkeit und Reizbarkeit. Die Glutwellen, die noch Jahre anhielten, nachdem die heftigen Hitzewallungen vorbei waren.

Ich war noch keine dreißig und schon in den Wechseljahren. Ich merkte, dass auch mein Stoffwechsel langsamer geworden war und meine einst schlanke Taille immer mehr in die Breite ging. Chris behauptete, er merke nichts davon, ich aber sehr wohl. Ich merkte, dass meine Hosengröße von meiner einstigen 34 auf 38 kletterte, und begann, Frauen wie Cassidy Knudsen – jung, schlank und *fruchtbar* – wie ein grünäugiges Monster zu beäugen. Grün vor Neid. Sie waren reichlich freigebig, gebärfreudig und produktiv.

Und ich war unfruchtbar. Wüst und vertrocknet, unfähig, ein Wachstum hervorzubringen. Wurde immer älter, viel zu schnell für eine Frau in meinem Alter.

»Sieh es doch mal so«, hatte Chris in einem Versuch, mich zu trösten, gesagt. »Du brauchst dir nie wieder Gedanken über deine Periode zu machen«, wobei ihm dieses Wort – *Periode* – nur zögerlich über die Lippen kam. Aber ich dachte voller Wehmut daran. Was würde ich nicht darum geben, in die Drogerie zu gehen und ein Päckchen Tampons zu kaufen. Jenen Monatsfluss wieder zu erleben, der mich an das Leben in mir erinnerte. An die Erwartung eines Lebens in mir.

Aber mit diesem Leben war es ein für alle Mal vorbei.

»Krebs«, flüstere ich und presse dieses hässliche Wort hervor. »Gebärmutterhalskrebs. Sie mussten mir die Gebärmutter herausnehmen.« Ich frage mich, ob Willow versteht, was das alles bedeutet.

Sie sitzt auf der Couch und starrt in den Fernseher. Ernie und Bert kommen gerade mit ihrem geliebten Quietscheentchen ins Bild, und Ernie fängt an zu singen.

Willows Stimme klingt gedämpft, wie ein blasser Rosaton. Pastellfarben. Zart. »Aber Sie wollten mehr Babys?«, fragt sie.

»Ja«, sage ich und fühle mich überwältigt von jenem Loch in meinem Herzen. Das, in dem einst Juliet wohnte. »Sehr sogar.«

Chris sagte, wir würden Kinder adoptieren. *Alle Waisenkinder auf der Welt*, sagte er. *Bis auf das letzte.* Aber nachdem ich mein eigenes Fleisch und Blut auf die Welt gebracht hatte, wollte ich jene Kinder nicht. Ich wollte mein eigenes. Eine Adoption war keine brauchbare Option mehr. Ich konnte mir nicht vorstellen, ein Kind großzuziehen, das nicht mein eigenes war. Ich fühlte mich betrogen, angeschmiert. Vor meinem Herzen hing ein Schild: *Geschlossen.*

»Sie geben eine gute Momma ab«, sagt Willow, und dann wandert ihr Blick zu den Blitzen draußen, dem Donnergrollen, das langsam die Stadt einnimmt, anwächst wie ein Krebsgeschwür, und sagt, eher zu sich selbst als zu mir: »Meine Momma war gut.«

»Erzähl mir von deiner Momma«, hauche ich.

Und sie tut es. Zögerlich.

Sie erzählt mir von ihrem dunklen Haar, ihren blauen Augen.

Sie erzählt mir, wie sie hieß. Holly.

Und dass sie anderen die Haare gemacht hat. Im Badezimmer. Schneiden, Dauerwellen und Hochsteckfrisuren. Sie erzählt mir, dass sie gerne gekocht hat, aber nicht besonders gut. Entweder ließ sie das Essen anbrennen, oder es war noch nicht gar. Ihr Huhn war innen immer noch rosa, wenn man hineinbiss. Sie hörte gerne Musik. Countrymusik. Dolly Parton, Loretta Lynn, Patsy Cline.

Sie sieht nicht mich an, während sie spricht, sondern die Muppets auf dem Fernsehbildschirm, Bibo, Elmo und das Krümelmonster. Sie starrt auf ihre grellen Farben, ihre Schrullen.

»Wo ist deine Mutter?«, frage ich, aber sie überhört es.

Ich erzähle ihr von meinem Vater, und dabei wandert meine Hand instinktiv zu seinem Ehering, der an dem Goldkettchen um meinen Hals baumelt.

Als ich von Patsy Cline rede, höre ich wieder ihre Stimme wie einen Soundtrack in meinem Kopf. Der Tod von Patsy Cline hinterließ bei meiner eigenen Mutter in ihren Teenagerjahren einen solchen Eindruck, dass Lieder wie »Crazy« und »Walkin' After Midnight« auch zu einem Teil meiner Kindheit wurden, genauso wie die Bilder meiner Mutter und meines Vaters, wie sie über den kupferbraunen Teppich im Wohnzimmer wirbelten und tanzten. Hand in Hand, Wange an Wange.

»Dieser Ring«, fragt Willow und zeigt darauf. »Ist das seiner?«, und ich sage *Ja, genau.*

Und aus irgendeinem Grund erzähle ich ihr von Chris und meiner verzweifelten Suche nach einem passenden Goldkettchen. Es musste perfekt passen. *Nah dran* war nicht gut genug für mich, nicht gut genug für meinen Vater. Chris ließ die Kette extra anfertigen, eine Anschaffung, die ihn über tausend Dollar kostete.

»Von dem Geld könnten wir einen Fernseher kaufen. Einen neuen Computer«, sagte er. »Es in einen Urlaub stecken.«

Aber ich wies das zurück. Ich musste dieses Kettchen haben.

»Dieser Ring«, hatte ich an jenem Tag zu Chris gesagt, als wir auf der Wabash mitten im Jewelers Row standen und mir die Tränen in den übernächtigten Augen standen, die schon vor dem Tod meines Vaters keinen Schlaf mehr gefunden hatten, »ist alles, was mir von meinem Vater bleibt. Der Rest ist weg.«

Ich erzähle Willow nicht, dass ich in eine tiefe Depression fiel nach dem Tod meines Vaters, einem stillen, friedlichen Tod, nachdem er den Kampf gegen den Lungenkrebs verloren hatte, genauer gesagt, ein kleinzelliges Lungenkarzinom, das ins

Gehirn, die Leber und die Knochen gestreut hatte, noch ehe er davon wusste. Ich erzähle ihr nicht, dass er die Behandlung verweigerte. Er rauchte weiter. Rote Marlboros. Ein halbes Päckchen am Tag. Ich erzähle ihr nicht, dass meine Mutter ihm ein Päckchen Marlboro Reds und ein neongrünes Feuerzeug mit ins Grab legte für sein Leben nach dem Tod.

Aber ich erzähle Willow von dem prächtigen Herbsttag, an dem wir meinen Vater auf dem Friedhof neben der Kirche beerdigten, unter einem Zuckerahorn, der sich über Nacht gelb gefärbt hatte. Ich erzähle ihr, wie die Träger den Sarg aus der Kirche trugen, einen aufgeweichten Hügel hinauf zum Friedhof. In der Nacht zuvor hatte es geregnet, und der Boden war nass. Ich erzähle ihr, wie meine Mutter und ich hinterhergingen. Wie ich meine Mutter festhielt, damit sie nicht ausrutschte, aber mehr noch, weil ich sie nicht loslassen konnte, denn ich hatte bereits den einen Elternteil beerdigt und hätte es nicht ertragen, noch einen zu verlieren. Ich erzähle ihr, wie wir zusahen, als er heruntergelassen wurde, und dass wir dann Rosen auf den Sarg legten. Lavendelfarbene Rosen. Denn die hatte meine Mutter getragen, als sie geheiratet hatten.

Und da sieht Willow mich mit ihren müden Kornblumenaugen an und sagt: »Ich hasse Rosen« – in einem Tonfall, in dem man verkündet, dass man Terroristen hasst oder Nazis, als wären sie wirklich das Allerletzte, und nicht, wie man vielleicht zum Ausdruck bringt, dass man den Geruch von angebranntem Popcorn nicht leiden kann oder den Anblick von übergewichtigen Frauen, die bauchfrei tragen. Ich gebe mir große Mühe, nicht beleidigt zu sein, rufe mir ins Gedächtnis: *Jedem das Seine*, und doch erscheint es mir eine äußerst fragwürdige Entgegnung auf mein Geständnis.

Und dann sagt sie, nach so langem Schweigen, dass ich schon ziemlich sicher bin, dass es das mit unseren Enthüllungen war: »Meine Momma ist tot.«

Und dieses Wort – *tot* – entschlüpft ihr so unverbindlich, als wäre sie sich nicht ganz sicher, ob sie wirklich tot ist oder was das Wort eigentlich für sie bedeutet. Als hätte ihr jemand gesagt, ihre Mutter sei tot, als würde sie sagen: *Ein Tropfen auf dem heißen Stein* oder *Ein Kinderspiel.* Eine Redewendung. Die Art von Wort oder Phrase, die keinen logischen Sinn ergibt.

Meine Momma ist tot.

»Wie ist sie gestorben?«, frage ich, aber sie sagt es mir nicht. Stattdessen rollt sie sich zusammen und versteckt sich in ihrem Gürteltierpanzer. Ihre Augen bleiben auf den Fernseher gerichtet, doch sie sind glasig und ausdruckslos geworden, als hätte sie die kompromisslose Entscheidung getroffen, nicht zu weinen. Ich frage wieder: »Willow?«, aber sie ignoriert es komplett, als nehme sie meine Stimme gar nicht wahr, als nehme sie nicht wahr, wie meine Augen auf sie geheftet sind, auf die widerspenstigen Haare und die mit Lippenbalsam beschmierten Lippen, und wie ich verzweifelt auf eine Antwort auf meine Frage warte.

Eine Antwort, die ich nicht bekomme.

Und dann, nach einiger Zeit – als mein Starren ihr vielleicht zu dumm wird –, nimmt sie mir das Baby aus den Armen und verlässt das Zimmer.

CHRIS

Ich renne gerade die Treppe zum Bahnsteig der »L« hinunter, immer zwei Stufen auf einmal nehmend, als der Anruf auf meinem Handy eingeht. Henry. Abrupt mache ich auf dem Absatz kehrt, und als ich wieder auf Straßenhöhe bin, lehne ich mich an die Umzäunung um die Treppe, die unter die Erde führt. Die Straße ist voller Autos und Fußgänger, die auf dem Weg von der Arbeit nach Hause sind. Es ist noch nicht ganz dunkel draußen, einer der seltenen Arbeitstage, an denen ich das Büro pünktlich verlasse. Ein Bus hält den Verkehr auf der Straße auf, irgendein Vorstädter oder Auswärtiger versucht daran vorbeizufahren und befördert um ein Haar ein halbes Dutzend Fußgänger ins Jenseits. Bremsen quietschen. Eine Hupe ertönt. Jemand brüllt: »Arschloch!« und zeigt dem Fahrer den Finger.

Mit dem Handrücken schirme ich meine Augen vor der untergehenden Sonne ab und sage »Ich will es gar nicht hören« ins Telefon. Es ist schwer, Henry über den Lärm der Stadt hinweg zu hören, aber ich kann den Klang seines Lachens ausmachen, laut und nervig, wie Fingernägel auf einer Schultafel.

»Ebenfalls hallo, Wood«, sagt Henry, und ich habe ein Bild vor Augen, wie er auf dem Klo sitzt, die Hosen bis zu den Knien hinuntergezogen, eine Zeitschrift auf seinem Schoß, während er mit mir telefoniert. *Playboy*. »Gib deiner hübschen Frau einen Abschiedskuss. Morgen früh geht unser Flieger.«

»Was denn nun schon wieder?«, frage ich, und er sagt: »Roadshow. Denver über New York.«

»Verdammt«, sage ich. Nicht, dass das völlig überraschend käme. Wir bereiten uns schon seit Wochen auf diesen Zirkus vor. Aber trotzdem. Heidi wird stinksauer sein.

Die Zugfahrt nach Hause ist ruhig. Ich steige an der Fullerton Station aus der »L« aus und nehme die Treppe auf die

Straße hinunter. Ein Obdachloser lehnt an dem schmiedeeisernen Zaun neben den Zeitungsständen, mit geschlossenen Augen, als schlafe er fest. Neben ihm steht eine schwarze Mülltüte, vollgestopft mit all seinen irdischen Besitztümern. Er zittert im Schlaf bei beißenden zehn Grad.

Mein erster Gedanke: Seine langen, schlaksigen Beine, die sich in einer hellblauen Krankenhaushose verlieren, sind mir im Weg. Wie die anderen Menschen, die die Straße entlanggehen, steige ich mit übertrieben großen Schritten über ihn. Aber dann bringt mich irgendetwas dazu, stehen zu bleiben und mich umzudrehen, und ich sehe die Röte seiner Wangen und Ohren und wie er eine Hand auf dieser Mülltüte liegen hat, damit niemand auf die Idee kommt, sie ihm im Schlaf zu klauen. Ich ziehe meine Brieftasche aus der Gesäßtasche, stöbere darin und versuche, Heidis Stimme aus meinem Kopf zu verdrängen. Ich lege zehn Dollar neben den Mann und hoffe, dass der Wind den Schein nicht wegträgt, bevor er die Augen aufmacht.

Bei meinem Glück würde meine gute Tat glatt unbemerkt bleiben.

Als ich in die Wohnung komme, läuft der Fernseher. *Sesamstraße*. Heidi hat das Baby auf dem Bauch vor den Fernseher gelegt und belehrt Willow über die hohe Kunst der Bauchlage, in der Hoffnung, dass Ruby lang genug von den großen pelzigen Monstern abgelenkt wird, um zu vergessen, dass sie es hasst, auf dem Bauch zu liegen und herumzurudern wie ein Fisch auf dem Trockenen.

Zoe steht in der Küche und schielt auf ihr Handy auf der Arbeitsplatte. Sie fährt zusammen, als ich zur Tür hereinkomme, als hätte ich sie bei etwas Verbotenem ertappt. Langsam, Schritt für Schritt, entfernt sie sich, bevor Heidi ihre Nähe zu dem Telefon bemerkt.

Heidi begrüßt mich mit: »Ich dachte, du wolltest heute früher zu Hause sein.« Dabei hebt sie kaum den Blick von dem Baby, das sie mit dem schrillsten Babygeplapper und übertriebenen Grimassen überschüttet, während ich leer ausgehe.

Es ist fast sieben Uhr.

»Kann ich mal mit dir sprechen, Heidi?«, frage ich, während ich mein Jackett an den Haken an der Tür hänge. Ihre Augen blicken mich forschend an, als sie das Baby vom Boden aufhebt und es dem Mädchen gibt, das so ungeschickt mit ihm umgeht, dass ich für einen Sekundenbruchteil denke, das Baby könnte herunterfallen. Und dann taucht dieses dämliche zottelige Mammut im Fernsehen auf, Aloysius Snuffleupagus, und das Mädchen starrt wie gebannt hin, und mir kommt in den Sinn, dass Zoe keine *Sesamstraße* mehr geschaut hat, seit sie vielleicht zwei Jahre alt war.

Heidi folgt mir ins Schlafzimmer, mit federleichten Schritten, als schwebe sie über den Parkettboden. Meine dagegen sind schwer und poltern über den Fußboden, als müsste ich damit etwas beweisen. Die Katzen huschen davon, damit ich ihnen nicht auf den Schwanz trete, und verstecken sich unter dem Bett. Während ich mein Hemd von der Arbeit gegen ein weiß-braunes Sweatshirt tausche – von meiner alten Alma Mater natürlich, *Go, Phoenix, go!* –, erzähle ich ihr von der Roadshow. Dass ich für ein, zwei Tage in New York sein werde, gefolgt von ein paar Tagen in Denver. Und dass ich morgen früh abfliege.

Ich erwarte eine Standpauke, dass sie mit dem Finger droht und die Augen verdreht, ein paar abfällige Bemerkungen über Cassidy Knudsen, ein Kreuzverhör, ob *dieses Flittchen* mich auf der Reise begleiten wird oder nicht … aber nichts dergleichen.

Für einen Augenblick ist sie still, dann zuckt Heidi einfach mit den Schultern, sagt: »Okay«, ja, und geht sogar mit dem

Wäschekorb nach unten, damit ich genug saubere Unterhosen für meine Reise habe.

Ich weiß, ich sollte mir eigentlich Sorgen machen. Aber nicht wie ein zehnjähriger Bub die Ohren langgezogen zu bekommen, ist die reinste Wohltat.

Ich packe. Ich wärme mir übrig gebliebene Pizza auf, während Heidi Vierteldollarmünzen zusammenkratzt und sich entschuldigt, weil sie sich um die Wäsche kümmern muss. Zoe lernt in ihrem Zimmer für Erdkunde, das behauptet sie zumindest. Aber ich sehe sie stattdessen mit ihrem gelben Notizbuch auf dem Schoß auf ihrem Bett sitzen. Das Buch, in dem sie ihre intimsten Gedanken darüber festhält, dass ihr Vater ein Depp ist und ihre Mutter reif für die Klapse. Oder vielleicht schreibt sie in dieses Buch ja auch etwas über Austin oder vielleicht über Willow. Woher soll ich das wissen? Vielleicht ist sie ja auch eine heimliche Poetin und füllt die Seiten mit Limericks und Gedichten.

Bei Willow und mir im Wohnzimmer herrscht Schweigen, abgesehen von gelegentlichen Babygeräuschen, Krähen, Quietschen, Grunzen und so was. Ich ertappe mich dabei, wie ich auf ihre Handflächen starre und nach Spuren eines Tattoos suche, dem Schmetterling mit den schwarz-gelben Flügeln. Ich frage mich: Wenn sie es hätte entfernen lassen, gäbe es eine Narbe? Ausgebleichte Haut? Reste von der Tätowierung?

Aber auf ihren Händen ist nichts zu sehen, nada. Und doch sind das jene Ohrringe, genau dieselben wie in dem Twitter-Profil. Wie kann das sein?

Ich schiele zu Willow, um mich zu vergewissern, dass sie mich nicht beachtet, dann checke ich verstohlen meinen Twitter-Account, um zu sehen, ob *@LostWithoutU* auf meinen Tweet geantwortet hat. Leider nicht. Aber ich habe acht neue Follower, worauf ich mir ein bisschen was einbilde.

Wie sollte Willow denn auch antworten, frage ich mich,

wenn sie keinen Zugang zu einem Computer hat? *Hat* sie Zugang zu einem Computer? Ich denke an den hässlichen alten Koffer aus rissigem und sprödem Leder, schon etwas aus der Form, den sie in unsere Wohnung geschleift hat und der jetzt in meinem Büro in der Ecke steht. Ist da vielleicht ein Laptop drin, ein Smartphone mit W-LAN, auf dem sie Tweets beantworten kann? Ich habe sie nie mit einem gesehen, nie eins klingeln hören.

Das Mädchen hat schon genug Probleme, mit einer Fernbedienung umzugehen. Ich kann mir kaum vorstellen, dass sie ein Smartphone oder einen Computer besitzt. Aber wer weiß. Meiner und Heidis sind beide passwortgeschützt, die kann sie auf keinen Fall nachts heimlich einschalten.

Das Mädchen starrt reglos in den Fernseher. Ich habe umgeschaltet zu den Nachrichten. Eine Zusammenfassung der heutigen Baseballspiele. Heute ist Saisoneröffnung. Ich vermute, dass sie sich einen Dreck um Baseball schert, dennoch starrt sie auf den Fernseher, um sich nicht mit mir unterhalten zu müssen. Sie sitzt so weit wie möglich von mir entfernt und klemmt am hintersten Ende der Couch, obwohl ich am Küchentisch sitze, mindestens drei Meter weit weg. Sie trinkt Wasser aus einem Glas, und ich beobachte, wie ihre Hand und das Wasser zittern, sodass sich auf dem Wasser im Glas Kräusel bilden.

»Wo kommst du eigentlich her?«, frage ich. Mich nervt dieses Schweigen. Aber vor allem rufe ich mir ins Gedächtnis, dass ich der Einzige in diesem Haus bin, der die Absicht hat, aus diesem Mädchen schlau zu werden. Und jetzt – in den etwa zwei Minuten allein mit Willow, ohne dass meine Befragung durch Heidis wachsamen Blick und ihr Eingreifen unterbrochen wird – ist vielleicht meine einzige Chance dazu.

Sie starrt mich an. Es ist kein unverschämtes Starren. Sondern eigentlich genau das Gegenteil. Demütig. Schüchtern.

Aber sie sagt nichts.

»Willst du es mir nicht sagen?«, frage ich.

Es dauert, bis sie reagiert. Aber dann schüttelt sie den Kopf, eine Bewegung, die so dezent ist, dass sie mir entgangen wäre, hätte ich gerade geblinzelt.

»Nein, Sir«, flüstert sie. Es gefällt mir, dass sie mich Sir nennt.

»Und warum nicht?«, frage ich. Ich lausche auf ihre Antwort, versuche, einen Dialekt zu erkennen, kann aber keinen heraushören. Sie klingt wie jeder normale Mittelwestler. Wie ich. Standardamerikanisch.

Willow sagt vorsichtig, mit so leiser Stimme, dass ich mich vorbeugen muss, um sie über das Babygebrabbel hinweg verstehen zu können: »Sie würden mich vielleicht zwingen, nach Hause zurückzukehren.«

Und mich behutsam vortastend frage ich: »Gibt es einen Grund, warum du nicht nach Hause willst?«

Der Fernseher plärrt die Nachrichten in den Raum, auf die Spiele der Saisoneröffnung folgen die Topthemen des Tages. Ein brutaler Einbruch mit Messerstecherei in South Ashland erregt augenblicklich die Aufmerksamkeit des Mädchens.

Ich greife nach der Fernbedienung und schalte um, als gerade Leichensäcke auf Bahren aus dem Haus getragen werden. Ich lande auf dem Teleshopping-Kanal.

»Willow«, sage ich wieder und hoffe, dass die Korrektheit ihres Namens mir Bonuspunkte einbringt. »Gibt es einen Grund, weshalb du nicht nach Hause willst, Willow?«

»Ja, Sir«, gibt sie zu und zupft an den Fransen einer Kissenkante, ohne mich anzusehen.

»Und der wäre?«

»Es ist nur …« Sie gerät ins Stottern. »Es ist nur – dass …«

Ich rechne damit, dass sie diesen Gedanken niemals zu Ende führt, als sie sagt: »Es gefällt mir dort nicht besonders, das ist alles.«

Die unzulänglichste Antwort, die es je gegeben hat.

»Warum nicht?«, bohre ich nach. Da ich keine Antwort erhalte, frage ich erneut: »Willow?«, dieses Mal mit einem schroffen Unterton. Langsam verliere ich die Geduld.

Bald kommt Heidi wieder.

Um das Mädchen herum fährt eine unsichtbare Mauer hoch. Mit Ungeduld kommt sie nicht gut klar. Sie muss erst vorbereitet werden. Wie Blumensamen, die man erst über Nacht in Wasser einweichen muss, damit sie schneller keimen. Sie wird sich erst öffnen, wenn wir diese äußere Hülle durchdringen.

Ich senke meine Stimme und versuche es mit Charme. Lächelnd starte ich einen zweiten Anlauf. »War jemand gemein zu dir?«, frage ich mit so nachsichtiger Stimme wie möglich. Ich bin nicht gerade für mein Mitgefühl bekannt. Aber ich gebe mir Mühe.

Ihre Augen blicken zu meinen auf. Blaue Augen, die eine viel zu große Last tragen für jemanden in ihrem Alter, mit geschwollenen Blutgefäßen, erschlaffendem Gewebe ringsherum, gestautem Blut unter der Haut, das für dunkle Ringe sorgt. Ich sitze wie auf heißen Kohlen. Warte verzweifelt darauf, was sie zu sagen hat. Sie macht den Mund auf, um zu sprechen. Um es mir zu sagen. »Ist schon gut«, rede ich ihr zu. »Du kannst es mir ruhig sagen.«

Aber dann höre ich Heidis Schlüssel im Schloss und wünsche mir sie insgeheim wieder hinunter in die Waschküche, doch vergeblich. Willow zuckt zusammen, von dem harmlosen Geklimper von Schlüsseln zu Tode erschrocken. Ich sehe, dass ihre Augen angsterfüllt sind, als ihr das Wasserglas aus der Hand rutscht und auf den Fußboden fällt. Das Glas zerbricht nicht auf dem Flokati, aber das Wasser rinnt überallhin. Hektisch lässt sie sich auf die Knie fallen und beginnt, das Malheur zu beseitigen, das Wasser mit dem Zipfel ihres Shirts aufzuwischen, wobei ihre Augen zwischen Heidi und mir hin- und herschnellen, als rechne sie damit, von uns für dieses kleine Missgeschick bestraft zu werden.

Leise murmelt sie irgendwas Unverständliches über Vergebung und Sünden.

Schlüssel. Schlüssel in einem Schloss. Eingesperrt sein? Ich notiere mir das im Geiste.

Ich bin kein besonders mitfühlender Mensch, aber für einen kurzen Augenblick tut mir das Mädchen ein kleines bisschen leid, wie sie da auf dem Boden herumhampelt und Gott um Vergebung anfleht.

»Liebes, bitte«, beschwört Heidi sie, während sie ein Handtuch aus der Küchenschublade holt und Willow zur Hilfe eilt, »bitte, mach dir keine Gedanken deswegen.«

Ich leiste meinen Beitrag und bücke mich, um das Glas vom Boden aufzuheben. Aber ich sehe die Bestürzung in den Augen des Mädchens und weiß, dass ich das, was passiert ist, nicht ungeschehen machen kann.

Heidi, Zoe, die Katzen und ich schlafen eingeschlossen im Schlafzimmer. Am frühen Morgen, bevor ich mich auf den Weg mache – die Sonne reibt sich noch die Augen und bereitet sich darauf vor, den Tag beginnen zu lassen –, wecke ich Heidi und erinnere sie daran, dass sie und Zoe, wenn ich weg bin, jede Nacht zusammen im Zimmer schlafen sollten, bei verschlossener Tür.

Um fünf verlasse ich die Wohnung, schleppe Koffer und Aktentasche durch den Hausflur, um ein Taxi zum Flughafen O'Hare zu nehmen.

Das Mädchen und das Baby schlafen noch, als ich gehe. Auch ihre Tür ist geschlossen, vermutlich verriegelt und außerdem vielleicht noch mein Bürostuhl unter die Türklinke geklemmt, um ganz sicherzugehen, dass wir nicht gewaltsam eindringen, während sie schläft.

Langsam geht die Sonne auf und taucht den Himmel in Gold. Während das Taxi auf der I-90 fährt, das Geplapper einer Talksendung aus dem Radio schallt und mir von dem Tannenduft eines Lufterfrischers fast die Luft wegbleibt, lege ich meine Aktentasche neben mir auf den Sitz, um Notizblock und Stift herauszuholen und auf der Fahrt ein wenig zu arbeiten. An einem guten Tag dauert es locker dreißig Minuten nach O'Hare hinaus, und nach der Masse der Autos zu urteilen, die sich bereits die Interstate entlangwälzen, tippe ich mal auf keinen guten Tag.

Ich klappe die Aktentasche auf, und da sehe ich sie, eine Nachricht, die auf eine lila Haftnotiz gekritzelt ist, die Antwort auf die Frage, die gestern Abend unbeantwortet geblieben ist.

Eine Nachricht, die mit einem Schlag den ganzen Sauerstoff aus dem Taxi zu saugen scheint. Eine Handschrift, die ich noch nie gesehen habe.

Sie lautet schlicht: *Ja.*

Louise Flores will mehr über Matthew und Isaac wissen, meine Pflegebrüder, oder wie man das nennt. Der Ausdruck *Bruder* deutet auf irgendeine familiäre Tendenz hin, die es nicht gab. Nicht bei Joseph. Nicht bei Miriam oder Isaac.

Nur bei Matthew, da war es etwas anderes.

Als ich da in dem kahlen Raum am Tisch sitze, gegenüber von Louise F-l-o-r-e-s, sehe ich Matthew vor mir, so groß wie sein Vater, aber die Haare in der Farbe von Schoko-Brownies, Mommas Schoko-Brownies, und dunkelbraune Augen. Ich stelle mir vor, dass Miriam auch einmal so ausgesehen haben muss, vor langer Zeit, bevor sie so mausgrau wurde. Isaac dagegen war durch und durch Joseph – ein mohrrübenfarbenes Haupt und orangene Haare an Armen, Beinen und Kinn.

»Was soll mit denen sein?«, frage ich, und die Lady sagt: »Hast du dich mit ihnen vertragen? Waren sie auch an diesem *angeblichen* sexuellen Missbrauch durch Joseph beteiligt? Oder waren sie ebenfalls Opfer? Wie war deren Beziehung zu ihrer katatonischen Mutter?«

»Katatonisch?«, frage ich.

»Ja. Benebelt. Nicht ansprechbar.« Sie sagt, dass sie auf der Grundlage meiner Beschreibung davon ausgeht, dass Miriam an einer Krankheit namens katatonische Schizophrenie litt. *Wenn das, was du sagst, stimmt*, sagt sie, wobei sie, wie immer, ihre Zweifel an meiner Aussage durchblicken lässt.

Ein Troll, denke ich. Ein Kobold. Ich sehe Miriam vor mir, wie sie, auf dem Korbsessel in der Ecke ihres Zimmers geparkt, ins Leere starrte, während ihr Ehemann im Zimmer nebenan tat, wonach ihm der Sinn stand.

Mein Zimmer lag Wand an Wand mit dem Schlafzimmer von Matthew und Isaac, und während des ersten Jahres ungefähr war das die einzige Verbindung, die wir hatten. Wir aßen nicht zusammen. Sahen weg oder auf den Boden, wenn wir uns in den Fluren des Hauses begegneten. Matthew und Issac mussten sich ein Zimmer teilen, nachdem Joseph und Miriam mich zu sich nach Hause geholt hatten, und ich hatte keine Ahnung, ob ihnen das gefiel oder nicht, weil niemand in diesem Haus viel redete. Matthew und Isaac verbrachten die meiste Zeit des Tages in der Schule, und wenn sie zu Hause waren, waren sie in ihrem Zimmer, machten Hausaufgaben und lasen in der Bibel. Joseph verbot ihnen jeglichen Austausch mit mir und erinnerte Matthew und Isaac daran, sobald sich auch nur ihre Augen in meine Richtung bewegten: »Schlechter Umgang verdirbt gute Sitten«.

Was das angeht, änderte Isaac sich nie. Wenn überhaupt, wurde er Joseph mit der Zeit noch ähnlicher, ein Lemming, der bereit war, von einer Klippe zu springen, wenn sein Vater es ihm befohlen hätte. Aber Matthew war anders.

Ich erinnere mich an den Abend, als wir zum ersten Mal wirklich miteinander sprachen. Ich war zehn. Ich lebte seit fast einem Jahr in dem Haus, und Joseph hatte mich schon zwei Dutzend Mal oder öfter besucht. Ich lag im Bett, es war weit nach Mitternacht, und ich konnte nicht schlafen, wie fast immer. Ich dachte an Momma und Daddy und ratterte so viele »Ich hab dich so lieb wie«-Versionen herunter, wie ich nur konnte. Da waren draußen im Gang plötzlich Schritte zu hören, die über die Holzdielen auf meine Tür zukamen. Ich hielt die Luft an und erwartete, dass Joseph hereinkam und mit seinem klebrigen Körper neben mir ins Bett schlüpfte. Ich begann zu zittern, wie immer, wenn Josephs Schritte den Flur entlanglärmten, und das allein setzte eine ganze Reihe von Dingen in Gang. Mein Herz schlug, als würde es mir jeden Moment aus der Brust hüpfen, meine Hände begannen zu schwitzen, überall schwitzte ich, ich konnte nicht mehr geradeaus gucken, und es klingelte in meinen Ohren.

Und dann ging die Tür auf, und dort in der Dunkelheit sah ich ein ganz anderes Profil als das gewohnte. Und die Stimme klang anders, irgendwie weicher, sanft, und genauso verängstigt wie ich. »Wusstest du, dass Kakerlaken eine Woche lang ohne ihren Kopf weiterleben können?«, fragte er. Und da erkannte ich ihn an seiner gedämpften Stimme: Matthew.

»Wirklich?«, flüsterte ich und saß aufrecht im Bett, auf meine Ellbogen gestützt im nahezu dunklen Zimmer, in das lediglich das Licht einer Straßenlaterne in der Nähe fiel, das flackerte und immerzu an und aus ging, an und aus. Die ganze Nacht hindurch.

»Jepp«, sagte er. »Manchmal sogar einen Monat. Sie sterben an Wassermangel.«

»Ach.«

Und eine Minute oder länger verharrten wir in absoluter Stille, dann schloss er die Tür wieder und ging in sein Zimmer.

Am nächsten Tag fand ich, unter die Matratze meines Bettes geschoben, zwischen den Patchwork-Quilt und eine ausgebogte Bettrüsche geklemmt, ein Buch: *Insekten und Spinnen – ein Handbuch für Kinder*. Ich wusste, dass es von ihm war. Als Joseph zur Arbeit gegangen war und Matthew und Isaac am Ende der Straße verschwunden waren, wo sie sich zu den anderen Kindern gesellten, die ihnen Schimpfwörter zuriefen, setzte ich mich auf mein Bett und begann, das Buch regelrecht zu verschlingen.

Damals in Ogallala hatte Momma mich in die Schule geschickt, wo ich lesen gelernt hatte. Und jeden Abend vor dem Zubettgehen ließ Momma sich von mir vorlesen, alles von ihren Modezeitschriften über die Julia-Child-Kochbücher bis hin zur Post. Ich war eine gute Leserin. Matthews Buch verschlang ich am ersten Tag und steckte es wieder in seinem Zimmer unter sein Bett, bevor er und Isaac oder Joseph nach Hause kamen. Ich lernte alles, was ich konnte, über Ohrwürmer und

Fangheuschrecken, Zikaden und Wasserjungfern. Ich lernte, dass Pferdebremsen dreißig oder sechzig Tage leben, dass Bienenköniginnen im Dreck überwintern und dass Periodische Zikaden nur alle dreizehn oder siebzehn Jahre vorkommen.

Ein paar Tage später traf ein neues Buch ein: *Seeanemonen.* Ich las, dass sie wie Blumen aussehen, in Wirklichkeit aber keine Blumen sind, sondern Raubtiere des Meeres. Sie altern nicht wie andere Pflanzen und Tiere. Sie besitzen die Fähigkeit, ewig zu leben, stand in dem Buch, können unsterblich sein. Das Buch brachte mir bei, wie die Seeanemone Gift in ihr Opfer injiziert, das die Beute lähmt, damit die Seeanemone Fische, Krabben und Plankton in ihren fleischfressenden Mund befördern kann.

Diese Seeanemonen konnte ich überhaupt nicht ausstehen. Sie sahen so hübsch, geradezu himmlisch aus und waren doch Killer. Potenzielle Mörder in zarten, engelsgleichen Körpern. Es erschien mir einfach nicht fair. Es war ein Trick, eine Falle, eine Illusion.

Ein paar Tage später: *Steine und Mineralien*. Dann wieder ein neues Buch und noch eins. Fast jede Woche steckte Matthew mir ein anderes Buch aus der Schulbücherei unter meine Matratze: *Wilbur und Charlotte*, *Tagebuch der Anne Frank* und *Merkwürdiges aus dem Frankweiler-Geheimarchiv*, die ich in der Zeit las, wenn ich nicht gerade das Haus putzte, Miriam badete oder Thunfischsalat für das Abendessen zubereitete.

Hin und wieder machte Matthew mitten in der Nacht vor meiner Schlafzimmertür halt, auf dem Weg zur Toilette oder in die Küche, wo er sich ein Glas Wasser holte. Ich lernte, Matthews Schritte von Josephs zu unterscheiden. Matthews Schritte bewegten sich leicht und lässig den Flur entlang und wurden zögerlich, wenn sie sich meiner Zimmertür näherten, als seien sie unschlüssig, ob sie dort anhalten sollten oder nicht. Die von Joseph dagegen waren fest entschlossen. Sie kamen auf mein Zimmer zu und direkt durch die weiße Tür, ohne nochmalige Überlegung oder auch nur einen winzigen Augenblick des Zögerns.

Matthew zog die Tür behutsam auf, damit sie nicht quietschte, während Joseph sie sofort aufriss, gleichgültig, ob ihr lautes Knarren jemanden im Haus aufweckte. Matthew blieb ein paar Sekunden, wenn es hoch kam, und präsentierte mir irgendeine Information, die mir, ehrlich gesagt, am Arsch vorbeiging, und ich könnte wetten, ihm ebenfalls. Allmählich verstand ich, dass es nicht um die Informationen selbst ging, sondern um den Austausch. Es war ein Pakt, ein geheimes Bündnis.

Ich war nicht allein.

In einer Nacht sagte er: »Wusstest du, dass ein Krokodil seine Zunge nicht herausstrecken kann?« Und in einer anderen: »Wusstest du, dass sich nichts auf Orange reimt?«, und ich gab zu, dass ich das nicht gewusst hatte, und versuchte den Rest der Nacht, auf etwas zu kommen, das sich auf Orange reimt. Damit ich es ihm sagen konnte, wenn er das nächste Mal vorbeikam. Porange. Jorange. Florange.

Nee. Nichts.

»Wusstest du, dass die Venus der heißeste Planet ist? Ihre Oberfläche kann 450 Grad Celsius heiß sein. Das sind 800 Grad Fahrenheit.« Und ich muss ihn bloß angestarrt haben, denn eigentlich wusste ich nicht viel über Celsius oder Fahrenheit, und um ehrlich zu sein, begann auch mein Wissen über die Venus zu verblassen. Es war so lange her, seit ich in Ogallala in einem Klassenzimmer gesessen und etwas über die Planeten und das Wetter und all das gelernt hatte. Am nächsten Tag war wieder ein Buch da, über Astronomie diesmal.

Eines Nachts kam Matthew und sagte zu mir: »Wusstest du, dass meine Alten fast zwanzig Mäuse am Tag für deine Pflege kriegen?«

»Was?«, fragte ich. Das war mir neu. »Von wem denn?« Ich fragte mich, ob das Geld von dem bisschen kam, das Momma und Daddy gehabt hatten, oder ob meine Betreuerin meine Pflege bezahlte.

Aber Matthew schüttelte den Kopf in der fast vollkommenen Dunkelheit und sagte: »Vom guten alten Staat Nebraska. Da kommt es her.« Er stand in der Tür, in der karierten Hose, die er jede Nacht zum Schlafen trug, und einem weißen Unterhemd mit gelben Flecken auf der Vorderseite, das für seinen schlaksigen Körper fünf Zentimeter zu kurz war.

»Und Lily?«, fragte ich, neugierig, ob Paul und Lily Zeeger ebenfalls zwanzig Mäuse am Tag dafür bekamen, dass sie sich um Lily kümmerten.

Aber Matthew verneinte das. »Nicht, wenn man adoptiert ist. Die Zeegers mussten sogar für Lily bezahlen. So um die zehntausend Dollar.«

»Hä?«, machte ich ungläubig. Zehntausend Dollar waren eine Menge Geld. Die Zeegers hatten meine Lily gekauft wie ein Hemd im Kaufhaus. Ich wusste nicht, was ich davon halten sollte, ob ich mich freuen sollte, dass sie so viel Geld lockergemacht hatten, um meine Lily zu besitzen, oder ob ich mich ärgern sollte, weil sie für sie wie eine x-beliebige Ware aus dem Supermarkt war. Wie Kleidung, Erdnussbutter oder Insektenspray.

Ich fragte mich, ob ich eines Tages, wenn ich jemals mehr als zehntausend Dollar besitzen sollte, meine Lily zurückkaufen konnte. Oder ob die Zeegers sie vielleicht eines Tages zurückgeben wollten wie ein Hemd, das nicht so recht passt. Vielleicht würde Lily eines Tages wieder zum Verkauf stehen, und ich würde einen Weg finden, wie ich sie selbst kaufen könnte.

Aber was mir wirklich gegen den Strich ging, war, dass Joseph und Miriam dafür *bezahlt* wurden, dass sie mich bei sich hatten. Sie hatten mich nicht gekauft wie die Zeegers Lily.

»Woher weißt du das?«, fragte ich.

Er zuckte mit den Achseln, als wolle er sagen, *du Dummerchen.* »Ich weiß es eben.« Und dann schloss er die Tür und ging wieder.

»Warum hast du nie versucht, wegzulaufen?«, fragt Ms. Flores. Inzwischen hat sich der Kerl in der Ecke, der Wachmann, vorgebeugt, und ich weiß, dass er sich genau dasselbe fragt. Warum ich nicht versucht habe wegzulaufen. Ich werfe ihm einen Blick zu, und seine braunen Augen drängen mich weiterzusprechen. Seine dunkelblaue Uniform sieht aus, als gehörte sie seinem Vater und nicht ihm. Er ist kein Mann, sondern ein Junge.

»Also?«, fragen seine Augen. »Warum nicht?«

»Ich hatte Angst«, sage ich. »Angst zu bleiben und Angst wegzugehen. Gott würde böse auf mich sein, wenn ich Joseph nicht gehorchte. Das sagte er mir immer. Das hat er mich glauben lassen.«

Ich wusste, es gab keine Möglichkeit, um abzuhauen. Zumindest am Anfang. Nicht, dass ich gewusst hätte, *wohin* ich gehen sollte, aber wenn ich abgehauen wäre, hätte Joseph Lily etwas angetan – das hat er mir bestimmt eine Million Mal gesagt –, und wenn er das aus irgendeinem Grund nicht getan hätte, hätte Gott mir seine Gewitterstürme und Adler geschickt, und ich hätte keine Chance gehabt. Er hätte mich in eine Salzsäule verwandelt. Mich in einer Flut ertrinken lassen. »Ich war ein Kind«, erinnere ich sie. Bevor ich zu Joseph und Miriam kam, glaubte ich noch an den Weihnachtsmann, die Zahnfee, den Osterhasen. Das heißt, bis ich einen Eckzahn verlor, ihn unter das Kissen in meinem Bett legte und die ganze Nacht auf eine der glänzenden Goldmünzen wartete, die die Zahnfee damals in Ogallala immer für mich zurückgelassen hatte.

Aber sie kam nicht.

Ich redete mir ein, dass sie mich nicht finden konnte, dass sie durch ganz Ogallala flog und nach mir suchte. Und dann begann ich mich zu fragen, was aus dem Fertighaus am Canyon Drive geworden war. Ich fragte mich, ob eine andere Familie in das Haus gezogen war, in *mein* Zuhause, und ob jetzt ein anderes kleines Mädchen in *meinem* Bett schlief. In meinem Bett mit dem pinkfarbenen Quilt – voller orangener Tupfen – und den indigoblauen Spitzenvorhängen, die Momma aus einem Stoff gemacht hatte, den sie im Ausverkauf gefunden hatte, obwohl er überhaupt nicht passte. Ich fragte mich, welches kleine Mädchen jetzt mit *meinem* Lieblings-Plüsch-Kätzchen kuschelte, ganz in *meinen* pinkfarbenen Quilt gehüllt mit ihrer Momma in *meinen* Lieblingsbilderbüchern las und morgens aufwachte und *meine* glänzende Goldmünze fand, ordentlich unter *mein* flauschiges Kissen gesteckt.

Ich erzählte Matthew davon, als er wieder eines Nachts in meinem Zimmer vorbeischaute. Ich erzählte ihm, dass die Zahnfee mich nicht finden könne. Dass ich immer noch diesen schimmernden Eckzahn hatte und nicht wusste, was ich tun sollte, wie ich ihn der Zahnfee zukommen lassen sollte, damit sie ihn für den Bau ihres strahlend weißen Schlosses im Feenland benutzen kann.

»Feenland?«, flüsterte er. Und ich erzählte ihm, dass die Zahnfee all diese Millionen von Zähnen, die sie sammelte, benutzte, um ein schimmerndes Schloss und ein Dorf für sie und all ihre Feenfreunde zu bauen. Und sie nannten es Feenland.

Er starrte mich bloß an, perplex, als wüsste er nicht, was er sagen sollte. Und dann stotterte er so etwas wie »Claire, es gibt keine Zahnfee«. Eine lange Zeit war es still. Dann sagte er: »Wirf ihn weg.«

Und wie an dem Tag, als Momma und Daddy gestorben waren, starb auch jetzt wieder ein kleiner Teil von mir.

Ich traute mich nicht, nach dem Weihnachtsmann und dem

Osterhasen zu fragen. Aber als Weihnachten kam und ohne Geschenke verstrich, wusste ich den Grund. Und der war nicht, dass ich in jenem Jahr ungezogen gewesen wäre.

Ein paar Tage später legte Matthew mir ein neues Buch unter die Matratze: ein Märchenbuch. *Goldlöckchen*, *Drei kleine Schweinchen*, *Rumpelstilzchen.*

Aber am meisten fesselte mich die Geschichte vom *Rattenfänger von Hameln.* Sie handelte von einem lustig gekleideten Mann, der auf seiner Zauberflöte spielte, um die Kinder aus der Stadt zu locken. Sie wurden nie wieder gesehen. Ich stellte mir Joseph vor, angezogen wie ein mittelalterlicher Hofnarr, wie den Seiten des Märchenbuchs entsprungen, in einem kunterbunten Mantel und Strumpfhosen, wie er auf seiner Flöte spielte und die Straßen von Ogallala auf und ab ging, um die Kinder aus ihren Häusern zu locken. Kinder wie mich.

Ich weiß nicht, was mir am Leben mit Joseph und Miriam am meisten Angst einjagte. Joseph selbst mit seinen Raubvogelaugen und der Adlernase, der rachsüchtige Gott, von dem er mir erzählte, oder die schlimmen Sachen, die er meiner Lily antun würde, wenn ich je ungezogen sein sollte. Wie er sie einsperren und ihr bei lebendigem Leib die Haut abziehen würde. Er erzählte mir auch, wie er es machen würde, dass er sie an den Füßen aufhängen und ihr dann mit einer Klinge Halsvenen und -schlagadern durchtrennen würde, damit sie verblutete. Dann fuhr er mit seinen kalten Fingern mit langsamen, wohlüberlegten Bewegungen quer über meinen Hals, damit ich genau wusste, was er meinte. Er benutzte Wörter wie *Sehnen* und *Blutkörperchen*, Wörter, die ich nicht kannte, die mir aber trotzdem Angst machten.

Seltsam, dass ich mich in diesem Haus irgendwie sicherer fühlte, wenn ich an Josephs rachsüchtigen Gott dachte und an all das, was Joseph Lily antun würde, wenn ich böse wäre. Ich starrte durchs Fenster auf die Jungs auf ihren Fahrrädern und die Mädchen mit ihrer Kreide, Kinder wie ich, die keine Ahnung hatten, was im Haus von Joseph und Miriam vor sich ging. Für sie waren wir bloß die schrägen Vögel des Blocks, wie Momma immer die alte Mrs. Waters ein paar Häuser weiter genannt hatte, die Witwe, die herumlief und mit ihrem toten Mann sprach, als plaudere sie mit ihm am Telefon. Ich stellte mir die Kinder vor dem Fenster vor, mit ihren Fahrrädern und der Kreide, denen von ihren eigenen Mommas und Daddys verboten wurde, mit Isaac und Matthew zu spielen, weil die seltsam seien. Und mit Joseph zu sprechen, weil der ein *schräger Vogel* sei. Und wie dann am Ende dieselben Mommas und Daddys der Polizei erzählten, dass sie schon immer gespürt hatten, dass es bei uns nicht mit rechten Dingen zuging, dass sie schon immer das Gefühl gehabt hätten, dass da was nicht stimmte. Auch wenn sie es nicht benennen konnten.

Aber unternommen haben sie nichts dagegen.

Sobald Chris gegangen ist, schlüpfe ich aus dem Bett, leise, um Zoe nicht aufzuwecken. Sie schläft neben mir wie ein Neugeborenes, auf dem Rücken, die Arme über den Kopf gestreckt, in der Seesternposition, und die aufgehende Sonne überzieht ihr Gesicht mit einem goldenen Farbton. Ich sehe zu, wie sie schläft und ihre Frechheit und ihr Trotz für eine Weile im Zaum sind. Ihre Gesichtszüge sind entspannt, und ihre Lippen umspielt ein Lächeln. Ich frage mich, was sie gerade träumt, als sie sich seufzend auf die Seite dreht und den warmen Platz einnimmt, den mein Körper hinterlassen hat. Ich greife nach der Decke am Fußende des Bettes und ziehe sie hoch bis über ihre Schultern. Dann schließe ich die Jalousien, damit das bevorstehende Sonnenlicht ihr nicht in die Augen scheint.

Ich gehe in den Flur, ziehe die Tür heran, und schon schlendern meine Füße durch den Flur auf die verschlossene Bürotür zu. Meine Hand legt sich auf den satinierten Nickelknauf. Ich halte mein Ohr an die Tür und lausche, ob sich etwas rührt. Nichts zu hören. Mein Herz hämmert laut und schnell in meiner Brust. Meine Handflächen beginnen zu schwitzen.

Ein plötzliches Bedürfnis packt mich, ein sehr grundlegendes menschliches Bedürfnis, wie Essen, ein Dach über dem Kopf oder Kleidung.

Das Bedürfnis, dieses Baby in meinen Armen zu halten.

Es hat nichts mit Logik zu tun, als ich meine schwitzige Hand auf diesen Türknauf lege, sondern nur mit Instinkt, ein Reflex, irgendein angeborenes Verhalten.

Ich weiß, ich sollte es nicht tun, und doch kann ich nicht anders. Ich drehe leise den Knauf und bin erstaunt, als ich ihn unverschlossen vorfinde.

Ein Omen.

Seite an Seite liegen sie auf dem Ausziehsofa, Willow und das Baby, und ihre Körper sind mit einem grünen Chenille-Plaid zugedeckt. Willow hat dem Baby den Rücken zugekehrt und sich ein Kissen über den Kopf gezogen, als habe sie versucht, das nächtliche Brüllen oder Krähen auszublenden, oder vielleicht Chris, als er in aller Frühe geduscht hat, bevor er nach New York aufbrach. Willow atmet tief, ein Beweis, dass sie fest schläft. Auf Zehenspitzen schleiche ich durch das Zimmer, verfluche eine Katze, die hinter mir ins Zimmer und unter das Sofa huscht, um sich dort zu verstecken. Die Vorhänge sind zugezogen und sperren die Außenwelt aus. Nur schmale Lichtbänder mogeln sich durch den Schlitz in der Mitte, schimmerndes Morgenlicht, durchtränkt von Rosa und Gold.

Im Tiefschlaf merkt Willow nicht, wie ich auf leisen Sohlen über den Teppich schleiche, und in meinem Kopf sehe ich keine Willow, kein Schlafsofa.

Nur ein wunderschönes Baby in einer Wiege, das darauf wartet, dass jemand kommt.

Als ich mich endlich an die Dunkelheit des Zimmers gewöhnt habe und sie deutlich sehen kann, sind Rubys Augen hellwach. Sie blickt voller Verwunderung an die weiße Decke und lächelt, als sie mich sieht. Ihre Beine fangen aufgeregt an zu strampeln, und sie rudert wild mit den Armen. Ich schiebe meine Hände unter das Gewicht ihres Körpers und hebe sie aus dem Bett. Willow gibt einen schläfrigen Seufzer von sich, öffnet aber nicht die Augen.

Ich drücke das Baby an meine Brust und meine Lippen auf seinen Kopf, und zusammen gehen wir aus dem Zimmer.

Ich lasse mich mit dem Baby im Schaukelstuhl nieder. »Ist ja gut«, sage ich laut und schwinge mit der Kleinen auf dem Schoß rhythmisch vor und zurück. Ich zähle ihre Finger und ihre Zehen. Ich streiche mit der Hand über ihren seidigen Kopf und atme die Stille des Raums ein, die lediglich vom gleichmäßigen Ticken einer Wanduhr aus Holz gestört wird, deren auf alt getrimmter Lack und römische Zahlen im Licht der aufgehenden Sonne gerade so erkennbar sind. Draußen beginnt die Sonne ihren Aufstieg über den Lake Michigan und tüncht die Ostseiten der Gebäude golden. Es sind Wolken am Himmel, wie Wattebäusche, in Schattierungen von Silber und Rosa, ein blasses Rosa, das die Ränder der Wolken umsäumt. Ein Vogelschwarm fliegt durch den Himmel, Spatzen, nehme ich an, und eine Trauertaube hockt auf dem Rand des Holzbalkons, späht durch das Erkerfenster herein und beobachtet mich. Das Baby und mich. Ruby blickt mich mit ihren Knopfaugen an, neigt ihren kleinen Kopf immer wieder von einer Seite zur anderen und stellt eine Frage, die nur sie kennt. Auf der Straße unten ist es ruhig, abgesehen von vereinzelten Fußgängern auf dem Weg zur Arbeit oder zum Joggen. Der Stadtbus kommt, fährt zügig an den leeren Haltestellen vorbei, ohne stehen zu bleiben. Pausenlos rasen Taxis vorbei.

Ich stemme meine nackten Füße in den Parkettboden und lasse den Stuhl vor- und zurückschaukeln, vor und zurück, wobei ich mir bewusst bin, wie die Kleine ihr Gesichtchen an meinen Flanellpyjama drückt und herumsucht, nach Nahrung, nach einer Brustwarze, die sie füttert, wie ein hungriges Ferkel, das zur Zitze seiner Mutter drängt, um daran zu saugen.

Bei Zoe war ich eine eiserne Verfechterin des Stillens, solange ich es noch konnte. Chris und ich hatten nie richtig darüber geredet, für mich stand einfach fest, dass ich Zoe stillen würde. Und Chris hatte wohl auch nichts dagegen, schließlich bedeutete das für ihn kein nächtliches Fläschchen-Geben, kein Wecken durch ein hungriges Baby. Er konnte die Nacht schön durchschlafen, während Zoe und ich stundenlang zusammen in ihrem Kinderzimmer in einem Stillsessel saßen.

Das Stillen hatte viele Vorteile, angefangen von den finanziellen bis hin zum Schutz vor Krankheiten, auch wenn Chris mich dabei immer skeptisch beäugte. Aber für mich war es auch eine Frage der Bequemlichkeit. Es war für jenes Füttern spät in der Nacht wesentlich bequemer, die kleine Zoe einfach an meine Brust zu legen und sie nach Herzenslust trinken zu lassen. Es war nicht nötig, Fläschchen vorzubereiten und Fläschchen zu spülen. Aber vor allen Dingen verspürte ich eine Intimität mit meinem Neugeborenen, ein Gefühl der Unentbehrlichkeit, das ich bei Zoe nun schon seit vielen Jahren vermisse. Sie brauchte mich. Wie sie mich brauchte, um sie in den Schlaf zu wiegen und ihre Windeln zu wechseln, aber im Gegensatz zu jenen Dingen war das Stillen das Einzige, was nur ich zu bieten hatte. Nur ich allein konnte ihr das geben.

Ich hatte vor, zu stillen, bis sie ein Jahr alt war, dann wollte ich sie von der Brust entwöhnen.

Aber als ich krank wurde und die Sorge um meine eigene Gesundheit oberste Priorität bekam, änderten sich meine Pläne. Von heute auf morgen wurde Zoe abgestillt und ihr stattdessen Fläschchen mit Muttermilchersatz aufgezwungen, was sie nicht besonders gut aufnahm. Tief in meinem Herzen war ich überzeugt, dass mein Baby mich für die plötzliche Veränderung hasste, für die Tatsache, dass ich sie nicht nach ihrer Meinung gefragt hatte, bevor ich ihr einen Silikonnippel in den Mund steckte. Sie schrie, wenn ich das versuchte, und weigerte sich, dieses fremdartige Etwas in den Mund zu nehmen, weigerte sich, die fremdartige Milch zu trinken. Mit der Zeit gewöhnte sie sich natürlich daran, durch Ausprobieren und Verwerfen eines halben Dutzends Fläschchen und Sauger, eines halben Dutzends verschiedener Marken von Säuglingsnahrung, bis wir eine fanden, die sie akzeptierte, die ihr nicht auf den Magen schlug und die sie nicht verweigerte.

Willow jedoch, denke ich, während ich mir absolut bewusst bin, wie das Baby in den Stofffalten meines Hemds stöbert, Willow habe ich nie stillen sehen.

Aber warum forscht das Baby dann im Oberteil meines Flanellpyjamas nach einer Brustwarze? Warum sprudelt ihr winziger Körper fast über vor Ärger darüber, dass sie nicht an den durchsichtigen Plastikknöpfen vorbei und an meine Brust herankommt?

Doch mir bleibt keine Zeit mehr, darüber nachzudenken, eine Liste vernünftiger Erklärungen aufzustellen, wie Milchstau oder zu wenig Milch, denn da steht Willow auch schon vor mir. Ihre langen Haare hängen ihr vorm Gesicht, sodass ich nichts als ihre Augen sehen kann – schlecht gelaunte, misstrauische Augen, die auf mich herabstürzen wie Meteore vom Himmel. Augen, die in mir plötzlich die Frage aufwerfen, ob dieses Mädchen wirklich harmlos ist, vertrauenswürdig.

Und wieder wandern meine Gedanken zu dem Blut auf dem Unterhemd.

Sie sagt: »Sie haben sich das Baby genommen. Sie haben Ruby einfach aus meinem Zimmer genommen.« Und ich sage ruhig: »Ja. Das habe ich«, und dann überlege ich mir rasch eine Ausrede. »Sie hat geschrien«, lüge ich. Es kommt unvermittelt, spontan, weil es so schön einfach ist. »Ich wollte nicht, dass sie dich aufweckt«, sage ich. »Ich war sowieso schon auf. Wollte mir gerade Kaffee machen. Und da hörte ich sie schreien.«

»Sie hat Hunger«, sagt Willow zu mir, nun mit sanfterer Stimme, als sie mich beobachtet, wie ich das Baby dabei beobachte, wie es nach meiner Brust greift.

»Ja«, sage ich, »ich wollte ihr gerade ein Fläschchen machen.« Aber mit einer Überzeugung, die ich von Willow ganz sicher noch nie gehört habe, sagt sie: »Ich mach das.« Dann wandert ihr Blick zur Kaffeemaschine und zu dem kalten, eingetrockneten Kaffeerest von gestern.

»Sie hatten ja noch gar keinen Kaffee«, stellt sie fest. Ich sage mir, dass sie einfach nur hilfsbereit ist, ihren Beitrag leisten will. Ich rede mir ein, dass kein scharfer Unterton in ihrer

Stimme liegt, als sie ungeschickt nach dem Baby greift und es von meinem Schoß nimmt. Plötzlich habe ich das Gefühl, dass mir etwas weggenommen wurde, etwas, das mir gehört.

Vielleicht ist Willow gar nicht so blauäugig und unbedarft, wie sie immer tut.

Sie hat das Baby an sich genommen, steht jetzt in meiner Küche und hält es ungelenk auf einer Hüfte, während sie versucht, ein Fläschchen zuzubereiten. Ruby windet sich heftig in ihrem Arm, und in ihren Augen glitzern Tränchen. Die Kleine starrt zu mir, ihre Arme greifen an Willow vorbei nach mir – ich bin mir ganz sicher –, während ich auf dem Schaukelstuhl sitzen bleibe, unfähig, aufzustehen und mir meinen Kaffee zu machen, weil ich an nichts anderes denken kann, als dass ich dieses Baby zurückhaben will. Mein Blutdruck steigt, Schweiß sammelt sich unter meinen Armen und klebt am Flanellstoff. Ich habe plötzlich das Gefühl, nicht mehr atmen zu können, nicht mehr genug Sauerstoff zu bekommen, um meine Lunge zu füllen.

Das Baby blickt mich mit starren Augen an, obwohl alles andere an ihm herumzappelt. Seine Füßchen treten nach Willow, seine Händchen zerren an Willows sepiagetönten Haaren. Die Haut der Kleinen hat die Farbe von Roter Bete angenommen, und Willows fehlende Reaktion darauf bringt sie zum Schreien. Willow nimmt die Misshandlung hin, als merke sie es kaum, und wird dadurch noch ungeschickter, sodass sie das mit Säuglingsnahrung gefüllte Fläschchen auf den Boden fallen lässt, wo das weiße Pulver sich einen Weg in die Ritzen der Holzdielen sucht. Und ich könnte helfen. Ich könnte, aber ich bin zu einer Statue erstarrt, mein Körper ist wie festgeklebt an dem Schaukelstuhl, mein Blick an den des Babys geheftet.

Am anderen Ende des Flurs öffnet sich eine Tür, gefolgt von Zoes Stimme, noch im Halbschlaf und verärgert – jenes

Kind, das sich einst an meine Brust klammerte und nur mich brauchte. Jetzt will es nichts mehr mit mir zu tun haben.

»Schläft denn hier keiner?«, fragt sie gereizt, als sie auf der Bildfläche erscheint, ohne Willow oder mich anzusehen.

Ich bringe ein »Guten Morgen« hervor, und meine Stimme klingt atemlos, während Zoe schlaftrunken durch den Flur trottet, die braunen Haare in einem Zustand der völligen Gesetzlosigkeit und Anarchie.

Ohne ein Wort zu sagen, lässt sich Zoe auf die Couch fallen und schaltet den Fernseher ein – MTV, das Äquivalent zu Koffein für Vorpubertäre.

»Dir auch guten Morgen«, murmele ich sarkastisch vor mich hin, und meine Augen starren sehnsuchtsvoll auf das Baby und lechzen nach einer neuen Chance, das wieder hinzubiegen.

Ms. Flores will mehr über Matthew wissen. Schon wenn ich nur über Matthew spreche, muss ich lächeln. Ich sage nichts darüber, aber als Ms. Flores mein Lächeln sieht, sagt sie zu mir: »Du magst Matthew, nicht wahr?«, und schlagartig verschwindet das Lächeln.

»Matthew ist mein Freund«, sage ich.

Ich erzähle ihr, wie Matthew nachts in meinem Zimmer vorbeikam, wie er mir Bücher unter meine Matratze steckte, damit ich nicht zu so einer Dumpfbacke wie Miriam würde.

Aber das war vorher.

Matthew war sechs Jahre älter als ich. Als ich in meinem neuen Zuhause in Omaha ankam, war er fünfzehn. Und ich neun. Es dauerte nicht mehr lange, da war er mit der Schule fertig, und als ich zwölf oder dreizehn, vielleicht auch vierzehn war, war er ausgezogen. Eines Tages, als Joseph bei der Arbeit war, packte er einfach seine Sachen und ging. Aber nicht sehr weit weg.

Statt aufs College zu gehen wie seine Schulkameraden – das konnte Matthew sich nicht leisten –, arbeitete er an der Tankstelle ein Stück die Straße entlang, und für eine Weile brachte er mir, wenn er mich besuchen kam, nicht mehr Bücher mit wie zu der Zeit, als er noch in die Schule ging, sondern Schokoriegel und Chipstüten, die Art von Lebensmitteln, die Joseph als Teufelswerk bezeichnete.

Ich wusste nicht, wo Matthew nachts schlief. Er redete nicht viel darüber. Manchmal sprach er davon, dass er in einem großen Backsteingebäude lebte, mit Klimaanlage und einem Großbildfernseher, aber selbst ich wusste, dass das gelogen war. Ein andermal schipperte er vielleicht mit einem Lastkahn den Missouri hinunter. Er wollte einfach nur nicht, dass ich Mitleid mit ihm hatte. Aber natürlich war alles besser, als dort in jenem Haus mit Joseph und Miriam zu leben, und mit Isaac, in dessen Augen ich mehr und mehr dasselbe Verlangen erkannte wie bei Joseph, wenn der nachts in mein Zimmer kam.

Aber trotzdem kam Matthew manchmal in das Haus in Omaha, an Tagen, wenn Isaac in der Schule war, Joseph bei der Arbeit und Miriam natürlich in ihrem Zimmer, der Welt um sie herum völlig entrückt. Er erzählte mir, dass er vielleicht zur Army gehen würde und dass er bei dieser Tankstelle in der Straße mehr verdiente, als ich vielleicht dachte.

Aber selbst ich merkte, wie müde seine Augen wirkten, dass er manchmal roch, als hätte er seit Tagen nicht geduscht, und seine Kleider immer rochen. Und dass er manchmal auf meinem Bett einnickte, während ich ein Hemd oder eine Jeans von ihm wusch oder die Schränke nach etwas zum Essen für ihn durchforstete. Ab und zu suchte er im Haus nach etwas Geld, einer Dollarnote hier, ein paar vergessenen Münzen dort, und stopfte es sich in die Tasche, und mit der Zeit kam es mir vor, als lebte Matthew allein von diesem Geld, von allem, was er Joseph nur stibitzen konnte. Einmal fand er einen Zwanzigdollarschein in der Tasche eines alten Mantels, den Joseph nicht mehr anzog, und in Matthews Augen konnte ich sehen, dass es für ihn war, als wäre er auf eine Goldmine gestoßen.

Matthew wollte mich aus dem Haus bekommen. Das wusste ich. Er wusste nur nicht, wie. *Eines Tages*, schwor er mir immer, wenn er mehr Geld hätte. Wie Momma damals begann auch Matthew viel über *eines Tages* zu reden. *Eines Tages* würde er genug Geld haben. *Eines Tages* würde er mich weit, weit weg von hier bringen.

Ich dachte daran, dass Joseph und Miriam dafür bezahlt wurden, dass sie mich aufgenommen hatten, und wünschte mir, dass Matthew mich vielleicht stattdessen bei sich aufnehmen könnte.

Doch da sprach das Kind in mir – mein wahres Ich wusste genau, dass so etwas nie passieren würde.

Ich merkte, dass sich in Matthew etwas veränderte. Er redete von größeren Sachen als Kakerlaken und der Venus. Er redete davon, mich aus diesem Haus zu bekommen, fort von Joseph. Und über Obdachlose, die in der Stadt auf der Straße lebten.

Matthew brachte mir wieder Bücher aus der öffentlichen Bibliothek mit. Jene Bibliothek beflügelte meine Fantasie, die Tatsache, dass man all die Hunderttausende von Büchern dort ohne Geld, ganz umsonst lesen konnte. Matthew erzählte mir immer wieder davon, von den vier Stockwerken, in denen es nichts als Bücher gab, und ich fragte mich, wie lange es dauern würde, die alle zu lesen. Matthew brachte mir ein oder zwei Bücher mit, wenn er mich besuchen kam, und ließ sie mir da bis zum nächsten Mal. Und wenn ich mit dem Putzen und Waschen fertig war und den Müll rausgebracht hatte, legte ich mich auf mein Bett und las, was Matthew mir diesmal mitgebracht hatte.

Manchmal hockten Matthew und ich zusammen auf meiner Bettkante. Er sah dann irgendwie zu groß aus für mein Zimmer, wie ein ausgewachsener Mann, der versucht, sich in ein Puppenhaus zu quetschen. Und wir lasen gemeinsam. Ich konnte sehen, dass Matthew nicht mehr der Junge war, der an der Tür meines Zimmers stehen blieb und mir von der Venus erzählte und irgendwelches dummes Zeug über Käfer. Er füllte es aus, war kein Besenstiel mehr, sondern ein Mann geworden. Seine Stimme war tiefer, seine Augen blickten wesentlich komplizierter, als ich es aus jener Zeit in Erinnerung hatte, als er und Isaac von der Schule nach Hause kamen, vor sich auf den Asphalt starrten und sich verzweifelt bemühten, die Schläge zu ignorieren, die sie einstecken mussten.

Und ich spürte auch, wie sich etwas in mir veränderte. In Matthews Nähe fühlte ich mich irgendwie anders. So nervös, wie ich es nur damals gewesen war, als er zum allerersten Mal in mein Zimmer kam und ich nicht genau wusste, was er von mir wollte. Matthew sah mich an, wie niemand auf der Welt es je getan hatte. Er redete mit mir, wie es seit Momma und Daddy niemand getan hatte. Wir lasen zusammen dieses oder jenes Buch – mein Lieblingsbuch war *Anne auf Green Gables*, und ich muss Matthew bestimmt hundert Mal gebeten haben, es aus der vierstöckigen Bibliothek zu holen –, und wenn wir auf ein schwieriges Wort stießen, das ich nicht lesen konnte, half Matthew mir, und nie warf er mir einen Blick zu, aus dem der Vorwurf gesprochen hätte, ich wäre dumm.

Ich lernte viel aus diesen Büchern, über die Wissenschaften und die Natur, darüber, warum instabile Luft Gewitter erzeugt und wie es kommt, dass es in manchen Teilen der Welt jeden Tag Gewitter gibt. Darüber, dass Blitze eigentlich *gut* für die Menschen und Pflanzen waren und nichts, wovor man sich fürchten musste.

Ich begann mich zu fragen, ob Joseph unrecht hatte mit dem Feuer und dem Schwefel und dem ganzen Zeug. Allmählich glaubte ich, dass es gar nicht Gott war, der böse auf mich war, wenn ein Gewitter über das Land tobte und sich über unser kleines Haus in Omaha hermachte.

Es war einfach nur ein Gewitter. Aber ich wagte nicht, das Joseph zu sagen.

Eines Tages hatte Matthew Verbrennungen an Armen und Händen, als er kam, die Haut wund, gerötet und voller Blasen. Einer seiner Unterarme war mit einer Mullbinde verbunden. Daran, wie er eine Hand mit der anderen umfasste, konnte ich sehen, dass es wehtat. Er kam leise ins Haus – vielleicht war er sich nicht sicher, ob ich es sehen sollte. Als ich ihn sah, schnappte ich nach Luft und rannte schnell in die Küche, um ihm einen Eisbeutel zu holen.

Er erzählte mir, dass es dort, wo er wohnte, gebrannt hatte. Als ich ihn fragte, wo er denn wohne, sagte er, in einem Obdachlosenheim. Ich dachte daran, wie Momma immer unsere alten Kleider für die *Obdachlosen* sammelte, aber ansonsten hatte das Wort für mich keine große Bedeutung. Ich dachte daran, dass Matthew die alten Kleider von jemandem trug und in dem alten Bett von jemandem schlief, und der Gedanke machte mich sehr traurig.

Ich wusste, dass Matthew nicht log, was das Obdachlosenheim betraf, denn als er mir davon erzählte, sah er mich an. Als er mir erzählt hatte, dass er auf einem Lastkahn über den Missouri schipperte, hatte er weggesehen, auf die sich ablösende Tapete in meinem Zimmer oder die alte Farbe, die sich dahinter verbarg.

Er hatte eine Tasche bei sich, bis oben hin voll mit allem, was er besaß. Er sagte, er würde nicht in dieses oder irgendein anderes Obdachlosenheim zurückkehren, niemals. Damit war er fertig.

Zuerst erzählte er mir nicht genau, wie es zu seinen Verbrennungen gekommen war. Aber er erzählte mir von dem Heim selbst. Dass es zu voll war. Dass es nicht genug Betten für alle gab und er in manchen Nächten auf dem Boden schlafen musste. Dass er sein Hab und Gut unter dem Bett versteckte und von Glück sagen konnte, wenn es am Morgen noch da war. Er erzählte mir von den Reihen identischer Etagenbetten mit den durchgelegenen Matratzen und nicht zueinander passenden Bettdecken, manche fleckig und zerrissen, andere nagelneu. *Gespendet*, sagte Matthew mir, *weil sie nicht gut genug waren für den Rest der Welt*, und ich konnte in seinen Augen sehen, dass er sich auch so fühlte: nicht gut genug für den Rest der Welt, und ich hätte ihm gern gesagt, dass das nicht stimmte.

Er sagte, dass die anderen Bewohner entweder Drogensüchtige oder Trinker waren, es den Leuten, die das Heim betrieben, aber scheißegal war. Er erzählte mir, dass er, um saubere Bettwäsche oder eine ordentliche Mahlzeit zu bekommen, manchmal Dinge tun musste, die er nicht tun wollte.

»Was zum Beispiel?«, fragte ich.

»Das willst du nicht wissen«, sagte er.

Und dann erzählte er mir, was dort passiert war, in jenem Obdachlosenheim, und wie er sich jene Verbrennungen zugezogen hatte. Er erzählte es mir nicht, weil ich fragte, sondern weil ich nicht fragte. Ich war mir nicht sicher, ob ich *das* wissen wollte.

Er erzählte mir von einem Brand. Vielleicht wegen fehlerhafter Elektroinstallationen, meinte er, aber wahrscheinlicher sei Brandstiftung. Ich fragte ihn, was das bedeutete – Brandstiftung –, und er sagte, dass jemand, der sauer war, weil in dem Heim kein Platz für ihn gewesen war, ein Streichholz genommen und das Haus angezündet hätte. Zwei Personen waren gestorben, ein Mann und dessen zehnjähriger Sohn. Die Notausgänge waren mit Betten und Sachen von Leuten verstellt, also gab es nur einen Weg nach draußen.

Ich sah mir diese Verbrennungen ganz genau an, die rote Haut, die auf seinen Händen anschwoll. Ich stellte mir ein Gebäude vor, das in Flammen stand, wie Matthew es geschildert hatte, die Wände schwarz und verkohlt, alles darin eingeäschert. Dieses Bild erinnerte mich an jenen Ort, von dem Joseph mir immer erzählte, dort, wo die Sünder hinkommen. Die Hölle. Ein Ort nie endender Strafen und Qualen, mit Dämonen und Drachen und dem Teufel selbst. Die ewige Höllenstrafe. Feuerseen. Der Feuerofen. Unlöschbares Feuer. Feuer, Feuer, Feuer.

Und da schwor ich mir, dass ich niemals einen Fuß in ein Obdachlosenheim setzen würde. Dabei spielte es keine Rolle, dass ich gar nicht genau wusste, was ein Obdachlosenheim eigentlich war.

»Wo wohnte Matthew, nachdem er dieses Heim verlassen hat?«, fragt Ms. Flores, und ihre Stimme reißt mich aus meinen Gedanken. Ich denke an Matthew und den komplizierten Blick, den seine Augen angenommen hatten und den ich sehr mochte. Er machte das Braun irgendwie noch brauner, wärmer, wie der Sirup, den Momma über unsere Karamell-Eisbecher goss. Das waren Matthews Augen für mich: warm und süß wie heiße Karamellsoße, voll und köstlich.

»Claire«, sagt sie. »Hörst du mir zu?«

Aber bevor ich antworten kann, klingelt ein Telefon, und Ms. Flores taucht mit ihrer Hand tief in ein Fach in ihrer Tasche und holt es hervor. Sie blickt auf das Display, und ihre Augenbrauen werden runzelig wie Rosinen.

Unvermittelt schiebt sie ihren Stuhl vom Tisch zurück, was mich zusammenzucken lässt. »Moment«, sagt sie. »Wir sprechen gleich über Matthew.« Und dann, zu dem Jungen in der Ecke: »Behalten Sie sie im Auge. Ich bin gleich wieder da«, und damit verlässt sie den kalten Raum, und ihre Absätze klappern über den Betonboden.

Als sie weg ist und die vergitterte Tür von einem zweiten Wachmann verriegelt wurde, der mit ihr mein Blickfeld verlässt, flüstert der Junge in der Ecke mir zu: »Also, ich hätte die auch umgebracht.«

HEIDI

Morgens klopft es an der Tür.

Zoe macht sich in ihrem Zimmer für die Schule fertig – anziehen, Haare bürsten und so was. Willow ist im Bad. Auf dem Weg zur Wohnungstür komme ich daran vorbei. Das Klopfen hat mich aus dem Elternschlafzimmer geholt, wo ich mich erst teilweise angezogen habe: eine Tweed-Hose und ein Trägertop. Eine Strickjacke liegt noch auf meinem Bett. Meine Haare sind nass und trocknen schneller, als mir lieb ist.

Das Baby trage ich auf einer Hüfte. Im Vorbeigehen sehe ich, dass Willow die Badezimmertür einen Spaltbreit offen gelassen hat, und erhasche einen Blick auf ihr Abbild im Badezimmerspiegel. Sie steht davor und starrt hinein. Ihre Haare sind, wie meine, noch nass vom Duschen und tröpfeln auf eins von Zoes T-Shirts. Auf einem Auge prangt bereits dunkler Eyeliner. Sie beugt sich nah an den Spiegel, um ihn auch auf das zweite Lid aufzutragen, zögert aber dann und zieht den Ausschnitt von Zoes schlichtem, ausgewaschenem T-Shirt vorne weit hinunter bis zu der zarten Haut ihrer Brust. Ich merke, wie ich nach Luft schnappe, und hoffe, dass das Baby still bleibt. Sie fährt mit den Fingern über eine Verletzung dort auf der milchig weißen Haut, so nah am Brustwarzenhof, dass ich sehen kann, wie die Pigmente die Farbe verändern. Instinktiv beuge ich mich vor, um besser sehen zu können, was sich als Bissspuren entpuppt, der Abdruck von Schneide- und Eckzähnen, die so tief eingedrungen sind, dass sie Narben hinterlassen haben. So tief, dass sie die Haut für immer verunstaltet haben.

Und da klopft es wieder. Ich zucke zusammen und bewege mich hastig durch den Flur, damit Willow mich nicht sieht, wie ich mit offenem Mund auf ihre Narbe starre. Damit sie mich überhaupt nicht sieht.

Vor der Tür steht Graham. In den Händen hält er zwei volle Kaffeebecher, auf die die Skyline von Chicago gedruckt ist. Als er das Baby sieht, schlüpft er in der Tür an mir vorbei und stellt die Becher mit Kaffee auf den Küchentisch. »Aha, jetzt weiß ich, bei wem ich mich für den Krawall in den letzten paar Nächten bedanken muss«, sagt er. »Du hast mir gar nicht erzählt, dass du Besuch bekommst.« Er setzt sich hin, schiebt mit der Schuhspitze einen zweiten Stuhl heraus und lädt mich damit an meinen eigenen Küchentisch ein.

»Wo ist Chris?«, fragt er, und sein Blick schweift über das Chaos, zu dem mein Zuhause geworden ist und an dem die Babyausrüstung einen überproportionalen Anteil hat: um die Spüle verteilte Babyfläschchen, Stapel von Windeln und Behälter mit Feuchttüchern auf dem Wohnzimmerfußboden, ein überquellender Wäschekorb direkt neben der Eingangstür und ein schockierender Duft nach Fäkalien, der aus dem Abfalleimer dringt. »Schon zur Arbeit so früh am Morgen?«, fragt er und gibt sich Mühe, angesichts des unerträglichen Gestanks nicht die Nase zu rümpfen. Es geht auf sieben Uhr zu.

»New York«, sage ich, rutsche auf den Stuhl neben ihm, und der himmlische Duft seines Eau de Cologne erreicht mich, eine erdige Patschuli-Note, vermischt mit dem betörenden Aroma von Kaffee. Ich presse meinen Becher an meine Lippen und inhaliere.

Graham ist elegant wie immer, die blonden Haare zu einer perfekten Igelfrisur gestylt, ein Pullover mit Rundausschnitt und passende Jeans. Er sagt, dass er seit fünf Uhr auf ist und schreibt, wie fast jeden Morgen. Während der üblichen Bürostunden arbeitet Graham als Freiberufler, schreibt für Webseiten, Zeitschriften und manchmal für die Zeitung. Aber die frühen Morgenstunden sind für seine wahre Leidenschaft reserviert, das Schreiben von Romanen. Er arbeitet seit zig Jahren an einem Roman, seinem Baby, seinem ganzen Stolz, und hofft, dass der es eines Tages ins Regal eines lokalen Alternativladens schafft. Ich habe hier und da reingelesen, eine Ehre, die mir erst nach drei oder vier Gläsern Wein, langem Bitten und Betteln, überbordendem Lob und Schmeicheleien zuteilwurde. Es war gut. Also das, was ich davon gelesen habe. Ich beauftragte Graham, am Text meiner gemeinnützigen Website zu feilen, mir bei Broschüren zu helfen und mehr oder weniger unseren jährlichen Spendenaufruf zu verfassen. Graham und ich brüteten oft bis spät in die Nacht über diesem Aufruf – bei einer oder zwei Flaschen Riesling, der mittlerweile meine Lieblingssorte ist –, während Chris und Zoe nebenan waren. Ich kam spät nach Hause, stark angeheitert und schwankend, spürte bei Chris jedoch keine Eifersucht, wie ich sie in der umgekehrten Situation ganz sicher empfunden hätte.

Worauf sollte ich denn eifersüchtig sein?, fragte Chris, als ich ihn damit konfrontierte, was ich in nüchternem Zustand niemals getan hätte. Und was er dann sagte, verletzte mich am meisten: *Ich glaube kaum, dass du Grahams Typ bist*, und ich erinnere mich genau an den Ausdruck der Befriedigung in seinem Gesicht. Die Genugtuung, diese Worte laut auszusprechen.

Tagelang, monatelang, jahrelang fragte ich mich, was diese Worte bedeuteten. Hieß »nicht Grahams Typ« nicht eine von den umwerfenden Schönheiten, die in seinem Bett ein und aus gingen? Die von Zeit zu Zeit die Wand zwischen unseren Wohnungen zum Wackeln brachten, wobei zerbrechliche Nippsachen gefährlich nah an den Rand eines Regals rutschten? Ist es das, was Chris mir damit sagen wollte? Dass ich nicht gut genug für Graham war? Dass ich eben nur die nicht mehr ganz taufrische Frau von nebenan war, die mit den braunen, von Grau durchzogenen Haaren, deren Haut allmählich von Falten eingenommen wird? Ich war die Freundin. Die Vertraute. Der Kumpel. Aber mehr? Niemals.

Oder meinte Chris vielleicht einfach nur, dass Frauen allgemein nicht Grahams Typ waren, dass Graham Männer bevorzugte?

Ich sollte es niemals erfahren. Aber jetzt sitze ich Graham am Tisch gegenüber und frage mich, ob er in einem anderen Leben, in irgendeinem Paralleluniversum, in mir jemals etwas anderes als die Lady von nebenan sehen könnte.

Aber tief in meinem Inneren kann ich eigentlich an nichts anderes denken als an Willow im Bad, wie sie mit den Fingern über die Verunzierung ihrer Brust fährt. Bissspuren. *Menschliche* Bissspuren.

Und dann erscheint sie im Flur, als hätte ich sie durch die Kraft meiner Gedanken herbeibeschworen, und Graham dreht sich zu ihr um, lächelt das bezauberndste Lächeln von allen und sagt höflich Hallo. Willow sagt nichts. Ich sehe, dass ihre Füße zur Flucht ansetzen, aber dann nimmt dieses Lächeln sie doch gefangen – warm und wohlwollend, durch und durch freundlich –, und sie erwidert es.

Es ist so gut wie unmöglich, Grahams Lächeln zu sehen und nicht auch zu strahlen.

»Willow«, sage ich dann, »das ist Graham. Von nebenan«, und Graham fragt: »Wie geht's?«

»Gut«, entgegnet Willow. Und dann: »Ist sie wach?« Sie meint das Baby, und ich bejahe die Frage.

Willow fragt, ob wir noch Zahncreme haben, und ich verweise sie an den Wäscheschrank am Ende des Flurs. Sie ist noch keine Sekunde weg, als Graham sich mir mit großen, neugierigen Augen zuwendet, als hätte ich ihm gerade den Handlungsstrang für seinen nächsten Roman geliefert, und sagt: »Erzähl«, wobei sein Gehirn rasch die Verbindung zwischen dem Baby auf meinem Schoß und dem Teenager zieht, der gerade den Wäscheschrank nach einer Tube Zahnpasta durchwühlt.

Wir sitzen nebeneinander in der »L«, und als wir losfahren, diesmal in nördlicher Richtung, wächst die Begeisterung des Babys für die Bewegung des Zugs, das strahlende Sonnenlicht, die Gebäude, die so schnell vorbeisausen, dass ihre Farben und Formen zu verschwimmen beginnen, die Grenzen zwischen rotem Backstein, Beton und Stahlgerüsten verlaufen. Ich sitze so dicht neben Willow, dass sich unsere Beine berühren, und sie zieht ihre instinktiv weg, obwohl in dem überfüllten Zug kein Platz zum Ausweichen ist. Willow empfindet die Nähe zu anderen als störend, fast schon schmerzhaft, so sehr, dass sie das Gesicht verzieht und zurückschreckt, als tue ihr die Tatsache, dass ich zu dicht neben ihr stehe oder sitze, so weh wie eine Ohrfeige. Sie würde es vorziehen, wenn sich die Leute buchstäblich eine Armlänge von ihr entfernt hielten, einen Sicherheitsabstand wahrten, in dem sie niemanden berühren und, vielleicht noch wichtiger, nicht berührt *werden* könnte.

Sie mag es nicht, berührt zu werden. Sie zuckt bei der winzigsten Berührung zusammen. Sie vermeidet, so gut sie kann, jeden Augenkontakt.

Ist das das Verhalten von jemandem, der misshandelt wurde, frage ich mich, als ich aus dem Augenwinkel auf ihre wirren Haare blicke, die sie vor ihre Augen fallen lässt, oder von jemandem, der andere misshandelt hat? Sind die düsteren, überschatteten Augen – und die Art, wie sie zu Chris, Zoe und zu mir schielen – eine Folge von Missbrauch oder ein Hinweis auf ihr eigenes unehrenhaftes Verhalten? Ich beobachte, wie andere das Mädchen mit dem Baby auf dem Schoß neben mir ansehen, das Mädchen, dessen Augen ins Leere wandern, während sie sich im Geist in irgendwelche fernen Reiche außerhalb dieses überfüllten Zugs teleportiert, während ich heimlich die Zehen des Babys streichele, nur mit einem Finger, damit Willow es nicht sieht.

Sehen die anderen etwas, das mir entgangen ist?

Werden sie von irgendwelchen Gedanken gequält – irgendwelchen Vorbehalten –, die mir nie in den Sinn gekommen sind? Oder vielleicht sind sie mir ja auch in den Sinn gekommen, jene Vorbehalte gegen Willow, und ich habe beschlossen, sie zu ignorieren, so wie ich beschlossen habe, das Blut auf dem Unterhemd zu ignorieren, ihre Worte für bare Münze zu nehmen und nicht in Betracht zu ziehen, dass mehr daran sein könnte. *Nasenbluten*, hatte sie gesagt.

Und doch hat ihre Nase in der Zeit, seit sie bei uns ist, kein einziges Mal geblutet.

Wir nehmen den Zug zu einer Ambulanz in Lakeview. Rubys Fieber hält sich hartnäckig, liegt auf der Lauer und zeigt in den unpassendsten Momenten sein hässliches Gesicht. Das Tylenol beruhigt sie zwar, hilft aber immer nur vorübergehend. Die eigentliche Ursache für den Temperaturanstieg, das Unbehagen, das sie stundenlang quält, haben wir noch nicht ergründet.

Zoes Kinderarzt kam nicht infrage, das war mir auch klar.

Es könnte Fragen aufwerfen. Eine Ambulanz, wo ich in bar bezahlen konnte, war besser. Viel besser.

Wir steigen aus der »L« und laufen ein oder zwei Blocks zu der Klinik, einem Gebäude an der Ecke einer belebten Kreuzung, wo es zu dieser Tageszeit laut ist. Autos fahren kreischend vorbei, und Teile des Gehwegs, die der Aprilregen in Seen verwandelt hat, sind mit Böcken und Warnband abgesperrt. Die Leute, die daran vorbeiwollen, treten auf die Straße in den entgegenkommenden Verkehr, sodass so mancher Fahrer auf die Hupe geht.

Willow hat das Baby in ihre Jacke gesteckt, die NATO-grüne Jacke, aus der die Zipfel einer rosafarbenen Fleecedecke hervorschauen, eine Erinnerung an den Tag, als ich das Zweiergespann, das sich an der Fullerton Station im Regen herumdrückte, zum ersten Mal gesehen habe. Ich biete ihr an, das

Baby zu tragen, aber Willow wirft mir einen Blick zu und sagt Nein. Eigentlich sagt sie »Nein, danke«, aber ich höre nur ein *Nein.* Eine Ablehnung, eine Zurückweisung. Es ist mir so peinlich, dass ich rot werde.

Also warte ich, bis Willow und ich im Windfang sind, jenem ruhigen Bereich zwischen zwei Glastüren, und nehme ihr unvermittelt das Baby aus den Händen – so plötzlich, dass ihr keine Zeit zu reagieren bleibt. Sie kann gar nicht reagieren, denn die Augen auf der anderen Seite der Glastür könnten es sehen. »Wir sagen, es sei mein Kind«, sage ich, »so ist es glaubwürdiger. Und es gibt weniger Fragen«, und ich gehe voran durch die zweite Glastür und in die Eingangshalle der Klinik, ohne auf ihre Antwort zu warten.

Willow bleibt einen halben Schritt oder mehr zurück. Sie beobachtet mich, und das Aufflackern ihrer eisig blauen Augen brennt mir ein Loch in mein Hemd.

»Ich hatte noch nie das Haus verlassen«, sage ich. »Das war das allererste Mal.«

Ich erzähle Ms. Flores, wie Matthew an jenem Tag auftauchte, nachdem Joseph und Isaac aus dem Haus waren. Er hatte ein altes Paar Turnschuhe bei sich. Sie hatten Schnürsenkel, und er musste mir beim Binden helfen. Er sagte mir, ich solle die anziehen, weil ich dort, wo wir hingingen, nicht barfuß laufen konnte.

Ich wusste nicht, woher er die Schuhe hatte. Ich fragte nicht. Auch nicht, woher er das Sweatshirt hatte, ein dünnes Kapuzensweatshirt in der Farbe von Mandarinen, das er mir anzuziehen half.

»Wo gehen wir denn hin?«, fragte ich ihn das erste von drei Malen.

»Das wirst du schon sehen«, sagte er, und wir gingen zur Tür des Hauses in Omaha hinaus.

»Du willst mir doch nicht erzählen, dass du in der ganzen Zeit – wie lange? Sechs Jahre? – dieses Haus kein einziges Mal verlassen hast?«, fragt Ms. Flores skeptisch. Sie taucht einen Teebeutel in eine dampfende Tasse mit Wasser und bewegt ihn auf und ab, auf und ab wie ein Jo-Jo, weil ihr die Geduld fehlt, zu warten, bis der Tee gezogen ist.

Momma liebte Tee. Grünen Tee. Der Duft von Ms. Flores' Tee erreicht mich und ruft augenblicklich Erinnerungen an Momma wach. Sie schwor immer, dass ihr grüner Tee gegen Krebs, Herzkrankheiten und das Altern half.

Schade, dass er nicht gegen Bluebirds half, die sich auf der Straße überschlugen.

»Doch, Ma'am«, antworte ich und gebe mir Mühe, zu ignorieren, dass Ms. Flores' graue Augen mich ansehen wie eine Lügnerin. »Zumindest war es das erste Mal, dass ich irgendwo war«, sage ich, »abgesehen vom Hinterhof«, und selbst das kam selten vor.

»Hieltest du das denn für eine gute Idee?«, fragt Ms. Flores.

In Gedanken kehre ich zu dem Tag zurück, an dem Matthew und ich das Haus in Omaha verließen. Ich erzähle Ms. Flores, dass die Luft kalt war. Es war Herbst. Die Wolken am Himmel waren dick und schwer.

Ich erinnere mich, als wäre es gestern gewesen, jener Tag, als Matthew mich zum ersten Mal mit nach draußen genommen hat.

»Nein, Ma'am.«

»Hast du Matthew das gesagt? Hast du ihm gesagt, dass du das für keine gute Idee hältst?«

»Nein, Ma'am.«

Sie zieht den Teebeutel aus der Tasse und legt ihn auf eine Papierserviette. »Und warum nicht, Claire? Warum hast du Matthew das nicht gesagt?«, fragt sie, und ich spüre, wie meine Schultern sich heben und senken.

Ich erinnere mich, dass ich dicht neben Matthew herlief und Angst hatte, draußen zu sein. Angst davor, wie die Bäume sich im Wind wiegten. Angst vor den vorbeirasenden Autos, die ich immer nur von meinem Fenster aus gesehen hatte. Seit jenem Tag vor sechs Jahren, als Joseph und Miriam mich in ihr Haus fuhren, hatte ich in keinem Auto mehr gesessen. Für mich waren Autos etwas Böses. Autos hatten Momma und Daddy getötet. Ein Auto hatte mich in das Haus von Joseph und Miriam gebracht.

Ich erinnere mich, dass Matthew mich am Ärmel zog und wir die Straße überquerten. Ich warf einen Blick zurück auf das Haus von außen, ein hübsches Haus, fast idyllisch. Es war nicht das neueste Haus des Blocks, trotzdem hatte es Charme mit seiner strahlend weißen Farbe, den schwarzen Fensterläden und dem grauen Stein, der es umhüllte. Die Haustür war rot.

Ich hatte das Haus noch nie aus diesem Winkel gesehen, von außen, vom Vorgarten aus.

Und aus irgendeinem Grund bekam ich Angst und wollte losrennen.

»Halt, bleib stehen«, sagte Matthew und zog an meinem Shirt, um mich davon abzuhalten. Die Turnschuhe fühlten sich groß und klobig an, als hätte ich zehn Pfund schwere Gewichte an den Füßen. Ich war es nicht gewohnt, Schuhe zu tragen. Im Haus lief ich immer nur barfuß. »Warum hast du es denn so eilig?«, fragte Matthew, und als ich mich zu ihm umdrehte, konnte er die Panik in meinen Augen sehen, die Angst. Er konnte sehen, dass ich zitterte. »Was denn, Claire? Was ist los?«

Und ich sagte ihm, dass ich Angst vor den Autos hatte, den Wolken, den kahlen Bäumen, die in der kalten Novemberluft wankten. Vor den Kindern, die hinter den Vorhängen ihrer Häuser hervorlugten, den Kindern mit den Fahrrädern und der Kreide und ihren Schimpfwörtern: Schwachkopf, Vollidiot.

Und da nahm Matthew mich an der Hand, etwas, das er nie zuvor gemacht hatte. Niemand hatte bisher für längere Zeit meine Hand gehalten, nicht nach Momma, als ich klein war. Es war ein schönes Gefühl. Matthews Hand war irgendwie warm, während meine wie ein Eiszapfen war.

Matthew und ich liefen weiter, bis zum Ende des Blocks und um eine Ecke, wo er mich zu einem komischen blauen Schild zog. »Das ist unsere Haltestelle«, sagte er. Ich wusste nicht, was er damit meinte: *unsere Haltestelle*. Aber ich folgte ihm zu dem Schild, wo wir stehen blieben und ziemlich lange warteten. Es waren noch andere da, die an dem Schild herumstanden und einfach nur warteten.

Matthew ließ meine Hand los und suchte in seiner Hosentasche nach einer Handvoll Münzen, und währenddessen brauste die kalte Novemberluft auf und erfasste meine Haare. Ein Auto raste unvermittelt vorbei, aus dem laute und wilde Musik kam. Plötzlich hatte ich das Gefühl, nicht richtig atmen zu können, als müsste ich an jener rauen Luft ersticken, als würden mich alle ansehen. *Was du nicht sehen kannst, kann dir auch nichts tun*, erinnerte ich mich, presste mich dicht an Matthew und versuchte, die kalte Luft zu vergessen, die laute Musik, die unverschämten Blicke.

Ein großer Bus – weiß-blau mit schwarz getönten Fenstern – hielt direkt vor uns an. Matthew sagte: »Das ist unser Bus«, und wir stiegen zusammen mit den anderen Leuten die hohen Stufen hinauf. Als er mein Zögern spürte, sagte er: »Es ist in Ordnung. Keiner wird dir etwas tun«, bevor er eine Handvoll Vierteldollarmünzen in einen Automaten steckte und mich durch den dreckigen Gang zu einem harten blauen Sitz führte. Der Bus fuhr abrupt an, und ich glaubte, von meinem Sitz auf den schmutzigen Boden zu fallen. Ich starrte auf diesen Boden, wo eine auslaufende Coladose und ein altes Bonbonpapier lagen und der Dreck von irgendjemandes Schuhen.

»Wo fahren wir denn hin?«, fragte ich Matthew wieder, und wieder sagte er: »Das wirst du schon sehen«, während der Bus die stark befahrene Straße entlangschaukelte, mich auf dem harten Plastiksitz hin und her warf und an jeder Ecke anhielt, um noch mehr Leute einsteigen zu lassen, bis der Bus vor lauter Menschen aus allen Nähten platzte.

Ich tat das, was ich immer tat, wenn ich Angst hatte. Ich dachte an Momma mit ihren langen schwarzen Haaren und ihren blauen Augen. Ich dachte an Ogallala zurück. An jede noch so kleine Erinnerung, die mir in den Sinn kam. Es waren mit der Zeit immer weniger geworden, zum Beispiel als ich bei Safeway hinten auf dem Einkaufswagen mitfuhr und auf einen Einkaufszettel starrte, den der letzte Kunde im Wagen zurückgelassen hatte. Die blaue Tinte war in einer bauschigen Schreibschrift auf das Papier geschmiert, die ich nicht lesen konnte. Lily saß im Kindersitz. Ich dachte daran, wie ich in einen ziemlich reifen Pfirsich biss und mit Momma lachte, als mir der Saft das Kinn hinunterlief, und wie wir unter der riesigen Eiche saßen, die fast den ganzen hinteren Garten unseres Fertighauses einnahm, und ich Momma aus Büchern vorlas, die eigentlich nur für Erwachsene gedacht waren.

»Wenn du solche Angst hattest, warum hast du Matthew nicht gesagt, dass du nicht mitkommen willst?«

Ich denke ein oder zwei Minuten darüber nach. Ich beobachte, wie Louise Flores einen eingepackten Butterkeks knabbert, und denke über ihre Frage nach. Ich hatte aus sehr vielen Gründen Angst. Ich hatte Angst wegen der Leute da draußen, aber noch viel größere davor, dass Joseph rausfand, dass wir weg gewesen waren. Mein Kopf wusste, dass Joseph bei der Arbeit war und dass Isaac erst in der Schule sein würde und danach jobbte, wie immer, aber trotzdem war ich mir nicht so sicher. Und Miriam? Na ja, Miriam wusste ja kaum, dass ich da war, also würde sie auch sicher nicht merken, wenn ich es nicht war. Aber Angst hatte ich trotzdem.

Warum sagte ich Matthew also nicht, dass ich nicht mitgehen wollte? Es war eigentlich ganz einfach. Ich *wollte* mitgehen. Ich hatte Angst, aber ich war auch aufgeregt. Ich war ewig nicht aus diesem Haus herausgekommen. Ich war damals vierzehn oder fünfzehn. Aus diesem Haus herauszukommen, war der drittgrößte Wunsch, den ich seit sechs langen Jahren hatte. Der erste war, dass Momma und Daddy wieder lebten, und der zweite, Lily zurückzubekommen. Meine Lily. Ich vertraute Matthew, wie ich in den letzten sechs Jahren niemandem vertraut hatte, sogar mehr als Ms. Amber Adler, die mit dem Polizisten in unser Haus in Ogallala gekommen war, um Lily und mir zu sagen, dass unsere Eltern tot waren. Sie hatte sich vor mir auf den Laminatboden gekniet und mir mit dem freundlichsten Lächeln in ihrem schlichten Gesicht versprochen, dass sie sich um Lily und mich kümmern und ein gutes Zuhause für uns finden würde.

Niemals kam mir der Gedanke, dass sie gelogen hatte. Aus ihrer Sicht hatte sie genau das getan.

Aber Matthew war anders. Wenn Matthew sagte, alles sei in Ordnung, dann war auch alles in Ordnung. Wenn er sagte, niemand würde mir etwas tun, dann würde mir auch niemand etwas tun. Das hieß nicht, dass ich keine Angst hatte, als wir aus dem einen blau-weißen Bus aus- und in einen anderen einstiegen – und dann noch einen anderen – und ich mir so viele Erinnerungen an Momma ins Gedächtnis rief, wie ich nur konnte (Mrs. Dahl und ihr Vieh, Mommas Vorliebe für Sandwiches mit Banane und Mayonnaise, von denen sie immer erst die Kruste rundherum aß und sich das Innere – das *Herzstück,* wie sie es nannte – bis zum Schluss aufhob). An Momma zu denken, half mir, dieses Gefühl zu unterdrücken, vor Angst fast zu sterben.

Ich hab dich so lieb wie Bananen Mayonnaise, sagte sie, und ich schüttelte nur lachend den Kopf und sah ihr zu, wie sie in ihren schwarzen Etuikleidern und mit ihrer Beehive-Frisur durch unser Haus tänzelte.

Der Bus fuhr mit uns an Gebäuden vorbei, die aussahen wie die Mehrfamilienhäuser, die ich aus Ogallala in Erinnerung hatte, kleine Gebäude, die auf dem gelblichen Rasen verteilt waren, aus gepressten Backsteinen, ziegelrot. Es gab Parkplätze, die so viel Fläche einnahmen wie die Gebäude selbst. Elektrische Leitungen verliefen entlang der Straße und ließen die Luft brummen, die durch das offene Busfenster hereindrang. Wir fuhren durch Elendsviertel, an heruntergekommenen, mit Brettern vernagelten Häusern vorbei, an schäbigen Autos und wüst aussehenden Menschen, die einfach nur auf den rissigen Gehsteigen herumlungerten. Wir kamen an amerikanischen Flaggen vorbei, die im unnachgiebigen Wind flatterten. Zwischen dem absterbenden Gras am Straßenrand schienen Flecken von Erde hindurch. Wir fuhren vorbei an Büschen mit einem kümmerlichen Rest von Blättern, die braun geworden waren und zu Boden fielen, und an Bäumen, kahlen Bäumen, Hunderttausenden von Bäumen.

Wir fuhren an einem riesigen Parkplatz mit Autoteilen vorbei. Als ich mich nach diesen Autos erkundigte, sagte Matthew mir, dass man das Schrottplatz nannte, und ich wollte wissen, was jemand denn mit Autos ohne Räder oder Türen anfangen könne.

»Die nehmen die als Ersatzteile«, sagte er, und ich fragte mich, wozu Räder oder Türen ohne Auto gut sein sollten. Unwillkürlich hielt ich Ausschau nach Mommas und Daddys Bluebird, nach dem auf dem Dach liegenden Auto mit eingedrückter Motorhaube, den kaputten Scheinwerfern, den Spiegeln, die an einem Faden an der Tür baumelten, Stoßstangen und Kotflügel, die auf die halbe Größe zusammengestaucht waren. Das ist das Bild, das ich all die Jahre in mir trug, ein Schnappschuss auf der Titelseite der Zeitung: *Zwei Tote bei Unfall auf I-80.* Die Namen von Momma und Daddy wurden nirgendwo erwähnt. Man nannte sie *Unfallopfer*, ein Wort, das ich damals noch nicht einmal kannte.

»Wo fahren wir hin?«, fragte ich zum dritten und letzten Mal. Ein Lächeln huschte über Matthews Lippen, als er sagte: »Das wirst du schon sehen.«

»Wo hat Matthew dich an dem Tag hingebracht?«, fragt Louise Flores. Ich denke daran, dass Matthew all die Jahre mit mir in diesem Haus gelebt hat, an all die Jahre, in denen Joseph mich dort eingesperrt hat. Ich fragte mich, wie Matthew darüber dachte oder ob er vielleicht überhaupt nicht darüber nachdachte, weil er ein Kind und Joseph sein Vater gewesen war und er daran gar nichts merkwürdig fand. Mit Joseph und Miriam in diesem Haus zu wohnen, war für mich nach all der Zeit normal geworden. Ich musste ganz tief in mein Herz schauen, um zu erkennen, dass es falsch war, so eingesperrt zu werden. Ich dachte, vielleicht war es bei Matthew genauso. Dass es schon immer so war, seit er klein war. Er sah Miriam nie kommen und gehen. Er sah mich nie das Haus verlassen.

Und außerdem sagte Joseph ja, dass mir niemand glauben würde. Keine Menschenseele. Sein Wort stand gegen meins. Und ich war ein Kind. Ein Kind, das niemand wollte – niemand außer ihm und Miriam.

»Wo hat er dich hingebracht?«, fragt Ms. Flores wieder, und ich sage: »In den Zoo.«

»In den Zoo?«, fragt sie, als könne sie sich eine Million Orte vorstellen, wo sie eher hingegangen wäre.

»Ja, Ma'am«, sage ich mit einem Lächeln im Gesicht, so strahlend wie die Sonne, weil es keinen Ort auf der Welt gab, wo ich lieber gewesen wäre, außer vielleicht bei Momma und Daddy.

Der Zoo. Ich war früher schon mal in einem kleinen Zoo in Lincoln gewesen, aber in den in Omaha waren wir nie gegangen. An dem Tag sahen wir Antilopen und Geparden, Gorillas und Nashörner. Wir fuhren mit einer Eisenbahn in ein Gebäude mit einer riesigen Kuppel, in dem es aussah wie in der Wüste, in einer echten Wüste. Matthew gab dort im Zoo seinen letzten Penny für mich aus und kaufte mir sogar Popcorn!

Ich genoss jede Minute, obwohl mir die vielen Menschen ehrlich gesagt ein bisschen Angst machten. Jede Menge Menschen. Ich wusste damals nicht viel über Menschen. Alles, was ich wusste, beschränkte sich auf die wenigen Menschen in meinem Leben, die sich in drei Kategorien zusammenfassen ließen: gute, böse und sonstige. Schließlich war ich nicht nur seit Jahren nicht aus dem Haus in Omaha herausgekommen, sondern ich hatte auch nicht besonders viele Menschen gesehen, nur Joseph, Miriam, Isaac, Matthew und hin und wieder, vielleicht alle sechs Monate, Ms. Amber Adler. Ich starrte alle Leute an, an denen wir vorbeikamen, und fragte mich immer wieder, ob sie gut oder böse waren.

Oder vielleicht sonstige.

Aber Matthew hielt die ganze Zeit fest meine Hand, ließ sie nie los. Ich fühlte mich sicher, wenn ich mit Matthew zusammen war, als würde er mich beschützen, obwohl ich wusste, dass ich früher oder später zurückmusste, zurück in das Haus von Joseph und Miriam. Und wie sich zeigte, war es eher früher als später, denn Matthew sagte, wir könnten nicht riskieren, dass Joseph vor uns nach Hause kam. Wir konnten das Risiko nicht eingehen, dass er herausbekam, dass wir weg waren.

Denn dann, sagte Matthew, würde Joseph wütend werden. Richtig wütend. Und ich fragte mich, was er dann tun würde.

In jener Nacht träumte ich von Antilopen. Antilopen in einer Herde, die durch die afrikanische Savanne rannten. So frei und ungehemmt, wie ich es mir nur wünschen konnte.

Wir machen uns gerade bettfertig, als Willow in mein Schlafzimmer kommt und gute Nacht sagt. Ihre Stimme klingt ängstlich, wie fast immer. Zoe liegt auf meinem Bett und sieht sich irgendeine Sitcom im Fernsehen an, und ich schneide jedes Mal innerlich eine Grimasse, wenn jemand *verdammt* oder *verflucht* sagt oder ein Pärchen sich einen romantischen Kuss gibt. Ich weiß nicht genau, wann wir vom Disney-Channel zu *so was* aufgestiegen sind. Ist meine zwölfjährige Tochter überhaupt alt genug, um *das hier* zu schauen, um die sexuellen Anspielungen und den Erwachsenenhumor zu begreifen, die auf dem Bildschirm vorherrschen?

Aber sie starrt mit leerem Blick in den Kasten, ohne mit dem Publikum zu lachen, als ein Typ auf einer vereisten Fläche auf einem Parkplatz ausrutscht, auf sein Hinterteil fällt und ihm eine Schachtel Eier aus den Händen im hohen Bogen wegfliegt.

Ihr Blick wendet sich Willow zu, mit einem kaltherzigen Ausdruck in ihren warmen braunen Augen.

Sie tastet nach der Fernbedienung und versucht, Willows rückgratloses *Gute Nacht* zu übertönen, indem sie lauter macht.

Zoe ist sauer auf mich, weil ich vergessen habe, sie vom Fußballtraining abzuholen. Weil ich mich in der Klinik mit Willow und dem Baby habe ablenken lassen. Weil sie eine Stunde oder vielleicht noch länger mit Coach Sam warten musste, während er mich wieder und wieder auf dem Handy anrief, um mich daran zu erinnern, dass meine Tochter in Eckhart Park wartet, und die Sonne immer tiefer hinter den Horizont sank. Als wir kamen, waren ihre Teamkameradinnen längst weg und Coach Sam unterkühlt und hibbelig, auch wenn er mir mit einem künstlichen Lächeln versicherte, es sei schon gut, als ich mich zum x-ten Mal für meine Verspätung entschuldigte.

Zoe redete nicht mit mir, als wir nach Hause kamen, und auch nicht mit Willow. Sie duschte und ging dann ins Bett und meinte, sie wolle allein sein. Das überraschte mich natürlich überhaupt nicht, und in ihren leeren Augen, dem schmollenden Gesicht konnte ich lesen, dass sie mich hasste, wie fast alles. Ich hatte es auf jene endlose Liste geschafft, neben Mathehausaufgaben, Bohnen und jene Nervensäge von einer Vertretungslehrerin. Ich. Auf der Liste der Dinge, die sie hasste.

Das Baby dagegen hatte immer ein Lächeln für mich übrig. Ein zahnloses Lächeln und honigsüße Babylaute, die den Raum erfüllten wie sprudelnde Schlaflieder. Gierig klammerte ich mich an die Kleine und weigerte mich, sie zu teilen. Ich machte ihr ein Fläschchen, wenn sie begann, in den Falten meines Oberteils nach meiner Brust zu stöbern, schlich mich heimlich in die Küche, ohne es Willow zu sagen oder sie zu fragen, ob es in Ordnung war, wenn ich das Baby fütterte, denn sonst hätte sie vielleicht vorgeschlagen, es selbst zu machen. Ich hätte das Baby ihrer Fürsorge überlassen müssen, und das konnte ich einfach nicht. Also stand ich in der dunklen Küche, fütterte Ruby, kitzelte ihre süßen kleinen Zehen und drückte ihr ein Geschirrhandtuch auf den Mund, um die Tropfen Säuglingsnahrung aufzufangen, die entwischten und ihr im Zickzack das Kinn hinunterliefen.

»Es ist Zeit für ihre Medizin, Ma'am«, erklärte Willow, die wie aus dem Nichts in der Küche auftauchte, wie ein Blitz, der eine ansonsten ruhige Nacht durchzuckt. Ich fühlte mich auf frischer Tat ertappt, sozusagen mit der Hand in der Keksdose.

Ihre Worte an sich waren freundlich, aber ihre Augen durchbohrten mich, sie brauchte nichts zu sagen, um klarzustellen, dass ich im Unrecht war. Urplötzlich fürchtete ich mich vor Willow, fürchtete, dass sie mir was antat, dass sie dem Kind etwas antat.

Wieder kehrte sich ihr Bild vor meinen Augen um: hilfloses junges Mädchen mit einer Schwäche für heiße Schokolade, krimineller Teenager, der es geschafft hat, sich in mein Heim einzuschleichen.

Sie stand da in der Küche, die Arme weit für die Rückkehr des Babys geöffnet. Bekleidet war sie mit einem weiteren ausrangierten Teil aus Zoes Garderobe: Jeans mit einem Loch im Knie, ein langärmeliges Shirt, das an Willow zu einer Dreiviertellänge mutierte, weshalb sich eine Gänsehaut über ihre Unterarme zog und ihr die Härchen dort zu Berge standen. In den Socken, die sie trug, klaffte an einem der großen Zehen ein großes Loch, und während ich auf jenen großen Zeh starrte, kam mir in den Sinn, wie naiv es von mir gewesen war, Willow zu mir nach Hause zu bringen.

Was, wenn Chris doch recht hatte, was Willow betraf? Ich hatte keine Sekunde über die Auswirkungen nachgedacht, die es auf das Wohlergehen meiner eigenen Familie haben würde, weil ich viel zu sehr um Willows Wohlergehen besorgt war, um an Zoe zu denken oder an Chris.

Was, wenn man Willow nicht trauen konnte?

Meine Augen schnellten zu der Schublade, in der wir das Schweizer Taschenmesser aufbewahren, zwischen allem möglichen Krimskrams – Geburtstagskerzen, Streichhölzern, nicht funktionierenden Taschenlampen –, und ich stellte fest, dass ich plötzlich Angst hatte, dass ich mich plötzlich fragte, wer dieses Mädchen ist, wer sie *wirklich* ist, und was sie in meiner Wohnung zu suchen hat.

Sie fragte nicht das Naheliegende, als sie dastand und mich anstarrte, nämlich, was ich da machte.

Stattdessen nahm sie mir die Kleine wortlos aus den Händen. Sie nahm sie einfach und ließ mich hilflos und kurzatmig zurück. Ich stand in der Küche und half Willow dabei, dem Baby flüssiges Antibiotikum in den Mund zu träufeln, und als

Willow sich mit dem Baby auf dem Arm von mir abwandte, blieb ich entsetzt zurück. Mit dem Baby, das ich gerade noch gehalten und gefüttert hatte, und ohne Ruby hatte ich das Gefühl, als fehlte plötzlich etwas in meinem Leben. Ich sah zu, wie Willow sich im Schneidersitz auf meine Couch hockte, das Baby in ihren Schoß legte und es in die rosa Fleecedecke wickelte wie eine Raupe in einen Kokon.

Mir war zum Heulen zumute, ich starrte auf das fast leere Fläschchen in meiner Hand, meine leeren Arme. Ich verspürte ein Verlangen, wurde überwältigt von einem leidenschaftlichen Bedürfnis, dieses Baby im Arm zu halten. In meine Gedanken drängte sich das Bild von Juliet, von Juliet, wie sie mit einer Kürette aus meiner Gebärmutter geschabt wird. Das Atmen wurde schwer, nahezu unmöglich, und meine Gedanken pendelten zwischen einem Verlangen nach diesem Baby – nach Ruby – und einer Sehnsucht nach meiner Juliet, die als organischer Abfall entsorgt worden war.

Ich weiß nicht, wie lange das andauerte. Ich stand da auf der Schwelle zwischen Küche und Wohnzimmer und hyperventilierte. Das Kohlendioxid entschwand mit einer alarmierenden Geschwindigkeit aus meinem Blut, sodass es in meinen Lippen, meinen Fingern und Zehen zu kribbeln begann, und ich klammerte mich mit weiß werdenden Fingerknöcheln an die Küchenarbeitsplatte aus Granit, um nicht ohnmächtig zu werden oder umzukippen. Stellte mir meinen Körper vor, wie er sich auf dem Parkettboden krümmte, sah Willow und Zoe vor mir, wie sie danebenstanden und nichts unternahmen, nur *Sesamstraße* oder irgendeine Sitcom im Fernsehen schauten. Und ich fing an, sie zu hassen – alle beide – für diese Gleichgültigkeit, so hypothetisch sie auch sein mochte.

Und jetzt stehe ich im Elternbadezimmer, und Zoe sieht im Bett diese alberne Serie, als Willow uns gute Nacht wünscht. Sie hat es jetzt bis ins Schlafzimmer geschafft, steht zögernd vor der Badezimmertür und sieht zu, wie ich mein kostbares Goldkettchen mit dem Ehering meines Vaters an einen pseudoantiken Haken an der Wand hänge, einen filigranen, blassrot bemalten Vogel.

Ich drehe mich nicht zu Willow um, als ich »Gute Nacht« murmele, und warte mit dem Atmen, bis sie das Zimmer verlassen hat. Ich schlüpfe in ein Satinnachthemd, schließe die Schlafzimmertür ab, geselle mich zu Zoe ins Bett und schiebe das Schweizer Taschenmesser unters Kopfkissen.

Eine schlaflose Nacht lang wälze ich mich unruhig hin und her. Ich gebe mir Mühe, Zoe nicht zu wecken, die mir den Rücken zugekehrt hat und ganz am Rand des Bettes liegt, damit sich unsere Körper ja nicht berühren. Die Zoe, die früher immer zu Chris und mir ins Bett krabbeln wollte, die darum bettelte, jenen freien Platz zwischen Mommys und Daddys schützenden Körpern ausfüllen zu dürfen – und jetzt hält sie so viel Abstand, dass sie fast aus dem Bett fällt.

Als ich endlich Schlaf finde, wimmelt es in meinen Träumen von Babys. Babys und Blut. Es sind keine schönen Träume von Engeln und engelsgleichen Babys, wie ich sie in der Vergangenheit hatte, sondern von blutigen Babys, toten Babys, leeren Wiegen. Ich selbst renne dabei in meinem Satinnachthemd von einem Zimmer ins andere, suche nach der kleinen Juliet und kann sie nirgendwo finden. In meinen Träumen versuche ich, meinen Weg zurückzuverfolgen, als könnte ich sie vielleicht übersehen haben, mitten im Zimmer, eingewickelt in ihre Fleecedecke. Ich suche an den Stellen, wo die Katzen gerne liegen, im Kleiderschrank, hinter der geschlossenen Tür der Speisekammer, unter dem Bett. Sie ist nirgendwo.

Und dann blicke ich an mir hinab und stelle fest, dass mein Satinnachthemd mit Blut beschmiert ist. Wie Ketchup auf einem Hamburger-Brötchen. Es ist auf dem Nachthemd und an meinen Händen, und als ich in den Spiegel starre – und mein

Bild seit dem Zubettgehen um zehn Jahre gealtert ist –, sehe ich, dass mein einst braunes Haar voller Blut ist.

Schweißgebadet erwache ich aus diesem Alptraum und bin sicher – absolut sicher –, dass ich irgendwo in der Ferne ein Baby schreien höre.

Ich stehe auf und schleiche auf Zehenspitzen durch das Zimmer. Die digitalen Ziffern auf dem Wecker zeigen 2.17 Uhr an. Ich finde den Flur dunkel vor, bis auf das schwache Licht, dessen Schein vom Herd in der Küche bis in den Flur fällt. Es ist alles still, als ich mein Ohr an die Arbeitszimmertür halte. Da ist kein Geräusch. Kein Baby schreit.

Dabei war ich mir so sicher.

Ich lege die Hand auf den satinierten Nickelknauf und drehe.

Abgeschlossen.

Ich versuche es noch mal, nur um sicherzugehen, und mein Herz beginnt schneller zu schlagen. Ich fange an, mir Sorgen zu machen, dass hinter dieser Tür etwas nicht stimmt. Eine Million Gedanken schleichen sich ungebeten in meinen Kopf, Gedanken an Willow, die sich umgedreht hat und das Baby erstickt, bis hin zu irgendeinem Verrückten, der die Feuerleiter hochgeklettert ist und mit Ruby im Arm flieht.

Ich muss in dieses Zimmer gelangen. Ich muss mich vergewissern, dass es ihr gut geht.

Ich könnte anklopfen und Willow aufwecken, sie die Tür öffnen lassen, damit ich nachsehen kann, wie sicher die Fenster verschlossen sind und ob es dem Baby gut geht. Ich könnte ihr sagen, dass ich mir Sorgen gemacht habe, dem Baby könnte irgendwas zugestoßen sein.

Und wenn ich recht habe, dann wäre meine Panik gerechtfertigt. Aber wenn nicht …

Wenn ich mich irre, werden mich die Mädchen – sowohl Willow als auch Zoe – für verrückt halten.

Ich husche durch den Flur zur Küchenschublade mit dem Krimskrams, wo wir eine Auswahl an Schlüsseln aufbewahren – denn es ist die Art von Türschloss, die lediglich mit einem scharfen Gegenstand entriegelt werden muss, eine Büroklammer würde schon reichen. Ich kehre zur Arbeitszimmertür zurück, wo ich den provisorischen Schlüssel ins Schloss stecke, ihn im Uhrzeigersinn drehe und – voilà!

Die Tür öffnet sich mit Leichtigkeit.

Ganz vorsichtig drehe ich den Knauf, um Willow nicht aufzuwecken.

Knarrend öffnet sich die Tür, und da liegt sie, wie in der Nacht zuvor, dem Baby den Rücken zugekehrt, ein Kissen über den Kopf gezogen. Das Baby schläft fest und atmet selig. Ruby hat das grüne Chenille-Plaid von ihrem winzigen Körper gestrampelt und liegt frei da, sodass ich sehen kann, wie sich ihre Brust hebt und senkt, und mich überzeugen kann, dass sie am Leben ist, nicht erstickt im Blut, wie meine Träume mich haben glauben lassen.

Sie schläft tief und fest, Augen und Gliedmaßen völlig entspannt und untätig.

Ich will sie hochnehmen und durch den Flur zum Schaukelstuhl im Wohnzimmer tragen. Ich will sie halten, während sie schläft, bis zum Morgengrauen, und dabei aus dem Fenster schauen, wenn die ersten Busse und Taxis des Tages auf der Straße auftauchen. Ich will mit Ruby in meinen Armen die Sonne aufgehen sehen und wie die Schattierungen von Gold und Rosa den dunklen Aprilhimmel verfärben.

Und noch andere Gedanken nehmen meinen Geist ein, Gedanken, das Baby irgendwo hinzubringen, wo Willow mich nicht finden kann.

Ich starre Ruby an, und mein Körper, der sich in den Schatten des Zimmers drängt, wird zu einem bloßen Umriss an der Wand, einer gestaltlosen Form, hinterleuchtet von der Helligkeit der Wände, von dem blassen Mondlicht, das zwischen den schiefergrauen Vorhängen hindurchscheint, Biesenvorhänge, die für mich immer schrecklich aussahen, zerknittert, voller Falten. Ich stelle mir mich selbst als einen jener berühmten ikonenhaften Schattenrisse vor: Jane Austen oder Beethoven oder die Umrisse von Mädchen mit Wespentaille und riesigem Busen, die die Schmutzfänger von Sattelzügen und Trucks irgendwelcher Proleten zieren.

Ich stütze mich mit den Händen an der Wand ab, versuche nicht zu atmen, damit Willow nicht aufwacht, bemühe mich, den Abstand zwischen zwei Atemzügen zu verlängern, bis mir ganz schwindelig wird.

Auch in diesem Zimmer gibt es eine Uhr, und rote digitale Ziffern springen von 2:21 auf 4:18 um, kaum, dass ich geblinzelt habe. Ich stehe dort am Fußende des Bettsofas herum und will das Baby mit dem Chenille-Plaid zudecken, es eine Ellenlänge oder mehr von Willows Körper weglegen, damit ich mir keine Sorgen mehr zu machen brauche, dass sie erstickt oder zerquetscht wird.

Ich will sie hochnehmen und sie aus diesem Zimmer tragen.

Aber ich kann nicht.

Denn dann wird Willow es merken.

Und dann geht sie vielleicht.

Hier drinnen tragen wir orangene Overalls, auf deren Rücken das Wort *juvenile* – Jugendliche – gestickt ist. Wir schlafen in Räumen mit Backsteinwänden, immer zwei in einer Zelle, in Etagenbetten aus Metall, und schwere Gitterstangen trennen uns von dem Flur mit dem Betonboden, wo die ganze Nacht Aufseherinnen auf und ab marschieren – tyrannische Frauen, die wie Männer gebaut sind. Wir essen in einer Cafeteria an langen Tischen von angeschlagenen pastellfarbenen Tabletts, die mit Essen aus jeder Lebensmittelgruppe beladen sind: Fleisch, Brot, Obst und Gemüse, ein Glas Milch.

So schlecht ist es gar nicht, verglichen damit, sich sein Essen aus dem Müllcontainer zu klauben und auf der Straße zu schlafen.

Meine Zellengenossin sagt, sie heißt Diva. Die Wachfrauen nennen sie Shelby. Ihre Haare haben die Farbe von Pflaumen, obwohl ihre Augenbrauen ganz normal braun sind. Sie singt. Die ganze Zeit. Die ganze Nacht hindurch. Die Aufseherinnen und andere Insassinnen rufen ihr von irgendwo, wo wir sie nicht sehen können, zu, sie soll die Klappe halten, oder jemand soll ihr das Maul stopfen. Ich frage sie, warum sie hier ist, hinter Gittern, wie ich, wo sie auf dem Betonboden sitzt, weil sie schwört, dass jemand eine Bombe in ihrem Bett versteckt hat, aber sie sagt nur: »Das willst du nicht wissen«, und ich bin so schlau wie vorher.

Sie ist fünfzehn, vielleicht sechzehn, wie ich. Ich sehe die Löcher, wo sie diverse Piercings entfernen musste, in der Lippe, in der Nasenscheidewand, dem Knorpel an ihrem Ohr. Sie streckt die Zunge heraus und zeigt mir, wo sie gepierct war, und erzählt mir, wie ihre Zunge auf die doppelte Größe anschwoll, als sie es machen ließ, und dass sie tagelang nicht sprechen konnte. Dass ein Mädchen, das sie kennt, sich sogar die

Zunge in zwei Hälften spalten ließ. Sie behauptet, dass ihre Brustwarzen gepierct waren und ihr Bauchnabel. Sie fängt an, mir von irgendetwas unter der Hose dieses orangenen Overalls zu erzählen, das auch gepierct war, und wie die Aufseherin zugesehen habe, als man sie gezwungen hatte, das bananenförmige Stäbchen aus ihrer Klitoris zu entfernen, bevor sie eingebuchtet wurde. Und dann murmelt sie leise: »Scheiß Lesbe.«

Verlegen drehe ich mich weg, und sie fängt an zu singen. Jemand ruft, sie soll den Rand halten. Sie singt lauter, falsch und in den höchsten Tönen, wie die quietschenden Bremsen eines Güterzuges, der abrupt anhalten muss.

Die Wachfrau holt mich aus meiner Zelle. Sie legt mir Handschellen an und führt mich dann am Arm in den kalten Raum mit dem Stahltisch, wo Louise Flores wartet. Heute steht sie mit dem Rücken zu mir in der Ecke und sieht aus dem einen Fenster, als ich reinkomme. Sie trägt eine kratzig aussehende Strickjacke in der Farbe von Rauch und eine schwarze Hose. Auf dem Tisch stehen eine Tasse Tee und für mich ein Becher Saft.

»Guten Morgen, Claire«, sagt sie, als wir beide unseren Platz am Tisch einnehmen. Sie lächelt nicht. Die Uhr an der Wand zeigt kurz nach zehn an.

Ms. Flores gibt der Wachfrau ein Zeichen, mir die Handschellen abzunehmen. Der Wachmann vom Tag zuvor ist weg. Nirgendwo zu sehen. An seiner Stelle steht eine Frau mittleren Alters, das graue Haar zu einem Dutt gedreht. Sie hockt sich hin, wo sich die beiden Wände treffen, und verschränkt die Arme vor dem Körper. Aus einem Holster schaut der Griff einer Pistole hervor.

»Ich habe dir Saft mitgebracht«, sagt Ms. Flores, »und einen Donut«, fügt sie hinzu und stellt eine Papiertüte auf den Tisch.

Bestechung.

Wie Joseph, wenn er mir von Zeit zu Zeit einen Keks mit

Schokoladensplittern, eingepackt in Zellophan, aus der Cafeteria des Community College mitbrachte. Damit ich später in der Nacht nicht zögerte, das zu große, alte T-Shirt, das ich zum Schlafen trug, die Hüften hochzuschieben und Joseph mein Höschen die Oberschenkel hinunterziehen zu lassen.

Sie setzt sich die Brille auf die Nase und sieht noch mal in die Notizen vom Tag zuvor. Wie ich mit Matthew das Haus verließ und mit dem Bus in den Zoo fuhr.

»Was ist passiert, als du an diesem Nachmittag nach Hause gekommen bist, vom Zoo?«, fragt sie.

»Nichts, Ma'am«, sage ich, während ich in die Tüte greife und einen Donut heraushole, doppelt Schokolade plus Schokostreusel, und ihn mir in den Mund stopfe. »Ich war lange vor Joseph zu Hause«, murmele ich. »Lange vor Isaac. Miriam war in ihrem Zimmer, ohne so was wie ein Zeitgefühl. Ich machte ihr das Mittagessen und fing mit der Wäsche an, damit es später, wenn ich Joseph erzählte, ich hätte den ganzen Tag die Wäsche gemacht, einen Beweis dafür gab – Wäsche auf der Leine. Er wäre nie darauf gekommen, dass das gelogen war.«

Sie gibt mir eine Serviette und deutet auf meine Backe. Ich wische die Schokoreste weg und lecke mir dann die Finger sauber. Ich kippe den Saft hinunter.

Ich erzähle ihr, dass es zu einer mehr oder weniger regelmäßigen Sache wurde, dass Matthew und ich mit dem Bus irgendwohin fuhren. In den Zoo gingen wir nicht noch mal, weil der Zoo Geld kostete, und Geld hatte Matthew nicht. Wir fuhren zu Orten, wo wir ohne Geld hinkonnten. Wir gingen in Parks, und Matthew zeigte mir, wie man schaukelt, was ich seit meiner Zeit damals in Ogallala vergessen hatte. Manchmal gingen wir einfach nur die Straßen von Omaha auf und ab, an den großen Gebäuden und all den Leuten vorbei.

Und eines Tages nahm Matthew mich mit in die Bibliothek. Ich erinnerte mich noch, wie gern ich mit Momma in die Bücherei gegangen war. Ich liebte den Geruch und den Anblick all der Bücher. Tausenden von Büchern. Millionen von Büchern! Matthew fragte mich, worüber ich etwas lernen wollte – von allem auf der ganzen Welt –, und ich dachte sehr lange und angestrengt darüber nach und sagte dann zu Matthew, dass ich mehr über die Planeten wissen wollte. Er nickte und sagte: »Okay. Astronomie also«, und ich folgte Matthew, der durch die Bibliothek marschierte, als gehöre sie ihm, und mich zu einer Menge Bücher über Astronomie führte, wie er es nannte, die Sonne, den Mond und die Sterne. In der Bibliothek war es ruhig, und in dem Gang mit den Astronomiebüchern waren Matthew und ich ganz allein, versteckt zwischen den hohen Bücherregalen, als wären wir die einzigen Menschen auf der ganzen Welt. Wir saßen auf dem Boden und lehnten uns an die großen Bücherregale, und ich begann, ein Buch nach dem anderen aus dem Regal zu ziehen und ihre Titelbilder zu bewundern, den schwarzen Nachthimmel, übersät von Sternen.

Da ich ohne Mutter aufwuchs, gab es Dinge, die ich wissen wollte, aber niemanden fragen konnte. Zum Beispiel, warum mein Körper immer mal wieder zu bluten begann und ich mir Bündel aus Toilettenpapier in die Unterhose stecken musste, damit ich mir nicht meine Hose versaute. Oder warum mir Haare wuchsen, wo vorher keine waren, oder warum Teile meines Körpers ohne erkennbaren Grund größer wurden. Es gab nicht eine einzige Frau in meinem Leben, die ich fragen konnte. Die einzige war meine Betreuerin, aber natürlich konnte ich mit ihr nicht über diese Sachen reden, denn dann hätte sie wissen wollen, warum ich nicht mit Miriam darüber redete. Schließlich nahm Miriam immer, wenn Ms. Amber Adler vorbeikam, die kleinen weißen Tabletten und benahm sich fast normal. Fast. Aber Miriam war alles andere als normal.

Bei all diesen Fragen ging es um das Äußere, aber ich hatte auch Fragen, die das Innere betrafen. Vor allem Matthew und all die merkwürdigen Gefühle, die ich immer hatte, wenn er in meiner Nähe war. Ich verspürte einen Drang, ihm nah zu sein, und wenn er nicht da war, fühlte ich mich einsam. Jeden Tag meines Lebens wartete ich darauf, dass er in der Tür auftauchte, wenn Joseph und Isaac weg waren, und an den Tagen, wenn er nicht kam, war ich traurig.

Wenn Matthew kam und mich aus diesem Haus holte, sah ich Sachen, die ich noch nie gesehen hatte – schöne Frauen mit Wellen in den Haaren, in der Farbe von Stroh oder Zimt oder Makkaroni oder Käse, mit bildschönen Gesichtern und wundervoll aufwendiger Kleidung: hohe Lederstiefel mit Absätzen, hautenge Jeans, Hosen aus Leder, petrolfarbene Pumps, Dutzende von Armreifen an einem Handgelenk, Blusen mit rundem Halsausschnitt, Pullis mit Löchern, wo BHs durch den dunkelblauen, burgunder- oder jadefarbenen Stoff durchschienen. Frauen und Männer, die Händchen hielten und sich küssten, Zigaretten rauchten und mit Handys telefonierten.

Ich besaß einen BH, der in Josephs letztem Kleiderpaket zusammen mit todlangweiligen braunen Trägerkleidern und Strickjacken gewesen war, wo doch alles, was ich wollte, hohe Absätze und Armreife waren. Ich wollte irgendein durchscheinendes Oberteil über meinen einzigen BH ziehen und es Matthew sehen lassen.

Wenn Matthew und ich uns nebeneinander auf mein Bett legten, um in dem jeweiligen Buch zu lesen, das er mir mitgebracht hatte, lagen wir dicht beieinander, unsere Körper miteinander verschmolzen, unsere Köpfe auf ein und demselben klumpigen Kissen. Matthew legte sich schräg zum Kopfende und umschloss meinen Körper mit Beinen und Oberkörper. Sein Kopf neigte sich zu meinem, damit wir beide die mikroskopisch kleinen Wörter im Buch erkennen konnten. Eins meiner Lieblingsbücher war *Anne auf Green Gables*. Ich habe

Matthew bestimmt eine Million Mal gebeten, es auszuleihen, und obwohl ich wusste, dass er davon langsam die Nase voll haben musste, beschwerte er sich nie. Er sagte sogar, er möge es auch.

Aber sosehr ich dieses Buch auch mochte, fand ich es trotzdem schwer, an etwas anderes zu denken als an Matthews Hand, die meine beim Umblättern streifte, seine Jeans, die unter der Bettdecke mein nacktes Bein berührte, seinen Ellenbogen, der versehentlich an meine Brust stupste, wenn er sich auf dem Bett zurechtrückte. Während Matthew mir laut von Anne Shirley und den Cuthberts vorlas, verlor ich mich im Klang seiner Stimme, seinem Geruch – einem Mischmasch aus Moos und Zigarettenrauch –, der Form seiner Fingernägel und dem Gedanken, wie es sich anfühlen würde, wenn er seine warmen Hände unter mein Sweatshirt schieben und meine Brüste berühren würde.

Es wäre anders als bei Joseph, das wusste ich mit Sicherheit. Joseph, dessen Zahnabdrücke in meine blasse Haut geprägt waren wie ein Brandzeichen bei einem Stück Vieh.

So lagen Matthew und ich ganz lange da, nebeneinander auf dem Bett, und manchmal setzte Matthew sich plötzlich auf und richtete sich auf der anderen Seite des Betts ein.

Als machten wir etwas Verbotenes.

Ms. Amber Adler kam weiterhin alle sechs Monate oder so. In den Tagen vor ihrem Besuch gab Joseph Miriam diese Tabletten, und ich half ihm dabei. Wie nach der Eieruhr ging es Miriam dann allmählich besser, sie stand aus dem Bett auf, und wir lüfteten den Miriam-Gestank aus dem Haus. Ich machte mich ans Putzen, und Joseph erschien mit einem nagelneuen Kleid. Ich musste mich an den Küchentisch setzen, und er verpasste mir einen Haarschnitt. Und als meine Betreuerin mit ihrer Schrottkarre und ihrer übergroßen Nike-Tasche auftauchte, duftete das Haus zitrusfrisch, Miriam benahm sich mehr oder weniger normal, und am Kühlschrank hing eine gefälschte Buchbesprechung, die Joseph getippt hatte und auf der oben mein Name stand.

»Hast du das geschrieben?«, fragte Ms. Amber Adler, als sie das Schriftstück in ihrer hübschen kleinen Hand hielt, und ich log: »Ja, Ma'am.«

Natürlich habe ich nie eine einzige Buchbesprechung geschrieben. Ich bin ja nie in die Schule gegangen. Aber Joseph sah sie an, als wäre es die Wahrheit, so wahr ihm Gott helfe. Er sagte, dass es mit dem Lesen und Schreiben schon ganz gut klappe, dass aber das Problem mit meinem *schlechten Benehmen* immer noch fortbestehe, und Amber Adler nahm mich beiseite und erinnerte mich daran, dass ich ja solches Glück hatte, eine Familie wie Joseph und Miriam zu haben, und dass ich mir mehr Mühe mit meinem Benehmen geben und *etwas Respekt an den Tag legen* sollte.

Meine Betreuerin brachte mir weiterhin Briefe von Paul und Lily Zeeger und von meiner kleinen Lily mit. Die große Lily erzählte mir, wie groß Rose (Lily) schon geworden sei. Dass sie ihre dunklen Haare immer länger und länger wachsen lassen wolle und sich vor Kurzem Stirnfransen habe schneiden lassen. Dass sie so viele Freunde habe – Peyton, Morgan und Faith. Wie gern sie in die Schule gehe, was für ein intelligentes Kind sie sei und dass ihr Lieblingsfach Musik sei. Sie fragte, ob ich ein Musikinstrument spiele und ob ich gerne sänge. Sie erzählte mir, dass Rose (Lily) ein musikalisches Naturtalent sei, und fragte sich, ob das in der Familie liege. Als Lily selbst lesen und schreiben konnte, schickte sie mir auch Nachrichten, auf Briefpapier gekritzelt, auf dem ein schlichter Zweig und ein roter Vogel abgebildet und ihr eigener Name gedruckt war: Rose Zeeger, und jeden Herbst befand sich ein nagelneues Schulfoto darin. Meine Lily war immer glücklich, lächelte immer, und auf diesen Fotos sah ich, wie sie älter wurde und unserer Momma mit jedem Tag ähnlicher wurde. Wenn ich selbst in den Spiegel schaute, sah ich keine Ähnlichkeit mit Momma, aber ich sah sie an Klein-Lily auf den Fotos, die Joseph mich in kleine Fetzen zu zerreißen zwang, sobald die Betreuerin wieder weggefahren war.

»Langsam war ich erleichtert wegen Lily«, sage ich zu Ms. Flores.

»Warum das?«, fragt sie.

»Weil Lily bei den Zeegers glücklich war. Sie war auf eine Art glücklich, wie sie es nie geworden wäre, wenn sie bei mir geblieben wäre.«

Ich dachte daran, wie Joseph mit Lily machte, was er mit mir machte, und schon bei der Vorstellung hätte ich ihm am liebsten mit der Bratpfanne den Schädel eingeschlagen. Solche Gedanken nahmen mit der Zeit mehr oder weniger überhand, während ich von einem achtjährigen Kind zu einem fünfzehnjährigen Mädchen heranwuchs, das mit absoluter Sicherheit wusste, dass Joseph kein Recht hatte, nachts in mein Zimmer zu kommen.

»Warum hast du das mit Joseph nicht der Betreuerin erzählt?«, fragt Ms. Flores und fügt hinzu: »Wenn es stimmt, was du sagst«, womit sie andeuten will, dass es nicht stimmt.

Ich sehe weg und verweigere die Antwort. Diese Frage habe ich bereits beantwortet.

»Claire«, sagt Ms. Flores in gereiztem, trockenem Ton. Und als ich nicht antworte, fährt sie fort und sieht dabei in ihre Notizen statt zu mir: »Soweit ich das sehe, Claire, hast du nichts unternommen, um deine Situation zu ändern. Du hättest Ms. Adler sagen können, was Joseph angeblich mit dir gemacht hat. Du hättest es …« – sie schielt wieder in ihre Notizen, um sich des Namens zu vergewissern – »… Matthew erzählen können. Aber das hast du nicht. Du hast es vorgezogen, die Sache selbst in die Hand zu nehmen.«

Ich weigere mich zu antworten. Ich lege den Kopf auf den Tisch und mache die Augen zu.

Sie schlägt mit der flachen Hand auf den Tisch, und ich fahre zusammen, die Wachfrau ebenfalls. »Claire«, blafft sie mich an. Ich hebe nicht den Kopf. Mache nicht die Augen auf. Ich sehe Momma vor mir, wie sie mir die Hand hält. *Halt still, dann tut es nicht so weh.* »Junge Dame«, sagt sie, »ich rate dir, zu kooperieren. Mich zu ignorieren, bringt dir gar nichts. Du hast dir eine Menge Ärger eingehandelt. Mehr Ärger, als du dir vielleicht vorstellen kannst. Dir werden *zwei* Morde vorgeworfen, ganz abgesehen von …«

Und da hebe ich den Kopf vom Tisch und starre in Ms. Louise Flores' graue Augen, auf ihr langes, silbernes Haar, die kratzige Strickjacke, ihre faltige Haut, die großen Zähne, wie die eines Pferdes. Die grauen Steinwände des kleinen Raums scheinen immer näher zu rücken, und plötzlich blendet mich das Sonnenlicht, das durch das eine Fenster fällt. Ich bekomme Kopfschmerzen, ohne Vorwarnung. Ich sehe einen Körper vor mir, Blut, Gedärme, die auf den Boden gequollen sind. Die Haustür steht offen. Meine Knie sind weich wie Pudding. Eine Stimme sagt mir, dass ich gehen soll. *Geh!*

Und ich denke: *Zwei?*

Als ich endlich Gelegenheit habe, mit Heidi zu telefonieren, wimmert im Hintergrund dieses Baby. Ich frage Heidi, was los ist, aber sie sagt nur: »Wir warten, dass das Tylenol anfängt zu wirken«, und ihre Stimme vibriert stoßweise, als ob sie das Baby gerade auf und ab hüpfen ließe, auf und ab, um die Situation zu entspannen. Um das Baby zum Schweigen zu bringen.

»Fieber?«, frage ich und tippe nebenbei auf meinem Laptop. *Die hierbei gewährleisteten Sicherheiten sind äußerst spekulativ …* Ich höre kaum zu, als Heidi mir erzählt, dass das Fieber nicht so hoch sei – sie rattert irgendeine Zahl hinunter, die ich nicht einmal wiederholen könnte, wenn mein Leben davon abhinge –, und erzählt dann von ihrem Arztbesuch in der Klinik in Lakeview.

»Jugendamt«, erinnere ich sie.

Nur ein kurzer Anruf, und der ganze Spuk wäre vorbei. Aber sie sagt nur: »Nicht jetzt, Chris«, und dann ist sie still.

Sie will es nicht hören, mein Gemecker über das Mädchen und für wie irrsinnig ich es halte, dass sie immer noch bei uns wohnt, in einer Wohnung, die schon für drei zu klein ist, von fünf ganz zu schweigen. Oder dass uns dieses ganze Fiasko noch hinter Gitter bringt.

Die Aktien werden angeboten, ohne …

Sie erzählt mir, wie sie mit dem Baby bei der Allgemeinärztin in der Klinik in Lakeview waren. Dass sie behauptet hätten, es wäre Heidis Baby, um unbequemen Fragen aus dem Weg zu gehen, und ich stelle mir das vor, Heidi in ihrem Alter mit einem kleinen Baby. Eigentlich ist es nicht so sehr, dass Heidi *zu alt* für ein Baby wäre, sondern dass wir das alles schon so weit hinter uns gelassen haben, Windeln, Babyfläschchen und diesen ganzen Mist.

Offenbar spielte es sowieso keine große Rolle, wessen Baby es war, denn die Hauptsorge der Ärztin galt dem hohen Fieber, als sie mit ihm im Sprechzimmer standen und verzweifelt um ein Heilmittel baten, irgendeinen Zaubertrank, der dem Baby Abhilfe verschaffen würde.

Ihre Stimme verrät mir, dass sie müde ist. Ein Bild erscheint vor meinem inneren Auge. Heidis Frisur ist eine Katastrophe, wahrscheinlich hat sie den ganzen Tag nicht geduscht. Vermutlich sind ihre Haare strähnig wie Spaghetti, wie immer, wenn Heidi sie sich nicht gewaschen hat. Sie hat Tränensäcke unter ihren erschöpften braunen Augen, ziemlich fette sogar, geschwollen und gerötet. Sie ist fahrig, das merke ich daran, dass mitten in unserer Unterhaltung eine Dose Cola die Kante der Küchenarbeitsplatte verfehlt und auf dem Fußboden landet.

Es gibt einen Knall, und ich stelle mir vor, wie die klebrige braune Flüssigkeit zwischen den Parkettdielen versickert.

»Scheiße«, schimpft sie, Heidi, die sonst niemals flucht. Ich sehe sie vor mir, wie sie auf allen Vieren versucht, das Malheur mit einem Küchentuch zu beseitigen. Ihr Haar fällt ihr ins Gesicht, und sie pustet es weg. Sie ist in einem desolaten Zustand, braucht dringend eine Dusche und eine Mütze Schlaf. Ihr Blick ist wirr, eine Million Gedanken laufen in ihrem Kopf Amok.

Die Situation hat meine Frau ziemlich mitgenommen.

Heidi sagt, dass sie in den letzten Tagen so viel Salbe auf den Po des Babys geschmiert hat, dass die Ärztin den allmählich verheilenden roten Ausschlag kaum erwähnte. Nachdem sie alle anderen Ursachen für das Fieber ausgeschlossen hatte, nahm die Ärztin mithilfe eines Katheters eine Urinprobe und diagnostizierte bei dem Baby eine Harnwegsinfektion.

»Wie hat sie die denn gekriegt?«, frage ich Heidi und verziehe das Gesicht bei dem Gedanken, wie es bei der Kleinen bei jedem Pipimachen gebrannt haben muss und wie der Katheter durch ihre Harnröhre und in ihre winzige Blase gerammt wurde.

»Mangelhafte Hygiene«, sagt sie schlicht, und mir fällt ein, dass das Baby ja Gott weiß wie lange in dieser vollgeschissenen Windel gesessen hat und die Bakterien aus den Fäkalien wahrscheinlich in die Blase und die Nieren hochgewandert sind.

Das Baby bekam Antibiotika und seine Mutter die Anweisung der Ärztin, immer schön von vorn nach hinten zu wischen, wie Heidi es mir immer gepredigt hat, als Zoe noch in die Windeln machte. Ich stelle mir vor, wie Willow jetzt auf der Couch sitzt und rammdösig in den Fernseher glotzt, wie sie es gern tut. Sie ist keine achtzehn, rufe ich mir wieder ins Gedächtnis und sehe eine Halbwüchsige vor mir, die man noch daran erinnern muss, sich die Hände zu waschen. Ihr Gemüse zu essen. Ihr Bett zu machen. Ihrem Baby den Hintern von vorn nach hinten abzuwischen.

Ich warte immer noch auf die Rückmeldung von Martin Miller, dem Privatdetektiv. Ich zerbreche mir den Kopf darüber, wie ich die Sache beschleunigen könnte, ob ich ihm noch irgendwelche Informationen geben könnte, obwohl sich meine eigenen Internetrecherchen als Sackgasse erwiesen haben. Ich dachte an ein Foto, bezweifele aber stark, dass Willow Greer mich einen Schnappschuss von sich machen lassen würde oder dass Heidi mir dafür grünes Licht geben würde. Ich dachte über den braunen, abgenutzten Koffer nach, den sie unter das Bettsofa schiebt, wenn sie nicht im Zimmer ist, als würden wir dann vergessen, dass er da ist. Ich dachte darüber nach, darin herumzuschnüffeln. Vielleicht ließ sich darin etwas finden, irgendein Hinweis, ein Führerschein oder Ausweis, ein Handy mit einer Kontaktnummer.

Und dann schlug Martin Fingerabdrücke vor. Ich sollte heimlich ein Glas oder die Fernbedienung einstecken, irgendetwas, das sie berührt hatte. So ließe sich eine Identität bestätigen, die sie nicht fälschen konnte. Er ging mit mir die Schritte durch, wie ich Willow Greers Fingerabdrücke so sicherstellte, dass er sie an ein Labor schicken konnte.

Aber all das muss bis nach meiner Geschäftsreise warten.

Von W. Greer habe ich immer noch keinen Tweet erhalten, was mich zu der Annahme führt, dass sie tot ist. Dass sie ihre Drohung, ihr Leben zu beenden, wahrgemacht hat.

Oder sie hängt jetzt in einer Eigentumswohnung in Chicago herum, um die Welt *glauben* zu lassen, sie sei tot. Was weiß ich? Trotzdem sehe ich jeden Tag nach, sicher ist sicher.

»Sie interessierte sich für ihr Muttermal«, unterbricht da Heidi meine Gedanken.

»Wer?«

»Die Ärztin.«

»Das Muttermal des Babys?«, frage ich und erinnere mich, wie es am Bein des Babys zu sehen war, als Heidi unser blaues Handtuch von seinem Popo entfernte und ihn sauber wischte.

»Ja«, sagt sie. »Sie sagt, man nennt es Portweinfleck«, und ich stelle mir ein Glas Tawny vor, das auf der Rückseite des Babybeinchens verschüttet wurde. Heidi sagt irgendwas von vaskulären Muttermalen und erweiterten Kapillaren und Blutgefäßen unter der Haut des Babys. Und dann, dass wir es laut der Ärztin vielleicht entfernen lassen sollten. Mit einer Laserbehandlung. Sie sagt es, als wäre das etwas, worüber wir ernsthaft nachdenken sollten. Wir. Sie und ich. Als ginge es hier um unser Baby.

Ich stelle mir meine Frau vor, wie sie mit ihren Spaghettihaaren und den ausgemergelten Augen ins Telefon spricht und mit diesem leeren Gesichtsausdruck anmerkt: »Die Ärztin meinte, es kann für Kinder unangenehm werden, wenn sie älter werden. Und dass sie im Säuglingsalter leichter zu entfernen sind, weil die Blutgefäße kleiner sind.«

Mir fehlen die Worte. Ich kann nichts antworten. Ich mache den Mund auf und wieder zu. Und weil mir nichts Besseres einfällt, frage ich: »Wie geht es Zoe?«, und Heidi sagt: »Gut.« Über das Muttermal verliere ich kein Wort mehr.

Als das Gespräch von Muttermalen zum Wetter abschweift, wird mir klar, wie erschöpft Heidi klingt, überspannt wie ein Gummispielzeug, das zu stark in die Länge gezogen wurde, um wieder in seine ursprüngliche Form zurückzukehren. Fast tut sie mir leid. Aber auch nur fast.

Aber dann muss ich an Heidi und mich in der Zeit vor dem Baby denken – vor Zoe, vor dem Schwangerschaftsabbruch, der Heidis Welt mehr erschütterte, als sie zugab –, als wir, immer zwei Stufen auf einmal, die Treppe zur Dachterrasse unserer Wohnung, in der wir damals wohnten, hinaufstürmten, um das Feuerwerk zu sehen, das jeden Samstagabend am Navy Pier gezündet wurde. Ich denke daran, wie wir zusammen auf demselben Liegestuhl saßen, aus derselben Flasche Bier tranken und auf die Skyline der Stadt blickten, das John Hancock Center, den Sears Tower, lange bevor er umbenannt wurde. Wir hatten damals so viel vor: um die Welt reisen und uns Sachen ansehen – die Chinesische Mauer, die Blauen Grotten in Griechenland –, zusammen bei einem Triathlon mitmachen. Pläne, die unter den Tisch fielen, sobald wir ein Kind hatten. Ich wollte nie eins von diesen Paaren sein, die so von ihren persönlichen Ambitionen und ihren Kindern vereinnahmt sind, dass die Ehe auf der Strecke bleibt, unbeachtet und vernachlässigt zugunsten scheinbar wichtigerer Aspekte des Lebens.

Was ich mir für unsere Ehe wünschte, war, dass wir ein Team wären. Heidi und ich. Aber heutzutage fühlt es sich an, als wären wir nichts als Gegner, Gegner, die in rivalisierenden Teams spielen. Allmählich bekomme ich Mitleid mit ihr, ganz allein in diesem Chaos mit diesem Mädchen und dem Baby.

Aber wenn ich an die müden Augen und die Spaghettihaare denke, finde ich, sie ist selbst schuld.

Trotzdem bekomme ich diesen Zettel nicht aus dem Kopf, der in meiner Aktentasche war, mit dem einen Wort: *Ja.* Ich holte ihn am Flughafen heraus und im Flugzeug. Ich holte ihn heraus, als wir in unserem Hotel eingecheckt hatten, einem Luxushotel im Herzen von New York. Ich holte ihn wieder heraus, nachdem sich die Wege von Cassidy, Tom, Henry und mir an der Rezeption getrennt hatten und Cassidy mit einem Finger gewinkt und »Tschü-hüs!« geflötet hatte. Ich saß auf dem strahlend weißen Bett in meinem hochherrschaftlichen Zimmer und starrte auf den Ausblick aus meinem Fenster – eine Vogelperspektive auf das Gebäude nebenan, das keine drei Meter entfernt war, nichts als Backstein und Fenster, und holte diesen Zettel hervor und hielt ihn in der Hand. Ich fing an, alles an diesem Zettel zu bewerten: wo sie diese lila Haftnotiz herhatte, die Ungleichmäßigkeit der Buchstaben. War sie nervös, als sie es schrieb, in Eile oder genervt von dem Baby? Oder war ihre Handschrift einfach noch schlimmer als meine?

Ich frage mich, wann sie den Zettel geschrieben hat. Um zehn Uhr abends, gleich nachdem wir ins Bett gegangen waren und sie durch die Tür hindurch hörte, wie sich Zoes Atmen in ein Schnarchen verwandelte? Oder irgendwann mitten in der Nacht, als quälende Erinnerungen, wie ihr jemand wehgetan hatte, ihr den Schlaf raubten und sie zu meiner Aktentasche trieben? Oder war es vielleicht frühmorgens, als ich gerade die Dusche anstellte und hineinstieg, als sie sich, von meinem Wecker aufgewacht, zu der Aktentasche neben der Wohnungstür schlich?

Wer weiß?

Und jetzt, einen Tag später, als ich meine Meetings für heute hinter mir und in etwa zwanzig Minuten ein Treffen mit Tom, Henry und Cassidy an der Hotelbar geplant habe, ringe ich mit mir, ob ich Heidi von dem Zettel erzählen soll. Aber wozu sollte das gut sein? Es würde Heidi nur Aufwind geben, sonst nichts. Ein Beweis oder auch nur eine Behauptung, dass das Mädchen missbraucht wurde, würde reichen, und Heidi würde beschließen, dass sie bei uns bleibt. Für immer. Wie die verfluchten Kätzchen. *Wir behalten sie.*

Es klopft an der Tür. Ich nehme das Geräusch kaum wahr, bevor Heidi ins Telefon giftet: »Wer ist das?«, und ich lüge: »Der Zimmerservice«, denn ich habe keine Lust, zuzugeben, dass Cassidy angeboten hat, vorbeizuschauen und sich meinen Zeichnungsprospekt durchzulesen – das Unternehmensprofil und die Finanzdaten für ein Wertpapier, das wir verkaufen wollen –, bevor wir alle zu einem Schlummertrunk nach unten an die Hotelbar gehen.

Ich begebe mich vom Bett zur Tür und erzähle Heidi, dass ich den Zimmerservice bestellt habe. Dass ich heute Abend auf meinem Zimmer bleibe, um den Zeichnungsprospekt fertig zu bekommen, den ich eigentlich letztes Wochenende hätte machen müssen. Dass ich ein Club-Sandwich mit Truthahn und Käsekuchen bestellt habe und mir vielleicht noch das Ende des Spiels der Cubs ansehe, wenn ich rechtzeitig mit meiner Arbeit fertig werde.

Ich öffne die Tür, und wie erwartet steht Cassidy vor mir. Hellroter Lippenstift hebt ihre Lippen so hervor, dass ich an nichts anderes mehr denken kann als an diese Lippen.

Ich lege mir einen Finger an den Mund und mache lautlos *Schsch*. Und frage dann lauter, damit Heidi es hört: »Haben Sie auch Ketchup dabei?«, und sehe, wie Cassidy ein Lachen unterdrückt.

Ich komme geradewegs in die Hölle, denke ich, als ich mich bei dem fiktiven Zimmerkellner bedanke und die Tür zuwerfe, und bin dankbar, als Heidi sagt, dass sie mich dann mal in Ruhe lässt, damit mein Essen nicht kalt wird.

»Lieb dich«, sage ich, und sie sagt: »Ich dich auch.«

Ich werfe mein Telefon auf das Bett.

Ich beobachte Cassidy, die sich voller Unverfrorenheit durch das Zimmer bewegt. Als wäre es ihres. Kein Zögern, kein Verweilen im Türrahmen, kein Warten, bis sie hereingebeten wird. Nicht bei Cassidy.

Sie hat sich umgezogen. Nur Cassidy bringt es fertig, für einen Schlummertrunk von einem Kleid in ein anderes Kleid zu wechseln, hat das förmliche schwarze Kostüm durch ein Kleid im griechischen Stil ersetzt, tailliert und ärmellos, in der Farbe von Rost. Sie sitzt auf einem niedrigen gelben Sessel, ein Bein über das andere geschlagen, und fragt zuerst nach dem Zeichnungsprospekt und dann nach Heidi.

»Es geht ihr gut«, sage ich, öffne den Zeichnungsprospekt auf meinem Laptop, den ich Cassidy reiche, wobei ich darauf achte, dass wir uns nicht berühren, als der Computer von Hand zu Hand geht. »Jepp. Es geht ihr gut.«

Und dann entschuldige ich mich, damit ich es nicht noch ein drittes Mal sage, und zwinge meine Augen, auf ihren Augen zu bleiben und nicht auf ihren Beinen oder ihren Lippen oder ihren Brüsten in dem rostfarbenen Kleid. Groß sind sie nicht. Aber auch nicht klein. Genau die richtige Größe für Cassidys geschmeidige Gestalt. Zu viel Extragepäck würde das ganze Gleichgewicht stören. Dann wäre sie unproportional, denke ich, als ich im Bad stehe und auf die Ausstellung kostenloser Toilettenartikel auf dem schwarzen Waschbecken starre – Shampoo, Conditioner, Lotion, Seife. Ich reiße die Seife auf, wasche mir das Gesicht und spritze mir kaltes Wasser auf die Haut, damit ich endlich aufhöre, an Cassidys Titten zu denken.

Oder ihre langen Beine.

Oder die Lippen. Rote Lippen. In der Farbe von Cayennepfeffer.

Nebenan ruft sie nach mir, und ich trete aus dem Bad, während ich mir mit einem Handtuch das Gesicht trocken tupfe. Ich nehme in dem niedrigen gelben Sessel neben ihrem Platz und ziehe ihn an den runden Tisch heran.

Wir gehen den Zeichnungsprospekt durch. Ich konzentriere mich auf Wörter wie *Aktien*, *Wertpapiere* und *pro Einheit* und nicht etwa auf die manikürten Hände, die über den Bildschirm fliegen, oder den Rock des rostfarbenen Kleides, der nur Millimeter von meinem Bein entfernt ist.

Als wir fertig sind, fahren wir gemeinsam, Seite an Seite, mit dem Aufzug nach unten. Cassidy beugt sich dicht zu mir, um sich über einen Mann mit einem schlechten Toupet lustig zu machen, reckt ihren Hals und lacht laut, wobei sie mit ihren Fingernägeln über die Haut meines Unterarms fährt.

Ich frage mich, was andere von uns denken. Ich mit einem Ehering, sie ohne.

Sehen sie uns als Kollegen auf Geschäftsreise in New York oder als mehr? Ich der Ehebrecher und sie die Geliebte?

In der Hotelbar schnappe ich mir den Bistrostuhl aus Stahl, damit Cassidy gezwungen ist, mit Tom und Henry auf einem niedrigen Sofa Platz zu nehmen. Wir trinken. Zu viel. Wir reden. Büroklatsch. Machen uns über Kollegen und Mandanten lustig, was einfach zu verlockend ist. Parodieren Ehepartner und behaupten dann, nur Spaß gemacht zu haben, wenn jemandes Frau zur Zielscheibe des Spottes wird.

Heidi.

Cassidy schlürft einen Manhattan, hinterlässt rubinrote Lippenabdrücke auf dem Rand des Cocktailglases und sagt: »Seht ihr, Gentlemen, das ist der Grund, warum ich nie heiraten werde«, und ich frage mich, was sie genau meint. Dass sie sich weigert, zur Zielscheibe von irgendjemandes Spott zu werden, oder dass sie sich weigert, sich über denjenigen lustig zu machen, den sie geschworen hat zu lieben, in guten wie in schlechten Zeiten? In Gesundheit und Krankheit? Bis dass der Tod sie scheidet? Oder ist es vielleicht die ganze Sache mit der Monogamie, die sie abschreckt?

Und später auf dem Klo belästigt mich ein sturzbesoffener Henry mit einem Kondom. »Für den Fall, dass du das hier später brauchst«, sagt er und lacht ein überhebliches Lachen mit diesem für Henry Tomlin typischen unanständigen Humor.

»Ich glaube kaum, dass Heidi und ich Empfängnisverhütung brauchen«, sage ich, nehme es aber trotzdem und lasse es in meiner Hosentasche verschwinden, weil ich nicht so unfein sein will, es auf dem Waschtisch liegen zu lassen.

Henry beugt sich dicht zu mir. Er riecht nach gutem altem Jack-Daniel's-Tennessee-Whiskey, ein Rückfall in seine Proletenzeit, und flüstert: »Ich habe nicht von Heidi geredet«, und zwinkert mir zu.

Wir vergessen die Zeit. Tom gibt noch eine Runde aus, je ein Pils für ihn und mich, noch mehr Jack Daniel's für Henry und einen Alabama Slammer für Cassidy. Sie fischt die Früchte heraus – Orange und eine Maraschino-Kirsche – und isst sie zuerst. Der Barkeeper verkündet: »Letzte Bestellung.«

Mein Telefon, das ich aufs Bett geworfen habe, wo es jetzt zwischen den Falten der weißen Tagesdecke liegt, vergesse ich total.

Zoe geht früh zu Bett, mit Kopfschmerzen und Schnupfnase. Die Rückkehr der frühjährlichen Allergiezeit oder vielleicht einfach nur eine Erkältung. Zu dieser Zeit des Jahres kann man es immer unmöglich sagen, wenn der Pollenflug seinen Höhepunkt erreicht, aber auch die Erkältungs- und Grippezeit noch andauert. Also gebe ich sowohl Schmerztabletten als auch Antihistaminika aus, und Zoe fällt ins Bett und augenblicklich in einen medikamenteninduzierten Schlaf. Behutsam gebe ich ihr einen Kuss auf die Stirn. Den Fernseher in Chris' und meinem Schlafzimmer lasse ich an, und die Geräusche irgendeiner Reality-Show dringen durch die Wände.

Willow und ich sitzen im Wohnzimmer – sie liest still in *Anne auf Green Gables*, und ich tue so, als würde ich am Laptop arbeiten, obwohl mir im Moment nichts ferner liegen könnte. Es ist drei Tage her, seit ich im Büro war, drei Tage, seit mir irgendetwas Arbeitsbezogenes durch den Kopf gegangen ist.

Meine Abwesenheit wurde auf der Arbeit wahrgenommen, davon zeugt ein fröhlicher Strauß Rosen und Lilien mit einer Genesungskarte, der jetzt meinen Küchentisch schmückt. Jeden Morgen setze ich meine makaberste Stimme auf, rufe bei Dana an, der Empfangsdame mit erweitertem Aufgabengebiet, und sage ihr, dass es mir nicht gut geht, die Grippe vermutlich, und schiebe es auf meine eigene Dummheit, nicht zur Impfung gegangen zu sein. Meine Temperatur bewegt sich je nach Tag bei knapp 39, und mein ganzer Körper schmerzt, alles von den Haarwurzeln bis in die Zehenspitzen. Ich habe mich in Decken und mehrere Schichten Kleidung gehüllt, dennoch werde ich von Schüttelfrost geplagt, und richtig warm wird mir nie. Ich hoffe nur, dass Zoe nicht krank wird, obwohl ich meine Tochter als die gute Mutter, die ich bin, natürlich habe impfen lassen.

Aber trotzdem, sage ich, bevor mich ein Hustenanfall packt, der wirklich ziemlich ernst klingt. Ich ziehe den Hut vor meinem schauspielerischen Talent, von dem ich gar nichts wusste – vom Zusammenziehen der Luft in meiner Lunge bis hin zum schleimigen Auswurf, der aus meiner Brust sprudelt wie heiße Lava aus dem Mauna Loa – *sicher ist sicher*.

Natürlich stimmt nichts davon.

Ich muss sagen, dass ich in der Kunst des Lügens ziemlich begabt bin. Ich blicke begierig auf das Baby, das auf dem Boden liegt und fest schläft, und warte ungeduldig auf die erste Andeutung einer Bewegung – das Flattern der Augenlider, das Zucken einer Hand –, bei der ich von meinem Stuhl aufspringen und einen Sekundenbruchteil vor Willow an ihrer Seite sein werde, wie zwei Kinder, die *Slapjack* spielen und jedes als Erstes den Buben entdecken und mit der Hand draufschlagen will.

Zum Beweis, dass ich arbeite, tippe ich bedeutungslose Wörter in den Computer.

Meine Augen schweifen von Ruby zu Willow, zu dem Laptop und wieder zurück, ein endloser Kreis, von dem mir schwindlig wird, bis ich irgendwann ganz benommen bin.

Ich lausche dem Lachen von Graham und seiner neuesten Flamme, das von nebenan durch die Trockenbauwand dringt, dem Klang ihrer Stimme – verführerisch und heuchlerisch –, der auf nichts weiter als eine kurze Tändelei hindeutet. Grahams Spezialität. Ich sehe, wie Willow von ihrem Buch aufblickt und auf ihr kätzchenhaftes Lachen und den schrillen Ton ihrer Stimme horcht. Als sich unsere Blicke begegnen und jene eisblauen Augen meine eigenen nervösen Augäpfel durchdringen, sehe ich schnell weg. Ich denke an den ockerfarbenen Bluterguss und frage mich, was passieren müsste, damit jemand wie Willow ausrastet. Wie viel schlechte Behandlung und Ausnutzung jemand einstecken könnte, bevor er die Beherrschung verliert.

Ich kann sie nicht ansehen, kann nicht in jene Augen blicken, die mir stumm drohen. Stattdessen starre ich auf die weißen Wände, eine Ansammlung gerahmter Fotos von Chris, Zoe und mir. Schwarz-Weiß-Fotos in Holzrahmen, einer für die Katzen. Das Wort *Familie*, aus Holzfaserplatte ausgesägt und handbemalt, hängt in der Mitte der kleinen Ausstellung.

Ich klopfe auf die Tasche meines lila Bademantels und taste nach dem Schweizer Taschenmesser darin.

Reine Vorsichtsmaßnahme. Ich beherzige Chris' Warnung: *Wie viel kann man über einen anderen Menschen wirklich wissen?*

Und dann beginnt das Baby endlich, sich zu rühren, seine Augenlider flattern, das Händchen zuckt, aber nicht ich, sondern Willow mit ihren blitzschnellen Reflexen erreicht das Baby zuerst und nimmt es auf ihre wackelige Art vom Boden hoch, ihre Arme zittrig, ihr Griff unsicher, sodass ich für einen Moment sicher bin, dass Ruby runterfällt. Ich spüre, wie ich aufspringe und einen Schritt nach vorn mache, um das stürzende Baby aufzufangen, doch dann gebieten Willows Augen mir Einhalt, blicken mich überheblich an und suhlen sich in meiner Verzweiflung. *Ha!*, höhnen jene Augen, *ich habe dich geschlagen*, als hätte sie die ganze Zeit gewusst, dass ich warte. Geduldig darauf warte, das Baby halten zu können. Jenes wunderhübsche Baby in meinen Armen zu halten, wenn es aus dem Schlaf erwacht.

Ich führe eine Hand zum Mund, um einen Schrei zu ersticken, der von irgendwo ganz tief in mir herauszuschlüpfen droht.

»Geht es Ihnen gut?«, fragt sie mich, als sie zum Stuhl zurückkehrt, Ruby als Bündel in die rosa Decke gehüllt. Und als ich nicht schnell genug antworte, fragt sie wieder: »Ma'am?«

Meine Hand sinkt von meinem klaffenden Mund an mein zersplittertes Herz, und ich lüge: »Ja, alles bestens«, und stelle fest, wie leicht mir das Lügen fällt, wenn ein Anschein von Heiterkeit meinen aufgewühlten Zustand verschleiert, die sich auftürmenden Wolken, die vor einem Sturm heraufziehen.

Plötzlich wird mir bewusst, wie laut der Fernseher im Schlafzimmer plärrt. Die Reality-Show wurde durch eine Werbepause unterbrochen, und plötzlich werden wir angeschrien, getadelt und ermahnt, irgendeinen Weichspüler zu kaufen, der nach Eukalyptusblättern duftet. Es regt mich auf, der Lärm, laut und eindringlich, könnte Zoe aufwecken. Ich verfluche sie lauthals, diese verdammte Werbung, ich verfluche das Fernsehen und die Sender und den Eukalyptus-Weichspüler, den ich garantiert niemals kaufen werde. Ich marschiere durch den Flur, um den Fernseher auszuschalten, und drücke so kräftig auf den Knopf, dass das Gerät mindestens fünf Zentimeter auf der Konsole nach hinten rutscht und die Wand zerkratzt. Hinter mir im französischen Bett unter der Matelassé-Bettdecke dreht Zoe sich auf die Seite, in den Händen immer noch die Fernbedienung, obwohl sie schläft.

Sie gibt einen verschlafenen Seufzer von sich.

Mein Herz hämmert laut in meiner Brust, überwältigt von dem Gefühl, völlig die Kontrolle verloren zu haben. Machtlos zu sein. Am Rande des Wahnsinns. Als ich da im Schlafzimmer stehe und auf den ausgeschalteten Fernseher starre, überfällt mich plötzlich eine Welle der Übelkeit, meine Beine werden zu Wackelpudding, und für eine Millisekunde bin ich sicher, dass ich einen Herzstillstand erleide.

Langsam taste ich mich ins Badezimmer vor, als sich Schwärze über meine Augen zieht wie Fensterreiniger über eine schmutzige Scheibe. Ich lasse mich auf den Badewannenrand fallen und lasse den Kopf hängen bis unter meine Beine, damit das Blut zurück in mein Gehirn fließt.

Und dann greife ich nach dem Wasserhahn und drehe ihn

auf, damit Zoe, falls sie aus ihrem narkoseartigen Schlaf aufwachen sollte, mich nicht heulen hört.

Und da sehe ich ihn, den filigranen, blassrot bemalten Vogel, den pseudo-antiken Haken an der Wand. Ein zusätzliches, schlecht ausgebessertes Loch als Erinnerung daran, dass Chris den Haken damals zunächst schief aufgehängt hatte.

Ich hatte den Haken auf einem Flohmarkt in Kane County gekauft, auf einer Autoreise, die Jennifer und ich vor sechs oder sieben Jahren gemacht haben. Die gut vierzig Meilen aus der Stadt und nach St. Charles waren das, was für uns beide seit Jahren einem Urlaub am nächsten gekommen war. Während Jennifer und ich Antiquitäten und Sammlerstücke nach Dingen durchstöberten, die wir nicht brauchten, zogen wir die Mädchen, Zoe und Taylor, in einem roten Bollerwagen hinter uns her, und sie stopften sich mit Hotdogs und Popcorn voll, damit sie zufrieden waren und Ruhe gaben.

Der Haken ist völlig nackt.

Ich fasse mir an den Hals und greife ins Leere, womit ich jetzt aber schon gerechnet habe, denn ich erinnere mich daran, dass ich die Kette – das Goldkettchen mit dem Ehering meines Vaters, in dessen Innenseite die Worte *Der Anfang von für immer* eingraviert sind – an den filigranen Vogel gehängt habe, bevor ich Zoe einen Gutenachtkuss auf die Stirn gab. Bevor ich das Schlafzimmer verließ – und das Licht dimmte – und in die Küche zurückkehrte, um Töpfe und Pfannen abzuspülen, die mich auf dem sich langsam abkühlenden Herd erwarteten. Bevor ich den übel riechenden Plastiksack aus dem Abfalleimer nahm und damit durch den Flur zum Müllschlucker marschierte. Bevor ich mich mit meinem Laptop hinsetzte, um bedeutungslose Wörter auf den Bildschirm zu tippen und vergeblich darauf zu warten, dass Ruby sich rührt.

Sie hat den Ehering meines Vaters gestohlen.

Plötzlich ist mir, als wäre er, mein Vater, noch mal gestorben. Ich werde an jenen Morgen teleportiert, als meine Mutter mich aus dem Haus der beiden in Cleveland anrief. Er war seit Monaten krank gewesen, und sein Tod hätte mich eigentlich nicht überraschen dürfen. Und doch überrollte mich die Nachricht total. Die Worte aus dem Mund meiner Mutter zu hören, ihr Tonfall eher sachlich, wie der eines Nachrichtensprechers, als trauernd – *er ist tot* –, verschlug mir die Sprache. Wochenlang glaubte ich noch, es sei ein Fehler, ein Missverständnis. Das konnte unmöglich wahr sein. Es gab eine Trauerfeier und natürlich die Beerdigung, und ich sah zu, wie ein Mann, der meinem Vater ähnelte – aber kalt und gummiartig war, mit formbaren, fremden Gesichtszügen –, in die Erde hinabgelassen wurde. Und als die pflichtbewusste Tochter, die ich war, warf ich meine Rosen auf seinen Sarg. Lavendelfarbene Rosen, wie meine Mutter sie bei ihrer Hochzeit getragen hatte.

Aber tief in meinem Herzen war ich überzeugt, dass das in jener Kiste nicht mein Vater war.

Jeden Tag versuchte ich, meinen Vater anzurufen, und machte mir Sorgen, als er nicht an sein Handy ging. Von Zeit zu Zeit ging meine Mutter dran und sagte in ihrer freundlichsten, sanftesten Stimme: »Heidi, Liebes, du kannst doch nicht weiter hier anrufen«, und als ich weiter anrief, schlug sie Chris und mir vor, dass ich mir Hilfe suchen sollte, um meine Trauer zu bewältigen. Aber ich weigerte mich.

Genauso wie ich mich weigerte, mir Hilfe zu suchen – bei einem Berater, einem Seelenklempner –, wie es der Frauenarzt vorgeschlagen hatte, nachdem er Juliet umgebracht und meine Gebärmutter eingezogen hatte.

In New York geht es auf zehn Uhr zu. Ich rufe Chris vom Handy aus an, das in meiner Tasche steckt, um ihm zu erzählen, dass Willow mich bestohlen hat, aber sein Handy klingelt, ohne dass jemand abhebt.

Ich warte zehn Minuten und versuche es dann noch mal, weil ich weiß, dass Chris eine Nachteule ist und bestimmt noch wach ist, bestimmt noch an diesem Zeichnungsprospekt ackert, den er unbedingt fertig bekommen musste.

Das sagte er zumindest.

Als er wieder nicht drangeht, schicke ich eine SMS: *Ruf mich an. So schnell wie möglich.* Und warte wieder vergeblich, zwanzig Minuten oder noch länger.

Und dann fängt es in mir an zu brodeln. Im Internet suche ich die Telefonnummer des Hotels in Manhattan heraus, rufe dort an und bitte die Damen an der Rezeption, mich ins Zimmer von Chris Wood durchzustellen. Wegen Zoe flüstere ich, und sie bittet mich mehrmals, mich zu wiederholen. Es entsteht eine Pause, als die Frau versucht, mich zu verbinden, aber dann ist sie wieder in der Leitung und sagt in entschuldigendem Tonfall: »In diesem Zimmer nimmt niemand ab, Ma'am. Möchten Sie eine Nachricht hinterlassen?«

Ich lege auf.

Ich denke darüber nach, noch mal anzurufen und mich in Cassidy Knudsens Zimmer durchstellen zu lassen.

Ich denke über einen Nachtflug nach New York nach, einen Überraschungsbesuch in der Lobby seines Hotels, weil ich ihn und Cassidy unbedingt in flagranti erwischen will, wie sie Fangen spielen und über irgendeinen Witz lachen, in den der Rest der Welt nicht eingeweiht ist. Ich sehe Cassidy in ihrem Hotel-Bademantel und Chris in seinem, wie sie sich gerade vom Zimmerservice Champagner kommen lassen und Erdbeeren. Ja, natürlich, Erdbeeren.

An der Türklinke hängt das *Bitte-nicht-stören*-Schild.

Ich spüre, wie mir das Blut im Nacken hochsteigt und meine Ohren anfangen zu klingeln. Mein Puls ist so laut, dass Zoe, die fest schläft, ihn mit Sicherheit hören kann. Mein Herz klopft so heftig, dass mir schwindelig wird, und ich stecke den

Kopf wieder zwischen die Beine, um zu Atem zu kommen, und gebe mich bösen Gedanken über meinen Mann und *diese* Frau hin, Fantasien von Flugzeugen nach Denver, die in Flammen aufgehen und eine Bruchlandung erleiden.

»Es ist Zeit für Rubys Medizin«, höre ich da die schüchterne Stimme *dieses Mädchens*, dieser Kleptomanin, die mir den Ehering meines Vaters gestohlen hat.

Obwohl ich schreien will, sage ich stattdessen mit erstaunlicher Beherrschung: »Du hast den Ehering meines Vaters. Du hast ihn gestohlen«, und ich würde ihr am liebsten an die Gurgel gehen und sie durchschütteln, weil sie mir das genommen hat, was mir auf der Welt am meisten bedeutete.

Aber ich bleibe auf dem Rand der Badewanne sitzen und streiche mit der Hand über den Fleece-Bademantel, die gerade Kante des Schweizer Taschenmessers entlang, das sicher darin verborgen ist. Ich denke an dessen viele Werkzeuge, oder Waffen, wenn man will: ein Korkenzieher, eine Schere, ein Handbohrer und natürlich eine Klinge.

»Was?«, fragt sie mit schwacher Stimme, verletzt, als wäre sie diejenige, die vor den Kopf gestoßen wurde. Geplündert. Ausgeraubt. Ihre Stimme ist zart, kaum hörbar, als sie heftig den Kopf schüttelt, verzweifelt, und flüstert: »Nein.«

Aber ihre Augen sehen mich nicht an, und sie hat angefangen, die Hände zu ringen. Sie blinzelt rasch, und ihre helle Haut wird rot. Verräterische Anzeichen des Betrugs. Ich komme zum Stehen, und währenddessen weicht sie schnell zurück, zieht sich aus dem Zimmer zurück und plappert halblaut irgendwas mit Jesus und Vergebung und Barmherzigkeit vor sich hin.

Ein Geständnis.

»Wo ist er?«, frage ich und folge ihr ins Wohnzimmer. Meine Schritte sind geschwächt, aber schnell, einen halben Schritt schneller als ihre, sodass ich rasch aufschließe. In meinen Schaffellpantoffeln durchquere ich den Raum und drehe sie am Arm um, damit sie gezwungen ist, mich anzusehen, gezwungen, den Augenkontakt zu halten, wie es nur der beste Eidbrecher kann. Rasch weicht sie mir aus, ich bin in ihren Bereich eingedrungen. Sie hält die Arme hinter ihren Rücken, damit ich sie nicht wieder berühren kann.

»Wo ist der Ehering meines Vaters?«, verlange ich jetzt zu erfahren und bin mir bewusst, wie uns das Baby vom Fußboden aus beobachtet, während es an einem getupften Söckchen kaut, das es sich vom Fuß gezogen hat. Seine blassrosa Zehchen schweben in der Luft, und es ist völlig unempfänglich für die Spannung, die es umgibt, die diesen Raum erfüllt und das Atmen erschwert.

»Ich habe ihn nicht«, lügt Willow, und ihre Stimme ist so rückgratlos wie ein Regenwurm oder ein Blutegel. »Ich schwöre, Ma'am, ich habe den Ring nicht«, sagt sie, aber ihre Augen behalten ihren verschlagenen, berechnenden Blick, und statt der leicht zu beeindruckenden, naiven jungen Frau, als die ich sie einst gesehen hatte, sehe ich eine hinterhältige und raffinierte Person. Schlau und durchtrieben.

Sie weicht meinem starren Blick aus, zuckt, als fühle sie sich nicht wohl in ihrer Haut, als wäre sie plötzlich voller Spitzen wie bei einem Stachelschwein.

Gespielt.

Ihre Worte brechen stakkatoartig hervor, hastig und abgehackt, ein Erguss von Leugnungen: *Ich war es nicht* und *Ich schwöre*, ihre Hände gestikulieren wild, ihr Gesicht läuft rot an.

Sie zieht eine Show ab.

Sie verhöhnt mich mit ihren Lügen und ihrem Affentheater, mit ihren naiven Augen, die alles andere als naiv sind. Sie wusste ganz genau, was sie tat, vom ersten Tag an, als ich sie an der Fullerton Station entdeckt habe, wo sie im Regen lauerte.

Auf jemanden wie mich, der den Köder schlucken würde.

»Was hast du damit gemacht?«, frage ich aufgebracht. »Was hast du mit dem Ring gemacht?«

»Ich habe ihn nicht«, sagt sie wieder, »ich habe den Ring nicht«, und schüttelt heftig den Kopf, immer wieder von einer Seite zur anderen, wie ein Pendel. Aber ich beharre: »Doch. Du hast ihn geklaut. Vom Haken im Badezimmer. Du hast den Ring meines Vaters gestohlen.«

»Ma'am«, fleht sie mich an, und ihre Stimme klingt fast jämmerlich, fast herzzerreißend, wenn nicht alles nur vorgetäuscht wäre. Sie weicht einen Schritt zurück, und ich folge ihr auf dem Fuß. Die Plötzlichkeit meiner Bewegung, nur ein einziger Schritt, nicht mehr, lässt sie zurückschrecken, ein Zucken, das tief aus ihrem Inneren hervorbricht.

Meine Hand greift in der Tasche des lila Bademantels nach dem Schweizer Taschenmesser, umklammert es fest, als ich das simple Wort ausspreche: »Geh.«

Ich spüre, wie es in meiner Hand bebt, jenes Messer. Und denke bei mir: *Zwing mich nicht dazu …*

Sie schüttelt den Kopf, nur einmal kurz hin und her, und ihr sepiafarbenes Haar fällt ihr vor die hervortretenden Augen, ihre Lippen öffnen sich, um ein einziges Wort zu formen: *Nein.* Und dann bettelt sie mich an, bleiben zu dürfen, bettelt, dass ich sie nicht wegschicken soll. Draußen hat es angefangen zu regnen, schon wieder prasseln die Regentropfen gegen das Erkerfenster, obwohl es nur ein Nieseln ist, nicht direkt ein Unwetter, zumindest noch nicht.

Aber man kann nie wissen, was die Nacht noch bringt.

»Geh«, sage ich wieder. »Geh jetzt. Bevor ich die Polizei rufe«, und ich mache einen Schritt auf das Telefon zu, das auf der Küchenarbeitsplatte liegt.

»Bitte nicht«, fleht sie, und dann: »Bitte schicken Sie mich nicht weg«, und sie starrt aus dem Fenster in den Regen.

»Du hast den Ring gestohlen«, beharre ich. »Gib mir den Ring.«

»Bitte, Ma'am«, sagt sie, und dann »Heidi«, als versuche sie mich auf einer persönlicheren Ebene zu erreichen, aber mir erscheint es einfach nur unangebracht, ja, anmaßend. Diese Dreistigkeit erinnert mich nur erneut an ihre Unverfrorenheit, ihre Vermessenheit. Alles andere ist nur vorgetäuscht, eine Fiktion. Eine armselige Vorstellung, die sie gegeben hat, um sich in mein Zuhause einzuschleichen und mich zu bestehlen. Ich frage mich, was sie noch geklaut hat – die Bunzlauer Keramik, die Perlen meiner Großmutter, Chris' Absolventenring?

»Mrs. Wood«, stelle ich richtig.

»Ich habe den Ring nicht, Mrs. Wood. Ich schwöre es Ihnen. Ich habe den Ring nicht.«

»Dann hast du ihn eben verkauft«, insistiere ich. »Wo hast du ihn verkauft, Willow? Im Pfandhaus?«

Es gibt eins in Lincoln Park, ich sehe es deutlich vor mir, ein kleiner Laden auf der Clark Street mit einem Schild, auf dem steht: *Wir kaufen Gold.* Mir fällt ein, dass ich mich nachmittags ein bisschen hingelegt habe. Hat sie den Ring versetzt, während ich geschlafen habe? Ach nein, ich habe die Kette heute Abend an den Haken gehängt, bevor ich Zoe einen Gutenachtkuss gab und das Licht dimmte, die Küche sauber machte und mich mit meinem Laptop hinsetzte, um zu arbeiten. Oder um nicht zu arbeiten. Um zu tun, als würde ich arbeiten.

Oder war das vielleicht gestern Abend, denke ich und bin plötzlich völlig durcheinander, weiß nicht, welchen Tag wir haben, wo oben und wo unten ist.

Aber ich weiß mit Sicherheit, dass sie den Ring gestohlen hat.

»Wie viel hast du dafür bekommen?«, frage ich völlig unvermittelt, und als sie nicht antwortet, wiederhole ich: »Wie viel hast du für den Ehering meines Vaters bekommen?« Ich frage mich: *fünfhundert, tausend?* Und die ganze Zeit streichele ich mit der Hand über die glatte Kante des Schweizer Taschenmessers, fahre mit dem Daumen die Klinge entlang, bis er fast zu bluten anfängt. Ich spüre es nicht, das Blut, aber ich sehe es vor mir, einen oder zwei Tropfen, die in den lila Bademantel sickern.

Und dann sucht sie in der Wohnung ihre Sachen zusammen – Babyfläschchen und Säuglingsnahrung, sammelt ihre zerrissene Jeans auf und ihre Lederschnürstiefel, die NATO-grüne Jacke, den altmodischen Koffer aus dem Arbeitszimmer am Ende des Flurs – und schleppt sie zur Wohnungstür, wo sie sie auf einen Haufen wirft. Dann dreht sie sich schmollend zu mir um, und die gespielte Verzweiflung ist einem stoischen Ausdruck in ihren Augen gewichen.

Aber als sie Anstalten macht, das Baby vom Boden hochzuheben, schreite ich ein.

Nur über meine Leiche, denke ich, sage aber: »Du kannst dich nicht um sie kümmern. Das weißt du so gut wie ich. Sie wäre an dieser Infektion gestorben, wenn ich nicht gewesen wäre.«

Eine unbehandelte Harnwegsinfektion kann zu einer Sepsis führen. Ohne Behandlung kann man daran sterben.

Aber das waren nicht meine Worte, sondern die der Ärztin in der Klinik, nicht wahr? Sie war es, die uns das gesagt hat und die wissen wollte, wie lange das schon so gehe mit der ständigen Reizbarkeit und dem unbezähmbaren Fieber des Babys.

»Eine Woche oder vielleicht zwei«, hatte Willow reumütig gesagt, aber ich hatte über ihre Offenherzigkeit gespöttelt und gesagt: »Erst ein paar Tage, Liebes, doch keine Woche«, weil ich wusste, was die Ärztin von uns denken würde, wenn wir so lang zugesehen hätten, wie die Infektion und das Fieber anhielten. Ich hatte vor der Ärztin im Sprechzimmer die Augen verdreht und sagte über Willow: »Sie hat so ein schlechtes Zeitgefühl. Teenager, Sie verstehen? Ein Tag, eine Woche, für sie macht es keinen Unterschied«, und die Ärztin, vielleicht selbst Mutter eines Teenagers, hatte zustimmend genickt.

Heutzutage ist das Lügen so einfach. Es geht wie von selbst, bis man selbst nicht mehr weiß, was wahr und was erfunden ist.

»Wenn du das Baby mitnimmst«, sage ich, »sehe ich mich gezwungen, die Polizei anzurufen. Gefährdung eines Kindes, ganz zu schweigen von dem Diebstahl. Hier ist sie sicherer, hier bei mir.«

Sie muss verstehen, dass das Baby hier bei mir besser dran ist. »Als ich dir begegnet bin«, erinnere ich sie, »hatte sie Fieber. Blasen am Po, Hautausschlag überall. Sie war seit Wochen nicht gebadet worden, und du hattest so gut wie nichts zu essen. Es ist ein Wunder, dass sie nicht unterkühlt war, abgemagert oder tot.«

»Außerdem«, fahre ich fort, während ich immer näher an das Baby heranrücke und genau weiß, dass ich um sie kämpfen werde, wenn es sein muss, dass ich das Messer aus dem Bademantel ziehen und Notwehr vorschützen werde.

Aber an der Resignation in ihren Augen sehe ich schon, dass ich nicht werde kämpfen müssen. Für sie ist das Baby eine Last. Nur Ballast. Die Instinkte – jenes unbestreitbare Bedürfnis, das Baby zu halten, das Gefühl der Sinnlosigkeit, wenn sie nicht in meinen Armen ist – habe ich. Nur ich allein. Jenes Verlangen, das meinen ganzen Körper erfüllt, habe nur ich allein.

»Du kannst wohl kaum ein Baby gebrauchen, das für dich nur ein Klotz am Bein wäre«, denn ich weiß so gut wie sie, dass ihr wahrscheinlich jemand auf den Fersen ist. Ich weiß zwar nicht, wer, aber ich sehe es ihr an. Vermutlich die Person, die ihr den ockerfarbenen Bluterguss verpasst hat.

»Sie werden sich um sie kümmern«, vergewissert sie sich. Es ist weniger eine Frage als ein Anliegen. Sie müssen sich für mich um sie kümmern.

Ich verspreche es ihr. Mein Gesicht wird weicher, um des Babys willen, und die Worte stürzen aus meinem Mund wie ein Wasserfall. »Oh ja, das werde ich«, verspreche ich. »Ich werde mich so gut um sie kümmern« – wie ein Kind, das mit einem neuen Kätzchen gesegnet ist.

»Aber ich kann dich nicht bei mir zu Hause behalten«, sage ich dann, und meine Stimme zieht wieder an, als ich mich auf dem schmalen Grat bewege zwischen dem Bedürfnis, mich um dieses Baby zu kümmern, und dem, Willow aus meinem Haus zu bekommen, »nicht, nachdem du mich bestohlen hast«, und sie will wieder protestieren: »Ich habe nicht …«, doch ich unterbreche sie: »Geh einfach.«

Ich will es nicht hören, die Lügen und Leugnungen, irgendwelche Ausreden, dass sie Geld für dieses oder jenes braucht, wo doch klar ist, dass ich ihr ihre Geschichte von Anfang an nicht abkaufe. Sie hat den Ehering meines Vaters geklaut, schlicht und einfach, und ihn im Pfandhaus versetzt.

Und jetzt muss sie gehen.

Sie verabschiedet sich nicht von mir. Sie fragt noch einmal: »Sie kümmern sich um sie? Um Ruby?«, aber die Worte klingen halbherzig, nicht aufrichtig, schließlich gehört es sich so, dass sie sich vergewissert, dass das Baby auch in guten Händen ist, ehe sie geht. Trotzdem ist da ein Zögern, ganz kurz, als sie das Baby betrachtet und sich ihre blauen Augen eventuell mit Tränen füllen. Falsche Tränen, sage ich mir, nichts weiter.

Und dann geht sie auf das Baby zu und streicht ihm mit einer Hand über das Köpfchen. Flüsternd verabschiedet sie sich von ihm, bevor sie geht, und wischt sich ihre künstlichen Tränen mit dem Ärmel ab.

»Ich werde es behandeln, als wäre es mein eigenes«, gelobe ich und schließe und verriegele die Tür hinter ihr. Vom Erkerfenster aus versichere ich mich, dass sie weg ist, sehe zu, wie sie mit hängendem Kopf im kalten Aprilregen die Straße entlanggeht. Und dann drehe ich mich zu dem kleinen Mädchen um, völlig hingerissen von ihren Pausbäckchen, ihrem schneeweißen Haar, ihrem zahnlosen Mund, der sich zu einem strahlenden Lächeln ausbreitet, und denke: *Meins. Ganz allein meins.*

Irgendwann, als ich gerade nicht aufpasste, wurde ich sechzehn. Und da passierte es, alles innerhalb von vielleicht drei Wochen. Es war gegen Ende des Winters, und ich wartete ungeduldig auf den Frühling, aber aus irgendeinem Grund schneite es immer weiter aus dem bedrohlich grauen Himmel. Ich fror jedes Mal, wenn Matthew und ich mit dem Bus durch die Stadt fuhren, und das Sweatshirt und die Turnschuhe reichten einfach nicht. Die kalte Winterluft blies in jede Haltestelle hinein, und da ich von Joseph hauptsächlich Kleider zum Anziehen hatte, waren meine Beine völlig nackt.

Nachts, wenn ich in meinem Bett mit dem dünnen Patchwork-Quilt schlief und nur ein zu großes T-Shirt hatte, um mich warm zu halten, zitterte ich, und mein Körper war von Gänsehaut überzogen, die sich jedes Mal vervierfachte, wenn Joseph mir jenes T-Shirt über den Kopf zog.

Ich dachte über all die Arten nach, wie ich ihn umbringen würde, wenn ich könnte. An die Stelle der Gedanken an Momma und Versionen von »Ich hab dich so lieb wie« traten Gedanken an Joseph und all die Möglichkeiten, wie ich ihn um die Ecke bringen würde. Ihn die Treppe runterstoßen. Das ganze Haus in Omaha anstecken, während er schlief.

Aber was sollte ich dann machen?

Ich hasse dich wie Arachnophobiker Spinnen. Ich hasse dich wie Katzen Hunde.

An einem öden Wintertag fuhren Matthew und ich mit dem Bus in die Bibliothek. Ich weiß noch, wie aufgeregt ich war, denn an jenem Tag wollte Matthew mir zeigen, wie die Computer funktionierten. Ich hatte noch nie zuvor einen Computer benutzt.

Wir waren noch keinen Block von zu Hause entfernt, als Matthew mich fragte, ob mir kalt sei, und als ich Ja sagte, schob er einen Arm um meinen Rücken und zog mich nah an sich. Augenblicklich war mir, als wäre außer Matthew und mir keine Menschenseele in dem Bus. Als wäre der ganze Rest der Welt verschwunden. Matthews Arm fühlte sich warm an, stark und schützend.

Ich drehte den Kopf, schielte zu ihm hoch und fragte mich, ob mir jene Schokoaugen vielleicht erklären konnten, was gerade passiert war. Warum in mir alles ganz zähflüssig wurde und meine Hände zu Glibber. Weder Matthew noch seine Augen sagten etwas. Er sah aus dem Fenster, als merke er überhaupt nicht, was geschah, aber tief in mir fragte ich mich, ob er jene Veränderung vielleicht doch ebenso spürte wie ich.

Wir gingen in die Bibliothek, holten uns zwei Stühle an einen Computer, und Matthew zeigte mir eine ganz neue Welt. Er zeigte mir etwas, das man Internet nennt, wo ich alles nachschauen konnte, was ich auch immer wissen wollte über Planeten, Dschungeltiere oder Spinnen. Und er zeigte mir, wie man Spiele spielt.

Es gab auch Musik auf dem Computer. Wir setzten die Kopfhörer der Bibliothek auf, und Matthew ließ Musik laufen, ziemlich laut, aber es gefiel mir. Mir gefiel der Klang vom Bass direkt in meinem Ohr. Ich dachte an Momma. Daran, auf Patsy Cline durch das Zimmer zu wirbeln.

In die Bibliothek zu gehen, wurde für Matthew und mich zu einer regelmäßigen Sache. Das machte ich am liebsten. In der Bibliothek war es ruhig und warm, auch wenn die Welt draußen vor den großen Glastüren kalt und laut war. Das Gebäude war groß, vier Stockwerke oder mehr, inmitten all dieser anderen riesigen Gebäude. Manchmal fuhr ich gern einfach nur mit den Aufzügen, hoch, runter, hoch, runter, selbst wenn wir nirgendwo hinwollten. Wir redeten dort viel, Matthew und ich, und immer wieder sagte er mir, dass er mich aus diesem Haus holen würde, fort von Joseph. Er musste nur noch einen Weg finden, wie. Aber ich begann, viel über die Welt außerhalb von Omaha nachzudenken, was das Leben bei Joseph und Miriam noch unerträglicher machte. Ich wünschte mir nichts sehnlicher, als zu gehen, so weit wie möglich wegzulaufen, aber Matthew sagte, ich müsse noch warten. Er würde einen Weg für mich finden, und ich solle mir keine Sorgen machen, also hörte ich auf ihn.

Besonders freute ich mich dort in der Bibliothek immer, wenn wir uns in irgendeinem leeren Gang versteckten – nur wir beide. Wir saßen mit gespreizten Beinen auf dem Fußboden und lehnten uns an die hoch aufragenden Regale. Wir durchstöberten die Bücher nach willkürlichen Fakten und trugen sie abwechselnd laut vor, etwa: *Wusstest du, dass frische Eier untergehen, aber ein faules Ei oben schwimmt?* Oder: *Wusstest du, dass das menschliche Gehirn zu 89 Prozent aus Wasser besteht?* Wie damals, als wir Kinder waren und Matthew nachts in meinem Zimmer vorbeischaute. Ich las Bücher über Audrey Hepburn und Patsy Cline. Ich schlug den Ort nach, wo Lily jetzt lebte, Colorado, und lernte mehr über die flachen Ebenen des achtunddreißigsten Bundesstaates und über die kontinentale Wasserscheide. Ich lernte mehr über jene Magnificent Mile, von der Momma immer gesprochen hatte, und über Chicago, die *Windy City*, die *Stadt der breiten Schultern.*

»Wusstest du, dass sich Arthur Rubloff 1947 den Namen *Magnificent Mile* ausgedacht hat?«

Und dann, eines Tages, saßen wir dort in einem jener leeren Gänge, als Matthew ganz plötzlich meine Hand im Känguru-beutel meines orangenen Sweatshirts fand und sie in seiner drückte. Matthew hatte früher schon meine Hand gehalten, im Bus oder wenn ich Angst hatte, aber dieses Mal war es anders, denn dieses Mal merkte ich, dass Matthew selbst Angst hatte. Seine Hand war ganz verschwitzt, und als er nach meiner griff, spürte ich, wie mein Herz in mir auf die dreifache Größe anwuchs, als würde es jeden Moment aus meiner Brust herausspringen. Ich wusste nicht, was das war, was ich fühlte, und hätte so gern jemanden gefragt, irgendwen.

Aber am allerliebsten hätte ich Momma gefragt.

Lange taten wir so, als wäre nichts, als würden wir nicht Händchen halten. Wir suchten einfach weiter nach willkürlichen Tatsachen in den Büchern, jeder mit seiner freien Hand, während die Hände, die einander fassten, so was wie eigene, unabhängige Wesen waren. Als gehörten sie nicht zu uns.

Aber das änderte nichts daran, dass mein Herz unkontrolliert schlug und mein Gehirn unfähig war, die Wörter in den schweren Bibliotheksbüchern auch nur ansatzweise zu begreifen.

Und urplötzlich saß Matthew noch näher bei mir, ohne dass ich mich erinnern konnte, wie es dazu gekommen war. Ich konnte mich überhaupt nicht erinnern, wie es gekommen war, aber auf einmal presste sich sein Bein an meins, und seine Hüfte berührte meine, und plötzlich lasen wir in demselben Buch, und das andere war beiseitegelegt worden. Ein Buch über Ingenieurswissenschaften, was auch immer das ist. Ich konnte mir keinen Reim darauf machen, selbst wenn ich es versucht hätte, aber ich versuchte es gar nicht erst, denn ich konnte an nichts anderes denken als an meine Hand, die fest von Matthews Händen umschlossen wurde, oder wie es klang, als er den Kopf drehte und leise meinen Namen sagte.

Claire.

Matthew flüsterte ihn, meinen Namen. Mehr spürte ich den Atem von seinen Lippen kommen, als dass ich meinen Namen tatsächlich hörte.

Ich drehte mich zu ihm und sah ihn an, und er war so nah. Direkt vor mir. Atmete mich an. Und unsere Nasen berührten sich fast.

Ich wusste nicht, was ich tun sollte. Mich zu ihm lehnen

oder zurückweichen? Aber in meinem Herzen wusste ich, was ich tun *wollte*, also lehnte ich mich zu Matthew und legte meine Lippen auf seine. Seine Lippen waren rau und trocken, aber ich fand sie auch zart und köstlich, als eine Zunge zwischen diesen Lippen hervor und in meinen Mund glitt und ich spürte, wie alles in mir zu Wackelpudding wurde.

Und da wusste ich, was mit mir los war: Ich war in Matthew verliebt.

Seine Zunge verschwand fast so schnell, wie sie zum Vorschein gekommen war, seine Lippen zogen sich von meinen zurück. Er wich zurück, ohne jedoch meine Hand loszulassen. Seine Augen flogen über die Seiten jenes Ingenieurswissenschaftsbuchs, und nervös fing er an, ein paar blöde Fakten zu murmeln über Kilometer und Watt, obwohl ich keine Ahnung hatte, was das bedeutete. Ich hatte überhaupt keine Ahnung, was das alles bedeutete. Ich konnte ihn kaum hören. Ich konnte kaum aufhören, an seine Lippen zu denken, seine Zunge und seine Hand.

Wie er schmeckte.

Wie er roch.

Von da an waren Matthew und ich, wenn wir in die Bücherei gingen, nicht mehr so sehr mit den Büchern beschäftigt und damit, bedeutungslose Tatsachen auf deren Seiten zu finden, um sie uns gegenseitig vorzulesen. Sondern wir schlichen uns in irgendeinen menschenleeren Gang, und dort, verborgen vor der Welt hinter jenen endlos hohen Bücherregalen, presste Matthew seine Lippen auf meine und schob seine Zunge in meinen Mund. Manchmal hielten seine Hände meine fest, aber manchmal lösten sie sich auch von ihnen und wanderten zu meinem Gesicht, meinen Armen, meiner Brust, zwischen meine Beine und glitten, kalt und unsicher, unter dem hellorangenen Sweatshirt nach oben und in den einzigen BH, den ich von Joseph hatte.

CHRIS

Auf dem Weg nach Denver mache ich Zwischenstation in Chicago, um einen Termin mit einem potenziellen Mandanten wahrzunehmen. Treffen von Angesicht zu Angesicht werden in der Welt des Investmentbankings ganz großgeschrieben. Wir haben von unserer Firma eine Vorgabe, wie viele Meetings wir jeden Monat bestreiten müssen. Zwanzig, sagt unser CEO. Zwanzig persönliche Meetings mit Kunden. Skype reicht nicht. FaceTime tut es nicht. Obwohl ich gerade achthundert Meilen entfernt dabei bin, Präsentationen zu halten, um potenzielle Investoren dazu zu verleiten, Aktien des Börsengangs eines anderen Kunden zu erwerben, muss ich zu dem Mandantentermin im Büro erscheinen, um dann später wieder zu Tom, Henry, Cassidy und dem Rest der Truppe in Denver zu stoßen.

Ich nehme den ersten Flug von LaGuardia um sechs Uhr morgens und lande um 7.28 Uhr Ortszeit in Chicago. Das Meeting ist um neun, was mir gerade genug Zeit lässt, mein Gepäck an der Gepäckausgabe abzuholen und ein Taxi zum Loop zu nehmen.

Der Mandantentermin läuft außerordentlich gut. Wie meistens. Anscheinend verfüge ich über einen gewissen Charme, der mir nicht bewusst ist, ein sanftes Gesicht, das die Leute dazu bringt, mir ihr Vertrauen zu schenken. Deshalb kämpfe ich bei Meetings mit potenziellen Kunden für gewöhnlich an vorderster Front. Es hat nichts mit einem beeindruckenden Masterabschluss oder meiner jahrelangen Erfahrung zu tun. Es geht nur um mein Lächeln und das jungenhaft gute Aussehen, das mich, wie meine Mutter einst schwor, eines Tages noch in Schwierigkeiten bringen würde.

Für den Nachmittag habe ich einen Flug von O'Hare in die *Mile High City* gebucht, was bedeutet, dass mir nicht genug

Zeit bleibt, um nach Hause zu fahren, zu duschen, mich zu rasieren und die allmählich ranzig werdende Anzugsjacke, die ich seit Tagen trage, gegen eine frische einzutauschen – und irgendwie habe ich es auch geschafft, zu wenig saubere Socken und Unterhosen auf diesen nie enden wollenden Trip in die Hölle und zurück mitzunehmen und meine Glückskrawatte zu vergessen. Ich rufe Heidi an, ohne einen Funken Hoffnung, dass sie mir diesen Gefallen tut, aber überraschenderweise willigt sie ein, packt mir eine zusätzliche Tasche mit Klamotten und schlägt vor, dass wir uns zu einem schnellen Happen in einem asiatischen Grillrestaurant treffen.

Es ist erst gut vierzig Stunden her, seit ich Heidi gesehen habe, und trotzdem ist irgendwas anders an ihr. Sie hat eine Lässigkeit an sich, die im Widerspruch zu der Heidi steht, die ich neulich Morgen verlassen habe, als sie noch im Bett lag und schlief. Das ist nicht die Heidi, zu der sie sich irgendwann im Laufe unserer Ehe entwickelt hat, die Heidi, die zu viel nachdenkt und die alles durchplant. Ich sehe es an ihrem Schritt, als sie flott und völlig ungerührt vom Großstadttrubel die Michigan Avenue entlangläuft, nahe der Michigan Avenue Bridge, wo die Mag Mile den Chicago River überquert. In ihren Schritten liegt ein leichtes Wippen, und sie trägt ein Kleid, steingrau, das gerade bis zum Knöchel reicht und überraschend tailliert und schick ist, nicht, was ich an Heidi gewohnt bin. Sie sieht umwerfend aus, obwohl sie sich dieses verdammte Baby in einem dieser Tragetücher umgebunden hat, und als ich frage: »Was zum Geier ist das?«, sagt sie mir, dass man das Moby Wrap nennt, als wäre es das Normalste von der Welt, dass sie das Baby von jemand anderem wie ein Gepäckstück mit sich herumträgt.

»Wo ist ihre Mutter?«, frage ich und blicke mich in alle Richtungen nach dem Mädchen um. »Du hast sie doch nicht zu Hause gelassen?«, frage ich. »Allein?« Ich hole bereits Luft für eine große Schimpftirade, von wegen, dass das Mädchen meinen Großbildfernseher klaut und dass sie doch nie, *niemals,* allein in unserer Wohnung gelassen werden sollte.

Aber Heidi lächelt freundlich und sagt, dass sie sie auf dem Weg zum Mittagessen mit mir zur Bibliothek gebracht hat. Dass das Mädchen sich ein paar Bücher ausleihen wollte. *Black Beauty*, sagt sie und *Die Zeitfalte.* »Klassiker«, fügt sie hinzu und weiß ganz genau, dass ich als Jugendlicher lediglich das *Wall Street Journal* gelesen habe. Sie sagt, sie habe sich gedacht, dass ich es vorziehe, wenn Willow nicht mit uns zu Mittag isst, wogegen ich an und für sich nichts sagen kann, außer dass ich mir wünschte, sie hätte das Baby ebenfalls in der Bibliothek gelassen.

Und dann macht Heidi einen Schritt auf mich zu und küsst mich, ein spontaner Kuss, der gar nicht mal so kurz und ziemlich heiß ist, etwas, das meine Heidi so gut wie nie macht, zumindest nicht in der Öffentlichkeit. Heidi ist eine strikte Gegnerin von öffentlicher Zurschaustellung von Gefühlen. Sie ist schon seit Jahren so, oder war es vielleicht schon immer. Sie runzelt die Stirn, wenn sie ein Pärchen sich an einer Ecke oder an der Bushaltestelle küssen sieht, selbst wenn es nur ein flüchtiger Kuss ist, um sich einen schönen Tag zu wünschen, was normale Paare ständig machen. Sie drückt sich an mich, das schlummernde Baby zwischen uns gequetscht, und fährt mit den Händen meine Arme hinauf und hinunter. Ihre Hände fühlen sich warm an und verletzlich auf eine Art, wie Heidi es selten ist. Ihre Lippen pressen sich fest und entschlossen auf meine, und sie flüstert: »Ich habe dich vermisst«, und als ich mich langsam zurückziehe, weiß ich, dass mich diese Worte, diese schlichten, goldenen Worte und der begehrliche Klang ihrer Stimme den ganzen Tag begleiten werden.

Wir essen zu Mittag. Ich bestelle Krabben-Rangun, Heidi wählt Huhn Phad Thai. Ich berichte ihr von meiner Woche, sie mir von ihrer. Ich entschuldige mich zum x-ten Mal dafür, dass ich gestern Abend ihren Anruf verpasst habe, aber ganz im Gegensatz zu der wutschäumenden Nachricht, die sie mir vor nur zwölf Stunden auf der Mailbox hinterlassen hat, zuckt sie jetzt nur gnädig mit den Schultern und sagt, es sei schon gut. Ich erzähle ihr, dass ich fest eingeschlafen sei, völlig erledigt von der Woche. Ich sage, dass ich ein oder zwei – vielleicht auch drei – Bier zum Abendessen gehabt und mein Telefon nicht klingeln gehört hätte.

Ich erzähle ihr nicht von den Drinks in der Hotelbar oder davon, dass Cassidy sich den Zeichnungsprospekt durchgelesen hat, nur sie und ich in meinem Hotelzimmer. Das wäre nicht sehr klug. Das wäre sogar ziemlich dumm. Ich erwähne nicht Cassidys geschmeidige Statur oder das Profil ihrer Brüste in dem rostfarbenen Kleid, obwohl sie mir immer noch durch den Kopf gehen wie ein gieriges kleines Kind, das um Süßigkeiten bettelt.

»Was wolltest du mir denn so Dringendes erzählen?«, frage ich, und sie lacht von ganzem Herzen und sagt: »Ich weiß es nicht mal mehr«, während der Kellner unsere Wassergläser auffüllt.

Heidis Lächeln ist verständnisvoll, der Inbegriff der unterwürfigen Ehefrau. Ihre Haare sind gewaschen – keine Spaghettihaare mehr –, und sie verströmt irgendeinen moschusartigen Parfümduft, etwas, das ich an meiner Frau kaum noch kenne. Ich wusste nicht einmal, dass Heidi noch Parfüm besitzt. Aber vielleicht ist es auch das Shampoo.

Sie klingt besorgt, als sie sagt: »Du musst doch müde sein, Chris. Immer unterwegs.«

Und ich gebe zu: Ja, ich bin müde. Und dann erzählt sie mir von dem Baby, dass das Antibiotikum geholfen hat und es ihm jetzt besser geht. Es geht ihm besser, und es schläft besser, was wiederum bedeutet, dass Heidi schläft. Ich kann sehen, dass ihre Augen ausgeruht wirken, sie hat die Zeit gefunden, zu duschen und sich zu schminken, nicht viel – nur ein Hauch Rouge, vielleicht etwas Lipgloss –, aber genug, um etwas Farbe auf ihre Haut zu zaubern, nicht mehr das beängstigende Weiß.

Vielleicht war das ja alles, was sie brauchte, denke ich. Eine Nacht durchzuschlafen.

»Wenn ich nach Hause komme«, sage ich, »müssen wir mal über das alles reden. Die ganze Situation mit Willow«, und ich rechne mit irgendeiner Gegenreaktion – dass die lässige Heidi verschwindet und die überspannte wieder zum Vorschein kommt –, aber nichts dergleichen passiert.

Sie sagt einfach nur: »Natürlich. Ja, lass uns reden. Wenn du aus Denver zurück bist. Aber«, fügt sie hinzu und massiert meine freie Hand, die nicht damit beschäftigt ist, mir frittierte Teigtaschen in den Mund zu stopfen, als hätte ich seit einer Woche nichts gegessen, verschränkt ihre Finger mit meinen und drückt meine Hand, »ich habe das Gefühl, alles wird gut. Du wirst sehen. Alles löst sich wie von selbst.«

Und irgendwie bin ich tatsächlich überzeugt, dass alles gut wird. Wir verabschieden uns und tauschen die Taschen. Ich nehme die sauberen Socken und Unterhosen und meine Glückskrawatte in Empfang und Heidi meine schmutzige Wäsche, wie eine pflichtbewusste Hausfrau aus den 1950er-Jahren.

Ich sehe zu, wie sie davongeht, die Straße entlang, in den Fußgängerverkehr hinein und wieder hinaus schwenkt und in die entgegengesetzte Richtung der Bibliothek läuft.

Ich werfe einen Blick in die Tasche, um mich zu vergewissern, dass sie ihn eingepackt hat, meinen Finanzrechner, weil ich ihr gesagt habe, die im Büro wären Mist, wobei ich als Grund ihre mikroskopischen Ziffern nannte und Tasten, die angeblich nicht funktionierten, obwohl Heidi gar nicht danach fragte. Aber in Wahrheit ist er der einzige kleinere Gegenstand, von dem ich genau weiß, dass ihn die schwer fassbare Willow Greer in meiner Wohnung berührt hat. An jenem ersten Tag, als sie sich in meinem Arbeitszimmer bückte, um ihn vom Boden aufzuheben. Als sie mit zitternder Hand jede einzelne Taste nachzeichnete und eine eindeutige Identität zurückließ, die weder sie noch ich sehen konnten. Der einzige Gegenstand, den ich mir von Heidi zum Mittagessen mitbringen lassen konnte, ohne dass sie misstrauisch würde.

Ich hätte wohl kaum von ihr verlangen können, dass sie die Fernbedienung mitbringt, Babyfläschchen oder den alten Koffer.

Und dann begebe ich mich eilig zum Treffen mit Martin Miller, bevor ich in das nächste Flugzeug steige.

Bei einem ihrer angekündigten Besuche kam Ms. Adler mit einem Brief von den Zeegers, eigentlich wie immer, nur dass dieser Brief ganz anders war. Sie tauchte auf der Treppe vor dem Haus auf und stampfte sich den Schnee von ihren fetten, flauschigen Stiefeln, bevor sie hereinkam. Joseph nahm ihr den Mantel ab und legte ihn über eine Stuhllehne, und wir gingen alle in die Küche, wo wir, wie immer, um den Holztisch herumsaßen und eine mit Medikamenten vollgepumpte Miriam Kekse und Tee servierte.

In diesem Brief ging es jedoch nicht um meine Lily, wie gut sie in der Schule war und wie groß sie geworden war. Nein, dieser Brief war ganz anders. Dieser Brief ließ mir das Blut in den Adern gefrieren, und die Luft im Raum wurde zu dünn zum Atmen. Ich hielt jenen Brief in meinen zitternden Händen und las laut vor – wie Joseph es von mir verlangte, damit er auf dem Laufenden blieb –, dass Groß-Lily zehn Monate zuvor gemerkt hatte, plötzlich und völlig unerwartet schwanger zu sein, und dass Rose (Lily) im Dezember eine große Schwester geworden sei. Der Brief war gespickt mit Einzelheiten über die blassen Augen und das zarte Haar des Babys, sein sanftmütiges Wesen und den melodischen Klang seines Krähens. Davon, erklärte Groß-Lily, hatten sie und Paul immer geträumt: ein eigenes Baby zu haben. Es hieß Calla, wie die eine Hälfte der Lilie mit dem Namen *Calla Lily*, und meine Lily – die keine Lilie mehr war, sondern eine Rose – war ausgeschlossen. Gehörte nicht dazu, denn sie war nicht das Baby, von dem Groß-Lily und Paul immer geträumt hatten.

»Aber wie kann das sein?«, jammerte ich. »Sie war doch … ich dachte …« Ich legte den Brief auf den Tisch und schluckte mühsam gegen einen Kloß in meinem Hals an. Ich würde nicht zulassen, dass Joseph mich weinen sah, oder Isaac, der mit einem Grinsen in seiner hässlichen Visage an die Wand gelehnt dastand.

Die Betreuerin lächelte übers ganze Gesicht. »Wie schön«, sagte sie, und: »Was für eine wundervolle Überraschung. Stell dir vor: Rose als Schwester«, als wäre *Rose* nicht schon immer eine Schwester gewesen. Meine Schwester. Meine. »Manchmal«, erklärte sie mir, das geistige Niveau in ihrer Stimmlage heruntergeschraubt, als wäre ich eine Idiotin, »passiert das. Ich vermute, sie waren nie wirklich unfruchtbar. Sie hatten einfach …«, ihre Stimme schwankte für einen Sekundenbruchteil, bevor sie fortfuhr, »… Pech.«

Pech, dass sie in ihrem Leben nur Klein-Lily hatten statt des Babys, von dem sie immer geträumt hatten.

Meine Lily wurde in jenem Brief nicht erwähnt, außer in dem schnöden Nebensatz, dass sie jetzt eine große Schwester sei. Der Rest der Nachricht triefte von Details aus Callas Leben: wie friedlich sie nachts durchschlief, was für ein unglaubliches Erlebnis es für Groß-Lily gewesen war, ihr eigenes Fleisch und Blut auf die Welt zu bringen. Es lag ein Foto dabei. Groß-Lily und Calla, und irgendwo im Hintergrund meine Lily, nichts weiter als ein Nachgedanke. Ihre Haare waren unordentlich, rote Soße tröpfelte vorne auf ihrem weißen T-Shirt herunter.

Aber Calla war makellos, in einem superweich aussehenden malvenfarbenen Einteiler, auf dem Kopf ein Jeans-Stirnband mit Schleife.

Ein Brief von Lily war nicht dabei. Kein Schulfoto von der dritten Klasse, kein Briefpapier mit dem roten Vogel und dem Baum, kein entstellter, auf die Vorderseite gedruckter Name: *Rose Zeeger*.

Meine Lily war ersetzt worden.

Es quälte mich tagelang. Nacht für Nacht lag ich wach und fragte mich, was aus meiner Lily werden würde. Würden die

Zeegers sie für den Rest ihres Lebens übersehen, als nicht gut genug, jetzt, wo sie ihr eigenes Fleisch und Blut hatten? Würden sie zu dem Schluss kommen, dass zwei Kinder eins zu viel waren, und Lily zurück in jene Wohngruppe schicken, um auf so eine miese Pflegefamilie zu warten wie die, in der ich lebte? Würde sie für immer in jener Wohngruppe bleiben oder bis sie achtzehn war und in die Welt geschickt wurde, um sich alleine durchzuschlagen, um wie eine Obdachlose irgendwo in Colorado oder Nebraska auf der Straße zu leben? Ich malte mir die schlimmsten Sachen aus. Ich beschwor Bilder von den Zeegers herauf, wie sie sie ignorierten, sie zwangen, für den Rest ihres Lebens jenes fleckige T-Shirt zu tragen. Allein der Name verfolgte mich mitten in der Nacht: *Calla. Calla.*

Ich hasste ihn. Ich hasste dieses Baby.

Calla hatte das Leben meiner Lily zerstört.

Die Tage verstrichen. Ich verbrachte jede wache Stunde damit, wieder und wieder den Brief von Groß-Lily zu lesen, auf das Foto von Groß-Lily und dem Baby zu starren, meine Lily so weit in den Hintergrund gedrängt, dass sie fast aus dem Bild fiel.

Dieses Foto ließ mich Joseph, anders als all die anderen, behalten. Er hängte es sogar mit Klebeband an meine Blumentapete, damit ich ja nicht vergaß, dass dieses Baby, diese *Calla*, meiner Lily ihre glückliche Kindheit geraubt hatte.

Aber was konnte ich schon dagegen tun?

Ich verbringe die Nacht in meinem neuen Schaukelstuhl und bin kaum in der Lage, den Blick von dem süßen Baby abzuwenden. Als Zoe aufwacht und fragt, wo Willow ist, als sie schlaftrunken durch den Flur schwankt und ihr Blick verärgert auf die verschlossene Arbeitszimmertür fällt, sage ich mit gedämpfter Stimme: »Schläft noch«, obwohl ich sehr wohl weiß, dass das nicht stimmt.

Ich denke überhaupt nicht an sie. Ich denke nicht an Willow.

Zoe macht sich auf den Weg zur Schule, und der Tag kommt und geht. Ich nehme es kaum wahr. Abgesehen von einem kurzen Mittagessen mit Chris verlassen das Baby und ich die Wohnung nicht. Wir verbringen den Großteil des Tages im Schaukelstuhl, meine Schwünge planvoll, rhythmisch, während Ruby auf meinem Schoß schläft, tief und fest wie ein Neugeborenes. Ich kann an wenig anderes denken als die Form ihrer Augen, kann wenig anderes tun, als die Milien auf ihrer Nase zu zählen. Ich schaue aus dem Fenster, sehe zu, wie die Sonne aufgeht und dann, kurze Zeit später, beginnt, wieder unterzugehen, hinter die gewaltigen, hoch in den Himmel über der Stadt ragenden Wolkenkratzer gleitet und die hauchdünnen Wolken mit pinkfarbenen, marineblauen und altrosa Flecken überzieht. Draußen vor dem Fenster erwachen die Menschen, starten in ihren Arbeitstag, um einen Augenblick später wieder heimzukehren, den Tag hinter sich. Frühstück, Mittagessen und Abendessen kommen und gehen. Mein Telefon klingelt, die Sprechanlage summt – irgendjemand oder irgendetwas verlangt im Erdgeschoss nach mir –, aber ich kann jetzt nicht, will jetzt nicht, kann meine Augen nicht von der Kleinen lassen, wie sie einschläft und aufwacht, einschläft und aufwacht und in den Falten meines taillierten Kleides stöbert, wenn sie essen will, und dann, nur dann, stehe ich aus dem

Schaukelstuhl auf und bereite ein Fläschchen für sie zu. Als der Nachmittag dem Abend weicht, sehe ich Ruby beim Schlafen zu, während Dämmerungsstrahlen den Himmel erfüllen, gerade Linien, die sich aus der untergehenden Sonne ergießen. Säulen aus Licht, die Finger Gottes.

Ich achte nicht auf die Uhr, bin blind für den Aluminiumzeiger, der sich auf dem runden Zifferblatt dreht und mal auf diese, mal auf jene römische Zahl deutet. Ich höre Nachbarn im Hausflur von der Arbeit kommen. Der Duft ihres Abendessens dringt unter der Tür und durch die Wände hindurch. Enchiladas und gebratenes Huhn, Schweinekoteletts. Mein Telefon klingelt, klingelt erneut, aber ich kann jetzt nicht vom Stuhl aufstehen und drangehen, rede mir ein, dass es nur irgendein Telefonverkäufer ist oder eine automatisierte Nachricht von Zoes Schulleitung wegen irgendeiner bevorstehenden Konferenz in der Schule, die mich nicht betrifft, sondern nur Schüler der Abschlussklassen oder Eltern von Schülern mit besonderer Förderung.

Und dann fliegt die Wohnungstür auf, plötzlich und rabiat, und Zoe steht in ihrem rosa Trikot und rosa Shorts vor mir, an den Füßen matschige Stollenschuhe. Sie trägt ihre Schienbeinschoner, und die pinkfarbenen Socken ziehen sich bis zu ihren mit Dreck verkrusteten Knien. Ihr Haar ist zu einem doppelten französischen Zopf geflochten, eine einheitliche Frisur, die eine der Mannschaftsmütter angefangen hat, den *Lucky Charms* an jedem einzelnen Spieltag zu flechten, und dazu ein zum Trikot passendes Haargummi.

Und während sie ihren Rucksack auf den Parkettboden knallt, will sie wissen: »Wo warst du?« Sie funkelt mich aus dem offenen Türrahmen an, und hinter ihr sehe ich einen Nachbarn mit einem Pizzakarton in der Hand vorbeigehen, der sich bemüht, Zoes ärgerlichen Tonfall zu überhören. Der Pizzaduft dringt ins Zimmer und in meine Nase, und da erst merke ich, dass ich Hunger habe. »Du hast mein Spiel verpasst«, sagt sie, ohne mir Gelegenheit zu geben, ihr auf ihre erste Frage hin eine Ausrede aufzutischen. *Ich hab's vergessen* oder *Ich wurde bei der Arbeit aufgehalten und kam nicht weg*.

Stattdessen bringe ich lediglich hervor: »Tut mir leid«, und weiß, dass es verlogen klingt, weil es das nämlich auch ist. Es tut mir nicht leid, dass ich Zoes Spiel verpasst habe, denn dann hätte ich nicht diese Zeit mit Ruby gehabt, hätte Ruby nicht hier auf dem Schaukelstuhl in meinen Armen wiegen können.

»Ich habe versucht, dich anzurufen«, sagt sie. Sie stemmt die Hände in die Hüften und zieht eine Schnute. Sie sieht zur Küche und wieder zu mir, merkt, dass ich kein Abendessen vorbereitet habe, merkt, dass ich in der Abenddämmerung fast im Dunkeln sitze. Sie knipst das Licht über dem Küchentisch an, das mich blendet, ehe sich meine Augen daran gewöhnt haben.

Das Baby gibt ein Jammern von sich, und ich säusele: »Ist ja gut«, und frage mich, ob es das grelle Licht oder Zoes saurer Tonfall ist, was die Kleine beunruhigt.

»Warum bist du nicht ans Telefon gegangen?«, blafft Zoe mich dann an. »Ich habe versucht, dich anzurufen. Du hast das Spiel versäumt. Du hast das Spiel komplett vergessen«, schreit sie, und für einen Augenblick sehe ich sie vor mir: Zoe bei ihrem Spiel mit dem Rest der *Lucky Charms* und wie sie sich jedes Mal weigert, die Anwesenheit ihrer Mutter zur Kenntnis zu nehmen. Es ist schon eine Zwickmühle. Sie will mich nicht dahaben, und doch will sie nicht die Einzige ohne die Mutter im Schlepptau sein.

Aber ich antworte nicht darauf. Ich beantworte Zoes Frage nicht: *Warum bist du nicht ans Telefon gegangen?* Stattdessen frage ich: »Wie bist du denn nach Hause gekommen?«

»Hallo? Hörst du mich, Mom?«, fragt sie, und mir wird bewusst, dass mir ihr Ton gar nicht gefällt. Dieser ungehaltene Tonfall, den sie sich mir gegenüber angewöhnt hat, als hätte sie das Sagen, und ich müsste kuschen.

»Ja, Zoe, ich habe dich gehört, aber ich habe dich auch etwas gefragt. Wie bist du nach Hause gekommen?«

Sie schnaubt und verzieht sich in die Küche, um die Schränke nach etwas Essbarem zu durchwühlen, wobei sie mit diesem und jenem knallt. Dann sagt sie: »Der Coach hat mir ein Taxi bezahlt. Er konnte nicht die ganze Nacht dort warten, weißt du? Wie neulich. Er hat auch ein Leben.« Es folgt eine Pause, und dann: »Du schuldest ihm vierzehn Dollar.« Sie reißt eine Flasche Wasser aus der Kühlschranktür und bemerkt: »Ms. Marcus sagt, sie hat mehrmals versucht, dich anzurufen. Sie sagt, du hast sie noch nicht zurückgerufen.« Und dann schießt Zoe mit einer Schachtel Salzcracker und dem Wasser aus dem Zimmer. Sie ist knapp zwei Meter gelaufen, als sie innehält, vor der geschlossenen Arbeitszimmertür stehen bleibt und fragt: »Warum hast du sie noch nicht zurückgerufen?«

»Ich war beschäftigt, Zoe. Das weißt du genau«, antworte ich und weiß, dass Zoe es nicht in ihren vorpubertären Kopf kriegt, dass sich um ein Kind zu kümmern unter *beschäftigt* fallen könnte. Beschäftigt heißt, sich den Unterarm vollzukritzeln, mit Freunden zu simsen, sich um die Hausaufgaben zu drücken und vom ach so gut aussehenden Coach Sam zu schwärmen. *Beschäftigt* heißt nicht, endlose Stunden damit zuzubringen, ein Kind großzuziehen.

»Also, rufst du sie zurück?«, fragt sie. Ihre französischen Zöpfe hängen lang herunter, und deren Enden legen sich seitlich um ihren Hals. Sie wirkt auf mich älter als zwölf, wenn sie nicht lächelt und ich die Zahnspange nicht sehen kann, die mich daran erinnert, dass sie noch ein Kind ist. Zum ersten Mal überhaupt wird mir das plötzliche Erscheinen von Brüsten bei ihr bewusst. Waren sie die ganze Zeit da, und ich habe sie bloß nicht bemerkt? Oder ist sie über Nacht zu einer jungen Frau geworden?

»Ja«, sage ich, »natürlich.«

»Und wann?«, bohrt sie nach.

»Bald. Ich rufe sie bald an.«

»Das ist nicht dein Baby, weißt du?«, sagt sie unvermittelt, als sie merkt, mit welcher Zärtlichkeit ich Ruby in meinen Armen halte und ihren Kopf massiere.

»Warum sagst du das?«, frage ich mit leiser, verletzter Stimme.

»Es kommt mir vor, als würdest du denken, es ist deins oder so. Es ist schräg«, und dann fragt sie trocken: »Wo ist Willow?«, als wüsste sie nicht, wie ihre Worte mich treffen, mir einen Schlag in die Magengrube versetzen. Und trotzig, müde von ihren Anschuldigungen, sage ich: »Sie hat sich nicht wohlgefühlt und ist früh ins Bett«, wobei ich die Stimme senke, damit Zoe mir glaubt.

»Die Grippe«, sage ich, »es geht herum.«

Aber Zoe, die vielleicht an meine verlogenen Anrufe bei Dana, der allgegenwärtigen Dame vom Empfang, denkt, verdreht die Augen und sagt in zynischem Tonfall: »Ja, klar«, und dann verschwindet sie am Ende des Flurs in ihrem Zimmer und knallt die Tür zu.

Und ich wende mich wieder Ruby auf meinem Schoß zu, schaukele, bis die Dunkelheit den Himmel eingenommen hat, bis draußen vor dem Fenster nichts mehr zu sehen ist als ein paar hingestreute Sterne und überall beleuchtete Gebäude.

Von da an sah ich Matthew immer öfter. Meistens gingen wir in die Bibliothek, wo wir uns in diesen oder jenen Gang schlichen, um Bücher zu lesen, und manchmal, um uns zu küssen. Wir fuhren, so früh wir konnten, nachdem Joseph und Isaac das Haus in Omaha verlassen hatten, denn wenn wir zu lang warteten, belegten die Schulkinder die Arbeitstische am Ende der Gänge, lärmten und nervten, selbst bei den Büchern über Ingenieurswissenschaften, wohin sich sonst niemand verirrte. Aber wenn wir früher am Tag hingingen, gegen Mittag, war es in der Bibliothek so gut wie still, die Kinder in der Schule, die Erwachsenen bei der Arbeit, und wir konnten uns im Gang bewegen, als wären wir fast die einzigen Menschenseelen auf der ganzen großen Welt. Selbst die Bibliothekarinnen hielten sich fern – da niemand je die Ingenieurswissenschaftsbücher auslieh, gab es auch nie Bücher einzusortieren. Nur einmal hielt uns eine Bibliothekarin an und fragte in eher neugierigem als missbilligendem Ton: »Keine Schule heute?« Und während ich vor Schreck erstarrte und mein Herz zu schlagen vergaß – überzeugt, dass sie mich zu Joseph zurückschicken würde –, sagte Matthew, als hätte er diese Antwort schon sehr, sehr lange parat gehabt: »Wir sind Homeschooler«, und die Bibliothekarin nickte und sagte: »Wie schön«, und ging weg. Ich wusste nicht einmal, was das bedeutete, *Homeschooler.* Aber Matthew wusste es.

Und damit war es vorbei. Niemand fragte uns je wieder, was wir dort zu suchen hatten – zwei Jugendliche, die nicht in der Schule waren, mitten am Tag.

Matthew berührte mich auf eine völlig andere Art, als Joseph es je getan hatte. Matthews Hände waren bedachtsam, die von Joseph nicht. Matthews Hände bewegten sich langsam und zärtlich, die von Joseph nicht. Ich sah in Matthews

Händen so etwas wie einen Radiergummi, als könne ihre Berührung das Bild von Josephs Händen aus meinem Kopf radieren.

Immer öfter redete Matthew davon, mich aus diesem Haus zu bekommen. Aber er sagte, er wisse, dass sein Vater mich nicht gehen lassen würde. Und Matthew hatte nicht einmal genug Geld, um für sich selbst zu sorgen, geschweige denn für mich. Matthew hat mir nie erzählt, wo er wohnte, nachdem er das Obdachlosenheim verlassen hatte. Jedenfalls nicht die Wahrheit. Er redete viel davon, dass er auf der Couch eines Kumpels schlafe oder dass ein Freund ihn auf einer Pritsche in irgendeinem kleinen Laden schlafen ließ, der ihm gehörte, aber wenn er diese Sachen erzählte, sah er weg, wie wenn er über das Schippern auf Frachtkähnen auf dem Missouri sprach, also wusste ich, dass er log. Matthew sah immer müde aus und zunehmend alt. Seine Haut war wettergegerbt, als würde er vielleicht irgendwo auf der Straße leben.

Aber trotzdem redete er davon, mich aus dem Haus zu holen. Er sprach von Orten außerhalb von Omaha, die er sehen wollte. Den Bergen, dem Strand. Er sprach davon, Geld zu sparen. Er sprach von anderen Wegen, um an Geld zu kommen: Frauen ihre Handtaschen klauen oder eine Bank überfallen. Ich glaubte nicht, dass Matthew dazu in der Lage wäre, aber wenn es mich aus diesem Haus, fort von Joseph und Miriam bringen könnte, fand ich es in Ordnung. Solange niemand verletzt wurde.

Vielleicht, sagte er, und *eines Tages.*

Es kam vor, dass Matthew mich in meinem Schlafzimmer im Haus in Omaha küssen wollte. Es kam vor, dass er neben mir im Bett liegen wollte, und zwar nicht, um zu lesen.

Ich wusste nicht, ob und wie viel Matthew darüber wusste, was Joseph machte, wenn er in mein Zimmer kam. Ich hatte zu große Angst, es Matthew zu erzählen, weil ich fürchtete, er würde mir nicht glauben. *Mein Wort steht gegen deins,* sagte Joseph. *Niemand wird dir glauben.*

Davon abgesehen, erinnerte Joseph mich, war ich ein Kind, das niemand wollte. Niemand außer ihm und Miriam.

Die Ausflüge von Matthew und mir in die Bibliothek setzten sich durch den Herbst hindurch bis in den Winter fort. Manchmal ging Joseph eine Woche oder noch länger nicht zur Arbeit. *Winterpause*, sagte er, und dann war er den ganzen langen Tag mit mir im Haus, und ich sah Matthew überhaupt nicht. Aber ich dachte an ihn. Ich dachte an seine Hände auf mir, seine Lippen auf meinen, daran, wie er meinen Namen sagte. *Claire.* Dick und schwer fiel der Schnee vom Himmel und überzog den Rasen mit einem weißen Mantel. Ich starrte aus dem Fenster auf den endlos fallenden Schnee und dachte an Schneemänner, Schlittenfahren und Schneeballschlachten mit Momma und Daddy, damals in Ogallala. Aber hier war der Schnee nur ein weiterer Grund, drinnen zu bleiben. Die Temperaturen waren nicht nur draußen niedrig, sondern auch in dem Haus in Omaha, durch die Fenster zog es, und die Heizung war auf höchstens zwanzig Grad gestellt. Es war ständig kalt.

Joseph ging wieder zur Arbeit, und Matthew kam wieder. Der Winter dauerte fast eine Ewigkeit, und obwohl es auf dem Kalender inzwischen März geworden war, war das Wetter draußen alles andere als frühlingshaft. Kalt und grau, und an den Dächern in unserer Nachbarschaft hingen Eiszapfen.

Und dann, eines frühen Märztages, kam Matthew, um mich für die Bibliothek abzuholen. Er war ganz aufgeregt, weil er mir ein neues Programm zeigen wollte, das er auf dem Computer entdeckt hatte. Er war schon aufgeregt, als er an jenem Tag ankam, lebhafter, als ich ihn seit sehr langer Zeit gesehen hatte. Der Himmel hatte die Farbe von Holzkohle, und der Atem aus unseren Mündern stieg in die Luft wie Rauch.

Aber was Matthew und ich nicht wussten, war, dass es Joseph an jenem Tag nicht so gut ging. Als wir in den Bus stiegen und am Woodman-Gebäude vorbeifuhren, wussten wir nicht, dass Joseph, der drüben im Community College unterrichtete, spürte, dass Kopfschmerzen im Anflug waren, und dass er, während wir uns Stühle an den Computer zogen, gerade darüber nachdachte, seinen Nachmittagsunterricht ausfallen zu lassen, um nach Hause zu gehen und sich auszuruhen. Als wir Kleingeld in den Automaten warfen, um uns eine Tüte Chips zu ziehen, konnten wir unmöglich wissen, dass er dabei war, seine Sachen in seinen schwarzen Rucksack zu packen, um zu gehen, oder dass Joseph, als wir uns später im Gang für Ingenieurswissenschaften niederließen, um zwischen den Büchern hindurchzuspähen und uns zu küssen, in seinem Auto saß und nach Hause fuhr.

Das Haus war still, als wir ankamen, und der kalte Wind blies uns regelrecht durch die Haustür herein. Matthew redete gerade von seiner Mutter, von Miriam. Er meinte, sollte er jemals so vor sich hin vegetieren wie sie, wünschte er sich, dass jemand ihn einfach erschießen würde, um ihn von seinem Leid zu erlösen.

Ich war perplex und gaffte ihn mit offenem Mund an, sodass ich Joseph übersah, der auf der Kante des Lehnstuhls aus Cord hockte und uns mit seinen raubvogelartigen, feindseligen Augen durchbohrte. Unbeweglich saß er da, wie eine Statue. Matthew erstarrte in der Tür, und das brachte auch mich zum Erstarren. Ich drehte mich um und erblickte Joseph, der einen Lampenfuß in den Händen hielt. Der beflockte Lampenschirm lag am Boden neben seinen großen, schweren Stiefeln.

Was als Nächstes geschah, kann ich kaum erklären. Joseph klang auf eine unheimliche Weise ruhig, als er uns fragte, wo wir gewesen seien.

»Spazieren«, sagte Matthew, und Joseph sagte nichts, wickelte sich nur das Kabel der Lampe wieder und wieder um die Hand und zog leicht daran, um die Spannung zu überprüfen.

Und dann wollte Joseph wissen, wo ich die Kleider herhatte, die Kleider, die Matthew zwischen seinen Besuchen an sich nahm, damit Joseph sie nicht sah.

Es war lange her, dass Joseph und Matthew einander begegnet waren. Joseph konnte ja nicht ahnen, dass Matthew, während er arbeitete, in diesem Haus ein und aus ging.

Joseph wollte es von mir hören, wollte, dass ich ihm sagte, dass wir spazieren waren, denn falsche Lippen, ebenso wie die Gedanken der Gottlosen, sind dem Herrn ein Gräuel. Er wollte, dass ich es laut sagte. Er wollte, dass die Worte aus meinem Mund kamen.

Und das taten sie.

Und da sah er zu seinem Sohn und sagte: »Was habe ich dir immer beigebracht, Matthew? Schlechter Umgang verdirbt gute Sitten. Habe ich dir das nicht immer gesagt?«

Und dann passierte es. Joseph kam auf Matthew zu und schlug ihm mit dem Lampenfuß seitlich gegen den Kopf, immer wieder. Wörter, die Momma immer nur in sich hineingemurmelt hatte, wurden aus voller Kehle gebrüllt.

Ich versuchte, Joseph davon abzuhalten, Matthew zu schlagen, aber er stieß mich auf den kalten, harten Boden. Es dauerte einen Moment, bis ich mich zusammenraufte und wieder auf die Beine kam, aber ehe ich mich's versah, hatte Joseph mich schon wieder zu Boden geworfen, und diesmal tropfte mir Blut aus der Nase, dickflüssig, rot und klebrig.

Es ging alles so schnell.

Das Geräusch des Lampenfußes auf hartem Knochen.

Eine Schliere karmesinroten Bluts, die durch die Luft flog und an die hellbeige Wand spritzte.

Zwischen keuchenden Atemzügen ausgestoßene Schimpfwörter: *Hurensohn*, *Bastard* und *Arschloch*.

Willkürlich als Waffen eingesetzte Gegenstände: das Telefon, eine Vase, die Fernbedienung vom Fernseher. Dann berstendes Glas. Ein Schrei. Noch mehr Blut.

Ich in Tornado-Schutzhaltung auf dem Fußboden, wo ich spürte, wie die Erde zitterte wie bei einem Erdbeben.

Und dann war auch Isaac da, von der Schule oder Arbeit zurück, nahm ich an, und Isaac und Joseph schlugen so heftig auf Matthew ein, dass ich nicht weiß, wie er es schaffte, auf den Beinen zu bleiben. Ich schrie lauthals *Stopp!* und *Lasst ihn in Ruhe!* Aber niemand hörte auf mich. Verzweifelt griff Matthew nach einem Kerzenständer, und es gelang ihm, ihn Isaac über den Kopf zu ziehen, was ihn für einen Augenblick bewegungsunfähig machte.

Isaac verlor das Gleichgewicht und hielt sich taumelnd eine Hand an den Kopf.

Und als Matthew den Kerzenständer hochhielt, gelang es Joseph, ihn ihm aus der Hand zu schlagen.

Ich weiß nicht, wie lange das ging. Dreißig Sekunden? Dreißig Minuten? Sicher ist, es kam mir wie eine Ewigkeit vor.

Und ich konnte nichts tun.

»Also war es Notwehr?«, fragt Louise Flores. »Willst du das damit sagen?« Sie schiebt die Ärmel der kratzigen Strickjacke hoch und fächelt sich mit einem Blatt Papier Luft zu. Sie schwitzt. Draußen muss es warm sein, der Frühling wird allmählich vom Sommer abgelöst. Auf ihrem Nasenrücken, in den Falten ihrer rosinenartigen Haut bilden sich Schweißperlen. Durch das einzelne Fenster sehe ich die Sonne. Sie ergießt sich in diesen unglückseligen Raum und erfüllt die Dunkelheit mit Licht.

»Ja, Ms. Flores«, sage ich, »natürlich.«

Wenn ich die Augen schließe, sehe ich Matthew immer noch vor mir, sein dunkles Haar und sein blutüberströmtes Gesicht. An dem Tag sah er aus, als wäre er zehn Jahre alt, dort im

Wohnzimmer mit Joseph und Isaac, die sich gegen ihn verbündet hatten. Es war schrecklich für mich, dass ich nichts dagegen unternehmen konnte, aber noch schrecklicher war es, wie Matthew sich fühlen musste: machtlos und schwach. Seine Augen blickten an meinen vorbei, und ich wusste, dass er sich vor allen Dingen schämte.

»Nach einiger Zeit«, gestehe ich Ms. Flores, »ging Matthew. Er wollte eigentlich nicht, wissen Sie. Er wollte mich nicht bei denen im Haus lassen. Aber es blieb ihm nichts anderes übrig.«

Ich erzähle ihr, wie Matthew sich an jenem hässlichen Märznachmittag zur Haustür hinausschleppte und ging.

Ich sehe noch vor mir, wie Matthew fast zur Haustür hinauskroch. Kann Joseph und Isaac immer noch lachen hören.

Kann sie hören, wie sie hinter Matthew hergrölen, als er davonkriecht.

»Wohin?«, fragt sie. »Wo ging Matthew hin?«

»Ich weiß nicht«, sage ich. »Ich weiß es nicht.«

Ich sehe es vor mir: sein bedauernder Blick, der meinem begegnete, bevor er sich umdrehte und zur Tür hinausging. Joseph und Isaac, die Matthew mit ihrem höhnischen Gelächter und ihrem Spott zur Tür hinausjagten.

Sie dachten, sie hätten gewonnen.

Aber ich wusste, dass es noch lange nicht vorbei war.

»Und was ist dann passiert? Als Matthew weg war?«

Ich streiche meine Haare zurück und zeige ihr den Krater, den Joseph hinterlassen hat, als er mir mit dem Lampenfuß eins überzog. Er wartete, bis Matthew außer Sichtweite war. Isaac kicherte immer noch, stand am vorderen Fenster und rief Matthew hinterher, was für ein Waschlappen er sei. Und dann drehte Joseph sich mit dem niederträchtigsten Blick, den ich je in meinem Leben gesehen hatte, zu mir. Er hob den Lampenfuß vom Boden auf, der an beiden Enden eingedellt war, und ohne mit der Wimper zu zucken, schlug er mir damit seitlich gegen den Kopf. Ich erinnere mich nicht, dass es besonders wehgetan hätte, aber ich erinnere mich an die lähmenden Folgen: wie mein Körper jedes Gefühl verlor, die Fähigkeit, auf meinen eigenen Füßen zu stehen. Wie ich auf dem Boden zusammensackte und Isaac dastand und zusah und lachend auf mich zeigte. Ich erinnere mich an das Schwarz, das sich vom Rand meines Blickfelds her ausdehnte, bis ich nichts mehr sah, und wie die hässlichen Worte und Stimmen im Hintergrund verebbten, bis alles still war.

Als ich aufwachte, lag ich auf dem Bett in meinem Zimmer, oben auf dem Patchwork-Quilt, und die Tür war von außen verschlossen.

Ich bin in meinem Hotelzimmer in Denver und wasche mich, um ins Bett zu gehen. Ich bin todmüde.

Das kleinste Zimmer habe ich im Hotel, aber selbst das kostet über zweihundert Mäuse die Nacht. Wenn ich aus dem Fenster blicke, könnte es jede andere Stadt sein, jede andere Nacht. Für mich sieht nach wie vor jede Stadt gleich aus – große Gebäude, Tausende von Lichtern.

Ich trage eine Pyjamahose, blauer Seersucker, einen Tick zu eng, und ein Unterhemd. Auf dem Bett liegt mein offener Laptop.

Die heutige Tageszeitung, die *Denver Post*, die ich mir am Flughafen geholt habe, liegt unbeachtet da. Ich kam lediglich bis zu einem kurzen Wetterbericht auf der ersten Seite – kalt – und den Lottozahlen.

Ich habe nicht gewonnen.

Müde bin ich, mein Gesicht ist von der Erschöpfung gezeichnet. Ich starre mich im Spiegel an und denke, dass ich älter aussehe. Dass ich älter *werde*. Dass ich nicht mehr lange in diesem Tempo weitermachen kann. Ich grübele über andere Jobs nach: College-Dozent, vielleicht Unternehmensberatung, während ich mir die Zähne putze. Ich stelle mir mich vor, wie ich in einem überfüllten Hörsaal vor dem Podium stehe und vor einer Bande vorlauter Jugendlicher eine Vorlesung über globalen Kapitalismus halte. Wie ich selbst mal einer war, damals, als es mir vor allem um eins ging: money, money, money.

Als Dozent hätte ich enorme Einkommenseinbußen, so viel steht fest, aber Heidi und ich würden schon klarkommen, denke ich und spucke Zahnpasta ins Waschbecken.

Wir würden unsere Eigentumswohnung zum Verkauf anbieten und vielleicht eine Weile zur Miete wohnen. Vielleicht könnte Zoe auf die staatliche Schule gehen, obwohl mir klar ist, dass das nicht funktionieren wird. Aber wer weiß, vielleicht würden wir auch in einen Vorort ziehen, ein Einfamilienhaus mit Garten und Zaun kaufen, uns einen Hund anschaffen. Wir würden mit dem Zug zur Arbeit fahren. Den wahren amerikanischen Traum leben.

Es könnte klappen.

Ich überlege, wie es wäre, zum Abendessen zu Hause zu sein, wie es wäre, jede Nacht neben meiner Frau im Bett zu liegen.

Ich sehe Heidi vor mir, wie sie mir heute Nachmittag in diesem Asia-Grill ganz nah kam und ihre Lippen auf meine drückte. Wie sie ihre Hand auf meine legte und jene Worte sagte: *Du musst doch müde sein, Chris*, endlich mal besorgt um mich, ihren Mann, und nicht nur um wildfremde Flüchtlinge aus aller Welt. Auf *meine* Bedürfnisse bedacht und nicht nur auf die von obdachlosen Mädchen und streunenden Katzen.

Vielleicht veränderte sich gerade etwas.

Ich sehne mich nach den guten alten Zeiten zurück: Heidi auf jenem Wohltätigkeitsdinner in ihrem klassischen roten Kleid. Sie tanzte noch mit mir, nachdem alle anderen gegangen waren, nachdem die gedimmten Lichter wieder eingeschaltet waren und das Catering-Personal dabei war, aufzuräumen. Sie war damals College-Studentin und konnte nichts als ein Wohnheimzimmer ihr Eigen nennen. Ich hatte gerade meinen Abschluss gemacht und zahlte mehr für Studienkredite, als die gesamte Staatsverschuldung betrug. Ich war bettelarm und lebte in einer Einzimmerwohnung in Roscoe Village, in die wir mit dem Taxi fuhren. Da es keinen Fahrstuhl gab, rannten wir ungestüm die Treppe zur Wohnung hinauf, ich vorwärts und Heidi auf graziöse Weise rückwärts, während wir uns gegenseitig auszogen.

Bis ins Bett schafften wir es nicht, sondern sanken gleich hinter der Tür zu Boden.

Ich rechnete damit, dass sie morgens weg sein würde. Denn eine so umwerfende Frau wie sie, mit ihren hübschen braunen Augen, würde mit mir bei Tageslicht ganz sicher nichts zu tun haben wollen.

Aber ich irrte mich.

Wir blieben den halben Tag im Bett und sahen durch das Fenster die Fußgänger die Belmont Avenue auf und ab gehen und im Fernsehen *Der Preis ist heiß*. Später standen wir dann doch auf, zogen uns an und gingen, Heidi mit meinem Bears-Sweatshirt über ihrem roten Kleid, nach Antiquitäten stöbern. Wir kauften einen alten Zapfhahngriff, weil es das Einzige war, was wir uns leisten konnten.

Heidi blieb drei Tage lang bei mir. Sie trug meine Unterhemden und Boxershorts, und wir lebten von Essen zum Mitnehmen und vom Lieferservice. Ich ging morgens zur Arbeit, und wenn ich nach Hause kam, war sie da.

Sie war locker, und ich dachte, das würde immer so bleiben, aber das war lange vor Zoe und dem Krebs und der schweren Last der Realität. Ich denke daran, wie diese Last an ihr zehren muss. Ich denke an Heidi, die sich mehr um die unstillbaren Bedürfnisse des Rests der Welt kümmert als um ihre eigenen.

Ich stehe im Badezimmer in dem Hotel in Denver und denke mir: *Ich vermisse Heidi*, als es an der Tür klopft, ein leichtes Ratatatat, und ich weiß, wer es ist, ehe ich durch den Türspion spähe.

Ich mache die Tür auf, und da ist sie. Natürlich nicht Heidi. Obwohl ich für einen Sekundenbruchteil denke: *Was wäre, wenn?* Was, wenn es Heidi wäre, die extra nach Denver geflogen ist, um mich zu sehen, die jenes Mädchen und ihr Baby zurückgelassen hat, die unser Zuhause vereinnahmt und meine Frau komplett verschlungen haben? Was, wenn sie dafür gesorgt hat, dass Zoe bei Jennifer schläft, in einen Flieger nach

Denver gestiegen ist und jetzt hier ist, um die Nacht mit mir zu verbringen?

Doch die Szene, die mich erwartet, ist eine völlig andere: Cassidy Knudsen, die in mein Zimmer spaziert. Sie trägt Leggings, schwarz und eng, und eine Art weite Tunika, deren V-Ausschnitt die Vertiefung zwischen ihren Brüsten freigibt, ein Tal, eine Schlucht zwischen benachbarten Hügeln, die Haut zart und blass und darauf aus, angefasst zu werden. Sie trägt eine lange Kupferkette mit irgendeinem Anhänger, die den Blick auf das V jener Tunika zwingt, hinunter zu dem Punkt, wo der Anhänger am Ende der Kupferkette unter dem Oberteil verschwindet. Das Make-up in ihrem Gesicht ist kaum vorhanden, bis auf den hellroten Lippenstift, der zu einer Selbstverständlichkeit geworden zu sein scheint, zur Norm. Sie trägt Schuhe mit hohen Absätzen, zehn Zentimeter hoch, rot wie der Lippenstift.

Wie immer tritt sie ein, ohne auf eine Einladung zu warten. Und ich stehe da, in meiner Pyjamahose und Unterhemd, die Zahnbürste immer noch in der Hand.

»Ich wusste nicht, dass du noch vorbeikommst«, sage ich, »sonst hätte ich …« Meine Stimme verebbt, und ich weiß nicht genau, was ich sagen soll. Ich blicke mich im Raum um und sehe die Klamotten von heute auf einem Haufen auf dem Boden, die Seersucker-Hose, die an meinen Beinen klebt wie Frischhaltefolie.

Sie braucht mir nicht zu sagen, was sie hier will. Ich weiß, warum sie hier ist. Sie bewegt sich rasch, schon sind ihre Hände an mir, ihre Lippen auf meinen, und halblaut sagt sie: »Ich kann dir gar nicht sagen, wie lange ich das schon tun will«, und ich sage: »Cassidy«, wobei ich nicht sicher bin, ob es streitlustig oder einladend klingt.

Ich unternehme einen schwachen Versuch, zurückzuweichen, aus ihrer Reichweite zu gelangen, obwohl tief in mir etwas schreit, sie machen zu lassen. Jene längst vergessenen Erinnerungen an eine andere Heidi aus meinem Kopf zu verbannen und Cassidy tun zu lassen, was ihr gefällt, weswegen sie hier ist.

Und dann berührt sie mich, doch ihre Hände sind kalt und in so vielerlei Hinsicht anders als Heidis. Sie sind dreist und aufdringlich, warten nicht, bis sie sich vertraut gemacht haben, ehe sie sich hineinstürzen, volle Kraft voraus. Sie macht alles falsch, nicht wie Heidi es machen würde, Heidi, deren Art, mich zu berühren, gütig ist, zärtlich, und plötzlich muss ich an Heidi denken, sehne mich nach Heidi und wünschte, sie wäre jetzt hier bei mir in diesem Hotelzimmer.

Ich überlege, was Heidi sagen würde, wenn sie wüsste, was gerade hier passiert, wie sie sich dabei fühlen würde. Heidi, die unglaublich heilsam und großzügig ist, Heidi, die sich weigert, eine Spinne mit einem Schuh zu erschlagen.

»Stopp«, sage ich und schiebe sie weg, zunächst sanft, dann etwas heftiger. »Stopp, Cassidy«, sage ich. »Ich kann das nicht. Ich kann Heidi das nicht antun.«

Ich will Heidi. Ich vermisse Heidi.

Ich vermisse meine Frau.

Aber Cassidy starrt mich mit mürrischem Gesicht an und sagt dann: »Das ist ja wohl nicht dein Ernst, Chris«, und sie ist nicht etwa verletzt oder verlegen, weil sie zurückgewiesen wurde. *»Heidi?«*, fragt sie. Sie sieht mich mit Welpenaugen an, groß und blau, macht einen Schmollmund und sagt den Namen meiner Frau, als wäre er minderwertig.

Es ist nicht so, als könnte Cassidy nicht glauben, dass sie abgewiesen wurde.

Sie kann nicht glauben, dass sie wegen *Heidi* abgewiesen wurde.

Ich vermisse Heidi und ihre Güte, ihre Tugend. Ich vermisse, dass sie sich um obdachlose Katzen, Analphabeten und

Kinder in Ländern sorgt, deren Namen ich nicht einmal aussprechen kann. Aserbaidschan, Kirgisistan und Bahrain.

Ich kann hier nicht bleiben, in diesem Zimmer, mit Cassidy. Mein Puls pocht laut in meinem Ohr. Meine Hände sind feucht, ich ringe um mein Gleichgewicht, als ich in ein Paar Schuhe schlüpfe, die neben der Tür stehen. Im Hintergrund ruft Cassidys Stimme meinen Namen, lacht und sagt: *Geh nicht*, und mir wird ganz schwindelig. Halt suchend lege ich eine Hand an die Wand, während Cassidy weiter beschwörend meinen Namen sagt, als könnte sie mich damit umstimmen.

Ms. Flores erzähle ich, dass Joseph mir zweimal am Tag Essen gebracht und es zweimal am Tag aus meinem Zimmer entfernt hat. Dass er mich nicht rausließ, nicht mal zum Pinkeln. Von Zeit zu Zeit kam er einen Topf ausleeren, den er mir dafür gegeben hatte (obwohl der Geruch meines eigenen Pipis nie damit verschwand). Und dass er jede Nacht zu mir kam, meine Zimmertür aufschloss, sie aufriss und mir sagte, ich solle mich ausziehen.

Ich erzähle ihr, dass ich jede Nacht, nachdem er ins Bett gegangen war, prüfte, ob er die Tür wirklich wieder abgeschlossen hatte.

Dass ich tagein, tagaus dasaß und betete, dass er es eines Tages vergessen würde.

Ich erzähle ihr, dass Matthew nicht mehr vorbeikam, dass ich ihn nicht mehr sah nach jenem Tag, an dem er aus der Haustür gekrochen war.

Dass ich Isaac nicht mehr sah, obwohl ich seine Stimme durch das Haus hallen hörte und wusste, dass er da war und in einer Welt ein und aus ging, die ich nicht mehr zu Gesicht bekam.

Ich erzähle ihr, dass ich von meinem Fenster aus zusah, wie der Schnee allmählich wegschmolz und auf den Gehsteigen und in den Schlaglöchern der Straße tiefe Pfützen hinterließ.

Ich erzähle ihr, dass ich lediglich einmal am Tag mein Zimmer verlassen durfte, um meinen Darm zu entleeren. Wie Joseph in der Tür stand und mir dabei zusah. Wie ich es einmal nicht rechtzeitig zur Toilette schaffte und Joseph mich tagelang darin sitzen ließ, bis ich einen Ausschlag am Hintern bekam, wie ihn sonst nur Babys haben. Wie er lachte und wie ich Joseph und Isaac später darüber reden hörte, wie ich mir in die Hosen gemacht hatte.

Ich erzähle ihr, wie Joseph eines Nachts, nachdem er mich besucht hatte, wie durch ein Wunder Gottes aus der Zimmertür schlüpfte und vergaß, sie abzuschließen, als er ging. Ich saß auf dem Bett und wartete auf das grauenvolle metallische Klingeln des Schlüssels im Schloss, aber es kam nicht. Nur das Jammern der Bodendielen, während er sich durch das Haus bewegte, das schwere Geräusch, wie er in sein Bett stieg, das Knarren der Matratzenfedern, als sein massiger Körper sich darauf niederließ. Ich wartete mindestens eine Stunde, um ganz sicherzugehen, bevor ich aus dem Bett aufstand und das kalte Zimmer durchquerte, ehe ich ganz langsam eine zitternde Hand auf jene bronzene Klinke legte und die Tür öffnete.

Ich erzähle Ms. Flores, wie ich das Messer in einer Küchenschublade fand, das größte aus einem zwölfteiligen Messerset, ein Küchenmesser, mindestens zwanzig Zentimeter lang. Ich erzähle ihr, wie ich dort in der dunklen Küche stand, den schwachen Schein des Mondes in der Ferne sah und nachdachte, obwohl es eigentlich nichts mehr nachzudenken gab, weil ich mich bereits entschieden hatte. Im Haus war es still, bis auf das Zischen des Heizkessels und der Bewegung von Wasser in den Leitungen.

Aber natürlich weiß ich das alles gar nicht, denn in jener Nacht machte ich keinen Schritt aus meinem Zimmer, bevor Matthew kam.

Ich erzähle ihr, wie ich mich auf Zehenspitzen ins Schlafzimmer schlich und Joseph beim Schlafen zusah. Wie ich seinen dämonischen Körper auf dem großen Bett beobachtete und ihn schnarchen hörte. Ms. Flores kritzelt jetzt eifrig auf ihrem Zettel herum, um sicherzugehen, dass sie jede Einzelheit richtig mitschreibt. Wie Joseph die Augen aufriss, als ich auf das Bett zuging und die quietschenden Holzdielen ihn aufweckten. Wie er sich im Bett aufsetzte, sein Blick nicht ängstlich, sondern verwirrt. Wie er murmelte: »Wie bist du …«, ehe ich ihm das Küchenmesser in die Brust rammte. *Wie bist du aus deinem Zimmer rausgekommen?* Das wollte er sagen. Aber ich ließ ihm keine Gelegenheit dazu. Das erzähle ich ihr. Er riss Augen und Mund auf, und seine Hände tasteten blind nach dem Messer, ehe ich es herauszog und wieder hineinstieß. Und wieder. Sechs Mal, haben sie gesagt. Das haben sie mir erzählt, als sie mich fanden.

Aber natürlich wusste ich das nicht, denn ich setzte in jener Nacht keinen Fuß in Josephs und Miriams Zimmer.

Was ich wusste, was ich Ms. Flores aber nicht sagte, war, dass jemand, der älter als achtzehn war, als Erwachsener verurteilt worden wäre. Aber nicht jemand, der sechzehn war, jemand wie ich, der noch nie Schwierigkeiten mit dem Gesetz gehabt hatte. Ich würde nicht so große Probleme bekommen wie Matthew, wenn sie die Wahrheit wüssten. Ich wusste das, weil Daddy es mir mal gesagt hatte, damals, als ich noch klein war und wir irgendeinen Bericht in den Nachrichten sahen.

Irgendeine Story über eine Sechzehnjährige, die ihre Eltern umgebracht hatte. Daddy sagte, dass Jugendliche manchmal mit etwas davonkamen, wofür Erwachsene schlicht und einfach ins Gefängnis wanderten. Wenn sie nicht exekutiert wurden. Ich erinnere mich, dass ich Daddy fragte: *Was heißt exekutiert?* Er sagte es mir nicht, aber ich konnte es mir trotzdem denken.

»Und Miriam?«, fragt Ms. Flores.

»Was soll mit Miriam sein?«

»Erzähl mir, was mit Miriam geschehen ist.«

»Sie wachte nicht auf«, sage ich. Nicht, dass ich es wüsste, denn ich war ja gar nicht in dem Zimmer gewesen. Ich behaupte, dass sie dalag und fest schlief, während ich Joseph jenes Küchenmesser wieder und wieder in die Brust rammte.

Aber Ms. Flores lässt nicht locker. Sie legt ihren Stift auf den Tisch und überprüft sicherheitshalber, ob das Aufnahmegerät noch läuft. Sie muss das hier auf ihr Band kriegen. Mein Geständnis. »Warum hast du sie dann auch umgebracht?«, fragt sie, und ich verschlucke mich fast an meiner eigenen Spucke.

Miriam? frage ich um ein Haar laut.

Aber dann höre ich Matthews Stimme in meinem Kopf, und langsam, im Schneckentempo, dämmert es mir.

Sollte ich jemals so vor mich hin vegetieren wie meine Mom, würde ich mir wünschen, dass mich jemand einfach erschießt, um mich von meinem Leid zu erlösen.

Und genau das hat er gemacht.

Am frühen Nachmittag, als Ruby schläft, gehe ich durch die Wohnung und suche willkürlich hier- und dorthin geworfene Kleidungsstücke zusammen, Rubys Bodys, die kreuz und quer zwischen den Sofakissen stecken, neben der Wohnungstür liegen gelassene Socken von Zoe. Ich werfe sie auf einen Haufen in einen Wäschekorb, begebe mich in das Schlafzimmer von Chris und mir und pflücke einen schon etwas mitgenommenen BH vom Türgriff. Ich hebe Chris' Koffer vom Boden auf, den wir im Asia-Grill auf der Michigan Avenue ausgetauscht haben, und fange an, dessen Inhalt zu sortieren: durchgeknöpfte Oxford-Hemden, eine Businesshose, die in der Ecke des Koffers zusammengeknäult ist. Ich nehme die Hose und durchsuche die Taschen nach Stiften, Stiftkappen und Münzen, dem Zeug, das typischerweise beim Waschen aus Chris' Hosentaschen zum Vorschein kommt. Flaschendeckel und Binder-Clips, ein ganzes Päckchen Taschentücher, die sich in eine Million kleine Fetzen auflösen, und …

Meine Hand ertastet etwas, das ich fast augenblicklich erkenne, noch ehe ich das glänzend blaue Päckchen aus der Tasche ziehe und mir das daraufgedruckte *her pleasure* einen Schlag in die Magengrube versetzt. Ich krümme mich vor dem Bett und lasse den Wäschekorb zu Boden fallen. Ein merkwürdig rauer Laut entschlüpft mir, ein verzweifeltes Ringen um Luft. Ich presse mir eine Hand – beide Hände – auf den Mund, um den Schrei zu ersticken, der in mir aufsteigt, ein plötzlicher, heftiger Sturm braut sich tief in meinen Gedärmen zusammen.

Ich starre auf das Kondom-Päckchen, das beweist, dass meine schlimmsten Befürchtungen wahr sind.

Mein Ehemann hat eine Affäre mit Cassidy Knudsen.

Ich stelle mir die beiden in protzigen Hotels in San Francisco, New York und jetzt Denver vor, wie zwischen Laken aus Makobaumwolle ihre Körper miteinander verschmelzen. Ich sehe sie vor mir in Chris' menschenleerem Büro außerhalb der Geschäftszeiten, und dumm, wie ich bin, falle ich mal wieder auf eine Lügengeschichte herein, dass er an einem Zeichnungsprospekt arbeitet oder eine Broschüre schreibt oder eine Due Diligence für diese oder jene Firma durchführt.

Diese Belastungen – die vielen Überstunden, die unendlichen Geschäftsreisen – waren sein Alibi, sein Versuch, eine heimliche Liaison mit einer anderen Frau zu vertuschen.

In meinem Kopf dreht sich alles, und ich sehe Chris vor mir, wie er in der Küche kleinlaut zugibt, dass Cassidy Knudsen ihn auf dieser Reise begleitet. Ich sehe die beiden vor mir, wie sie sich später in ihrem Hotelzimmer kaputtlachen, darüber, wie gereizt ich auf die Erkenntnis reagiert habe, dass sie auch mitkommen würde. Ich sehe die beiden vor mir, wie sie sich über mein Unbehagen und meine Unsicherheit lustig machen, über meine Eifersucht.

Es ist eine Dienstreise, hatte Chris gesagt. *Streng geschäftlich.*

Und doch ...

In meinem Kopf fügt sich eins zum anderen: der nicht beantwortete Telefonanruf, das Verhütungsmittel in der Tasche von Chris' Businesshose. Endlich der Beweis, auf den ich so lange gewartet habe.

Ich gehe durch das Schlafzimmer zur Kommode und nehme aus der obersten Schublade ein paar Dinge, die ich auf das Bett lege: zueinander passende Unterwäsche – Spitzen-BH und Höschen – in einem zarten Rosaton.

Ich starre auf die Sachen, lange und intensiv, und weiß, was zu tun ist, um den Punktestand auszugleichen.

All das, was ich Louise Flores erzählt habe, war natürlich nicht die Wahrheit.

Sie hat mich alles in meinen eigenen Worten auf einem frischen Blatt im Notizblock aufschreiben lassen. Sie ging im Raum auf und ab, und ihre Absätze klapperten auf dem Betonboden, während ich alles aufschrieb, das mit dem Küchenmesser und Josephs aufgerissenen Augen. Ich hatte mir sogar was für Miriam ausgedacht, dass sie zwar schlief, als ich ins Zimmer kam, ich sie aber trotzdem um die Ecke gebracht habe, einfach, weil ich es konnte.

Sie sieht mich kopfschüttelnd an und sagt: »Du hast Glück, dass du noch minderjährig bist, Claire. Hast du eine Ahnung, was passieren würde, wenn du als Erwachsene vor Gericht kommen würdest?«

Ich zucke mit den Schultern und sage: »In Illinois gibt es keine Todesstrafe.«

Sie bleibt abrupt stehen und sieht mich über ihre Schulter hinweg an.

»Aber du hast das Verbrechen nicht in Illinois begangen, Claire«, sagt sie. »Es war in *Nebraska.*« Und ich weiß sehr gut, dass dort Mörder durch eine Spritze hingerichtet werden können.

Insbesondere wenn man über achtzehn ist und den Mord willentlich und vorsätzlich geplant hat.

Zum Beispiel, indem man wartet, bis jemand schläft, bevor man sich mit einem Messer in sein Zimmer schleicht.

Ich wollte nicht, dass Matthew Ärger bekommt. Denn ich wusste: Was er getan hatte, hatte er für mich getan. Nie hörte ich auf, an Matthew zu denken, nicht einen einzigen Tag, seit ich dort weg war. Ich dachte jeden einzelnen Tag an ihn, und nachts, wenn ich im Bett lag, weinte ich dabei, ganz leise, damit

Mr. und Mrs. Wood es nicht hörten. Ich fragte mich, wo er war. Und ob es ihm gut ging.

Als sie alles hat, das ganze große Geständnis, schriftlich und auf Band, sagt sie der Wachfrau, sie soll mich zurück in mein Zimmer bringen, wo Diva auf dem Fußboden sitzt und singt und mit ihren langen, zinnoberroten Fingernägeln auf den Gitterstäben unseres Käfigs den Takt klopft, obwohl jemand sie anschreit, dass sie die Klappe halten soll. Ich ignoriere ihre Ausfragerei – *Wo warst du den ganzen Tag?* –, steige in meine Koje und ziehe mir ein dünnes weißes Laken bis ganz nach oben über den Kopf.

Ich mache die Augen zu und denke an jene Nacht zurück, an die Sachen, die ich Ms. Flores nicht erzählt habe.

Neben mir auf dem Bett liegt eine Garnitur Unterwäsche, Spitzen-BH und Höschen, in einem zarten Rosaton. Ich schlüpfe hinein, begebe mich zum offenen Kleiderschrank und greife tief hinein. Ganz hinten finde ich, wonach ich suche, auf einem Kaufhaus-Kleiderbügel, immer noch in einem Kleidersack aus Plastik, der unten zugeknotet ist. Nie getragen. Ich löse den Knoten und hebe vorsichtig die Plastikfolie über das Kleid. Ich lasse sie auf den Boden fallen und erinnere mich an den Tag, an dem ich es gekauft habe, vor etwa sieben Monaten. An dem Tag rief ich in Chris' Lieblings-Steakhaus in dem alten, sanierten Sandsteinhaus auf der Ontario Street an und reservierte einen ruhigeren Tisch, abseits der Bar, genau den Tisch, an dem Chris mir seinen Heiratsantrag gemacht hatte. Ich hatte organisiert, dass Zoe bei Jennifer und Taylor übernachtete, war bei der Arbeit früher gegangen, um mir die Haare hochstecken zu lassen, zu einem seitlichen Knoten, passend zum neuen Kleid, dazu ein Paar schwarze Pumps mit Kitten-Heel-Absatz.

Ich nehme das Kleid vom Bügel und denke daran, wie Chris anrief, noch ehe ich Gelegenheit hatte, es anzuziehen, sich in letzter Minute über irgendeine Aufgabe beklagte und im Hintergrund *ihre* Stimme – die von Cassidy Knudsen – zu hören war, die *meinen Ehemann* von unserer Verabredung zum Hochzeitstag weglockte.

»Ich mache es wieder gut«, versprach er, und seine Enttäuschung wurde durch das Telefon abgeschwächt, so als ob es ihm vielleicht, möglicherweise, gar nichts ausmachte: »Bald.«

Ich streiche mit den Fingern über das Kleid, ein schwarzes Krepp-Etuikleid, hinten geknöpft. Ich ziehe es über den Kopf und lasse es an mir hinuntergleiten, über den rosa BH und das Höschen, und starre dann auf mein Spiegelbild im Ganzkörperspiegel. Ich erinnere mich an jenen Abend im Oktober, den Abend unseres Hochzeitstags, ich erinnere mich, dass stattdessen Graham herüberkam, herbeigerufen vom Klang des Fernsehers an einem Abend, an dem ich, wie er wusste, nicht zu Hause sein dürfte. Mit mitleidvollem Blick stand er in der Tür und wusste, was passiert war, ohne dass ich es ihm erzählen musste: ich in Bademantel und Pantoffeln statt des kleinen Schwarzen, meine Haare wirr in ihrem seitlichen Knoten, im Fernsehen *Der Preis ist heiß* und im Ofen ein tiefgefrorenes Fertiggericht.

»Er verdient dich nicht« war alles, was er sagte, und dann kippten wir, wie im Gedenken an lange vergangene Collegezeiten, ein helles Bier – das Chris so liebte – nach dem anderen hinunter, bis wir betrunken und unsere Bäuche dick waren und meine Erinnerung daran, dass ich von meinem arbeitsbesessenen Mann versetzt worden war, verschwommen und dunkel. Ich brach auf der Couch zusammen und wachte am nächsten Morgen zwischen leeren Bierflaschen auf – von denen über ein Dutzend auf Wohnzimmertisch und Boden verteilt waren – und mittendrin eine Vase mit Blumen, Chris' kläglicher Versuch einer Entschuldigung.

Er war schon wieder aus der Tür, ehe ich aufwachte.

Ich fahre meine Augen mit dunklem Eyeliner nach und verteile einen verführerischen Schatten auf den Lidern. Ich trage bordeauxfarbenen Lippenstift auf, presse die Lippen aufeinander und tupfe den Überschuss mit einem Papiertuch ab. Ich nehme mein Haar zu einem wirren Knoten oben auf dem Kopf zusammen – etwas traurig im Vergleich zu jener Sechzig-Dollar-Frisur, denke ich – und greife in den Tiefen des Kleiderschranks nach dem Karton mit den schwarzen Pumps mit den Kitten-Heel-Absätzen. Ich rolle ein Paar Nylonstrümpfe die Beine hinauf, schlüpfe in die Schuhe und stelle mich vor den Spiegel.

Ich schaue noch bei dem Baby vorbei, das tief auf der rosa Fleecedecke auf dem Boden schläft. Eine kurze Zeit beobachte ich es, weigere mich aber, zu lange zu verharren und mich von meinem Vorhaben abbringen zu lassen. Ich vergewissere mich, dass es schläft und meine Abwesenheit nicht bemerken wird, und dann gehe ich in den Flur und schließe sachte die Tür.

Ich nehme mir nicht die Zeit, zu Atem zu kommen, weigere mich, innezuhalten und nachzudenken.

Graham öffnet die Tür, ehe ich ein zweites Mal klopfe. Da steht er, makellos und lächelnd, in Jeans und Unterhemd. Er registriert das Kleid und die Haare, das übertriebene Make-up, und beäugt mich von Kopf bis Fuß. »Oh, là, là«, sagt er, als ich nach hinten greife und anfange, die Knöpfe an meinem Kleid zu lösen. Sein Laptop steht vernachlässigt auf den gesteppten Sofapolstern. Musik von Nina Simone erfüllt den Raum.

»Was machst du denn …?«, setzt Graham an, führt mich hinein und schließt die Tür. Ich ziehe mir das Kleid über den Kopf, und das Zartrosa darunter kommt zum Vorschein. Sein Blick fällt auf die rosa Spitze und bleibt lange genug hängen, um Chris' Vermutung über Graham zu widerlegen.

»Das willst du doch gar nicht«, sagt er zu mir, aber ich sage *doch*.

Ich mache einen Schritt auf ihn zu und lasse dieses Prachtexemplar, dieses Musterbild von einem Mann, das Graham darstellt, auf mich wirken, lasse seine warmen Hände über meine Taille wandern und meinen unteren Rücken umschlingen.

Und Graham, als der gute Freund, der er ist, kommt mir gern entgegen. Mehr als gern tut er mir diesen Gefallen. Ein Akt der Gutmütigkeit. Der Höflichkeit, denke ich, als er mich an dem gesteppten Sofa vorbei auf ein ungemachtes Bett führt.

Es war schon spät. Im Haus war alles still. Joseph war da gewesen und wieder gegangen.

Ich wachte von einem Schrei auf, einem heiseren Schrei aus vollem Hals, der mich aufrecht im Bett sitzen ließ.

Ich erinnere mich an den Mond, der in einer ansonsten schwarzen Nacht weiß glühend durch das Fenster schien. Ich erinnere mich, dass auf jenen Schrei eine Stille folgte, eine so große Stille, dass ich mir nicht mehr sicher war, ob es vielleicht nur ein Traum gewesen war. Ich lag im Bett und starrte jenen Mond an, beschwor mein Herz, langsamer zu schlagen, und meinen Atem, zurückzukehren, wohin er auch immer verschwunden war, als ich jenen Schrei hörte. Die Wolken zogen langsam und gemächlich am Mond vorbei, die knotigen Arme der großen, alten Bäume waren nur mehr Schatten in der Nacht. Sie bewegten sich im Wind und streckten ihre Zweige aus, um einander zu bewegen, sich die Hände zu reichen.

Und dann hörte ich es: das Klimpern eines metallenen Schlüssels im Schloss, das hektische Drehen des Türknaufs. Ich erwartete, Joseph zu erblicken, seine Silhouette vor dem schwachen Schein irgendeiner Lichtquelle am Ende des Flurs. Aber stattdessen war es Matthew, der mit einem wirren Blick in mein Zimmer stürzte. Seine Hand umklammerte ein scharfes Messer, von dem Blut tropfte, das sich auf meinem Bett verteilte, als er sagte: »Komm, Claire. Steh auf.« Und ich griff nach seiner ausgestreckten Hand und ließ mich von ihm aus dem Bett ziehen.

»Du musst hier weg, Claire«, sagte er zu mir und schloss mich in eine ungestüme, feste Umarmung. »Du musst rennen.« Er warf mir Kleider zu: das Sweatshirt und die Turnschuhe, eine riesige Hose, und sagte mir, ich solle mich anziehen. »Beeil dich«, sagte er mit rasselnder Stimme.

»Warum?«, fragte ich, und dann: »Wohin denn?«

»Da steht ein Koffer«, sagte er, »neben der Haustür. Da ist alles drin, was du brauchst.« Und er fasste meine Hand und zog mich den Flur entlang, durch ein Haus, das nahezu still war, die Tür zum Schlafzimmer von Joseph und Miriam zugezogen. Ich zuckte zusammen, als ich an jener Tür vorbeikam, voller Furcht vor dem, was auf der anderen Seite davon war – oder nicht war.

Ich konnte mich nicht entscheiden, was schlimmer war – was wirklich dort war oder was ich mir dort vorstellte, obwohl ich es nicht mit Sicherheit wissen konnte.

»Aber was ist mit Joseph?«, fragte ich, obwohl ich wusste: All das Blut, die geschlossene Tür und die Tatsache, dass Matthew und ich uns frei bewegten und die Holztreppe hinunterliefen – ohne uns Mühe zu geben, das Quietschen der Holzdielen zu dämpfen –, all das konnte nur bedeuten, dass Joseph tot war.

Dass der Schrei aus seiner Kehle gekommen, das Blut an dem Messer seines war.

Auf der untersten Stufe ergriff Matthew meine Hand und zog mich an sich. Er flüsterte mir ins Ohr: »Ich weiß, was er mit dir gemacht hat«, und ich spürte, wie meine Beine nachgaben, als ich die Gewissheit hatte, dass er mein Geheimnis kannte. Und Josephs Geheimnis. Irgendwie war die Tatsache, dass ich jene Last nicht mehr allein tragen musste, eine Erleichterung. Ich stellte mir vor, dass all die Jahre, in denen Joseph sich ungefragt bei mir im Bett niedergelassen hatte, Matthew auf der anderen Seite der Wand lauschte. Dort, unten auf der Treppe, klammerte ich mich an Matthew und wollte nicht gehen, obwohl er wieder sagte: »Du musst hier weg, Claire. Du musst jetzt gehen«, und meine Hände von seinem unteren Rücken löste.

»*Wohin* denn?«, fragte ich mit sorgenvoller und ängstlicher Stimme. Noch nie in meinem ganzen Leben war ich auf mich allein gestellt gewesen. »Draußen steht ein Taxi«, sagte er: »Es wartet auf dich. Es wird dich zum Busbahnhof bringen«, und erst da bemerkte ich die Scheinwerfer eines am Bordstein geparkten Autos.

»Aber ich will nicht gehen«, heulte ich, und meine Augen kehrten sofort wieder zu Matthew zurück, den ich im Schwarz der Nacht nur schemenhaft erkennen konnte. »Ich will bei dir bleiben.« Und ich klammerte mich an ihn wie ein Klettband, schlang die Arme um seinen Rücken, und kurz ließ er mich gewähren, für einen Sekundenbruchteil, ehe er meine Finger aufbrach und mich wegstemmte. Ich weinte, jenes schwere Schluchzen, das von ganz tief innen aufsteigt. »Komm mit mir«, flehte ich und weinte so heftig, dass ich die Worte zwischen meinen Atemzügen hervorstoßen musste. *Komm. Mit. Mir.* Matthew war der einzige Mensch, den ich auf der ganzen Welt hatte. Momma hatte mich verlassen. Lily hatte mich verlassen. Und jetzt verließ mich auch noch Matthew.

»Claire.«

»Komm mit mir«, bettelte ich wie das Kind, das ich war.

Ich stampfte mit dem Fuß auf, und mit einem Schmollmund schlang ich die Arme um meinen Körper. »Komm mit mir, komm mit mir«, und ich versuchte ihn an seinem Arm zur offen stehenden Haustür zu ziehen. Das Fenster daneben war eingeschlagen, und Glasscherben lagen auf dem Boden verteilt.

Für einen Moment starrte ich reglos darauf.

So war Matthew hereingekommen.

»Du musst gehen, Claire.« Matthew drückte mir Geld in die Hand, ein Bündel Bargeld, hob hastig den Lederkoffer vom Boden auf und zog mich an der Hand hinter sich her. »Geh jetzt«, sagte er, »bevor …«, aber er beendete den Satz nicht. »Geh einfach«, sagte er, aber gleichzeitig zog er mich an sich, und ich verschwand in seinen Armen. Er zitterte und war in kalten Schweiß ausgebrochen. Er wollte genauso wenig, dass ich ging, wie ich. Das wusste ich. Und doch drückte er mir den Koffer in meine bebende Hand und schob mich – *schob* mich buchstäblich – durch die Tür, wo ich vorsichtig über die Glasscherben stieg.

Ich blickte mich einmal um, nur einmal, und sah ihn in der Tür stehen, das Messer hinter dem Rücken versteckt, sein Gesicht voller Wehmut und Melancholie. Er war auch traurig.

Ich erinnere mich daran, dass die Nacht frisch war, etwas, das nur mein Gehirn registrierte, der Rest von mir nicht. Da war das Wissen, dass es kalt war – als hätte es mir jemand gesagt oder so –, aber ich spürte es nicht. Als würde ich schlafwandeln oder so, und träumen. Ich konnte mich selbst schluchzen hören, als würde ich es im Fernsehen sehen. Als Beobachterin, nicht als Beteiligte. Ich erinnere mich nicht daran, dass ich dem Fahrer sagte, wo er mich hinbringen soll, einem kleinen, undurchsichtigen Mann, der für mich nicht mehr als eine verworrene Stimme, ein Augenpaar im Rückspiegel war. Es war, als wüsste er es. Ich stieg ins Auto, und er brauste davon, die holprige Straße entlang, fuhr schnell und ruckartig, und ich erinnere mich, dass ich dachte, er müsse Matthew irgendwie gehört haben, wie er sagte, ich solle mich beeilen, weil er so schnell fuhr. Matthew musste es ihm gesagt haben. Ich klammerte mich am Türgriff fest, wappnete mich für jede Kurve und fragte mich, ob es so war, als Momma gestorben war, als jener Datsun Bluebird anfing, auf der Straße Purzelbäume zu schlagen.

Das Gebäude, vor dem der Fahrer hielt, war klein und grau, und auf die Backsteinwand war in großen blauen Buchstaben das Wort *Greyhound* geschrieben. Es befand sich in der Stadt, an der Ecke irgendeiner Straße, die zu dieser nächtlichen Stunde so gut wie menschenleer war. Draußen stand eine ältere Frau mit schütterem grauem Haar, die eine Zigarette paffte und deren freie Hand tief in der Tasche eines dünnen Mantels steckte.

»Siebzehn Dollar«, sagte der Taxifahrer mit rauer Stimme, und ich saß wie ein Spatzenhirn auf dem Rücksitz und fragte: »Hä?«

Er zeigte auf das Geldbündel in meiner zitternden Hand und sagte wieder: »Siebzehn Dollar«, und ich zählte das Fahrgeld von den Geldscheinen ab, die Matthew mir ausgehändigt hatte, trug den Lederkoffer ins Gebäude und betrachtete im Vorbeigehen die Frau.

»Haste bisschen Kleingeld für mich?«, sagte sie zu mir, aber ich rollte das Geld zusammen und umklammerte es mit der Hand, damit sie es nicht sah.

Innen fand ich einen Getränkeautomaten, und das Erste, was ich tat, war, einen Dollar hineinzustecken und den roten Knopf zu drücken. Schneller, als ich erwartet hatte, fiel eine Cola herunter. Ich nahm sie und sank dann seitwärts in die Reihen leerer Stühle. Draußen vor dem Fenster war es noch dunkel, und der erste schwache Lichtschein kroch am Horizont empor. Ein missmutiger alter Mann saß hinter dem Fahrkartenschalter, zählte Dollarnoten in eine Registrierkasse und grummelte dabei die ganze Zeit vor sich hin. Ich konnte einen Fernseher hören, aber nirgendwo sehen, die Frühnachrichten, Verkehrsfunk und Wetter.

Ich wusste nicht, was ich hier machte. Ich wusste nicht, was ich hier machen sollte, wo ich hinsollte. Ich hatte es noch nicht richtig kapiert, dass Joseph tot war. Tränen klebten an meinen Wangen, und meine Augen fühlten sich vom Weinen dick und verquollen an. Mein Herzschlag war immer noch nicht langsamer geworden, ein unerbittlicher Galopp, von dem sich in meinem Kopf allmählich alles drehte. Versteckt unter dem Sweatshirt, auf einem weißen Unterhemd, waren Blutflecken, das Blut, das auf mich gespritzt war, als Matthew in mein Zimmer gestürmt kam.

Josephs Blut.

Da war ich mir sicher. Krampfhaft versuchte ich, die einzelnen Teile zusammenzufügen, das zerbrochene Glas, das Messer, den kehligen Schrei, der mich aus dem Schlaf gerissen hatte. Matthew, der in der Tür auftauchte, seine Worte: *Geh jetzt. Bevor …* Bevor was? Ich saß da und grübelte darüber nach. Bevor die Polizei kam. Bevor Isaac auftauchte. Es war immer noch nicht richtig bei mir angekommen, dass ich auf mich allein gestellt war. Dass ich nicht mehr Joseph gehörte. Dass er nie mehr in mein Zimmer kommen würde.

Ich weiß nicht, wie lange ich dort saß, hin und wieder an meiner Cola nippte, dem Fernseher lauschte. Es war warm im Busbahnhof und hell. Eine Weile starrte ich auf eine Neonröhre, die an der Decke flackerte. Ich sah zu, als ein Mann mit Jeans, einem ausgefransten T-Shirt und einer *Huskers*-Kappe auf dem Kopf die Busstation betrat. Ich dachte, dass er frieren müsse mit nichts als dem T-Shirt, aber er sah nicht so aus. Er schielte aus dem Augenwinkel zu mir und versuchte, es nicht so aussehen zu lassen, als starre er mich an. Aber ich wusste es trotzdem. In einer Hand trug er eine vollgestopfte Reisetasche, so voll, dass sie gar nicht mehr zuging.

Er deutete ein Nicken an, als wolle er *ich sehe dich* sagen, und ging dann geradewegs zu einer Anzeigetafel an der Wand, wo er stehen blieb und darauf starrte. Ich sah, was an der Wand über der Tafel stand.

Abfahrt.

Ankunft.

Der Busfahrplan.

Ich wartete, bis er sich bei dem missmutigen Mann hinter dem Schalter eine Fahrkarte nach Chicago gekauft hatte und sich dann auf einem harten Stuhl am anderen Ende der Station niederließ, sich die Kappe ins Gesicht zog und einzuschlafen schien. Ich rutschte von meinem Stuhl herunter, wischte mir mit der Rückseite meines Ärmels über die Augen, schlenderte zu jener Tafel an der Wand und blickte auf so viele Worte und Zahlen, dass mir ganz schwindelig wurde. Kearney. Columbus. Chicago. Cincinnati.

Und dann sah ich es. Der Name traf mich so unerwartet, dass ich wusste, es sollte so sein: *Fort Collins*.

Fort Collins. Dieselben Worte, die ich immer wieder auf den Absenderetiketten jener Briefe von Groß-Lily gelesen hatte, die sie mir aus Colorado geschickt hatte. Meine Lily, Klein-Lily, lebte in Fort Collins, Colorado.

Es war an der Zeit, zu ihr zu fahren. Meine kleine Schwester wiederzusehen.

Graham steht dort, einen Meter von mir entfernt, in dem abgedunkelten Zimmer und sieht mit gefräßigen Augen zu, wie ich meine Unterwäsche zu Boden fallen lasse. Der blassrosa BH fällt auf die Kitten-Heels und das rosa Höschen, neben hauchdünne Nylonstrümpfe, die zu einer Kugel geknüllt und zur Seite geworfen wurden.

Seine Augen mustern mich betont langsam von oben bis unten und kommen auf der Narbe zum Stillstand, die diagonal von meinem Bauchnabel nach unten verläuft, wo sie sich in den Schamhaaren verliert. Eine ständige Erinnerung.

Ich blende jene Narbe aus, sage mir, dass sie einfach nicht wahr ist, und muss an das Baby denken, das nebenan tief auf der rosa Fleecedecke schläft.

Graham sagt nichts, als seine warmen Hände auf meiner Taille zu liegen kommen und er mich zum Bett führt, wo er mich auf eine graue Bettdecke drückt, die halb auf den Schlafzimmerboden rutscht, neben Kissen, die seit heute Morgen noch nicht aufgeschüttelt worden sind. Ich starre an ihm vorbei auf einen Deckenventilator – gebürsteter Nickel mit Kirschenholzflügeln –, der Papiere, eins nach dem anderen, von einer Kommode auf den Fußboden bläst: Grahams neustes, im Entstehen begriffenes Werk, doch im Moment ist er so abgelenkt, dass er es nicht merkt. Er merkt auch nicht, dass der Luftzug vom Deckenventilator auf meinen nackten Armen, meinen Beinen, meiner Brust eine Gänsehaut verursacht.

Er steht am Ende des Betts, zieht sich das Unterhemd über den Kopf, und während ich mich vorbeuge, um mit meinen Händen über die Bauchmuskeln zu streicheln, die seinen Rumpf umsäumen, und über das feine, helle Haar fahre, über die Mulde seines Bauchnabels und den antiken Messingknopf, der seine Jeans an Ort und Stelle hält, da höre ich es.

Ich höre das Baby schreien.

Lauter als eine Autohupe, ein Donnerschlag aus heiterem Himmel oder das Tosen einer Dampflok.

Hastig stehe ich auf, suche meine Kleider vom Boden im Schlafzimmer und Wohnzimmer zusammen, während Graham, der taub ist für das Schreien des Babys, mich bittet, nicht zu gehen. »Heidi«, sagt er, und seine Stimme ist auf eine Art besänftigend, die es den Frauen sonst garantiert unmöglich macht, Nein zu sagen. »Was ist denn los?« Seine Augen starren mich an, starren in meine Augen, als ich in mein Kleid steige und die Nylonstrümpfe und das Höschen in meiner Hand umklammert halte. Ich schließe die Knöpfe an meinem Rücken – schief und unvollständig.

»Es ist nur …«, sage ich und habe das Gefühl, zu erröten, bin unfähig, die Empfindung von Grahams Händen abzuschütteln, von seinen Augen auf meinem Körper, die mich so anstarren, wie Chris es schon lange nicht mehr macht. »Ich habe etwas vergessen. Etwas, das ich erledigen muss.«

Noch in Grahams Wohnungstür höre ich das Schreien, lautes, jämmerliches Schreien, und fange an zu rennen. Die Kitten-Heel-Absätze klackern hektisch über den Holzfußboden, als Graham mich beim Namen ruft.

»Heidi.«

Aber er folgt mir nicht.

Als ich in meine Wohnung komme, liegt das Baby da, ausgestreckt auf seiner rosa Decke auf dem Boden.

Und schläft tief und fest.

Das ist nicht das Szenario, das ich mir vorgestellt hatte.

Was ich erwartet hatte, war, dass die Decke um sie geklappt sein würde wie ein Omelett, eine Handvoll Fleece in ihre wütende Hand gestopft. Ihre Haut purpurrot, ihr Gebrüll borstig wie Kletten-Labkraut, rau und kratzig, als schreie sie seit Tagen, Wochen oder länger.

Stattdessen ist sie still, abgesehen von einem zarten Ein- und Ausatmen. Sie liegt reglos auf der rosa Decke, ihre Gesichtszüge ruhig und entspannt, während ich in der Tür stehe und keuchend nach Atem ringe.

Sie schläft, sage ich mir und halte es für vollkommen unmöglich, denn ich war sicher – so sicher, wie ich lebe und atme –, dass ich ein Baby schreien gehört habe.

Ich renne zu der Kleinen und nehme die winzige Gestalt vom Boden hoch, schließe sie in meine Arme und wecke sie aus ihrem Schlummer.

»Ist ja gut«, summe ich leise in ihr Ohr. »Mommy ist ja da. Mommy wird dich nie wieder verlassen.«

In den Koffer hatte Matthew mir so ziemlich alles gepackt, was ich irgendwie brauchen könnte: Geld, und zwar nicht wenig, sowie etwas zu essen – Schokoriegel, Müsliriegel und Kekse. Wie er an das Geld gekommen war, wusste ich nicht genau. Ich ließ mich im Bus nieder und umklammerte fest den einzigen Besitz, den ich auf der Welt hatte. Während der Bus kreuz und quer durch das ländliche Nebraska zuckelte und die Sonne allmählich ihren Aufstieg in den spätwinterlichen Himmel antrat, legte ich den Koffer auf meinen zittrigen Schoß, öffnete die Schnalle und förderte ein Buch zutage, wie all jene, die Matthew mir früher in mein Zimmer geschmuggelt hatte: *Die fünfzig Bundesstaaten.* Ich blätterte es durch und sah, dass er darin Nachrichten für mich hinterlassen hatte, unordentlich mit schwarzer Tinte auf die glatten Seiten des dicken Buchs geschmiert. Neben Alaska: *Zu kalt.* Nebraska: *Auf gar keinen Fall.* Illinois: *Eventuell.* Ein Reiseführer für meine Zukunft: Das hatte Matthews damit bezweckt.

Montana: *Gut zum Verstecken.*

Ich fragte mich, ob es das war, was ich tun musste: ein Versteck finden. Würde jemand nach mir suchen? Joseph vielleicht oder die Polizei? Nein, rief ich mir ins Gedächtnis. Joseph nicht. Joseph war tot.

Ich machte die Augen zu und versuchte zu schlafen, aber ich konnte nicht einschlafen. Ich sah immer nur Matthews wirren Blick vor mir, als er in mein Zimmer stürzte, das wässrige Blut auf dem Messer – farblos in der Dunkelheit des Zimmers. Immer wieder hörte ich Josephs Schrei, ein Klingeln in den Ohren, und versuchte verzweifelt, mir nicht vorzustellen, was passiert war, nachdem ich weg war, mich nicht zu fragen, wo Matthew jetzt war und ob es ihm gut ging.

Ich hatte das Gefühl, dass mich alle ansahen, dass alle es wussten. Ich versank tief in meinem Sitz und versuchte mich zu verstecken, vermied jeglichen Augenkontakt, bedachte niemanden mit einem desinteressierten *Hallo*, nicht einmal den Mann auf der anderen Seite des Gangs, der ebenfalls in einem petrolfarbenen Sitz saß, einen schwarzen Anzug mit Priesterkragen trug und in einer abgenutzten Bibel blätterte.

Ihn schon gar nicht.

Ich schloss die Augen und gab mir große Mühe, so zu tun, als wäre er nicht da, als könnte er mir nicht meine Sünden an der Nasenspitze ablesen, sie erschnüffeln wie ein Bluthund auf einer Fährte.

Irgendwann nach Mittag begann ich die Landschaft hinter der getönten Fensterscheibe zu erkennen: riesenhafte grüne Schilder mit Ortsnamen, die ich kannte, in fetten weißen Buchstaben: North Platte, Sutherland und Roscoe. An der Straße stand eine Tafel: *Willkommen in Keith County*. Vertraute, weiß getünchte Scheunen und Viehzäune, ein verlassenes Farmhaus, das sich so weit zu einer Seite neigte, dass ich selbst vor acht Jahren, als ich es das letzte Mal gesehen hatte, sicher war, dass es umkippen und auf dem gelb werdenden Gras zusammenbrechen würde. Plötzlich saß ich aufrecht, drückte mir die Nase an der eiskalten Scheibe platt und hörte über das Dröhnen des Motors hinweg Mommas Stimme: *Ich hab dich so lieb wie Schweine Essensreste.*

Dann bog der Bus von der Landstraße ab Richtung Highway 61, und die Schilder wiesen den Weg zum Lake McConaughy, wo ich als Kind viele Sandburgen gebaut hatte, wenn Momma am Morgen eines strahlenden Sommertags mit dem Drang aufwachte, Lily und mich in den Bluebird zu packen und die kurze Fahrt zum See zu machen. Sie dachte nie daran, die Sonnencreme mitzunehmen, und wir verbrutzelten immer alle hoffnungslos und wetteiferten später, wer die meisten

Sommersprossen und die roteste Nase hatte, und drückten auf unsere Nasenspitzen, bis sie weiß wurden.

Ich starrte aus dem Fenster, als der Bus auf den Parkplatz der Conoco-Tankstelle bog, direkt neben dem Hotel Super 8 und dem Comfort Inn, gegenüber von Wendy's, wo Momma und ich mal gegessen haben, vor so langer Zeit, dass es mir wie ein anderes Leben vorkam. Dort waren das Kaufhaus Pamida und der Truck Stop, genau wie ich es in Erinnerung hatte. Ich erinnerte mich an alles. Auf dem Weg nach Fort Collins fuhr der Bus durch Ogallala. Das hier war Ogallala.

Ich war zu Hause.

Als der Bus zum Stehen kam und Fahrgäste ausstiegen und in die Tankstelle strömten, um auf die Toilette zu gehen und sich einen Snack zu kaufen, hatte ich den starken Drang, mir meinen Koffer zu schnappen und loszurennen. Ich drängte mich an einer Handvoll neuer Fahrgäste vorbei, die in den Bus stiegen, um die nächste Teilstrecke damit zurückzulegen. »Entschuldigen Sie« und »Verzeihung«, murmelte ich, während ich den Koffer vor mir herschob, schwerfällig durch den schmalen Gang trampelte und mir mehr als einen abschätzigen Blick einhandelte. Ein Mädchen mit längeren Haaren in der Farbe von Pralinen äffte mich nach: »Entschuldige *du* mal«, als ich mich zu dicht an ihr vorbeizwängte und ihr auf ihren modischen Schuh trat. Aber das war mir egal.

Ich redete mir ein, dass ich auch nur ansatzweise wüsste, wie ich nach Hause zu unserem Fertighaus käme, obwohl ich es damals mit acht Jahren höchstwahrscheinlich nicht gewusst hatte. Aber das spielte keine Rolle. Ich hätte mich irgendwo in Ogallala in einen Straßengraben legen können und mich trotzdem wie zu Hause gefühlt. Ich konnte es in meinem Blut spüren, in jeder Pore. Ogallala. Mein Zuhause. Ich war völlig von alldem eingenommen. Momma und Daddy. Da war dieser alberne Gedanke: Vielleicht war Momma ja noch da. Vielleicht war alles nur ein riesengroßes Missverständnis gewesen. Ich würde zurück in das Fertighaus kehren, und Momma wäre da, mit Daddy und Lily als Baby. Lily, die *nicht* Rose war und *keine* Schwester hatte, die nicht *ich* war. Und ganz plötzlich, wenn ich durch jene kratzende Fliegengittertür trat, wäre ich wieder acht Jahre alt, und all die Zeit wäre nicht vergangen. Als wäre die Zeit stehen geblieben. Momma lebte, und ihre Energie und ihre Begeisterung erfüllten die geschmacklosen Zimmer jenes winzigen Hauses wie früher. Das Haus wäre noch genau dasselbe wie damals, als wir es verlassen hatten. Keine andere Familie würde dort leben, kein kleines Mädchen, das in meinem Bett schlief. Und von einem Mann namens Joseph hätte ich noch nie gehört. *Nur ein Fehler*, sagte ich mir, während ich die riesigen Stufen des Busses auf den Parkplatz hinabstieg. Die kalte Luft überraschte mich – bekniete mich, es mir doch noch mal zu überlegen –, aber ich ignorierte sie. Ich lief los, quer über den Parkplatz auf die Straße zu, mit einem trotzigen Blick. Einer Weigerung, zu glauben, was ich tief in mir genau wusste. *Nur ein riesengroßes Missverständnis.*

Momma lebt. Daddy lebt. Meine Füße stampften über das Pflaster, schnell und entschlossen. Der Koffer war unhandlich und knallte bei jedem Schritt gegen mein rechtes Bein.

Wie sich herausstellte, wusste ich den Weg zu unserem Fertighaus noch. Vielleicht wusste es mein Kopf nicht mehr, aber meine Füße, denn sie trugen mich vom Parkplatz aus den Prospector Drive hinunter. Weder der Koffer noch der Wind störten mich. Ich lief auf Autopilot oder Tempomat, wie Daddy immer sagte, wenn ich ihn fragte, wie es kam, dass er beim Lkw-Fahren nicht mit der Zeit müde wurde. Meine Gedanken galten nur Momma und der Aussicht, dass sie noch am Leben war, während ich mich an den großen alten Backsteingebäuden vorbeischleppte, die ich noch aus meiner Kindheit in Erinnerung hatte. Ich lief unter laublosen Bäumen hindurch, die vereinzelt an der First, Second, Third und Fourth Street standen, vorbei an schmutzig weißen Wohnhäusern und niedrig verlaufenden Telefonkabeln. Schon bald mehrten sich die Bäume und Wohnhäuser, und dann ließ ich den kleinen, fast menschenleeren Ort allmählich hinter mir. Ich bog auf die Spruce Street mit ihren Mobilheimen, die mich fast eine Meile lang über offenes Gelände führte, hier und da eine Werbetafel, und die Autos rasten an mir vorbei und ließen mir die Haare um den Kopf wirbeln.

Als ich im Canyon Drive ankam, brannten meine Beine. Meine Finger waren taub, und aus meinen Nasenlöchern triefte es.

Mein Arm war von dem Gewicht des Koffers fast eingeschlafen und mein Bein wahrscheinlich wund von dem Koffer, der den ganzen Weg über hin und her gescheuert hatte.

Das Haus war kleiner, als ich es in Erinnerung hatte, und die weiße Verkleidung eher beige als schneeweiß. Was mir früher wie eine richtige Treppe zur Haustür vorgekommen war, waren in Wirklichkeit nur vier kleine, ausgetretene Stufen, und am Geländer aus Aluminium fehlte die Hälfte der darum gewickelten braungrauen Ummantelung. Es gab einen Basketballkorb, der früher nicht da gewesen war, und in der Einfahrt stand ein Honda mit Fließheck. Rot. Nicht der Bluebird, dessen Anblick ich gewohnt war.

Ich stand auf der gegenüberliegenden Seite des Canyon Drive, starrte auf das Haus, das einmal mein Zuhause gewesen war, und versuchte den Mut aufzubringen, den Knauf an der Haustür zu drehen, hoffte und betete, dass ich dahinter Momma antreffen würde. Natürlich wusste ich ganz tief in mir drin, dass sie tot war, aber ich gab mir alle Mühe, diesen Gedanken zu ignorieren und mir stattdessen vorzustellen, *was wäre, wenn*. Mir schoss etwas durch den Kopf: Wenn ich es nicht versuchte, würde ich es nie wissen, und das war gut, denn es nicht zu wissen, war besser als ein Beweis dafür, dass Momma und Daddy tot waren. Ich war acht Jahre alt gewesen, letztendlich ein dummes Kind. Vielleicht war alles, was man mir erzählt hatte, gelogen gewesen, nur eine von vielen Lügen, die Joseph mir erzählt hatte. Ich redete mir ein, dass Momma die ganze Zeit nach mir gesucht hatte, dass mein Gesicht wie die von anderen vermissten Kindern auf die Rückseiten von Milchkartons gedruckt worden war. Jene Schwarz-Weiß-Fotos mit einem Bild mit simulierter Gesichtsalterung daneben, von dem irgendwelche Schlauberger dachten, wie ich mit sechzehn aussehen könnte. *Wenn Sie glauben, Claire gesehen zu haben, bitte rufen Sie 1-800-I-am-lost* an. Ich stellte mir den Text dazu vor: *Claire wurde zuletzt in ihrem Haus am Canyon Drive in Ogallala, Nebraska, gesehen. Ihre Haare haben die Farbe von Nasenpopeln und ihre Augen ein bizarres Blau. Sie hat eine kleine Narbe unter dem Kinn, eine Lücke zwischen den beiden Vorderzähnen. Zuletzt trug sie …*

Was *hatte* ich denn an in jener Nacht, als Amber Adler kam, um mir zu sagen, dass meine Eltern tot waren? Das lavendelblaue T-Shirt, das ich mal hatte, mit dem Bild eines hellroten Lippenstifts darauf und der munteren Aufschrift *Dicker Schmatzer* mit Kussabdrücken ringsherum. Oder vielleicht ein Partykleid oder ein getupftes Trägerhemd oder vielleicht …

Darüber dachte ich gerade nach, als die Tür jenes Fertighauses aufflog und das laute Streiten von Kindern die Stille durchbrach. Und die Stimme einer Mutter – nicht *meiner*, aber *einer* Mutter – ihnen streng und müde sagte, sie sollten *doch bitte mal die Klappe halten*.

Und da waren sie, alle drei – nein, vier, sah ich dann, denn die Mutter trug ein Baby in einer Babytrage im Arm –, und sie hüpften jene vier krummen Stufen hinunter wie ein Wurf verspielter Kätzchen. Die beiden Kinder, die schon selbst laufen konnten, rammten sich auf dem Weg die Treppe hinunter gegenseitig die Ellenbogen in die Rippen und riefen einander Schimpfwörter zu: Furzgesicht und Popelhirn. Es waren zwei Jungs, beide in Jeans und Turnschuhen, dicken Winterjacken und Pelz-Fliegermützen. Die Mutter hatte eine Decke – rosa – über das Baby gelegt. Ein Mädchen. Vielleicht das Mädchen, das sie sich immer gewünscht hatte, dachte ich, als die Mutter die Jungen sanft vorwärtsschob und sie zur Eile mahnte, ins Auto zu steigen. Sie würden sonst zu spät kommen. Einer der Jungen wirbelte plötzlich herum und heulte große Krokodilstränen. »Du hast mich gehauen«, brüllte er seine Mutter an.

»Daniel«, sagte sie tonlos. »Steig ins Auto.« Aber er setzte seinen Ausbruch dort auf der Treppe fort, während der ältere Junge in den Honda stieg, wie es ihm gesagt worden war, und die Mutter die Babytrage im Auto festschnallte. Der Junge, Daniel, der vielleicht fünf oder sechs Jahre alt war, verschränkte die Arme und zog eine Schnute, bei der seine Unterlippe die obere fast verdeckte. Fassungslos sah ich zu und dachte, dass ich nie, nie im Leben so mit Momma gesprochen hätte und Lily niemals Furzgesicht oder Popelhirn genannt hätte. Da beschloss ich, dass ich diesen kleinen Jungen nicht leiden konnte, kein bisschen. Weder, wie seine eigensinnigen braunen Haare unter dem Rand der Fliegermütze hervorschauten, noch, wie seine zu große Jacke links weiter herunterhing als rechts und der linke Ärmel komplett eine behandschuhte Hand verhüllte. Ich konnte weder seine dunkelblauen Stiefel leiden noch die hässliche Grimasse in seinem langen Gesicht.

Aber was mich wirklich ärgerte, war, dass er das, was sie auch immer zu erledigen hatten, für das Schlimmste auf der Welt hielt, das ihm passieren konnte. Er war eindeutig noch nie einem Menschen wie Joseph begegnet.

Was hätte ich in dem Moment nicht für einen Ausflug zu Safeway gegeben. Ich dachte daran, wie ich Momma half, den Einkaufswagen herumzuschieben, und Lily an ihren kleinen

Zehen kitzelte, damit sie nicht anfing zu jammern. Ich erinnerte mich an den himmlischen Duft frisch gebackener Donuts im Schaukasten mit den Backwaren und daran, wie Momma mir dann sagte, ich solle für jeden einen aussuchen für das Frühstück am nächsten Morgen.

Und ich stellte mir gerade Donuts mit Zuckerstreuseln in Regenbogenfarben vor und mit Schokoguss überzogene Eclairs, als die Frau sich plötzlich in meine Richtung bewegte und meine Füße instinktiv den Rückzug antraten. »Kann ich dir helfen?«, fragte sie und kam die Einfahrt hinunter auf die Stelle zu, wo ich auf der gegenüberliegenden Straßenseite stand und ihre Familie anstarrte. Ihre Augen, braun und wässrig, mit Tränensäcken darunter, wirkten müde, ihr Haar fettig, als hätte sie heute noch nicht die Zeit für eine Dusche gefunden. »Hast du dich verlaufen, Liebes?«

Und plötzlich sprangen mir Dinge ins Auge, die ich zuvor nicht gesehen hatte: die grünen Kleeblätter, die in die Fenster des Hauses geklebt worden waren. Solche Kleeblätter hatten wir nie. Die schwarze Aufschrift auf dem Briefkasten: *Brigman*. Ein Hund, groß wie ein Deutscher Schäferhund, der vom vorderen Fenster aus bellte und seinen Kopf zwischen Spitzengardinen hindurchsteckte, die früher nicht da waren. Ein Schaukelstuhl aus Holz auf der winzigen Veranda vor dem Haus, ein Gartenzwerg mit einem *Willkommen*-Schild. Der Junge mit der hässlichen Schnute oder der ältere, der jetzt wieder aus dem Auto auftauchte, um zu sehen, mit wem seine Mutter denn da redete, und ihr durch die Einfahrt nachkam, während sie wieder fragte: »Kann ich dir irgendwie helfen?«, und ich mich umdrehte und losrannte.

Das war nicht mein Zuhause.

Die Erkenntnis saugte mir den Atem aus den Lungen, und ich fing an, nach Luft zu schnappen, als ich den Canyon Drive entlanghastete, vorbei an geparkten Autos und umzäunten

Gärten, Briefkästen und fleckigem Rasen, wobei ich mit den Füßen Kies aufwirbelte. Die Welt drehte sich rasend schnell um mich. Ich lief über einen Rasen, für den Fall, dass die Frau in ihrem roten Honda, Mrs. *Brigman*, versuchte, mich zu verfolgen.

Ich stolperte über einen großen Stein und klatschte in irgendjemandes Garten auf den Boden. Die Knie meiner Hose waren durchnässt und matschig vom schmelzenden Schnee. Der Koffer ging auf und entleerte sich auf den durchweichten Rasen, und Bücher und Dollarscheine sprenkelten den Schnee. Ich raffte schnell alles zusammen und stopfte meine Siebensachen wieder in den Koffer, bevor ich ihn zuknallte.

Ich sah es nicht sofort. Um ein Haar hätte ich es überhaupt nicht gesehen. Ich stand auf und hoffte inständig, dass niemand hinter dem Fenster jenes Hauses stand und mich beobachtete, als etwas, das sich vom ansonsten weißen Schnee abhob, meinen Blick auf sich zog. Ich bückte mich und hob es auf, und was ich in meiner Hand hielt, war ein Foto von Momma, das Foto, das Joseph mich vor Jahren in kleine Fetzen zerreißen ließ. Das Foto, das Joseph mich gezwungen hatte die Treppe des Hauses in Omaha hinunter in den Müll zu bringen. Ich erinnere mich an jenen Tag. Matthew und Isaac saßen am Tisch und sahen zu, wie ich Momma in Hunderten von Teilchen in den Mülleimer warf, ehe ich, wie Joseph es mir gesagt hatte, nach oben ging, um zu beten. Und Gott um Vergebung zu bitten.

Matthew hatte jene Teilchen aus dem Mülleimer geholt und wie ein Puzzle wieder zusammengeklebt. Eine Million Stückchen Tesafilm bedeckten die Rückseite des Fotos und machten es dick und fest, und weiße, zerklüftete Risse zogen sich über Mommas hübsches Gesicht, ihr langes schwarzes Haar, ihre saphirblauen Augen. Ich hielt Momma in meinen Händen, in ihrem peridotfarbenen Kleid – einer *Robe*, wie Momma es nannte, deren U-Boot-Ausschnitt und Flügelärmel durch Josephs zerstörerische Hand zerfurcht waren.

Wo hatte Matthew es all die Jahre aufbewahrt, seit er es aus dem Müll gefischt hatte?

Warum hatte er es mir so lange vorenthalten?

Aber natürlich wusste ich, warum. Er befürchtete, Joseph könnte es zu Gesicht bekommen.

Aber jetzt brauchte er das nicht mehr zu befürchten.

Es war Jahre her, seit ich Momma gesehen hatte. In meiner Erinnerung hatte sich ihr schwarzes Haar aufgelöst, ihre blauen Augen waren verblasst wie eine mit Wasser verdünnte Limonade. Ihr Lächeln war auf die Hälfte seiner Größe zusammengeschrumpft, und nur manchmal erinnerte ich mich, dass sie an den Tagen, wenn Daddy zu Hause war, hellroten Lippenstift auftrug. Aber da war sie, mit ihrem pechschwarzen Haar und den strahlend blauen Augen, und die Lippen beerenrot. Und sie lachte. Ich konnte es hören, das Lachen aus diesem Foto, und ich sah Momma vor mir, wie sie mir, Sekunden nachdem ich diesen schrägen Schnappschuss gemacht hatte, den Fotoapparat aus der Hand stibitzte und ein Foto von mir machte. Nachdem wir den Film bei Safeway hatten entwickeln lassen, behielt jede von uns das Foto der anderen, damit wir immer zusammen sein würden, wenn wir nicht zusammen waren. *Ich hab dich so lieb wie ein Kuss die Umarmung*, sagte sie und drückte mir einen roten Kussmund auf die Wange, und im Rückspiegel des alten Datsun Bluebird starrte ich auf jenen Kussmund und weigerte mich, mir die Wange abzuwischen.

Ich drückte mir das Foto von Momma ans Herz, und als ich mir dort im Garten von irgendjemandes Haus, im dahinschmelzenden Märzschnee kniend, die Augen ausheulte, wusste ich, dass Momma da war, auch wenn sie es nicht war.

Momma würde mich nie, niemals, nicht in einer Million Jahre verlassen.

Ich drücke mein Baby an mich, sinke in den Schaukelstuhl hinab und schwöre, dass ich es nie, nie wieder verlassen werde. Die Kleine hat jetzt angefangen zu schreien, und ihr Schreien ist wütend. Sie packt mit ihrem Händchen Strähnen meines Haars, zieht kräftig daran und heult ohne Unterlass. Die Art von Gebrüll, die ihr die Luft aus den Lungen saugt, bis sie anfängt, nach Luft zu schnappen. Ich stehe vom Stuhl auf und beginne, durch den Raum zu schreiten, wobei ich aus Grahams Wohnung das Murmeln von Nina Simone höre: *I Put a Spell on You*, jetzt lauter als vorhin.

Oder bilde ich mir das nur ein?

Versucht er, das unerbittliche Geschrei meines Babys zu übertönen? Oder mir eine Botschaft zu senden? Ich stelle mir Graham jetzt vor, wie er sich, immer noch unbekleidet, fragt, warum ich gehen musste, wo ich doch gerade erst gekommen war.

Und dann denke ich: Was wird er wohl machen, dort drüben in seiner Wohnung, ohne Unterhemd und mit offener Jeans? Wird er eine Freundin anrufen, um die Lücke zu füllen, die ich hinterlassen habe? Ich versuche, nicht daran zu denken, an irgendeine blonde Schönheit, die meinen Platz am Rand des ungemachten Bettes einnimmt. An Graham, der sich, blind für den Wechsel, lediglich der Hände irgendeiner Frau auf seiner Haut bewusst ist. Ich versuche das Bild aus meinem Kopf zu vertreiben: ich auf Grahams Bett, sein Körper, der über meinem schwebt. Ich überlege, was ich gemacht hätte, wie weit ich gegangen wäre, wäre das Baby nicht gewesen.

Aber nein, rufe ich mir in Erinnerung. Das Baby hat ja geschlafen. Oder? Plötzlich weiß ich gar nichts mehr, bin vollkommen verwirrt. In meinen Ohren hallt immer noch das

Schreien nach, das ich von Grahams Zimmer aus gehört habe – verzweifelt und hilflos, völlig verloren. Mein Gehirn spielt jenes Schreien immer und immer wieder ab, ein Soundtrack, der die Szene untermalt: Graham, der sich sein Unterhemd über den Kopf zieht, seine Bauchmuskeln, das feine, helle Haar, der Messingknopf seiner Jeans.

Und dann dieses Schreien!

Das Baby *hat* geschrien, sage ich zu mir. Es hat nicht geschlafen.

In einer sanften Wippbewegung schaukele ich das Baby vor und zurück, auf und ab, tue alles, um die Kleine zu besänftigen. Sie ist böse auf mich, weil ich sie allein gelassen habe. Ich sage es immer wieder: »Es tut mir so leid. Mommy wird dich nie, nie wieder verlassen«, und ich überschütte sie mit Küssen in dem kläglichen Versuch einer Entschuldigung.

Ich bin keine gute Mutter, sage ich mir. Eine gute Mutter hätte sie nicht allein gelassen und wäre nicht aus der Wohnung gegangen. Ein schwacher Moment, denke ich und erinnere mich nur zu gut an das Kondom in Chris' Hosentasche, und der Gedanke daran, der Gedanke an jene glänzend blaue Verpackung lässt mich augenblicklich zusammenbrechen. Unruhiger Herzschlag, Hände, die sich wie Brei anfühlen.

In der Küche mache ich ein Fläschchen zurecht, denn das Baby steckt seine Nase in das schwarze Kreppkleid, und immer, wenn es das tut, weiß ich, dass es Hunger hat. Ich fülle das Milchpulver in die Flasche, füge Wasser hinzu und schüttele: eine Imitation der Nahrung, mit der eigentlich ihre Mutter sie versorgen sollte. Ich versuche mich daran zu erinnern, warum ich mich noch mal dazu entschieden habe, meinem Baby die Flasche zu geben, warum ich nicht gestillt habe. Oder habe ich gestillt? Und als ich da so in der Küche stehe, stelle ich fest, dass ich es nicht mehr weiß. Krebs, sage ich zu mir, doch dann: *Krebs?*

Oder war das – der Krebs – lediglich ein Fantasiegebilde? Und ich grübele über jene Linie auf meinem Bauch nach, genau die Linie, die Graham mit einer Fingerspitze nachgezeichnet hat – nach der er beinahe gefragt hätte, bis ich mir die Finger auf die Lippen presste und leise *schsch* machte –, und ich frage mich, wo sie herkommt, jene Narbe, und ob es überhaupt eine Narbe ist.

Und dann bildet sich in meinem Kopf ein Wort heraus, hässlich und widerlich, und ich schüttele eiligst den Kopf, um es loszuwerden.

Abtreibung.

Aber nein. Ich drücke das Baby an mich und weiß, dass das nicht sein kann.

Der Arzt mit der beginnenden Glatze sagte, dass sie, meine Juliet, als organischer Abfall entsorgt wurde. Er sagte, dass organischer Abfall verbrannt wird, nachdem er das Krankenhaus verlassen hat, was bei mir eine Vision zurückließ, die mir jahrelang den Schlaf raubte und meine Träume mit Schrecken erfüllte: wie das Baby Juliet in einem Tausend-Grad-Brennofen umhergeworfen wird wie Zement in einem Betonmischer, damit alle Seiten von ihr der Hitze ausgesetzt werden, und wie ihre winzige Seele als Gas in die Erdatmosphäre entweicht.

Ich schüttele wieder heftig den Kopf und sage laut: »Nein.«

Ich blicke hinab auf das Baby in meinen Armen und denke, Juliet ist doch hier, sie ist in Sicherheit.

Vielleicht ist es ein Muttermal, denke ich dann, jene Narbe auf meinem Bauch, wie das auf dem Bein des Babys. Vererben sich solche Dinge – Muttermale – nicht von Generation zu Generation? Ich denke daran zurück, wie ich mich am Tag zuvor im Zug der »L« auf dem Weg zum Mittagessen mit Chris im Chicago Loop mit Mitfahrenden unterhielt. Sie gratulierten mir zu meinem reizenden Baby und sagten, wie ähnlich wir uns sähen, mein Baby und ich, jene Worte, die jede Mutter auf der Welt sehnlichst hören will. *Sie hat Ihre Augen*, sagte eine, und eine andere: *Sie hat Ihr Lächeln*, und währenddessen fuhr ich mit einem Finger über die Kurve der Oberlippe des Babys, jenes hervorstechende V in der Mitte, das irgendwie dem Bogen Amors ähneln soll.

Genau wie bei Zoe. Genau wie bei mir.

»Das liegt in der Familie«, sagte ich über jenes Lächeln, das mein Baby genau im richtigen Moment erstrahlen ließ, als hätte sie die ganze Zeit gewusst, dass sie das Thema der Unterhaltung war, diejenige, die alle anstarren und beäugen.

Aber sie gehört mir, denke ich und drücke sie fest an mich, weigere mich, über Willow nachzudenken, schiebe den Namen Ruby weit aus meinem Gedächtnis. *Nur mir allein.*

Und dann reißt mich das Brummen der Sprechanlage aus meinen Gedanken. Ich bin gerade dabei, dem Baby das Fläschchen mit der falschen Muttermilch in den Mund zu stecken, und weiß ehrlich gesagt nicht, ob es an der Milch selbst oder an dem lauten und unglaublich groben Plärren der Sprechanlage liegt, aber das Baby stößt das Fläschchen mit der Zunge heraus und beginnt erneut zu schreien.

Ich gehe zum Fenster, spähe auf die Straße hinunter und erblicke Jennifer, meine beste Freundin Jennifer, die, in jeder Hand einen Becher Starbucks-Kaffee, vor der Glastür steht. Sie trägt Krankenhauskleidung und eine Jeansjacke, und ihr Haar weht im unnachgiebigen Wind von Chicago. Hektisch ducke ich mich, bevor sie mich sehen kann, bevor sie sehen kann, wie ich sie vom Erkerfenster aus beobachte, und hoffe, dass sie wieder geht. Ich kann Jennifer nicht gegenübertreten. Nicht *jetzt*. Sie wird auf mein Kleid starren, das schief geknöpft ist, das dunkle Make-up, das vor Verzweiflung strotzt und mir jetzt die Wange herunterläuft. Das rosa Höschen und die Nylonstrümpfe zusammengeknäult, die hohen schwarzen Schuhe wieder einmal umsonst aus ihrem Karton geholt.

Und sie wird wissen wollen, was passiert ist. Sie wird mich nach Graham fragen. Sie wird mich nach meinem Baby fragen.

Und was soll ich dann sagen? Wie soll ich das erklären?

Wieder schrillt die Sprechanlage, und ich komme auf die Knie hoch, umklammere das Baby in meinen Armen, starre aus dem Erkerfenster und sehe Jennifer, die mit dem Handrücken ihre Augen vor der Sonne abschirmt und hinauf zu dem Fenster blickt, von dem sie weiß, dass es meins ist. Erneut sinke ich zu Boden, unsicher, ob sie mich am Fenster gesehen hat, wie ich sie von hier oben beäuge. Fast lasse ich das Baby fallen, als wir beide gemeinsam in dem Zwischenraum von sechzig Zentimetern unterhalb der Fensterbank verharren. »Pssst«, flehe ich das Baby mit einer Verzweiflung in der Stimme an, die seine eigene nachahmt. »Sei leise. *Bitte*«, sage ich, als meine Knie allmählich anfangen wehzutun.

Mein Telefon klingelt, und ich weiß, ohne aufs Display zu schauen, dass es Jennifer ist, die wissen will, wo ich bin. Falls sie im Büro angerufen hat, um mich zu sprechen, wurde ihr mit Sicherheit gesagt, dass ich krank bin. Dana, die Dame vom Empfang, hat ihr von meiner hartnäckigen Grippe erzählt, also ist meine beste Freundin vorbeigekommen, um mir Kaffee – oder vielleicht auch einen Earl-Grey-Tee – zu bringen, damit es mir besser geht. Und ich verstecke mich hier vor ihr, auf dem Parkettboden kniend, und bettele das Kind an, still zu sein.

Und dann gibt das Telefon Ruhe, und die Sprechanlage gibt Ruhe, und abgesehen von dem Baby ist alles still. Vorsichtig komme ich auf die Beine, um festzustellen, dass Jennifer gegangen ist, nicht mehr zu sehen. Eben war sie noch hier, jetzt ist sie weg. Ich suche die Straße nach einer verwaschenen Jeansjacke ab, entdecke aber bloß meine Nachbarin, eine ältere Dame vom Ende unseres Flurs, die einen leeren Rollator zum Supermarkt schiebt.

Ich atme tief aus – überzeugt, dass ich aus dem Schneider bin – und bitte mein Baby eindringlich, sein Fläschchen anzunehmen, als ich es ihm behutsam an die Zunge lege und es beschwöre zu trinken. »Bitte, Schätzchen«, sage ich oder will ich zumindest gerade sagen, bevor mich ein Klopfen an der Tür zu Tode erschreckt. Das Klopfen ist zart, aber doch wissend und entschlossen. Jennifer, da bin ich mir sicher, die mit ihren Starbucks-Bechern durch die Glastür geschlüpft ist, als Mrs. Green das Haus verlassen hat. *Ganz schön hinterhältig*, denke ich, als ich sie durch die Tür nach mir rufen höre.

»Heidi«, sagt sie, und dann wieder jenes Klopfen – jenes verfluchte *Tock-tock-tock* –, das mehr sagt, als alle Worte es könnten. Sie weiß, dass ich hier bin.

»Heidi«, sagt sie wieder, während ich anfange, mit dem Baby im Arm durch die Wohnung zu rennen, so weit wie möglich weg von der Tür. Ich stelle mir vor, dass wir von Kohlenmonoxid bedroht werden und einen Ort finden müssen, wo wir atmen können. Jennifers Stimme wird durch die Entfernung verdünnt, als ich mich in die Ecke von Chris' und meinem Schlafzimmer verkrieche und die Lamellen der Jalousie schräg nach oben stelle, damit mich niemand unten von der Straße her sehen kann. Und doch bin ich sicher, dass ich höre, wie sie dort im Hausflur sagt: *Ich habe dich gesehen* und *Ich weiß, dass du da bist*, und *tock-tock-tock* an die hölzerne Tür klopft, um meine Aufmerksamkeit zu erregen.

Sie werden mein Baby holen. Sie werden mir mein Baby wegnehmen.

Ich bettele: »Bitte, Juliet, *bitte* sei leise«, voller Panik, dass sie das Fläschchen nicht nimmt, dass sie nicht zu schreien aufhört. Dieser Name – *Juliet* – rutscht mir so heraus, völlig falsch und doch so unbestreitbar richtig. Aber das Schreien ... das Schreien will nicht aufhören. Ich bin wieder bei Zoe als Baby, mitten in einer Reihe von Koliken, und sie schreit und windet sich vor Schmerz, aber ich kann mich nicht erinnern, dass ich mich mit Zoe auf dem Boden meines Schlafzimmers zusammenkauern und verstecken musste.

Ich kann nicht sagen, wie lange wir warten. Eine Minute, eine Stunde, ich weiß es nicht, aber ich stupse mein Baby sachte und flehe es an, aufzuhören. Die Pausen zwischen Jennifers *Tock-tock-tock* werden immer länger, bis es ganz aufhört. Mein Telefon klingelt und hört wieder auf, klingelt und hört wieder auf, das Festnetztelefon, das Handy.

Ich blicke aus dem Schlafzimmerfenster mit den schräg nach oben gestellten Jalousien, als Jennifer auftaucht und unten auf der Straße Runden dreht, als wäre sie völlig verwirrt. Sie starrt nach oben auf das Erkerfenster unseres Wohnzimmers, und erst, als sie die Straße entlang weggeht und dabei einen der Starbucks-Becher in einen Mülleimer in der Nähe wirft, tauche ich wieder aus dem Schlafzimmer auf und suche mein Handy, das Jennifer aus dem Hausflur unter Garantie hat klingeln hören. Dreimal hat sie angerufen, sagt mir mein Telefon, drei entgangene Anrufe, eine noch nicht abgehörte Nachricht auf der Mailbox. Eine SMS.

Wo bist du?

Wieder lässt Louise Flores mich holen. Eine Aufseherin kommt zu der Zelle, die ich mir mit Diva teile, und will, dass ich die Hände durch das Gitter stecke, damit sie mir Handschellen anlegen kann, bevor sie die Tür öffnet. Ich klettere oben vom Stockbett herunter und nehme die Hände auf den Rücken.

Gemeinsam laufen wir durch das Gefängnis.

Heute will Ms. Flores über das Baby sprechen, Calla. Ich setze mich ihr gegenüber auf einen abgenutzten Stuhl mit starrer Rückenlehne. »Warum hast du das Baby mitgenommen?«, fragt sie, und ich denke an jenen Abend zurück, als ich im dunklen Wald stand und durch die Fenster des A-förmigen Hauses starrte, als verberge sich dort ein Schatz.

Nachdem ich unserem alten Fertighaus in Ogallala einen Besuch abgestattet hatte, fand ich wieder den Weg zurück zur Conoco-Tankstelle, wo ich mit Engelszungen auf die Fahrkartenverkäuferin einredete, damit sie mir meine verfallene Fahrkarte gegen eine neue eintauschte. Natürlich hatte ich den Bus nach Fort Collins verpasst. Für zwanzig Mäuse würde sie es machen, sagte sie widerwillig. Inzwischen war es schon dunkel. Der nächste Bus sollte erst mitten in der Nacht kommen: um 3:05 Uhr.

Aber ich war nicht sofort zu der Tankstelle gegangen. Als ich im Garten jenes Fremden zu Ende geschluchzt hatte, ging ich zum Friedhof an der Fifth Street und legte mich dort auf den Rasen, genau zwischen Momma und Daddy.

Und dann raffte ich mich auf, um zu tun, was ich tun musste.

Jedes einzelne Licht in dem A-förmigen Haus musste eingeschaltet sein. Ich konnte alles sehen, als wäre ich mit ihnen allen im Haus, eine Fliege an der Wand. Ich sah Paul Zeeger sich in einem der oberen Zimmer einen Schlips ausziehen.

Groß-Lily, die das verflixte Baby in ihren Armen hielt und es mit einem unterbewussten Schwingen hin und her schaukelte, während ihre Hand über den dämlichen Kopf des Babys fuhr. Der Hund zu ihren Füßen begann fröhlich herumzutänzeln, und als Groß-Lily sich zur Hintertür begab, um ihn rauszulassen, versteckte ich mich hinter einem gewaltigen Baum. »Lauf, Tyson«, sagte sie mit einem leichten Tritt in sein Hinterteil, »beeil dich.« Und dann schloss sie die Tür, und der Hund spürte mich mit seiner erstaunlichen Schnauze zwischen den Bäumen auf und leckte mich ab. Ich schubste ihn weg und flüsterte mit so fester Stimme, wie ich konnte: *Lauf!*, und ließ meine Augen durch das Haus schweifen. Der Kamin war an, und im Fernseher im Schlafzimmer der Zeegers (wo Paul jetzt ausgestreckt auf dem Bett lag) liefen die Nachrichten.

Und dann war da noch Lily, Klein-Lily, *meine* Lily, ganz allein in einem der Zimmer, und flocht einer Puppe die Haare. Sie saß am Rand eines lila Bettes, eine Puppe zwischen ihre Beine geklemmt, und wand sich die Haarsträhnen um ihre Finger. Meine Lily war kein Baby mehr. Sie war sogar älter, als ich es gewesen war, als Momma und Daddy gestorben waren.

Und sie war schön. Wunderschön. Genau wie Momma.

»Warum hast du nicht Rose mitgenommen?«, fragt Ms. Flores, während sie ein Stück Muffin abbricht, es sich in den Mund steckt und langsam auf der Zunge zergehen lässt. »Schließlich war Rose deine Schwester.«

»Lily«, fahre ich sie an. »Ihr Name ist Lily«, sage ich und sehe vor mir, wie sie es überdrüssig wurde, der Puppe die Haare zu flechten – vielleicht wusste sie nicht, wie es geht, oder sie hatte einfach keine Lust mehr, mit der Puppe zu spielen, ich weiß es nicht –, aber ich sah, wie sie die Puppe herumwirbelte und für den Bruchteil einer Sekunde in ihre Acrylaugen blickte, bevor sie sie quer durchs Zimmer feuerte. Der Kopf der Puppe knallte gegen die lila Wand und fiel hinab wie ein Ziegelstein vom Himmel. Im selben Moment fuhren Paul und Groß-Lily zusammen, aber es war Groß-Lily – alarmiert durch den Schrei meiner Lily –, die das Baby in eine Wiege legte und die Stufen zum Zimmer meiner Lily emporstieg.

Lily hasste das Baby Calla. Das sagte ich mir. Und das ließ sie an dieser Puppe aus. Ich beobachtete, wie sie in einem Nachthemd mit aufgedruckten Pferden und karierten Pantoffeln vom Bett aufstand und an die Stelle ging, wo das Spielzeug mit dem Gesicht nach unten lag, und kräftig dagegentrat.

Ms. Flores starrt mich an und gibt sich dann geschlagen. Quasi. »Na schön«, sagt sie. »Lily. Rose. Wie auch immer. Beantworte die Frage, Claire. Warum hast du nicht deine Schwester mitgenommen statt des Babys?«

Die Wahrheit war, dass meine Lily ein tolles Leben hatte. Vorher. Bevor Paul und Groß-Lily beschlossen hatten, sie durch das Baby zu ersetzen, das *Baby, das sie sich immer gewünscht hatten*. Es gab nichts, was ich meiner Lily bieten konnte. Meine einzigen Besitztümer auf der ganzen Welt waren in einen Koffer gestopft, den Matthew mir gegeben hatte: Dollarscheine, die schnell dahinschwanden, ein paar Bücher, das Foto von Momma.

»Ich hätte mich nicht um Lily kümmern können«, sage ich zu Ms. Flores, »wenn ich sie aus ihrem Zuhause geholt hätte.«

»Aber um das Baby? Um Calla konntest du dich kümmern?«

Ich zucke die Achseln und sage schwach: »So habe ich das nicht gemeint.«

»Wie hast du es dann *gemeint*, Claire?«, tadelt sie mit schmalen Lippen und gerunzelten Augenbrauen. Sie nimmt ihre Brille ab und legt sie auf den Tisch. Meine Lily konnte jenes Leben wiederhaben. Das Leben mit Strandferien und rosa- und mintfarbenen Fahrrädern und Montessori-Schulen. Ich musste es nur für sie in Ordnung bringen. Als also Groß-Lily jene Treppe hinaufstieg und Paul sich auf die Seite drehte und so tat, als hörte er Lilys Ausbruch nicht, schlich ich mich durch eine Hintertür, die unverschlossen geblieben war, als der Cockerspaniel zum Pinkeln rausgelassen worden war, in das A-förmige Haus. Ich schob meine Hände unter die rosa Decke des Babys und hob es aus der Wiege, wobei ich auf seinen Kopf achtgab, wie Momma es mir immer gesagt hatte, als Lily noch ein Baby gewesen war. Und mit dem Baby ging ich zur hölzernen Terrassentür hinaus und in den sternenlosen Märzabend.

Ich verschlafe.

Als ich endlich aufwache, ist der Kater überwältigend: rasende Kopfschmerzen, mit Gewalt eindringendes Sonnenlicht, das mich blendet. Ich wache von dem ungeduldigen Klingeln meines Handys auf, das in meinem alkoholbedingten Zustand deplatziert und schrill klingt. Henry. Seine Stimme am anderen Ende der Leitung hört sich an wie ein Ausbilder bei der Armee, der Befehle brüllt. »Wo in drei Teufels Namen bist du?«, fragt er. Es ist nach neun.

Mir bleibt keine Zeit zum Duschen. Ich stinke nach Tequila, als ich am Ende des Flurs auf den Aufzug warte, und meine Haare riechen noch nach schalem Zigarettenqualm von irgendeiner Kneipe, in der ich gestern Abend noch war. Meine Augen sind blutunterlaufen und meine Hände feucht. Ich vergesse meine Notizen, in denen steht, was ich der Gruppe potenzieller Investoren sagen soll, die mich im Konferenzraum im achten Stock erwartet und die wir beeindrucken wollen. Als ich in den Konferenzraum schleiche, sind alle Augen auf mich gerichtet. Ich schmecke Alkohol in meinem Atem, was in Kombination mit der Morgensonne Übelkeit bei mir auslöst. Magensäure steigt in mir auf und schießt in meinen Mund, bevor ich sie mühsam wieder herunterschlucke.

»Besser spät als nie«, nuschelt Henry leise, während ich mir mit einem Ärmel den Mund abwische. Ich entdecke Cassidy, dicht neben einem Risikoanleger namens Ted. Ihre Lippen befinden sich so nah an seinem Ohr, dass ich mir vorstelle, wie er ihren Atem spürt und dieser seine Haut kitzelt. Unvermittelt dreht er sich zu ihr um, und gemeinsam brechen sie in Gelächter aus, das zweifellos auf meine Kosten geht.

Ich fahre mir mit den Fingern durchs Haar.

Irgendwann nimmt Tom mich beiseite und sagt mir, ich soll mich zusammenreißen.

Er reicht mir einen Becher Kaffee, als könnte das Koffein alles ändern, meine Rede weniger undeutlich und meine Gedanken glasklar machen. Ich krame tief in meiner Aktentasche nach Finanzunterlagen, die nicht da sind. Stattdessen fördere ich zerknitterte Zettel und Aktennotizen zutage, die lila Haftnotiz mit dem einzelnen Wort: *Ja.*

Das Koffein gleicht mich etwas aus. Am späten Vormittag machen wir eine Pause, und ich kehre in mein Zimmer zurück, um mich umzuziehen und mir die Haare zu kämmen. Ich finde die fehlenden Finanzunterlagen auf einem Tisch verstreut und stecke sie in meine Aktentasche. Ich putze mir die Zähne, und zwischen Koffein und Zahnpasta verebbt allmählich der Geschmack von Alkohol. Beinahe nehme ich eine Überdosis Schmerzmittel gegen die rasenden Kopfschmerzen.

Als ich zurückkehre, teilen sich Cassidy und Ted einen Bagel mit Frischkäse von ein und demselben Teller. Sie sitzen dicht beieinander, und sie leckt sich mit einer übereifrigen Zunge die Finger ab, beugt sich noch näher zu ihm und flüstert ihm etwas zu. Ihre Augen blicken zu mir, und wieder lachen sie. Ich sehe Cassidy in meinem Hotelzimmer, wie sie die Knöpfe einer weißen Tunika öffnet, damit ich bleibe. Und mich, wie ich hastig in ein Paar Slipper schlüpfe und zur Tür hinausrenne. Ich stelle mir vor, dass sie jenes Hotelzimmer verließ, um nach Ted zu suchen. Ted, ein Risiko-Kapitalanleger Anfang vierzig mit einem Ehering aus Wolfram an der linken Hand. Allem Anschein nach hat er sie, im Gegensatz zu mir, nicht abgewiesen. Er ließ sie ihre Bluse aufknöpfen und enthüllen, was sich darunter verbarg.

Ich höre Heidis Stimme in meinem Kopf, höre, wie sie immer und immer wieder *femme fatale* skandiert – ein Schlachtruf. *Frauen, vereinigt euch!* Ich mache mir Gedanken über Teds Frau. Ich frage mich, ob sie hübsch ist, ob sie Kinder haben.

Ich bin nicht im Geringsten enttäuscht. Vor allen Dingen bin ich erleichtert, als ich feststelle, dass Cassidy jedes beliebige Mitglied der männlichen Spezies gewählt hätte, um sich die vergangene Nacht zu vertreiben. Ich bin dankbar, dass ich es nicht war.

Denn dann wäre ich jetzt derjenige, der wie ein Trottel am Konferenztisch säße und über einem Bagel mit Frischkäse geifern und zusehen würde, wie sich ihre Zunge um ihren Finger schlingt, während sie ihn sauber leckt.

Als mein Telefon klingelt, finde ich es in meiner Hosentasche und sehe auf das Display: *Martin Miller*, der Privatdetektiv, den ich angeheuert habe, um unsere Willow auszuspionieren. Schnell haste ich aus dem Konferenzraum in den Flur, einen Balkon im achten Stock, von dem aus man in das Atrium des Hotels darunter blicken kann. Es ist vollgestellt mit Banketttischen, Plüschsofas und tropischen Blumen, und in Becken, die überall im Atrium verteilt sind, schwimmen Fische, Dutzende dicker, fetter Kois.

Martins Stimme klingt zurückhaltend. Er hat etwas gefunden. Halt suchend lege ich meine Hand auf das Balkongeländer und starre auf acht Stockwerke Nichts hinab, wovon mir, in Verbindung mit den Nachwirkungen von zu viel Alkohol, ganz schummerig wird.

»Und was?«, frage ich mit angespannter Stimme. Die Kois acht Stockwerke unter mir sind nicht viel mehr als weiß-orangene Kleckse auf dem Wasser.

Martin sagt, dass er mir einen Zeitungsartikel mailt, den er gefunden hat, datiert Mitte März. Darin wird zwar weder eine Willow noch eine Ruby erwähnt, aber er sagt, es könnte sich um unser Mädchen handeln.

Ich warte darauf, dass die E-Mail auf meinem Handy ankommt, und meine Glieder sind schon taub, als endlich ein Vibrieren das Eintreffen der E-Mail verkündet.

Ich öffne den Artikel, und Willow Greer starrt mir in die Augen. Nur, dass sie nicht Willow Greer ist. In der Bildunterschrift steht Claire Dalloway, gesucht zur Befragung in einem Mordfall – in Omaha wurden ein Mann und seine Frau getötet – und wegen der Entführung eines weiblichen Säuglings am 16. März aus einem Haus in Fort Collins, Colorado.

Ich überfliege den Artikel und nehme zur Kenntnis, dass diese Claire Dalloway bewaffnet und gefährlich sein könnte, dass dieser Mann und seine Frau, Joseph und Miriam Abrahamson, im Schlaf in ihrem Haus in Omaha erstochen wurden. Ich lese, dass das Baby, Calla Zeeger, zu einer Frau und einem Mann namens Lily und Paul gehört. In Fort Collins, Colorado. Es werden Identifikationsmerkmale des Babys genannt: die Farbe seiner Augen und des spärlichen Haars plus die Nahaufnahme eines Muttermals an der Rückseite eines Beins. Ein Portweinfleck, steht in dem Artikel, geformt wie der Staat Alaska.

Es gibt eine Belohnung für ihre Auslieferung.

Ich lese, dass Joseph und Miriam Abrahamson, Ms. Dalloways Pflegeeltern, Claire großmütig bei sich zu Hause aufgenommen haben, nachdem deren eigene Eltern gestorben waren, als sie acht Jahre alt war.

Ich lese, wie sie in ihren Betten liegend im Schlaf ermordet wurden. »Die Abrahamsons haben auch zwei Jungs«, erzählt Martin mir. »Zwei Söhne, leibliche Söhne«, fügt er hinzu. »Isaac und Matthew, beide Anfang zwanzig. Der älteste Sohn, Isaac, hat ein Alibi für die fragliche Nacht. Er arbeitet Nachtschicht, füllt Regale bei Walmart auf. Am Morgen des 19. März kam er nach Hause und fand seine Eltern tot im Bett vor.«

»Der andere Sohn, Matthew Abrahamson, ist flüchtig. Wie

Claire Dalloway wird er gesucht, weil man ihn zu der Mordsache befragen will.«

»Das hast du doch niemandem erzählt, oder, Martin?«, frage ich besorgt.

»Nein, Chris, natürlich nicht. Aber wir werden es müssen«, sagt er. »Wir werden dein Mädchen ausliefern müssen. Wenn sie das ist«, sagt er, und ich denke, natürlich, natürlich müssen wir das.

»Vierundzwanzig Stunden«, bitte ich. »Gib mir nur vierundzwanzig Stunden«, und er ist einverstanden. Ich muss selbst zu Heidi, ich muss derjenige sein, der es ihr sagt.

Ich frage mich, ob er es ehrlich meint, ob Martin mir wirklich vierundzwanzig Stunden gibt, bis er die Polizei alarmiert.

Es gibt eine Belohnung, lese ich noch einmal. *Für ihre Auslieferung.*

Gütiger Himmel, denke ich und sage Martin, dass ich Schluss machen muss. Ich muss Heidi anrufen. Ich muss sie warnen. Ich wähle die Nummer, drücke auf Anrufen.

Das Telefon klingelt, aber niemand geht dran.

Meine Augen lesen erneut die Worte: *Bewaffnet. Gefährlich.*

Erstochen.

Mordfall.

Die Busfahrt nach Chicago dauerte lang. Über dreiundzwanzig Stunden, um genau zu sein, mit etwa sechzehn Stopps. Zweimal mussten wir all unsere Sachen zusammensuchen und in einen anderen Bus umsteigen, der in dieselbe Richtung fuhr wie wir. Ich sah mehr von der Welt als je zuvor: die Berge von Colorado, die auf unserem Weg durch den Staat schrumpften, bis fast gar nichts mehr da war, nur eine Rinderfarm nach der anderen, auf denen so viele Kühe zusammengepfercht waren, dass ich schon allein vom Zusehen, wie sie sich alle um den Trog drängten und um das Futter kämpften, Klaustrophobie bekam. Es ging denselben Weg wieder durch Nebraska zurück, wir überquerten den Missouri und wurden vom Volk des Staates Iowa willkommen geheißen. So stand es zumindest auf dem Schild am Straßenrand.

Für Chicago hatte ich mich wegen Momma entschieden. Und nun starrte ich wieder auf eine große Tafel an der Wand eines Busbahnhofs, über der *Ankunft* und *Abfahrt* stand. Und ich sah den Namen *Chicago* und dachte an Momma und ihre Liste von Dingen, die sie *eines Tages* machen wollte, und dass sie nicht mehr dazu gekommen war, sehr viel abzuhaken, bevor der Bluebird über die Straße purzelte. Ich sah auf jener Anzeige weder die Schweiz noch Paris, aber ich sah Chicago und dachte an jene Magnificent Mile, die Momma so gerne sehen wollte – da, wo es die Gucci- und Prada-Läden gab, in denen sie einkaufen wollte.

Ich dachte, wenn Momma sie schon nicht selbst hatte sehen können, würde ich sie für sie sehen.

Das Baby schlief friedlich auf meinem Schoß, eingewickelt in die weiche rosa Decke. Ich wagte nicht, die Kleine neben mich zu legen oder meinen Koffer abzustellen, also teilten wir drei uns einen Sitzplatz. Sie schlief die meiste Zeit, aber wenn ihre Augen offen waren, hielt ich sie so, dass sie aus dem Fenster schauen konnte. So sah sie erst den Sonnenuntergang und später den Sonnenaufgang über dem *Gateway to the West*, der Stadt Omaha, die einmal mein Zuhause gewesen war. Bei einem Halt an einer Tankstelle in einem Ort namens Brush schleppte ich das Baby und den Koffer hinein und kaufte Säuglingsnahrung, womit Momma immer Lily gefüttert hatte, und ein Plastikfläschchen. Als das Baby doch irgendwann in der Nacht anfing zu jammern, steckte ich ihr das Fläschchen in den Mund und sah zu, wie sie sich wieder in den Schlaf nuckelte.

Ich dachte nicht viel darüber nach, dass das Baby süß war oder wie ihre winzige Hand meinen Finger umfasste und drückte. Ich dachte nicht darüber nach, wie ihre Augen mich beobachteten, oder über die Worte *Little Sister*, die auf ihrem Hemdchen standen.

Woran ich dachte, waren die Seeanemonen aus dem Buch, das Matthew mir mal mitgebracht hatte, als ich klein war: potenzielle Mörder in zarten, engelhaften Körpern. Wenn das Baby seine Hand um meinen Finger schlang, dachte ich an ihre feinen Tentakel, und wenn das Baby mich ansah und strahlte, an ihre schönen, leuchtenden Farben. Sie sahen aus wie Blumen, aber das waren sie nicht. Sondern Raubtiere des Meeres. Unsterblich. Und sie injizierten lähmendes Gift in ihre Opfer, damit sie sie bei lebendigem Leib verspeisen konnten.

Dieses Baby war eine Seeanemone.

Ich hatte gemeint, dass ich es hasste, wirklich. Aber während sich der Bus durch das Land bewegte und sich das Baby weiter an meinem kleinen Finger festklammerte und mich von Zeit zu Zeit einfach nur angaffte oder lächelte, musste ich mich immer wieder daran erinnern, dass es böse war. Ich redete mir ein, dass ich es nicht würde leiden können. Kein bisschen.

Aber am Ende tat ich es doch.

Als wir in Denver in einen neuen Bus stiegen, setzte sich ein Mädchen auf den Platz neben mir, plumpste in den Sitz wie ein Flugzeug, das vom Himmel abstürzt, und fragte: »Wie heißt dein Baby?« Ich machte den Mund auf, brachte aber keinen Ton heraus. »Was ist?«, fragte sie. »Hat's dir die Sprache verschlagen?«

Das Mädchen war nur Haut und Knochen, mit hohlen Wangen. Sie trug Kleider, die ihr zu groß waren, eine Jacke, die ohne jede Form an ihr herunterhing. Ihre Haare waren dunkel und ihre Augen auch. Um den Hals trug sie ein Hundehalsband mit Stacheln.

»Nein, sie heißt …«, stotterte ich, weil mir einfach kein Name einfallen wollte.

»Sie muss doch einen Namen haben, oder?« Sie zuckte nicht mal mit der Wimper, als ich ihr den Namen meines Babys nicht sagen konnte. Natürlich konnte ich ihr nicht verraten, dass das Baby Calla hieß. Dann hätte sie vielleicht darauf kommen können … »Wie wär's mit Ruby?«, fragte sie dann, während sie aus dem Fenster sah und der Bus gerade an einem Ruby-Tuesday-Restaurant am Straßenrand vorbeifuhr. Da lag es, direkt vor der Auffahrt auf die Schnellstraße. Schicksal, da war ich mir sicher.

Ich starrte auf die Worte, die großen, fetten roten Buchstaben. Ich hatte noch nie von jemandem mit dem Namen Ruby gehört. Ich dachte an jenen funkelnden roten Edelstein, rot, die Farbe von Blut.

»Ruby«, wiederholte ich, als kostete ich das Wort in meinem Mund. Ließ es mir auf der Zunge zergehen. Und dann: »Das gefällt mir. Ja. Ruby«, sagte ich wieder.

Sie sagte: »Ruby«, und brannte den Namen in mein Gedächtnis ein. Das Mädchen hatte einen Bluterguss von der Größe des Mount Everest am Kopf und Schnitte am Handgelenk, die es zu verbergen suchte, indem es den Ärmel seiner grünen Jacke herunterzerrte. Sie stieg in Denver in den Bus, und in Omaha war sie schon wieder weg. Ich versuchte, nicht auf den Bluterguss zu sehen, aber meinen Augen war es schier unmöglich, nicht immer wieder zu dem lila Ei an ihrem Kopf zu wandern. »Was?«, fragte sie gleichgültig. »Das hier?« Sie strich sich das Haar vors Gesicht, um den Bluterguss zu verdecken. »Sagen wir einfach, mein Freund ist ein Arschloch«, sagte sie und fragte mich dann: »Wie kommt es, dass ein Mädchen wie du mitten in der Nacht unterwegs ist? Mit«, fügte sie hinzu und tippte dem Baby auf das Näschen, »einem Baby?«

Wir kamen ins Reden, das Mädchen und ich. Sie ging es gelassen an, was mir gefiel, und hatte eine Art, mir fest in die Augen zu blicken, wenn sie redete. »Sagen wir einfach, ich brauchte einen Tapetenwechsel«, sagte ich, und damit hörte sie auf, mich zu fragen, wo wir hinwollten und wo wir vorher waren, denn wir wussten beide, dass die jeweils andere aus einem hässlichen Ort kam.

Wir machten halt in Kearny, Nebraska. Während der Rast schüttete mir das Mädchen eine Flasche rötliche Haarfarbe über den Kopf, und ich machte dasselbe bei ihr. Wir ließen es nicht lange genug drauf. Daher hatten meine Haare statt des auf der Packung abgebildeten Fuchsrot immer noch die Farbe von Popeln, nur mit einem rötlichen Stich. Das Mädchen streifte sich die zerrissene Jeans und ihren Pulli ab. »Hier«, sagte sie und drückte mir die Klamotten in meine ohnehin schon vollgepackten Hände. »Zieh dich um.«

Ich übergab ihr das Baby. Ihre Handflächen waren tätowiert, in jeder ein halber Schmetterling, der, wenn sie sie zusammenpresste, zu einem Ganzen wurde. »Ein Tigerschwalbenschwanz«, sagte sie, als ich danach fragte. In dem Toilettenraum, wo die Wände vollgeschrieben waren – *Benny liebt Jane* und *Rita ist eine Lesbe* –, zog ich die Hose aus, die Matthew mir gegeben hatte, und streifte mir das Sweatshirt über. Das

Unterhemd ließ ich an, das, auf dem Josephs Blut war. Das durfte sie nicht zu sehen bekommen. Ich zog die Kleider des Mädchens an, die Jeans und den Pulli, einen Anorak in der Farbe von grünen Oliven und Lederstiefel mit ausgefransten braunen Schnürsenkeln. Als ich wieder aus der Kabine auftauchte, hielt sie das Baby in einem Arm, in ihrer rechten Hand eine Sicherheitsnadel.

»Wofür ist die?«, fragte ich und sah zu, wie sie eine Reihe Ohrringe aus ihrem Ohr entfernte: Engelsflügel, ein Kreuz, rote Lippen.

»Es tut nur eine Sekunde weh«, entgegnete sie, und damit stach sie, während ich das Baby hielt, die Nadel durch mein Ohr und steckte die Ohrringe in meine anschwellenden Ohrläppchen. Ich schrie und drückte das Baby, ohne es zu wollen, und Ruby schrie ebenfalls.

Wir warfen die leeren Flaschen von der Haarfarbe in den Müll, und dann zog das Mädchen mich nah an sich und malte mir Eyeliner auf die Augen. Ich hatte mich noch nie geschminkt, höchstens einen Hauch rosa Rouge, den Momma mir ab und zu auf die Wangen schmierte. Ich sah mich in dem trüben Spiegel an, die Haare, die Ohrringe, die dunklen, mysteriösen Augen.

Das Spiegelbild, das da zu mir zurückstarrte, sah überhaupt nicht wie ich aus.

»Wie heißt du?«, fragte das Mädchen und steckte den Eyeliner in meine Tasche, die Tasche jenes grünen Anoraks, der eben noch ihrer gewesen war. Und dann bearbeitete sie meine Haare mit einer Schere. Ich wehrte mich nicht. Ich hielt ganz still und sah in den Spiegel, während sie nach Lust und Laune Strähnen von meinem Kopf schnippelte. »Weißt du«, gestand sie, als sie die nassen Haarklumpen auf die Fliesen der Toilette warf, »früher wollte ich Haarstylistin werden.«

Ich starrte auf mein Spiegelbild und hielt es für besser, dass sie es nicht geworden war. Mein Schopf war verunstaltet: eine Seite länger als die andere, lange Stirnfransen, die meine Augen verdeckten.

»Meine Mutter war Haarstylistin«, sagte ich und fragte mich dann, was Momma jetzt von mir denken würde. Wäre sie enttäuscht von mir, oder würde sie sehen, dass ich tat, was ich tun musste? Ich kümmerte mich um Lily, wie ich es ihr versprochen hatte. »Ich heiße Claire.«

»Claire?«, fragte sie, und ich nickte. »Claire, und weiter?« Ihre eigenen rötlichen Haare hatte sie blond gefärbt. Sie bearbeitete auch ihre Haare mit der Schere, und auf dem schmutzigen Boden vermischten sich die unterschiedlichen Strähnen miteinander.

»Claire Dalloway.«

Sie warf alles in den Abfall: die Schere, die Sicherheitsnadel und was sie von den Haaren auf dem Fußboden zu fassen bekam. Sie öffnete ihre Tasche und entleerte deren Inhalt in den Mülleimer: eine zerfledderte Zeitschrift, einen Ausweis, eine halb aufgegessene Tüte Skittles, ein Telefon. Und dann griff sie in den schwarzen Müllsack und fischte die Skittles wieder heraus, weil sie es sich wohl anders überlegt hatte. Den Rest ließ sie zurück.

Das Mädchen stand in der Toilette, die Hand an der Tür. Draußen klopfte jemand, laut und kräftig. »Moment«, blaffte sie und sagte dann zu mir gewandt: »Ich bin Willow, Willow Greer«, und ich wusste, nachdem sie diese Toilette verlassen hatte, würde ich sie nie wieder zu Gesicht bekommen.

»Wir sehen uns im Bus«, flunkerte sie, und ich hievte das rutschende Baby auf eine Hüfte und sah mein früheres Ich durch die vergilbte Furniertür heraus und in die Tankstelle gehen, an einer Schlange wartender Frauen vorbei, die die Geduld verloren hatten.

Sie war nicht im Bus, als ich zurückkehrte.

Sie nimmt das Fläschchen einfach nicht.

Immer wieder versuche ich, Juliet das Fläschchen mit der Säuglingsnahrung in den Mund zu stecken, aber sie nimmt es nicht. Ich drücke meine Lippen an ihre Stirn, sie ist kühl. Kein Fieber. Ich wechsele ihr die Windeln und versuche es mit einem Schnuller. Ich trage Salbe gegen Windelausschlag auf ihre verheilten Rötungen auf, aber nichts hilft, nichts kann mein Kind besänftigen.

Wieder vergräbt sie ihre Nase in meinem schwarzen Kreppkleid, und da kommt mir die Antwort, eine denkbar einfache Antwort: das Einzige, womit nur eine Mutter dienen kann.

Ich setze mich in den Schaukelstuhl, greife mit einem Arm nach hinten und beginne, mein schief geknöpftes Kleid zu öffnen, befreie meine Arme aus dem Kleid, sodass ich vor Juliet entblößt bin. *Nichts, was sie nicht schon gesehen hätte*, sage ich mir und denke an jene Nächte zurück, in denen ich mit Juliet in dem Stillsessel im Kinderzimmer mit seinen blassrosa Wänden und der Damast-Bettwäsche saß und sie mir an die Brust drückte, damit sie sich satt trinken konnte. Ihre Augen wurden allmählich zu schwer, um sie offen zu halten, und dort im Kinderzimmer, wo uns lediglich der Mondschein Gesellschaft leistete, nuckelte meine Juliet, bis sie einschlief. Ich erinnere mich, wie sie manchmal unersättlich schmatzte und mich mit ihren riesigen braunen Manga-Augen voller Liebe und Ehrfurcht ansah, als wäre ich das Beste auf der Welt. Voller Liebe und Ehrfurcht für mich.

Aber Juliets Augen, stelle ich fest, als ich das Kind vor mir betrachte, Juliets Augen sind blau.

Es spielt keine Rolle, sage ich mir, denn ich weiß, dass sich die Augenfarbe bei Babys im Handumdrehen ändern kann. Eben noch braun und im nächsten Moment blau, und doch ist an den Augen, daran, wie sie mich anblicken, irgendetwas anders.

Ich setze meine Brust neben Juliets Mund und sehe voller Bewunderung zu, wie sie die Brustwarze ausfindig macht. Und als sie andockt, kommt mir alles so vertraut vor, das kribbelnde Gefühl in meiner Brust, die Ausschüttung von Oxytocin, das mich mit einem Gefühl der Ruhe erfüllt. Ich streiche mit einer Hand über das Köpfchen meiner Juliet und flüstere: »Fein, mein süßes Baby«, während ich auf das rhythmische Saugen und Schlucken warte, darauf, dass mich die großen braunen Augen voller Ehrfurcht anblicken. Voller Liebe. Weil sie mich und nur mich braucht.

Aber stattdessen sehe ich Verzweiflung in ihren Augen, in jenen blauen Augen, die mich misstrauisch ansehen, als hätte ich sie übers Ohr gehauen, und dann fängt sie an zu weinen. Ich schiebe einen Finger zwischen ihren Mund und meine Brust und versuche, sie neu zu positionieren. Wahrscheinlich hat sie nicht richtig angedockt. Ich versuche, sie im einen oder im anderen Arm zu halten, und biete ihr Milch von der einen und der anderen Brust an. Als das nicht funktioniert, gehe ich mit Juliet zur Couch, wo ich mich auf den Rücken lege und sie ausgestreckt auf meinen Bauch. Biological Nurturing, so nennt man das, so wie es Mutter Natur vorgesehen hat. Genau wie es mir meine Stillberaterin Angela empfohlen hat, als Zoe Schwierigkeiten beim Stillen hatte.

Ich denke an meine Stillberaterin, an Angela, und dass ich sie anrufen und um Rat bitten werde, wenn das hier nicht funktioniert. Und Angela wird kommen, wie sie es früher immer tat, und mir helfen, Juliet so anzulegen, dass sie trinkt. Sie wird mir noch einmal die Brustkompression zur Anregung des Milchflusses erklären, und ehe ich mich's versehe, wird Juliet saugen wie eh und je.

Und dann höre ich ein Geräusch im Hausflur, Schritte, die

laut und ungeduldig klingen, und ich verfluche Jennifer, die sich wieder in mein Wohnhaus gestohlen hat, als jemand gekommen oder gegangen ist, diesmal ohne sich die Mühe zu machen, erst zu klingeln oder auf meinem Handy anzurufen. Hausfriedensbruch, denke ich und überlege, wo ich mein Schweizer Taschenmesser gelassen habe.

Ich liege auf der Couch, mein schwarzes Kreppkleid bis zur Taille hinuntergezogen, und Juliet, die auf meinem Bauch zappelt wie ein Fisch auf dem Trockenen, ist kurz davor, loszuschreien.

Mir bleibt keine Zeit mehr, mich in mein Schlafzimmer zurückzuziehen und dort zu verstecken, bevor Juliet einen markerschütternden Schrei loslässt, die Wohnungstür auffliegt und ich ihn sehe. Er steht auf der anderen Seite der Holztür und starrt auf meinen Aufzug, das schwarze Kleid, die Spuren von angetrocknetem Make-up auf meiner Haut.

Sein Mund bildet einen perfekten Kreis, und seine Augenbrauen sind fragend hochgezogen.

Die Haare stehen ihm wild zu Berge. Mein Herz rast, und der Raum beginnt sich um mich zu drehen. Juliet schreit mir ins Ohr, und ihr zuckender Körper wird immer schwerer zu halten.

Nicht Jennifer.

Sondern Chris.

Der Bus ließ uns in Chicago raus, das Baby und mich. *Ruby*, rief ich mir ins Gedächtnis, als ich aus dem Busbahnhof auf eine lebhafte Straße in der Innenstadt trat. Draußen war es kalt und windig. *The Windy City*, erinnerte ich mich und dachte an die Besuche mit Matthew in der Bibliothek von Omaha, als wir Chicago in den Büchern nachschlugen.

Eine Stadt wie Chicago hatte ich noch nie in meinem ganzen Leben gesehen. Überall waren Menschen. Autos und Busse, Gebäude, die bis in den Himmel ragten. Wolkenkratzer, sagte ich mir und wusste jetzt, woher sie ihren Namen hatten. Ich drehte mich um, und über meine Schulter erblickte ich es: ein Gebäude mit Antennen, die an den Wolken kratzten. Es musste hundert Stockwerke haben, dieses Gebäude, mindestens. Zweimal so hoch – dreimal so hoch! – wie irgendein Gebäude in Omaha.

Ich brauchte nicht lange, um darauf zu kommen, dass ich nirgendwo hinkonnte. Die Menschen starrten mich an, und es war kein freundliches oder besorgtes Starren, sondern feindselig, ablehnend oder gleichgültig. Zuerst versteckte ich mich, das Baby und mich, in jeder dunklen Gasse, die ich finden konnte, zwischen schimmeligen Backsteingebäuden an eine Wand gelehnt, neben verrammelten und vergitterten Türen. In jenen Gassen gab es stinkende Mülltonnen und Container und manchmal auch Ratten. Tagelang saß ich auf Betonboden – nass vom Regen – und starrte zu den Stahlgerüsten der Feuerleitern hinauf. Und versteckte mich. Ich war sicher, dass sie uns suchen kamen, dass Paul und Lily Zeeger kommen würden, oder Joseph. Aber dann, nach ein oder zwei Tagen, wurde mir klar, dass sie mich bei all den Leuten dort in Chicago unmöglich finden konnten, völlig unmöglich.

Und Joseph, nun ja, Joseph war immer noch tot.

Und dann, als ich mir keine Sorgen mehr machte, dass die Zeegers oder Joseph mich suchen kamen, sorgte ich mich um andere Dinge: was ich essen oder wo ich schlafen sollte, denn von dem Geld, das Matthew mir gegeben hatte, war so gut wie nichts mehr übrig. Es war kalt da draußen, tagsüber und nachts, und der Wind machte es manchmal schwierig, geradeaus zu laufen. Ich brauchte nur eine oder vielleicht zwei Nächte, um dahinterzukommen, wie ich den Müll nach Essen durchsuchen musste, wenn die Restaurants schlossen und ihre Reste wegwarfen. Ich drückte mich in der Gasse herum, wo man mich nicht sehen konnte, wartete einfach nur und bekniete das Baby, leise zu sein, und dann durchstöberte ich den Container nach etwas Essbarem. Das bisschen Geld, das ich noch hatte, sparte ich für Ruby auf, für ihre Fläschchen mit Pulvermilch.

Ich fürchtete mich vor einer Million Sachen, aber am allermeisten davor, dass diesem Baby etwas passieren könnte, etwas Schlimmes. Ich wollte der Kleinen nicht wehtun. Ich tat nur, was ich tun musste, rief ich mir immer wieder ins Gedächtnis, wenn sie die ganze Nacht schrie, bis sie sich selbst in den Schlaf geheult hatte.

Chicago gefiel mir sehr. Mir gefielen die Gebäude und die Anonymität, die Tatsache, dass niemand auf der Welt mich dort in der *Windy City* finden würde. Aber am meisten faszinierte mich der Zug, der Zug, der über die Straßen hinwegrauschte und dann hinab unter die Erde. Ich gab fast mein ganzes Geld für eine Fahrkarte für diesen Zug aus, damit Ruby und ich, soviel wir wollten, damit fahren konnten. Die »L« hörte ich die Leute ihn nennen, und ich musste mir ins Gedächtnis rufen: »L«, wenn mein Gehirn begann, es mit allen anderen Buchstaben des Alphabets zu verwechseln, *R, P, Q*. Wenn es kalt oder regnerisch war oder wir uns aus anderen Gründen langweilten, stiegen wir in den Zug, das Baby und ich, und fuhren mit.

Schnell fand ich heraus, dass es an der braunen Linie jener Bahn eine Bibliothek gab. Es stand sogar auf dem Fahrplan: *Bibliothek*. Ich war ziemlich sicher, dass das ein Omen war, ein Zeichen.

Eines kalten, regnerischen Apriltags, nachdem ich eine, vielleicht zwei Wochen in der Stadt gewesen war, stieg ich die Treppe zum Bahnsteig empor. Das Baby hatte ich mir in meine Jacke gesteckt, um es warm und trocken zu halten. Und dort warteten wir, auf jenem Bahnsteig, inmitten von Männern und Frauen mit übergroßen Regenschirmen, Aktenkoffern und Taschen. Sie glotzten, zeigten mit den Fingern und tuschelten. Über das Baby. Über mich. Ich sah weg und tat so, als merkte ich es nicht, ließ mir die Haare vor die Augen fallen, damit ich nicht sehen konnte, wie sie starrten und auf mich deuteten.

Der erste Zug, der kam, war zu voll. Ich mochte solche Menschenmassen nicht, kam Fremden ungern so nah, dass ich ihr Parfüm oder ihr Shampoo riechen konnte. So nah, dass sie merkten, wie ich stank, die Ausdünstungen und den Schweiß von zig Tagen, den sauren Geruch von schlecht gewordener Milch und Fisch, der aus dem Müll drang, neben dem wir schliefen, und das Baby und mich in eine widerliche Duftwolke hüllte.

Also sagte ich zu dem Baby, dass wir warten würden, auf einen anderen Zug. Und ich stand da und sah zu, wie alle anderen einstiegen und keiner davon mich auch nur eines Blickes würdigte. Aber dann sah ich, wie eine Frau für einen Sekundenbruchteil zögerte, ehe sie in den Zug stieg, die einzige Person in der ganzen großen Stadt Chicago, die je meinetwegen gezögert hatte. Aber dann stieg auch sie in den Zug ein und starrte aus dem Fenster auf das Baby und mich, obwohl ich wegsah, mit versteinertem Blick, und so tat, als sähe ich sie nicht.

In die nächste Bahn der Braunen Linie stieg ich ein und raste damit durch Chicago und zur Bibliothek, einem riesigen roten Backsteingebäude im Herzen der Stadt, auf dessen grünem Dach geflügelte Wesen verteilt waren, die über mich wachten. Aber ich hatte keine Angst.

Ich rechnete nicht damit, jene Frau je wiederzusehen.

Aber das tat ich.

CHRIS

Ich bin völlig sprachlos, mein Mund steht offen, und meine Zunge ist außerstande, Worte zu formen. Heidi liegt auf dem Rücken auf der Wohnzimmercouch, obenherum komplett entblößt. Ein Kleid, das ich nie zuvor gesehen habe, ist bis unter ihre Brust hinuntergezogen. Ihre Haare sind ein heilloses Durcheinander, irgendeine Hochfrisur, die inzwischen ziemlich heruntergekommen ist. Schminke läuft ihr übers Gesicht, dunkler Eyeliner, den ich noch nie an meiner Frau gesehen habe, dunkler Lippenstift, der in alle Richtungen verschmiert ist. Das Baby brüllt hemmungslos, und ich muss mir ins Gedächtnis rufen, dass Heidi diesem Baby niemals wehtun würde.

Heidi liebt Babys.

Und doch bin ich mir da im Moment nicht so sicher.

Ich sehe mich in unserer Wohnung um und nehme zur Kenntnis, dass sie leer ist, bin mir allerdings vollkommen bewusst, dass die Tür zu meinem Arbeitszimmer – zu Willows alias Claires Zimmer – verschlossen ist. »Heidi«, sage ich dann, während ich zögerlich in mein eigenes Zuhause eintrete und die Tür zumache, »wo ist Willow?«

Ich flüstere, für den Fall, dass Claire da ist und sich mit einem Messer hinter der verschlossenen Tür versteckt. Ich sage mir, dass Claire für das hier verantwortlich sein muss, dass Claire dafür gesorgt hat, dass meine Frau oben ohne daliegt und das Baby wie am Spieß schreit. Und doch sehe ich keine Stricke, Gürtel oder Handschellen, die Heidi an die Couch fesseln.

Meine Worte klingen abgehackt, ohne jeden Rhythmus. Ich weiß nicht einmal, wie ich es überhaupt schaffe, sie herauszubringen. Meine Kehle ist trocken wie Sand, meine Zunge fühlt sich an, als wäre sie zu doppelter Größe angeschwollen. Das

Bild von einer halb nackten Cassidy Knudsen verfolgt mich, abwechselnd mit dem Bild eines Mannes und einer Frau, die in ihrem Bett erstochen wurden.

»Heidi«, sage ich wieder und sehe dann, wie sie sich das Baby an die Brust presst. Heidi würde diesem Baby niemals etwas tun, sage ich mir erneut, und wie gelähmt von der Szene vor mir versuche ich dahinterzukommen, was in aller Welt hier los ist. Und dann schießt mir durch den Kopf, was Heidi da versucht. *Gütiger Himmel!*

Mir bleibt das Herz stehen, ich bin nicht mehr fähig zu atmen. Unvermittelt mache ich einen Satz durch den Raum, in der Absicht, Heidi dieses Baby aus den Händen zu reißen.

Aber bevor ich sie erreichen kann, kommt Heidi urplötzlich auf die Beine und umklammert das Baby, als wäre es ihres. Ich denke an das Muttermal am Bein des Babys. *Die Ärztin meinte, wir sollten wirklich darüber nachdenken, es entfernen zu lassen,* hat sie gesagt. Sie und ich. Als wäre es unser Baby, von dem wir sprachen. Unser Baby.

Und mit einem Mal wird mir klar, dass es die ganze Zeit gar nicht um Willow ging bei Heidis plötzlichem zwanghaftem Wunsch, irgendeinem obdachlosen Mädchen zu helfen, das sie im Zug gesehen hatte.

Es ging um das Baby.

Und auf einmal mache ich mir keine Sorgen mehr, dass Willow – Claire – sich dort hinter der Arbeitszimmertür versteckt, sondern ich mache mir Sorgen, dass Heidi dem Mädchen etwas angetan haben könnte.

»Wo ist Willow?«, frage ich erneut, etwa eine Armlänge von Heidi und dem Baby entfernt. Und als sie nicht antwortet, noch einmal: »Heidi, wo ist Willow?«

Heidis Stimme ist tonlos, wegen des Babys fast nicht zu hören. Aber ich kann sie ihr von den Lippen lesen, jene simple Aussage: »Sie ist gegangen.«

Wach auf, wach auf, wach auf! schreit es in meinem Kopf, überzeugt, dass das hier nur die Nachwirkungen des gestrigen Saufgelages sein können. Das hier *kann* einfach nicht real sein.

»Sie ist gegangen«, wiederhole ich eher für mich selbst als für Heidi, und dann: »Und wohin?« Und ein Dutzend Möglichkeiten gehen mir durch den Kopf, ein Dutzend Möglichkeiten, die mich zu Tode ängstigen, eine mehr als die andere.

Aber Heidi beantwortet die Frage nicht.

Das Baby zappelt auf ihrem Arm. Ich schnappe mir eine Decke von einer Stuhllehne, um sie Heidi zu geben, damit sie sich endlich bedeckt. »Gib mir das Baby«, sage ich zu meiner Frau, und als sie den Kopf schüttelt und immer weiter zurückweicht – auf das Erkerfenster zu, wobei sie einer Katze auf den Schwanz tritt –, biete ich ihr einen Kompromiss an: »Lass mich Ruby wenigstens so lange halten, bis du dir dein Kleid wieder richtig angezogen hast«, schlage ich vor, ohne auf die Heftigkeit des Blicks vorbereitet zu sein, den Heidis sonst so zuvorkommende braune Augen annehmen. Wie der einer Geistesgestörten. Ihre Haut glüht rot.

Und dann fängt sie an zu schreien.

Ihre Worte klingen verwirrt wie die irgendeiner Irren im Fernsehen. Unlogische Begriffe, die für mich einen bizarren Sinn ergeben. *Baby* und *Juliet. Juliet.* Diesen Namen sagt sie wohl mehr als ein Dutzend Mal: *Juliet.*

Sie ist sauer, weil ich das Baby Ruby genannt habe. Das Baby heißt nicht Ruby, ermahnt mich Heidi, es heißt Juliet. Aber nein, denke ich, als ich mir den Artikel ins Gedächtnis rufe, den Martin Miller mir geschickt hat. Das Baby heißt weder Ruby noch Juliet.

Das Baby heißt Calla.

»Heidi«, sage ich. »Das Baby ist …«

»Juliet«, blafft sie mich wieder an, und wieder und immer wieder. »Juliet!«, brüllt sie und verängstigt das Baby noch mehr.

Ich kann den Namen kaum einordnen, so sehr ist er meiner Erinnerung entrückt. Und doch ist alles noch bruchstückhaft vorhanden. Heidi – vor vielen Jahren –, wie sie in einem Krankenhausbett liegt, in ein OP-Hemd und Tränen gehüllt. Heidi, wie sie ihr Verhütungsmittel Pille für Pille im Klo hinunterspült und so tut, als müsste sie nicht heulen.

Aber jetzt beschimpft sie mich: Lügner und Mörder und Dieb. Sie macht es nicht mit Absicht, bestimmt nicht, aber unbewusst zerquetscht sie das Baby fast, und das Baby heult – wie ein Wolf, der den gottverdammten Mond anheult –, und Heidi heult auch, und die Tränen laufen ihr das Gesicht herunter wie Wasser eine Gosse.

»Du irrst dich«, sage ich, so sanft ich kann. Heidi hat sich eingeredet, dass es sich bei diesem Baby um dasjenige handelt, das sie vor elf Jahren an den Krebs verloren hat. Und ich könnte meiner Frau erklären, wie idiotisch das ist – dass jenes Baby tot ist, dass jenes Baby, wenn er oder sie noch am Leben wäre, jetzt elf Jahre alt wäre –, aber mir ist leider allzu klar, dass die Person, die vor mir steht, nicht meine Frau ist.

Ich trete vor und strecke meine Hände nach dem Baby aus, aber Heidi zieht es weg. »Dieses Baby, Heidi. Dieses Baby ist nicht …«, und ich könnte weitersprechen, tue es aber nicht. Der haltlose Blick in ihren Augen macht mir Angst, das, was sie mit dem Baby anstellen könnte. Nicht absichtlich. Heidi würde niemals einem Baby etwas tun, jedenfalls nicht mit Absicht.

Aber im Moment weiß ich das nicht so genau.

»Lass mich das Baby einfach nur halten«, sage ich, und dann, um sie zu beschwichtigen: »Lass mich Juliet nur mal halten.« Und ich denke an all das, was ich hätte tun sollen, als wir damals das Baby verloren haben. Ich hätte sie mehr trösten sollen, denke ich. Ich hätte sie zu einem Seelenklempner bringen sollen, wie ihr Frauenarzt es empfohlen hat. Unter anderem.

Aber Heidi sagte, es sei alles okay. Sie sagte, es gehe ihr gut, nachdem wir die Entscheidung gefällt hatten, das Kind abzutreiben, damit der Arzt Heidis Krebs behandeln konnte. Und doch ignorierte ich die Traurigkeit, die ich an ihr wahrnahm, die Sehnsucht, das Verlangen. Ich dachte, wenn wir es ignorieren, würde es verschwinden, wie eine streunende Katze, ein nervendes Geschwisterchen.

Für einen Augenblick beobachtet sie mich still. Ich bin sicher, dass sie nachgibt, wenn ich sie nur davon überzeuge, dass es zum Wohle des Babys ist. »Lass mich ihr ein Fläschchen machen«, sage ich, und meine Stimme ist sanft wie Seide. »Sie hat Hunger, Heidi. Lass mich ihr nur ein Fläschchen machen.«

Es klingt flehend, verzweifelt. Aber Heidi gibt nicht nach. Sie kann mich lesen wie ein Buch. Heidi kennt mich einfach zu gut.

Sie rauscht an mir vorbei in die Küche, wo sie anfängt, Schubladen zu durchwühlen. Im Vorbeigehen packe ich sie am Ellenbogen, aber sie stößt mich auf eine Art weg, die ich meiner Frau nie zugetraut hätte, so fest, dass ich das Gleichgewicht verliere und beinahe hinfalle. Als ich mich wieder gefangen habe, steht sie mitten in der Küche und hält ein Schweizer Taschenmesser in einer Hand, seine scharfe Klinge auf mich gerichtet.

Ich hätte das kommen sehen müssen, ich hätte es wissen müssen. Im Kopf gehe ich die letzten paar Tage durch und versuche, dahinterzukommen, was ich übersehen habe, irgendeinen verzweifelten Hilferuf meiner Frau.

Ein Zusammenbruch, das musste passiert sein. Ein Nervenzusammenbruch. Der Ausbruch einer Psychose.

Aber warum habe ich es nicht kommen sehen? Habe ich die Warnsignale übersehen?

»Geh weg, Chris«, sagt sie.

Sie hat nicht das Zeug dazu, dieses Messer zu benutzen – das sage ich mir zumindest –, aber selbst da bin ich mir nicht sicher.

»Heidi«, flüstere ich, aber sie stößt das Messer in die Luft, erdolcht den Sauerstoff im Raum. Ich werfe einen Blick auf die Uhr an der Wand und weiß, dass Zoe bald nach Hause kommt.

Und ausnahmsweise denke ich mal nicht an mich, sondern an Heidi, an Zoe, an das Baby.

Und mache einen Hechtsprung nach vorne. Es reicht zwar nicht, um die Kontrolle zu erlangen, aber um ihr das Messer aus der Hand zu schlagen. Es landet mit einem dumpfen Schlag auf dem Eichenboden und hinterlässt dort eine Kerbe, die uns für immer an diesen Tag erinnern wird. Wir versuchen beide, an das Messer zu kommen, das Baby wird in Heidis instabilen Armen hin und her geworfen, und sein Gebrüll lässt vor Erschöpfung und Angst langsam nach. Ich stürze mich auf das Schweizer Taschenmesser auf dem Küchenfußboden mit dem Kopf voran wie ein Baserunner auf die zweite Base und bekomme es zu fassen.

Und in dem Moment dreht Heidi sich um – ehe ich Gelegenheit habe, wieder aufzustehen – und sprintet durch den schmalen Flur, knallt die Tür zu und schließt sich und das Baby im Schlafzimmer ein.

Sie weint. Heidi weint. Ich kann durch die Tür hören, wie sie irgendeine verworrene Tirade hervorstößt über Babys und Juliet, Cassidy und Graham, unseren Nachbarn Graham von nebenan. Graham. Ich könnte Graham zu Hilfe rufen. Aber mir bleibt keine Zeit. Ich versuche, ihr gut zuzureden – *Heidi, bitte, mach die Tür auf. Lass uns reden. Lass uns einfach darüber reden* –, aber sie lässt nicht mit sich reden.

Ich denke an all die Gegenstände in diesem Raum, die man zu Waffen umfunktionieren kann: Nagelknipser, Nagelfeile. Und an die Steckdosen.

Ganz zu schweigen von den Fenstern, vier Stockwerke über dem Erdboden.

Ich überlege nicht lange, als ich nach dem Telefon greife und die 911 wähle.

»Es geht um meine Frau«, sage ich verzweifelt zu der Telefonistin am anderen Ende der Leitung, als sie nach der Art meines Notfalls fragt. »Ich fürchte, sie ist … ich weiß nicht … Sie braucht Hilfe«, sage ich dann und schüttele heftig den Kopf. Ich weiß nicht, was Heidi vorhat. Sich selbst das Leben nehmen oder dem Baby? Noch vor dreißig Minuten hätte ich gesagt: Nein, niemals, nicht Heidi.

Aber jetzt weiß ich gar nichts mehr.

»Kommen Sie einfach«, bitte ich sie stattdessen und rattere die Adresse hinunter.

Und dann stürme ich auf die Schlafzimmertür zu, bereit, sie einzurennen.

Ich weiß nicht, was zuerst passiert.

Sie nehmen mir Blut ab. Sie drücken mich auf die schneeweiße Tragbahre hinunter, zwei Männer mit Mundschutz, bauschigen Hauben und Latexhandschuhen. Sie drücken mich runter, während ein dritter eine Nadel in mich sticht und mir Blut stiehlt, er klaut mir mein Blut. Chris steht untätig dabei, hinter einem Rollwagen, während ich trete und schreie und meinen Körper von der Liege wegstemme, bis sich die Männer mit Mundschutz, Hauben und Handschuhen mit ihrem ganzen Gewicht auf mich lehnen, bis ich mich nicht mehr rühren kann. Ihre alienartigen Gesichter starren mich an, ihre gewaltigen, haarlosen Köpfe, ihre Furcht einflößenden undurchsichtigen Augen. Sie haben weder Münder noch Nasen, als sie mich mit diesem und jenem sondieren, und ich schreie, während Chris aus der Ferne zusieht, ohne ein Wort zu sagen.

Und dann soll ich mich an einen Tisch setzen, eine Art Klapptisch mit drei gepolsterten schwarzen Stühlen, einer Uhr an der Wand und dem obligatorischen Einwegspiegel, wie im Fernsehen.

Nicht die Aliens. Nein, nicht die Aliens. Jemand anderes. Jemand ganz anderes.

Ich weiß nicht, was als Erstes passiert.

»Meine Tochter. Ich muss meine Tochter sehen«, höre ich nicht auf zu skandieren, aber sie sagen mir, wenn ich mich kooperativ zeige, werde ich meine Tochter bald sehen dürfen. *Wenn ich mich kooperativ zeige.* Aber ob das vor oder nach dem Blut passiert, weiß ich nicht. Ich kann es nicht sagen. Da ist eine Frau, eine ältere Frau mit langen silbernen Haaren, und ich sehe zu, wie meine Juliet von einer Person zur nächsten gereicht wird, bevor sie verschwindet.

»Tu doch etwas!«, flehe ich Chris an, aber er ignoriert es,

steht da in einem Raum mit Dutzenden von Schreibtischen und Stühlen. Er ignoriert mich, schaut an mir vorbei, durch mich hindurch, aber niemals zu mir, als sie mich in einen Raum führen und die Tür schließen, sodass Chris nicht mehr hineinsehen kann. Ich frage mich, ob ich unsichtbar bin, ob das der Grund ist, weshalb Chris mich nicht sehen kann. Wie Luft, Sauerstoff, Geister. Vielleicht bin ich ein Gespenst, eine Erscheinung, vielleicht bin ich tot. Vielleicht haben sie mir gar kein Blut abgenommen, sondern mir Kaliumchlorid injiziert, damit ich sterbe, dort auf der Trage bei den Männern mit dem Mundschutz. Aber meine Hände sind mit Handschellen gefesselt, und die Frau mit den silbernen Haaren, die kann mich sehen. Sie stellt mir Fragen über eine Claire Dalloway und legt Fotos zwischen uns auf den Tisch, grauenvolle Fotos, die sich in meinem Gedächtnis festsetzen, blutrünstige Fotos von der verquollenen Leiche eines Mannes, die auf einem Bett liegt, daneben eine Frau, deren Oberkörper über dem des Mannes verteilt ist, beide blutverschmiert. Karmesinrotes Blut, dick und klebrig, das in die gelblichen Laken sickert.

Ich erinnere mich an das Blut auf Willows Unterhemd und fange an zu schreien.

»Wo haben die das Baby hingebracht?«, brülle ich und versuche vergeblich, meine Hände von den Handschellen zu befreien, wobei ich mir die Innenseite meines Handgelenks zerkratze. Meine Hände sind hinter meinem Rücken gefesselt, sodass ich mich kaum rühren kann, und ein Wachmann zwingt mich jedes Mal wieder auf meinen Stuhl zurück, wenn ich versuche, aufzustehen, um nach meinem Baby zu suchen. »Wo haben sie meine Juliet hingebracht?«, bettele ich wieder, als sie mir nicht antwortet. Und dann höre ich es klar und deutlich: das Schreien meines Babys. Meine Augen blicken in dem schalldichten Raum umher und suchen jede Ecke und jeden Winkel nach meiner Juliet ab. Sie ist hier. Sie ist hier irgendwo.

»Sie ist in guten Händen«, sagt die Frau, aber sie sagt mir nicht, wo. Ich stecke den Kopf unter den Tisch, um nachzusehen, ob sie vielleicht da ist. Unter dem Tisch versteckt?

»Mrs. Wood?«, fragt die Frau und klopft auf den Tisch, um meine Aufmerksamkeit zu gewinnen. Sie ist ungeduldig und reizbar, diese Frau mit ihrem Kassettenrekorder und ihren Filzstiften. »Mrs. Wood, was machen Sie da? Mrs. Wood?«

Aber nein. Nur ein verwaschener Fliesenboden, lasiert mit Kaffeeflecken, Dreck und Schmutz.

»Ich will mein Baby sehen«, sage ich und komme hoch, um ihr in die Augen zu sehen. »Ich *muss* mein Baby sehen.«

Es entsteht ein kurzes Schweigen. Die Frau, Louise Flores, stellvertretende Staatsanwältin, das behauptet sie zumindest, starrt mich mit dumpfen grauen Augen an. »Sie müssen sich irren, Mrs. Wood. Das Baby, das Sie dabeihatten«, sagt sie, »das Baby ist Calla Zeeger. Es ist nicht Ihr Baby.«

Ich werde von einem plötzlichen Ausbruch von Zorn und Wut gepackt, und im nächsten Moment stehe ich mit großer Mühe auf und schreie sie an, dass sie sich irrt, dass das Baby meins ist. *Meins!* Ich ignoriere den Schmerz, den ich in meinen Armen und meinem Rücken spüre, als ich sie dehne, Bewegungen mache, die ich bei mir nie für möglich gehalten hätte. Wie eine Mutter, deren Kind unter einem Auto festklemmt und die plötzlich feststellt, dass sie zweitausend Kilo in einer einzigen Bewegung, mit einem einzigen Ruck hochheben kann.

Ein Wachmann eilt zu mir und befiehlt mir, mich hinzusetzen. »Setzen Sie sich jetzt hin«, bellt er, und da sehe ich ihn auf einmal klar und deutlich: einen Perro de Presa Canario mit rauem, gestromtem Fell, der durch den Raum auf mich zurast, rasiermesserscharfe Zähne fletscht und knurrt – ein raues, heiseres Knurren, eine Warnung. Geifer tropft aus seinem weit geöffneten Mund, seine Zähne sind wie Speere und seine Augen auf seine nächste Mahlzeit gerichtet. Seine Hände liegen fest auf mir, auf meinen Schultern, und pressen mich auf den Stuhl, sodass mir die Oberseiten meiner Schultern wehtun, wo seine Hände mich packen. Und er beißt, dieser Presa Canario, beißt blitzschnell und unerwartet zu, reißt mir die Haut auf, sodass das Blut meinen Arm hinunterläuft, und ich starre auf dieses Blut, Blut, das die anderen – die Frau, der Mann – nicht sehen. Blut, das unsichtbar ist, wie ich.

Ich setze mich hin. Aber ich bleibe nicht sitzen. Ich stehe wieder von meinem Stuhl auf und stürme an dem Wachmann vorbei, verliere das Gleichgewicht und krache mit dem Kopf voran gegen die Wand. »Ich muss meine Tochter sehen!«, brülle ich. »Meine Tochter. Meine Tochter«, immer und immer wieder, vielleicht tausend Mal oder noch öfter, bevor ich zu Boden sinke und in Tränen ausbreche.

Und dann beschließt die Frau mit einer Autonomie, über die ich nicht mehr verfüge, zu gehen, und steht von ihrem Stuhl auf. »Ich glaube, wir sind hier fertig«, sagt sie, ohne dass ihre grauen Augen noch Blickkontakt mit meinen aufnehmen.

Ich höre sie etwas darüber sagen, dass ein Psychiater erforderlich ist, und die Worte *wahnhaft* und *Störung* schweben im Raum, lange nachdem sie gegangen ist.

Und dann das Blut. Und die Tragbahre. Und die Männer mit dem Mundschutz und den Handschuhen. Aliens. Meine Ohren klingeln, als sie mit Nadeln und Sonden in mich stechen. Aber was zuerst kommt, kann ich nicht sagen. Ich weiß nicht, was als Erstes passiert, wie es kommt, dass Chris am anderen Ende des Raums hinter dem Rollwagen herumsteht und zusieht, wie Aliens Nadeln in mich stechen und mir mein Blut stehlen und mir dabei eine tödliche Dosis Kaliumchlorid verabreichen, damit ich sterbe. »Sorg dafür, dass sie damit aufhören!«, verlange ich von Chris, aber wieder ignoriert er es, genauso wie er mich ignoriert, und wieder scheine ich unsichtbar zu sein, ein Phantom, ein Gespenst.

Mein Chris, der niemals weint, ist nass vor Tränen. Stumm und regungslos wie eine Statue steht er hinter jenem Rollwagen. Das werde ich ihm nie verzeihen.

Und dann bin ich müde, so müde, ganz plötzlich. Die Müdigkeit lastet auf mir wie tausend Ziegelsteine, während ich auf dieser Trage liege und die Männer mit dem Mundschutz und den Handschuhen zusehen. Sie sehen zu, wie ich auf die Neonröhren starre, die die Deckenfliesen säumen, und meine Augen werden plötzlich zu schwer, um sie offen zu halten. Und in jenem letzten Augenblick, bevor ich einschlafe, frage ich mich, was sie mir noch wegnehmen werden.

Ich will Chris bitten, sie aufzuhalten, ihn anflehen, etwas zu tun, aber ich muss feststellen, dass ich nicht mehr sprechen kann.

Ich wache auf einem Bett in einem Zimmer auf, dessen Fenster den Blick auf einen grünen, grasbewachsenen Park freigibt. Eine Frau steht vor diesem Fenster in einer Hose mit weiten Beinen und einem durchgeknöpften Hemd. Sie kehrt mir den Rücken zu und blickt starr in die Landschaft hinaus. Die Wände sind tapeziert: Fischgrätstreifen in Eierschale und Salbeigrün, und auf dem Boden liegt Parkett.

Als ich versuche, mich zu bewegen, stelle ich fest, dass ich am Bett festgebunden bin. Das Klirren von Metall auf Metall lässt die Frau sich zu mir umdrehen, und sie blickt mich lächelnd und mit gütigen grünen Augen an.

»Heidi«, sagt sie überfreundlich, als würden wir uns kennen, als wären wir Freundinnen. Dabei kenne ich diese Frau nicht. Überhaupt nicht. Aber ich muss feststellen, dass mir ihr Lächeln gefällt, ein Lächeln, das mich fast überzeugt, dass die Männer mit Mundschutz, die Frau mit den Fragen, das Kaliumchlorid und der Hund – der Presa Canario mit dem rauen, gestromten Fell – alle nur ein Traum waren. Ich schiele auf meine Arme hinunter und finde kein Blut vor, keine klaffenden Zahnabdrücke in meiner Haut, keine Verbände, um die Blutung zu stoppen. Meine Augen flitzen in dem sterilen Raum umher und suchen nach Juliet, hinter den halb durchsichtigen Gardinen, in den Falten der Bettdecke.

»Wo haben Sie mein Baby hingebracht?«, frage ich schwach, und es klingt müde und kläglich, mein Mund ist wie mit Watte ausgestopft. Ich kann nicht mehr schreien. Mutlos zerre ich an den Handschellen und versuche, mich vom Bett zu befreien.

»Das ist zu Ihrer eigenen Sicherheit«, sagt die Frau, als sie näher kommt und sich auf einen Stuhl neben dem Bett setzt, einen Sessel, den sie näher heranzieht, wobei er über den Fliesenboden schleift, während sie zu mir sagt: »Sie sind in guten Händen, Heidi. Sie sind in Sicherheit. Das Baby ist in Sicherheit«, und ich weiß nicht, ob es das Mitgefühl in ihrer Stimme ist oder meine überwältigende Müdigkeit und Verzweiflung, aber ich fange an zu weinen. Sie zupft zwei, drei Papiertücher aus einem Spender auf dem Nachttisch und drückt sie auf mein Gesicht, denn mit meinen eigenen Händen komme ich nicht daran. Zuerst weiche ich aus, der Berührung dieser Fremden, aber dann gebe ich mich der Wärme ihrer Hände hin, der Weichheit des Papiertuchs.

Sie sagt mir ihren Namen, den ich augenblicklich wieder vergesse, bis auf den Titel, der ihm vorangeht. *Doktor*. Aber sie sieht gar nicht wie ein Doktor aus, denn sie trägt keinen Laborkittel und hat kein Stethoskop. Keine beginnende Glatze.

»Wir wollen nur, dass es Ihnen besser geht, das ist alles«, sagt sie mit freundlicher und zuvorkommender Stimme, während sie mir mit dem Tuch über die Wange streicht und die Tränen von meinen Augen wischt. Ihre Hände riechen nach Honig und Koriander und erinnern mich an die Kochkünste meiner Mutter. Meine Gedanken wandern zurück in das Haus meiner Kindheit, zu dem massiven Landhaustisch, um den herum wir vier saßen, meine Mutter, mein Vater, mein Bruder und ich. Aber meine Gedanken bleiben bei meinem Vater hängen, bei meinem Vater, der tot ist. Ich sehe den Sarg vor mir, der in die Erde hinabgelassen wird, lavendelfarbene Rosen in meiner Hand, neben mir meine Mutter, die stoisch wie immer darauf wartet, dass ich auf diesem Friedhof, der vom Regen durchtränkt ist, in tausend Stücke zerfalle. Oder – frage ich mich – war es andersherum? War ich es, die meine Mutter beobachtete und darauf wartete, dass sie zerfallen würde?

Ich will die Hand nach dem Ehering ausstrecken, dem Ehering meines Vaters, und ihn in meiner Hand halten, meine Finger um das goldene Kettchen legen, aber ich bin am Bett fixiert und kann mich nicht rühren.

»Wo ist mein Baby?«, frage ich wieder, aber sie sagt nur, dass es in Sicherheit ist.

Ungefragt erzählt sie mir, dass sie auch Kinder hat. Drei an der Zahl. Zwei Jungen und eine Tochter namens Maggie, erst drei Monate alt, und erst da bemerke ich die überzähligen Baby-Pfunde an ihrer ansonsten schlanken Gestalt, die noch nicht ganz verschwunden sind. Und dadurch, durch die Erwähnung ihrer eigenen Kinder, wird das Reden leichter, das Enthüllen der Geheimnisse, die ich so lange für mich behalten habe.

Ruby, Juliet, Ruby, Juliet, und da fällt mir jene berühmte Rubin'sche Vase wieder ein.

Und wir fangen an, uns über die schlaflosen Nächte und die Müdigkeit zu unterhalten. Ich erzähle ihr, dass Juliet nachts noch nicht durchschläft. Allerdings sind meine Gedanken schwer und undurchsichtig, die Worte wie von einem bewölkten Himmel verhüllt. Ich erkläre, dass sie krank war – eine Harnwegsinfektion, sage ich –, was es umso schwieriger macht, ein Kind zu trösten, wenn es Schmerzen hat. Und die freundliche Frau nickt zustimmend und erzählt mir von ihrer Maggie, die mit einem Herzfehler geboren wurde und sich nur wenige Tage, nachdem sie den Mutterleib verlassen hatte, einer Operation unterziehen musste. Und ich weiß, diese Doktorin, sie versteht. Sie versteht, was ich sage.

Und dann fragt sie nach Willow, nicht so wie die andere Frau, sondern freundlicher, sanfter. Sie fragt, wann sie ging und warum. »Warum ist sie gegangen?«, fragt sie, also erzähle ich es ihr. Ich erzähle ihr vom Ehering meines Vaters mit dem goldenen Kettchen. Darüber, wie ich entdeckte, dass der filigrane Vogelhaken mit seiner blassroten Bemalung völlig nackt war, obwohl ich wusste, dass ich die Kette dort hingehängt hatte.

Aber nein, denke ich, reiße mit den Händen wieder an den Handschellen, die mich ans Bett fesseln, und versuche mühsam, nach unten zu schielen und mir selbst zu beweisen, dass die Kette da ist, um meinen Hals, wo sie hingehört. Ich frage die Frau danach, nach dem Ehering meines Vaters an dem goldenen Kettchen, aber sie späht unter den Ausschnitt meines Krankenhaushemdes und sagt mir, dass da keine Kette ist, kein Ehering.

Und da spielt mein Gehirn eine Szene wieder ab, die irgendwie vernebelt ist. Wie ein Film, den ich in der Vergangenheit gesehen habe. Die Figurennamen und der Titel sind längst vergessen, aber Schnipsel des Films sind noch hier und da in den Windungen meiner Erinnerung verblieben. Zitate, Liebesszenen, ein leidenschaftlicher Kuss.

Aber in dieser Szene reiche ich Zoe Medikamente auf meiner offenen Handfläche, zwei längliche Tabletten, und dann sehe ich vom Bettrand aus zu, wie sie sich die Tabletten in den Mund steckt, ohne hinzuschauen. Ich sehe zu, wie sie sie dann mit einem großen Schwall Wasser schluckt. Und dann kehre ich ins Bad zurück, um ein Fläschchen mit verschreibungspflichtigen Tabletten wieder in einen offenen Medizinschrank zu stellen, und das Wort *Sedativ* sticht mir ins Auge, neben

Schmerzmitteln und Antihistaminika. Und leise schließe ich die Tür wieder.

»Warum haben Sie sie nicht bei der Polizei angezeigt?«, fragt die Frau, als ich ihr von dem Ehering erzähle. Ich zucke die Achseln und bin den Tränen nahe, als ich sage, dass ich es nicht weiß. Dass ich nicht weiß, warum ich nicht die Polizei gerufen habe.

Aber ich weiß es, nicht wahr?

Und da bin ich wieder, wie ich die Tür des Medizinschranks schließe und Zoe beobachte, wie sie, betäubt von meinem Schlafmittel und keineswegs einem Antihistaminikum, langsam in den Schlaf gleitet, damit sie nachts nicht aufwacht. Und ich erinnere mich an die Worte, meine Worte, die mir in jener Nacht durch den Kopf gingen: *Aber man kann nie wissen, was die Nacht noch bringt.*

Ich sehe mich, wie ich die goldene Kette von meinem Hals nehme und sie an den filigranen Vogel hängen will, aber dann mache ich es doch nicht. Kurz davor mache ich Halt, verberge sie stattdessen in meiner Handfläche, und nebenan im Elternschlafzimmer küsse ich Zoe auf die Stirn, ehe ich den Raum verlasse.

Und ich betrete das Wohnzimmer, um Willow auf einem Stuhl und meine Juliet schlafend auf dem Boden vorzufinden. Ich mache mich daran, die Reste vom Abendessen wegzuräumen, und in meinen Visionen, in dieser vernebelten Erinnerung – oder vielleicht ist es gar keine Erinnerung, sondern ein Tagtraum, eine Fantasie – beobachte ich, während ich übrig gebliebene Spaghetti in einen Plastikmüllsack werfe, aus der Ferne, wie das goldene Kettchen und der Ehering aus meiner Hand in den Müllsack fallen und sich mit hart werdenden Nudeln und blutroter Spaghettisoße vermengen. Dann bringe ich den Plastiksack hinaus in den Hausflur und werfe ihn in den Müllschlucker.

Aber nein, denke ich kopfschüttelnd. Das kann nicht sein. Das ist nicht wahr.

Willow hat den Ring meines Vaters genommen. Sie hat diesen Mann umgebracht und dann den Ehering meines Vaters gestohlen. Sie ist eine Mörderin und eine Diebin.

»Ist da noch mehr?«, fragt mich die Frau, als sie beobachtet, wie ich den Kopf von einer Seite zur anderen wiege wie das Pendel einer Standuhr. »Haben Sie eine Idee, wo Willow jetzt sein könnte?«

Es kann nicht sein. Willow hat den Ring geklaut. In dem Moment erinnere ich mich genau, wie ich auf dem Rand der Badewanne saß und Wasser laufen ließ, damit Zoe – mit ihrer Grippe oder vielleicht einer Allergie – mich nicht weinen hörte. Wie ich aufsah und entdeckte, dass der Haken völlig nackt war, wie ich versuchte, Chris anzurufen und ihn um Rat zu fragen, aber er zu sehr mit Cassidy Knudsen beschäftigt war, um ans Telefon zu gehen.

Ich weiß nicht mehr, was Fakt und was Fiktion ist. Fantasie oder Realität. Ich sage: »Nein, ich weiß nicht, wo Willow ist.« Ich keife sie an, weil ich plötzlich wütend bin und mich nach meinem Vater sehne, danach, dass mein Vater mir über den Kopf streicht und mir sagt, dass alles gut wird.

Jetzt prasselt alles auf mich ein, Bilder von Willow, von Ruby, von Zoe, von Juliet. Bilder von Blut und Leichen und Babys, ungeborene Föten, die aus meiner Gebärmutter entfernt werden.

Aber dann, dann streicht mir doch tatsächlich diese freundliche Frau, deren Namen ich nicht kenne, an deren Namen ich mich nicht erinnern kann, mit der Hand über den Kopf, genau wie es mein Vater tun würde. Sie sagt, dass alles gut wird, und ich will fragen: »Daddy?«

Aber ich weiß, was sie sagen würde, wie sie mich ansehen würde, wenn ich sie mit dem Namen meines Vaters anspräche.

»Wir werden alldem schon noch auf den Grund gehen«, verspricht sie, und ich merke, wie ich mich den besänftigenden Worten hingebe. Wie ich die Worte selbst, den tröstlichen Tonfall so ermüdend finde, dass ich die Augen schließe und mich davon wieder einschläfern lasse.

Als Chris kommt, ist es draußen dunkel und die Welt auf der anderen Seite des einzelnen Fensters schwarz.

»Du hast sie angerufen«, sage ich, und meine bebende Stimme gibt Chris für diesen ganzen Schlamassel die Schuld. Für die Tatsache, dass sie mir Juliet weggenommen haben, meine Juliet. »Du hast die Polizei angerufen«, kreische ich ihn an, fange an zu fluchen und versuche vergeblich, vom Bett aufzustehen und mich auf ihn zu stürzen, und muss stattdessen feststellen, dass ich festgebunden bin, meine Hände immer noch in Handschellen am Bett befestigt sind.

»Ist das nötig?«, fragt Chris eine Krankenschwester, die im Zimmer nach den diversen Schläuchen und Nadeln sieht, die in den Venen meiner Arme stecken. Die mir die Aliens mit dem Mundschutz und den bauschigen Hauben injiziert haben. »Ist das wirklich unbedingt notwendig?«, aber die Krankenschwester sagt trocken: »Es ist zu ihrem eigenen Schutz«, und ich weiß, was sie dann zu ihm sagt, was sie Chris zuflüstert, dass sie gehört hat, wie ich durch einen Raum und mit dem Kopf gegen die Backsteinwand gerannt bin, wovon ein lila Bluterguss zeugt, der sich jetzt oben auf meinem Kopf bildet.

»Sie ist aufgewühlt«, sagt die Krankenschwester dann zu Chris, als könnte ich sie nicht hören, als wäre ich nicht im selben Raum. »Sie bekommt bald weitere Medikamente.«

Und ich frage mich, was für Medikamente und ob sie mich wieder auf dem Bett festhalten, um mir die Medikamente mit einer Spritze zu verabreichen. Oder ob ich Tabletten nehmen darf, längliche Tabletten in einer offenen Handfläche, und wieder denke ich an das Sedativ.

Nein, sage ich zu mir. Antihistaminika. Schmerzmittel. Kein Sedativ. Ich würde Zoe doch niemals Schlaftabletten geben.

Aber ich muss feststellen, dass ich es nicht weiß.

»Du hast mir das angetan«, jammere ich leise vor mich hin, aber Chris hebt die Hände hoch, und sein ermattetes Gesicht ist zu einer Unschuldsmiene eingefroren. Er ist zerzaust, und das ordentliche Erscheinungsbild, das sein gepflegtes braunes Haar normalerweise abgibt, seine hellbraunen Augen und sein gewinnendes Lächeln sind überschattet von Erschöpfung, Sorge und noch etwas, das ich nicht benennen kann.

Er könnte mich anschuldigen, mein Chris, der so gern mit dem Finger auf andere zeigt und ihnen die Schuld in die Schuhe schiebt. Er könnte sagen, dass ich es war, die sich mit Juliet im Schlafzimmer eingeschlossen hat, aber er macht es nicht.

Er könnte sagen, dass er Angst hatte, dass ich dem Baby, unserem Baby etwas angetan hätte, und ich würde lachen, oder nicht? Doch, das würde ich. Ein zynisches, spöttisches Lachen, obwohl er ebenso gut weiß wie ich, dass ich dort stand, am Rand einer Feuerleiter, kurz davor, mein Gleichgewicht zu verlieren, als Chris sich mit Gewalt Zugang zum Schlafzimmer verschaffte.

Aber davon hat er der Polizei nichts gesagt, als sie kam, nein, das hat er nicht.

Er sitzt am Rand meines Betts und greift nach meiner Hand. Und ich sinke, sinke immer tiefer unter die Strömung des Ozeans, und die Wellen schlagen über mir zusammen, während ich stumme Schreie von mir gebe. Unkontrolliert schnappe ich nach Luft, mein Hals krampft sich zusammen, und ich verschlucke mich an dem Salzwasser, das meine Lungen füllt.

»Wir finden schon eine Lösung, Heidi«, sagt er dann zu mir, während er mir mit den Fingern über die Hand und meinen

Arm hinauffährt, ohne zu merken, wie ich dort im Bett schlucke und würge, kurz vor dem Ersticken. Ich ersaufe unter dem Wasser, während Chris und Zoe, alle beide, am Ufer stehen und zusehen.

Die Krankenschwester sagt im Rausgehen zu Chris: »Noch fünf Minuten, dann muss sie sich ausruhen«, bevor sie die Tür langsam zufallen lässt und nur noch Chris und ich im Zimmer sind. Ich höre ihre Worte, gedämpft, von Weitem, und dann wieder das Wasser, eine große, sich brechende Welle, die mich unter Wasser zieht.

Und dann sehe ich Chris, sehe, dass er mich aus der Ferne entdeckt hat, und er springt ins Wasser und kommt ganz langsam auf mich zu.

»Zoe braucht dich«, sagt er, und dann, nach einer Pause: »Ich brauche dich«, und er hält mir einen Rettungsring hin, etwas, woran ich mich festhalten kann, während ich im tosenden Wasser herumzappele und verzweifelt versuche zu schwimmen.

Es dauerte nicht lang, bis mich die Polizei fand. Ich stand auf der Michigan Avenue vor dem Prada-Geschäft und starrte durch die Scheiben. Ich war so fasziniert, dass ich mich nicht rühren konnte. Ich starrte durch das riesige Schaufenster dieses Ladens und konnte an nichts anderes denken, als Momma in jenen todschicken Kleidern zu sehen, die in dem glitzernden Schaufenster an kopflosen Schaufensterpuppen hingen. Wie Momma diese Kleider geliebt hätte!

Die Polizei behielt mich eine Weile da, aber nicht sehr lange. Wie sich herausstellte, war ich wieder mal ein Kind, das niemand wollte.

Meinen siebzehnten Geburtstag feierte ich in einer Wohngruppe, die genau zwischen Omaha und Lincoln lag, sodass wir manchmal rüber zum Platte River fahren und durch die Wälder wandern konnten, von wo aus man auf diesen breiten Fluss blicken konnte, der für gewöhnlich voller Schlamm war. Wir waren zwölf Mädchen in jener Wohngruppe und lebten mit einem Mann und dessen Frau zusammen, die Nan und Joe hießen. Wir hatten alle Pflichten, die von Woche zu Woche wechselten, etwa die Küche sauber machen oder Wäsche waschen. Nan kochte jeden Abend für uns das Essen, und jeden Abend saßen wir um den Tisch herum und aßen, alle zusammen an einem großen Tisch wie eine wild durcheinandergewürfelte Familie.

Es war der Wohngruppe sehr ähnlich, in der ich leben musste, nachdem Momma und Daddy gestorben waren, nur dass ich dieses Mal gern dort war.

Andere Leute kamen und gingen, wie Ms. Adler und eine nette Dame namens Kathy, die immer wieder darüber sprechen wollte, was Joseph mir angetan hatte. Immer wieder ließ sie mich sagen, dass das nicht meine Schuld war, bis ich, so sagte sie, jene Worte eines Tages tatsächlich glauben würde. Bis ich glaubte, dass das, was Joseph mit mir gemacht hatte, falsch war. Dass das, was mit meiner Lily geschehen war, dass sie von der Familie Zeeger adoptiert wurde und alles, dass das nicht meine Schuld war. Momma war nicht sauer auf mich.

Einmal sagte sie sogar zu mir, wobei sie mich mit smaragdgrünen Augen ansah: »Deine Momma wäre stolz auf dich.«

Aber trotzdem gab es Nächte, in denen ich im Bett lag und ihn hörte – Joseph –, wie er sich in mein Zimmer schlich. Ich hörte das Quietschen der Tür, das Knarren von Holzdielen unter seinen Füßen, sein Schnaufen und Keuchen direkt in mein Ohr. Ich spürte, wie seine feuchten, schwieligen Hände mir die Kleider vom Leib rissen, hörte seine Worte, die mich bewegungsunfähig machten, mich lähmten, sodass ich nicht schreien konnte. *Ein Auge, das den Vater verspottet und verachtet der Mutter zu gehorchen, das müssen die Raben am Bach aushacken und die jungen Adler fressen*, sagte er und zischte die Worte direkt in mein Ohr, bis ich aufwachte, schweißgebadet, und den ganzen Raum nach Joseph absuchte, im Schrank und unter den Betten, überzeugt, dass er irgendwo war.

Bei jedem Quietschen und Knarren, jedes Mal, wenn irgendjemand aufstand, um auf die Toilette zu gehen, war ich sicher, dass es Joseph war, der zu mir wollte, der kam und seinen heißen, abscheulichen Körper neben mir ins Bett schob, und es dauerte fast eine Ewigkeit, bis mir einfiel: Joseph war tot.

Ich habe es mich bestimmt hundert Mal am Tag sagen lassen – *Joseph ist tot* –, bis ich vielleicht eines Tages auch anfangen würde, diese Worte zu glauben.

Zu meinem Geburtstag gab es Cupcakes, Schoko-Cupcakes mit Schokoglasur, genau wie Momma sie immer machte. Ein paar Tage vor meinem Geburtstag kamen Paul und Lily Zeeger aus Fort Collins und hatten Rose und Calla dabei. Calla durfte ich nicht mehr sehen, durfte sie nicht berühren, also standen sie und Paul draußen auf dem Rasen vor dem Gruppenheim und warteten auf die große und die kleine Lily, auf Rose. Aber durchs Fenster konnte ich sehen, wie groß Calla geworden war. Dass sie laufen konnte. Von Zeit zu Zeit versuchte Paul sie auf den Arm zu nehmen, aber sie schubste ihn weg, denn mittlerweile war Calla über ein Jahr alt und wollte sich nicht mehr auf den Arm nehmen lassen. Ich sah zu, wie sie über den Rasen wackelte, ein-, zwei- oder dreimal auf Hände und Knie in den Dreck fiel und dann wieder hochschnellte wie bei diesem Schlag-den-Maulwurf-Spiel. Aber jedes Mal war Paul auch schon bei ihr, um ihr den Dreck von den Knien zu klopfen und nachzusehen, ob alles in Ordnung war. Jetzt sah ich, was ich vorher nicht sehen konnte: Paul war ein guter Daddy.

Groß-Lily sah mich vom anderen Ende des Wohnzimmers an und sagte: »Hätte ich das bloß gewusst …«, und ihre Stimme verebbte, und ihre hübschen Augen füllten sich mit Tränen. »Deine Briefe …«, sagte sie, und dann: »Ich dachte, du wärst glücklich.«

Mrs. Wood war verrückt nach Babys. Sie verdiente sie mehr als ich. Und sie würde für sie sorgen, für Calla – für Ruby –, besser, als ich es je könnte. Da war ich mir sicher. Ich wusste, dass es Mr. und Mrs. Wood Scherereien bereitete, wenn ich dort bei ihnen in der Wohnung war. Ich hörte sie andauernd darüber reden. Mr. Wood sprach von der Polizei und vom Gefängnis und davon, verhaftet zu werden. Und ich wollte keinen Ärger machen, nicht ihnen, nicht Mrs. Wood, die so freundlich zu mir gewesen war.

Aber ich habe keinen Ring gestohlen.

Die Ermittler fanden Fingerabdrücke auf dem Messer, am Türknauf des Schlafzimmers im Haus in Omaha, Fingerabdrücke, die nicht meine waren. Es spielte keine Rolle, was ich sagte oder nicht sagte. Sie kannten die Wahrheit.

Ich fragte mich, ob Matthew über Fingerabdrücke Bescheid wusste. Ich fragte mich, ob er sie absichtlich dort zurückgelassen hatte, damit ich die Schuld nicht auf mich nehmen konnte.

Und die Zeegers, nun ja, sie weigerten sich, Anzeige wegen Callas Entführung zu erstatten, obwohl ich wollte, dass sie es taten. Ich wollte, dass jemand die Schuld für das, was passiert war, auf sich nahm. Aber sie nicht. Sie entschieden, dass ich mit Mommas Tod und all den Jahren, die ich bei Joseph gefangen gewesen war, schon genug durchgemacht hatte. Aber sie sagten, dass ich Calla nicht sehen dürfte, jetzt nicht und nie wieder, nur durch das Wohnzimmerfenster, wenn sie Lily zu mir brachten. Ich durfte Lily zweimal im Jahr sehen, nur an zwei von 365 Tagen, und immer nur *unter Aufsicht*, weshalb Groß-Lily immer da war, bei Lily und mir im Zimmer, und manchmal Ms. Adler und manchmal Nan und Joe – für den Fall, dass ich mir Lily schnappen und mit ihr wegrennen würde. Auch die Treffen mit dieser Dame, Kathy, sollten eine Strafe für mich sein, aber ich redete sehr gern mit Kathy. Es war überhaupt keine Strafe.

Eines Tages war wie aus heiterem Himmel Ms. Flores im Gefängnis aufgetaucht und hatte mir gesagt, dass ich frei sei und gehen dürfe. Aber so frei auch wieder nicht, dass ich gehen dürfte, wohin ich wollte. Nein, sagte sie, ich sei immer noch minderjährig. Und minderjährig bedeutete, dass ich immer noch ein Mündel des Staates war. Und sie lächelte mit ihren großen Pferdezähnen und einem selbstzufriedenen Blick, als mache die bloße Tatsache, dass ich immer noch eine Gefangene war, sie glücklich wie ein Honigkuchenpferd.

Und dann holte mich Ms. Amber Adler mit ihrer Schrottkarre und der übergroßen Nike-Tasche ab und fuhr mich in die Wohngruppe. Sie half mir, mich dort in einem großen blauen Schlafzimmer einzurichten, das ich mir mit drei Mädchen teilen würde. Sie sagte: »Wenn du es mir doch bloß erzählt hättest, Claire«, und genau wie bei Groß-Lily verebbte ihre Stimme, und ihre Augen wurden traurig. Aber dann sagte sie zu mir, dass ihr leidtat, was passiert war, als wäre es ihre Schuld oder so, was Joseph mir angetan hatte. Sie sagte, sie hätte unangekündigte Besuche machen oder selbst mit meinen Lehrern in der Schule reden müssen. Dann hätte sie erfahren, sagte sie zu mir, dass ich gar nicht in die Schule ging. »Aber Joseph …«, sagte sie und ließ ihre traurige Stimme für ein oder zwei Minuten verstummen.

»Ich dachte …«, und sie brauchte diesen Satz nicht zu beenden, denn ich wusste so oder so, was sie sagen wollte. Sie dachte, Joseph wäre nett.

»Die perfekten Pflegeeltern für dich«, hatte sie an jenem Tag gesagt, als ich zu Joseph und Miriam kam. Ein segensreicher Glücksfall.

Ein verfluchtes Unheil.

Aber Matthew fanden sie nie. Sie hatten die Fingerabdrücke vom Messer und dem Türknauf, aber nichts, womit sie sie vergleichen konnten. Sie stellten mir Fragen, viele Fragen. Über Matthew. Über Matthew und mich.

Aber ich wusste nicht, wohin er gegangen war. Nicht, dass ich es ihnen erzählt hätte.

Ich sah, dass Paul und Lily meine Lily sehr lieb hatten. Und Lily hatte Calla auch lieb. Sie waren eine richtige Familie. Meine Lily kannte mich kaum noch. Wenn sie mich besuchen kam, in der Wohngruppe dort zwischen Omaha und Lincoln, umarmte sie mich, weil Mrs. Zeeger ihr sagte, sie soll mich umarmen, aber ansonsten hielt sie sich zurück und beäugte mich wie die Fremde, die ich für sie war. In ihren Augen konnte ich sehen, dass sie noch eine vage Erinnerung an mich hatte, eine undeutliche Erinnerung aus einem Traum, vom Morgenlicht so gut wie ausgelöscht. Das letzte Mal, als sie mich gesehen hatte, war ich acht Jahre alt gewesen, glücklich, sorglos, und hatte gelächelt.

Louise Flores war es, die mir erzählte, was mit der Familie Wood geschehen war. Dass Mrs. Wood nicht ganz richtig im Kopf war. »Das Komische an Wahnvorstellungen«, sagte sie eher zu sich selbst als zu mir, als sie ihre Akten und Papiere einpackte und ihren Job als erledigt ansah – genau wie Ms. Adler mit ihren To-do-Listen –, »ist, dass jemand, der sie hat, sich relativ normal verhalten kann. Ihre Wahnvorstellungen sind nicht völlig außerhalb des Möglichen.« Sie versuchte es mir zu erklären, ein posttraumatisches Irgendwas oder so ähnlich. Dass Mrs. Wood wahrscheinlich nie darüber hinwegkam, dass ihr Vater gestorben war, sagte sie, und dann, als wäre das nicht schon schlimm genug, erkrankte sie auch noch an Krebs und musste ihr Baby abtreiben.

Sie konnte keine Kinder mehr bekommen. Und Mrs. Wood, die wollte Kinder. Dieser Gedanke machte mich traurig, denn Mrs. Wood war seit langer Zeit am nettesten zu mir gewesen, und niemals hätte ich sie auch nur für eine Minute für einen schlechten Menschen gehalten. Ich dachte, sie sei einfach nur ein bisschen verwirrt.

Von Zeit zu Zeit erhielt ich in der Wohngruppe mit der Post eine Nachricht ohne Namen, ohne Absender. Nur willkürliche Tatsachen, die auf Zettel gekritzelt waren.

Wusstest du, dass man nicht mit offenen Augen niesen kann?
Wusstest du, dass Kamele drei Augenlider haben?
Wusstest du, dass eine Schnecke 25 000 Zähne hat?
Wusstest du, dass Fischotter Händchen halten, wenn sie schlafen, damit sie nie, niemals auseinandertreiben können?

DANKSAGUNG

Das Schreiben kann eine einsame Tätigkeit sein. Wir sitzen an einem Computerbildschirm oder schließen uns mit Block und Stift in einem Zimmer ein und steigern uns in fiktionale Figuren hinein. An manchen Tagen ertappen wir uns dabei, wie wir mehr mit imaginären Menschen sprechen als mit jedem realen menschlichen Wesen in unserem Leben. Während der Rest der Welt schläft, schikanieren uns unsere Figuren mitten in der Nacht und verlangen von uns, sie *dieses* sagen oder *jenes* tun zu lassen.

Das Schreiben ist eine einsame Tätigkeit, und doch ist die Veröffentlichung eines Buchs alles andere als das. Ich schätze mich glücklich, so viele erstaunliche Menschen in meinem Publikationsteam zu haben: meine außergewöhnliche Literaturagentin Rachael Dillon Fried, meine brillante Lektorin Erika Imranyi, meine Presseagentin Emer Flounders und all die anderen engagierten, hart arbeitenden und rundum wunderbaren Menschen bei Harlequin und Sanford Greenburger Associates – das Redaktionsteam, das PR-, Verkaufs- und Marketing-Team sowie diverse andere Literaturagenten und -assistenten, denen ich begegnen durfte (und all jene, die hinter den Kulissen hart arbeiten und denen ich noch nicht begegnet bin)!

Ich bin so stolz, ein Teil der Harlequin- und Sanford-Greenburger-Familien zu sein.

Und dann gibt es da natürlich noch die unglaublichen Autoren, die ich auf meiner Reise getroffen habe, die mich angesprochen und mir Mentoring und Führung angeboten haben, ein offenes Ohr und all die emotionale Unterstützung, die ein Schriftsteller braucht, und obendrein geholfen haben, das Werk einer anderen Autorin großzügig zu promoten, als wäre es ihr eigenes. Danke, danke, danke! Ich fühle mich so geehrt, ein Teil dieser wunderbaren Schriftstellergemeinschaft zu sein.

Während ich meinen ersten Roman ganz für mich allein geschrieben habe, war es wunderbar, *Pretty Baby* während des Schreibprozesses mit Familie und Freunden teilen zu können. Beim Schreiben dieses zweiten Romans war ich gleichzeitig damit beschäftigt, meinen ersten zu promoten, daher ein dickes Dankeschön an meine Familie und Freunde, die mir im vergangenen Jahr geholfen haben, mein Leben zusammenzuhalten: meine Eltern, Lee und Ellen Kubica, und meine Schwestern, Michelle Shemanek und Sara Kahlenberg, und deren Familien, die kompletten Familien Kubica und Kyrychenko, meine lieben Freunde, die ich nicht einzeln nenne aus Angst, jemanden auszulassen, aber ich hoffe, ihr wisst, wer gemeint ist (besonders möchte ich allerdings Beth Schillen erwähnen – du bist der Wahnsinn)! Ich neige mein Haupt in Demut davor, wie jeder Einzelne von euch an all der Aufregung um die Buchveröffentlichung teilgenommen hat, sei es, indem ihr geholfen habt, meine Bücher zu promoten, sie bei Familie und Freunden bekannt gemacht oder mich eingeladen habt, in euren Buchclubs zu lesen. Indem ihr auf meine Kinder aufgepasst habt, damit ich an Konferenzen und Lesereisen in anderen Bundesstaaten teilnehmen konnte, oder einfach, indem ihr meine Bücher gelesen und die besten Fragen über den Schreibprozess gestellt habt. *The Good Girl* habe ich im Geheimen geschrieben, aber bei *Pretty Baby* hatte ich eine jubelnde Menge! Ich kann euch gar nicht genug danken.

Und zu guter Letzt an meinen Mann Pete und meine Kinder – danke für die Geduld, die Unterstützung, die Ermutigung. Ohne euch hätte ich es nicht geschafft!

Ich hab euch alle so lieb wie ein Kuss die Umarmung.